# Tanz der Kakerlaken

*Für meine Töchter Jennifer, Calico und Katy und meinen Stiefsohn Mickel, die eine Gutenachtgeschichte wie diese noch nie gehört haben.*

Donald Harington

# Tanz der Kakerlaken

Roman

Aus dem Amerikanischen
von Christa Hein

Eichborn.

**Der Autor möchte sich herzlich bedanken bei Jack Butler für seine sorgfältige Lektüre des Manuskripts. Er sagte, was gut war, und er sah, was fehlte, und schrieb es dann dazu.**

**Titel der Originalausgabe:**
**The Cockroaches of Stay More**

**Die Deutsche Bibliothek – CIP-Einheitsaufnahme**

**Harington, Donald:**
Tanz der Kakerlaken : Roman / Donald Harington. Aus dem Amerikan. von Christa Hein. – Frankfurt am Main : Eichborn, 1993
ISBN 3-8218-0286-3


Umschlaggestaltung: Rüdiger Morgenweck
Satz: Fuldaer Verlagsanstalt GmbH, Fulda
Druck und Bindung: Wiener Verlag, Himberg
ISBN 3-8218-0286-3
Verlagsverzeichnis schickt gern:
Eichborn Verlag, Kaiserstraße 66, 60329 Frankfurt am Main

# Inhalt


| | | |
|---|---|---|
| **Erstes Stadium:** | Die Jungfrau .......................... | 7 |
| **Zweites Stadium:** | Keine Jungfrau mehr ............ | 83 |
| **Drittes Stadium:** | Der Umzug .......................... | 139 |
| **Viertes Stadium:** | Die Folgen ............................ | 222 |
| **Fünftes Stadium:** | Die Frau bezahlt ................... | 291 |
| **Sechstes Stadium:** | Der Bekehrte ........................ | 342 |
| **Imago:** | Das Lied der Mackerlake ...... | 364 |

# Erstes Stadium: Die Jungfrau

## 1.

Es war ein Abend im späten Mai, vor nicht allzulanger Zeit, als ein Herr mittleren Alters den Waldweg heimwärts von Roamin Road zum Dorf Carlott ging, das hinter dem Heiligen Haus im Tal von Stainmoor oder Stay More liegt. Die sechs Krabbler, die ihn trugen, waren gebrechlich, und er machte mit ihnen Schlenker, die dem Wort *Periplaneta* eine völlig neue Bedeutung gaben. Dieser Wanderer nickte schneidig mit dem Kopf, als stimme er einem Befehl zu, obwohl noch niemand ihn angesprochen hatte. Seine Flügel waren nicht säuberlich auf dem Rücken gefaltet, auch waren sie weder geputzt noch schwarz, sondern eher schmuddelig und bräunlich. Gerade jetzt begegnete ihm ein rundlicher Pfarrer, dessen Flügel sehr schwarz und lang und ordentlich waren wie Frackschöße und der einen Choral vor sich hin summte: »Die Alte Blanke Stecknadel«.

»Krümchen, Hochwürden«, sagte der schmuddelige Herr und spuckte aus, sein Revier zu bezeichnen.

»Gutes Krümchen auch Euch, Junker John«, sagte der dickliche Pfarrer und spuckte ebenfalls aus.

»Nun, Herr, wenn Ihr entschuldigen wollt«, sagte der Wanderer und spuckte wieder aus, »aber letzten Samstag stießen wir auf diesem Pfad ungefähr zur selben

Zeit aufeinander, und ich sagte, ›Krümchen‹, so wie jetzt, und Ihr antwortetet mir ›Gutes Krümchen auch Euch, Junker John‹, so wie jetzt, nicht wahr?«

»Höchstwahrscheinlich wohl«, sagte der Pfarrer und spuckte.

»Und mir scheint, davor auch schon einmal, vielleicht am Freitag.«

»Das könnte sein, jetzt wo Ihr's sagt.«

»Nun, Hochwürden, so sagt mir doch bitte, wie es kommt, daß Ihr mich ›Junker John‹ nennt, wenn ich doch bloß der einfache alte Jack Dingletoon bin, wie jeder weiß?«

Der fette Pfarrer stelzte sechs oder zwölf Schritt näher. Ihre Reviere verwirrten sich und überschnitten sich nun.

»Ich hatte einfach den Drang, es zu tun«, sagte er. Die riesigen Augen des Pfaffen funkelten, und in seiner Stimme lag schelmische Ernsthaftigkeit. »Wißt Ihr denn nicht, daß ich die Stammbäume aller Leute in Stay More erforscht und studiert habe, damit ich Rechenschaft ablegen kann für jeden seligen einzelnen von euch, an dem Tag, an dem der Mensch mich danach fragen wird? Ich bin in jedwede Ritze und Nische der Stadt gekrochen und habe mit jedem über all seine Vorfahren geredet, an die er sich noch erinnern konnte. Und es wird Euch überraschen zu hören, lieber Junker, daß Ihr nun doch kein Dingletoon seid. Nee, mein Herr, ›Dingletoon‹ ist bloß das, was einer Eurer Vorfahren vor langer Zeit durch falsche Aussprache aus ›Ingledew‹ gemacht hat.«

Jack Dingletoon bedachte dies. »Nee!« bemerkte er. »Das wollt Ihr mir doch wohl nicht weismachen!«

»So wahr ich hier stehe«, sagte der Pfarrer und bat: »Neigt Eure Kiefer doch einmal dorthin, Junker, und laßt mich Euch ins Gesicht sehen. Ja, das sind die Fühler und Schnüffelruten der Ingledews, da würd ich drauf wetten, ein bißchen verkümmert, könnte man sagen, aber nichts für ungut, bitte, Sir. Also, Ihr stammt vom alten Junker Jacob Ingledew persönlich ab, der ersten Knackerlake, die ihre Krabbler in dieses Tal gesetzt hat.«

»So wie jeder andere auch, oder?« bemerkte Jack.

»Naja, genaugenommen nicht«, behauptete Bruder Tichborne, denn so hieß er, und er war selbst kein Sproß des Jacob Ingledew, sondern von vergleichsweise neuen Abkömmlingen Generationen später, die menschenfürchtige Chrusten ohne jede Spur von Inzest waren. »Soweit ich herausgefunden habe, waren die Dingletoons ein Zweig, der lange vor der Zeit des Joshua Chrust von den Ingledews wegbrach. Ihr wißt, der Herr Joshua war kein Verwandter der Ingledews und hat prophezeit, daß die Ingledews vom Antlitz der Erde verschwinden würden, gerade so, wie sie verschwanden. Nicht weil sie die Sünde des Inzests begingen, allerdings, sondern die Sünde des Stolzes.«

Jack Dingletoon kicherte. »Nun ja, wir können gar nicht mit den Ingledews verwandt sein. Wir haben noch nie was gehabt, worauf wir hätten stolz sein können.«

Bruder Tichborne lächelte zustimmend. »Mit Sicherheit nicht. Aber vielleicht haben die Dingletoons genausoviel Anspruch darauf, im Parthenon zu verweilen, wie die Ingledews.«

Jack schnaubte verächtlich, aber in seinen sämtlichen sechs Krabblern prickelte es. »Hach! Das wäre ein Tag, wir und in den Parthenon ziehen, oder gar ins Heilige Haus. Das wär ein Tag!« Er kam näher und senkte die Stimme, obwohl niemand Mäuschen spielte außer einem Quartett vor sich hin summender Heuschrecken und einiger grasender Raupen. »Priester, wie lang ist diese Neuigkeit über mich schon bekannt? Wissen die Junker der Ingledews, daß ich ein Verwandter von ihnen bin?«

»Nee, mein Herr«, sagte der Pfarrer, »keine Seele außer mir und Euch weiß davon.« Er erklärte, daß er auf die Information gestoßen sei, als er die alte Oma Stapleton befragt hatte, die praktisch taub und ihrer beiden Schnüffelruten beraubt, von der Arthritis fast verwestert, aber noch immer mit einem außerordentlichen Gedächtnis ausgestattet war. Bruder Tichborne besaß ein großes Talent, Geschichtliches von Legende und Gerücht zu trennen. Es war ihm gelungen, aus Omas Informationen zu schließen, daß die Dingletoons tatsächlich weit entfernte Abkömmlinge der Ingledews waren. »Als ich zuerst davon hörte, dachte ich, es hätte keinen Sinn, Euch das weiterzuerzählen, stimmt's?« sagte der Pfarrer. »Allein die Tatsache, daß Ihr's wißt, läßt auch noch keine Krümchen auf Euch herabregnen. Aber ich dachte, schaden könne es auch nicht. Vielleicht könnte es ja Eure Stimmung ein wenig heben und Euch den Ärger vom Buckel nehmen.«

Unwillkürlich streckte Jack Dingletoon sein Pronotum, so daß seine Schultern und sogar sein Kopf sich erhoben. Seine großen, nierenförmigen Augen wollten feucht werden, und die Spitzen seiner Flügel bebten. »Priester«, erklärte er feierlich, »das ist die beste Nachricht, die ich je gehört habe. Wartet nur, bis ich es Josie erzähle! Ihr werden die Augen aus dem Kopf fallen! Zuerst aber laßt uns beide, mich und Euch, bei einem kleinen Tröpfchen Gebräu feiern. Glaubt Ihr, sie würden mich in die Küche lassen, wenn sie wüßten, daß ich ein Ingledew bin?«

»Danke vielmals auch, Junker John, aber ich glaube, besser nicht«, lehnte der Geistliche ab, nicht aus irgendeinem Vorbehalt gegenüber Rauschmitteln, sondern aus dem Widerwillen heraus, sich in der Küche unter die Stammgäste der Bierdosen zu mischen, von denen kaum einer eine gute Chrustenschabe war. »Am besten, ich sehe zu, daß ich zurück in den Frack komme.«

»Glaubt Ihr, sie würden mich zu sich in die Bierdose lassen, wenn ich ihnen erzählte, ich bin ein Ingledew?« wiederholte Jack Dingletoon weniger zuversichtlich.

»Ihr könntet es versuchen«, räumte Bruder Tichborne ein. »Aber höchstwahrscheinlich würden sie Euch nicht glauben. Am besten laßt Ihr Euch das Wissen um Euren Namen nicht zu Kopfe steigen. Habt Ihr jemals zuvor versucht, das Heilige Haus zu betreten?«

»Natürlich nicht«, sagte Jack. »Aber wenn Ihr mitgehen würdet ...«

»Nicht heute abend, danke, Junker John«, sagte Bruder Tichborne und schickte sich an, seinen Weg fortzusetzen. »Bestellt Josie Grüße von mir. Und Euch eine lange gute Nacht.« Der korpulente Pfarrer setzte seine Krabbler in Bewegung und verschwand in der Dunkelheit.

Jack wanderte weiter, sechs, neun oder achtzehn Schritt in tiefe Träumerei versunken, bevor er sich auf den Nährboden niederließ. Unter hohen Gräsern, die sich gegen den Mond abhoben, überließ er sich seinen Betrachtungen über die Tragweite der Tatsache, nun ein Ingledew zu sein anstelle eines bloßen Dingletoon. Die ganze Welt war verwandelt. Die Nacht bestand nun aus zwölf Blautönen und dreizehn Ultraviolett-Tönen, und die Luft füllte sich allmählich mit Glühwürmchen. In Reichweite von Jacks Schnüffelruten und Augen hockte ein Marienglühwürmchen auf der Spitze eines Grashalms, das seine Laterne putzte und einstellte. Jack beobachtete sie nicht, obwohl seine Punktaugen bei jedem ihrer lockenden Neonblitze zuckten. Kleine Chöre von Heuschrecken brachten in vierstimmiger Harmonie ihre Abendständchen; hier und dort stimmte eine Grille ihr herausforderndes Instrument, und in der Ferne tönten, als Hintergrundmusik, unzählige piepende und quiekende *Hyle*.

Diese gehörten zur Art der Frösche, todbringende Jäger für jede Knackerlake, die in ihre Nähe kam. Die Musik der Nacht hatte ihre eigenen unheilschwangeren Nebentöne und auch dissonanten Geräusche: Irgendwo in der Nähe arbeitete sich ein riesiger Nachtwurm geräuschvoll bergauf, was nicht abging ohne häufiges Umschalten, zahlreiche Fehlzündungen und schrille Geräusche im Getriebe. Er sandte Signale aus: »BREMSER EINS NULL. LIEST DU? WIE STEHTS BEI DIR, BIG MAMA? BIN AUFM WEG DIESEN HÜGEL RAUF, SUCH WAS ZUM VÖGELN UND ZUM PENNEN UND MUSS WAS ZU FRESSEN FINDEN. DREHST DU AB? ZEHN ZWANZIG. MELDE DICH.« Jack, ganz in Gedanken versunken, ignorierte den Wurm, dessen Sprache er ohnehin nicht verstand. Von irgendeinem entfernteren Hügel antwortete ein anderer Wurm: ZEHN VIER UND DRAUF, MANN. WIE IST DEIN ZUGRIFF, BUFFALO? ROGER RAMMBOCK. EINEN FUSS HAT SIE AUF DEM BODEN, EINER HÄNGT AUS DER TÜR. JA DA KOMMT FREUDE AUF. NEUNUNDSECHZIG? MACH SIE ZU ACHT. WIR VERPISSEN UNS.«

Jack senkte seine Schnüffelruten und seine Schwanzreifen und zog sie unter den Leib, damit er sich nicht länger verwirren lassen mußte von der sich entfaltenden Kakophonie aus Geräuschen und Gerüchen, den grellen Noten lockender Düfte, den sehnsuchtsvollen Rufen aufblühender Aromen, dem penetranten Duft schmachtenden Tumults, dem Purpurgeruch ungestümer Begierde, den lasziven Essenzen sich entfaltender Töne, den ranzigen Stimmen und Duftstoffen geiler Lust.

Obwohl er Laute und Gerüche ausgeschaltet hatte, konnte er sich nicht dem Anblick zweier Heuschrecken entziehen, die sich direkt neben ihm auf der Straße paarten, gabelschwänzige *Scudderiae*, die sich im Staub jagten, während das Männchen unablässig in Lavendeltönen summte: »Tsiets, Baby! Tseck, Baby! Uh, Tsaug, Baby, yeah, yeah!«

Jack hatte schon bei Anbruch der Abenddämmerung eine übermäßig hohe Dosis Chism-Tau genommen, den gegorenen Extrakt des Honigtaus, von ernsthaften Trinkern als übler Fusel verschmäht.

Sein Leben lang hatte er danach gelechzt, einmal das echte Bier zu probieren, das die Lebensart im Heiligen Haus auszeichnete und Leuten seines Standes nicht zukam. Aber er hatte noch nie versucht, das Heilige Haus zu betreten, ganz zu schweigen von den Bierdosen in der Küche jenes Hauses, obwohl überall Löcher waren und er durch jedes hätte hineinschlüpfen können. Nun aber konnte er vielleicht, mutig geworden durch Chism-Tau, doch durch eines dieser Löcher kriechen und, sollte man ihn anhalten und zur Rede stellen, erklären: »Jungs, ich habe vielleicht Neuigkeiten für uns! Ich bin kein Dingletoon, sondern ein Ingledew!« Was würden die staunen, wenn sie ihm glaubten. Wenn...

Die kopulierenden Heuschrecken waren in inniger Vereinigung den Weg hinunter außer Sichtweite geraten; ihren Platz nahm nun ein junger Knackerlakenfreier ein, der angeschlendert kam und »Down in the Arkansas« vor sich hin pfiff.

Jack Dingletoon erhob seine Schnüffelruten, peitschte sie hin und her und rief: »Hey, Junge, komm her.«

Der Bursche blieb stehen, drehte den Kopf, zuckte mit den Schwanzreifen, ließ seine Schnüffelruten erheblich schneller umherschnellen, als Jack es je gekonnt hätte, und erwiderte: »Na, guck mal, wer mich da herumkommandieren will! Warum kommst nicht *du hierher*, oller Jack?«

Jack rührte sich nicht. »Ich hab dich zuerst gefragt, Kleiner. Und nenn mich nicht oller Jack. Ich bin Junker John Ingledew, Junge, und ich bitte dich nicht, herzukommen, sondern ich *befehle* es dir.«

»Du und wer noch, Jack Orv Dingletoon?« spottete der Junge, spuckte und schüttelte heftig den Kopf. »Betrunken wie immer, wenn ich richtig sehe. Wer bist du noch mal, sagst du?«

Jack richtete sich auf und stand für einen Augenblick auf seinen hinteren Krabblern in der drohenden Pose der Gottesanbeterin; der Prä-Imago Jüngling duckte sich und war zur Flucht bereit. »Jetzt hörst du mir mal zu, Freddy Coe! Wenn du schlau bist, tust du, was ich dir sage, und behältst deine Unverschämtheiten für dich. Ich bin ein Ingledew, Junge, und Herr über den Kosmos! Ich bin ein Vetter von Junker Sam Ingledew und womöglich sogar sein Halbonkel! Merkst du nicht, daß ich *Macht* habe?« Jack ließ seine Schnüffelruten übereinander zischen und hoffte, irgend etwas möge geschehen, das Zeugnis von seiner Macht gab. Er hoffte, der dunkle blaue Himmel würde sich plötzlich mit Blitzen füllen. Oder die Große Weiße Maus würde erscheinen. Oder zumindest würden alle Klänge der Frühlingsnacht sich zur Purpur-Sinfonie steigern. Stattdessen aber, und mehr Pech konnte man wohl nicht haben, erschien plötzlich ein Tausendfüßler, *Scutigeria forceps*, der auf der Jagd den Pfad heraufstürmte. Dieser Tausendfüßler, oder Santa-Fe-Expreß, wie man ihn in den Ozarkbergen nennt, hatte nur achtundzwanzig Krabbler, nicht tausend, doch seine Fänge troffen von dem tödlichen Gift, das jeden Knackerlaken auf der Stelle tötet.

Der arme Freddy Coe war vor Angst so gelähmt, daß der automatische Fluchtreflex seiner sechs Krabbler aussetzte und er nur zitternd und zeternd dastand. *Ich bin eine Knackerlake aus dem Jenseits*, sagte sich Jack Dingletoon und dachte, das Vergnügen, ein Ingledew zu sein, sei ihm nur kurz vergönnt gewesen, nun würde sein elendes Leben von diesem Santa-Fe-Drachen ausgepustet werden. Schon fühlte er, wie die Schnüffelruten des Multi-Krabbler-Monsters ihn ganz besonders gründlich untersuchten. Was würde Junker Hank Ingledew in einer solchen Situation tun? Beten? Nein, jeder wußte, daß Junker Hank und die Ingledews überhaupt den Menschen weder fürchteten noch verehrten. *Ich habe ausgespielt*, erkannte Jack, während er sich gegen den verhängnisvollen Angriff dieses Santa Fe panzerte. Instinktiv richtete er sich wieder zur Pose der Gottesanbeterin auf, ein armseliges Täuschungsmanöver, das Santa Fe kaum abhalten würde, selbst wenn Tausendfüßler Angst hatten vor Gottesanbeterinnen. Dieser Nikolaus von einem Santa lachte einfach nur mit gemeiner Freude und öffnete seine Zange weit. *Adieu, grausame Welt*, sagte Jack zur grausamen Welt und bereitete sich auf seinen Untergang vor.

Doch im Bruchteil der Sekunde, in der der Tausendfüßler ausholte, sprang Junker John Orval Ingledew, ohne zu überlegen, wie er seine Vorderflügel zu entfalten und zu schlagen hätte, ganz zu schweigen von seinen Hinterflügeln (der Fortsatz zum Rückenschild schiebt sich seitlich dicht an die Schuppe, die medial zur Unterseite des Remigiums der Flügel liegt), in die Luft! Wie gebannt vor Ehrfurcht (oder war es nur sein eigenes Flügelschlagen?) war die Luft von den Klängen der Purpur-Sinfonie erfüllt, ein triumphales Präludium, das nicht recht zu seinem unbeholfenen Abgang paßte.

Er wußte, er könnte den Flug nicht sehr lange durchhalten, bestenfalls zwei Sekunden, aber er war außer Reichweite der tödlichen Fänge des Tausendfüßlers, der nicht einmal innehielt und enttäuscht war, sondern auf der Stelle seine Aufmerksamkeit Freddy Coe zuwandte, der noch immer vor unterwürfiger Feigheit und Grauen zitterte und heulte. Jacks Freude über sein eigenes Entkommen wurde getrübt vom Mitleid für den armen Freddy, der noch keine Flügel hatte und weder fliegen noch flüchten konnte. Aber Ms. Coe hatte noch elf weitere seiner Sorte in ihrer Brut, und womöglich bemerkte sie sein Fehlen nicht einmal. Er war ein frecher Rotzbengel, für niemanden ein Verlust.

Aber dann – er mußte die tadelnden Stimmen seiner tapferen Ingledew-Vorfahren gehört haben – kam Jack sich plötzlich heimtückisch und egoistisch vor, schlimm und verdorben, und er gebrauchte das letzte bißchen seiner Flugkraft, um Santa Fes Nacken im Sturzflug zu attackieren; er klammerte sich auf ihm fest, biß kräftig zu und brachte sich dann vor den wild umherschlagenden Krabblern in Sicherheit. Er hatte den Santa Fe nicht wirklich verletzt, aber ihm einen Mordsschreck eingejagt, und der haute schleunigst ab, einen Regen von Fäkalien hinterlassend. Er verschwand im Wald der hohen Gräser.

»*So*«, sagte er zu Freddy, »meistert ein wahrer Ingledew die Situation.«

Freddy war einen langen Augenblick sprachlos, bevor er sagen konnte: »Heiliger Heuschreck! Junker John, Ihr seid ein Zauberer! Ich schätze, Ihr seid wirklich ein Ingledew, was?«

## 2.

Nein, dachte Bruder Tichborne und näherte sich einer auserwählten Öffnung in der hölzernen Wand des Heiligen Hauses, hinter der er von der Szene mit Jack, Freddy und dem Santa Fe nichts mehr hören oder riechen würde, nein, dieser Bursche ist kein bißchen mehr ein Ingledew als ich; warum also mußte ich ihm erzählen, er wäre einer?

Er hatte Jack Dingletoon dazu bringen wollen, den Parthenon zu betreten, das war es; er hatte ihn dazu bringen wollen, einzudringen in die Bastion heidnischer Ingledews, die sich nicht einmal vor der Frau, die dort lebte, verneigten oder Ihr huldigten. Pfarrer Tichborne hatte Sie mehr als einmal gesehen, von ferne oder bestenfalls vom Vorgarten Ihres Hauses aus; manchmal saß Ihre Herrlichkeit abends nach dem Essen auf der Veranda, und die Überreste, so es welche gab, fielen ausschließlich jenen beiden glücklichen

Ingledews zu, die die Junker von Stay More waren, so, wie die Ingledews seit Anbeginn aller Zeiten Junker gewesen waren; und das, obwohl sie – getreu der Prophezeiung Unseres Herrn Joshua Chrust – immer schneller verschwanden und nur noch zwei von ihnen übrig waren: Junker Hank und sein Sohn, Junker Sam.

Es war einfach nicht fair, daß diese beiden nun ganz Parthenon für sich haben sollten, als wäre es ein königliches Schloß. Alle anderen Häuser von Stay More hatte der Mensch verlassen, bis auf das Heilige Haus natürlich, wo Bruder Tichborne sein Quartier hatte, wie auch die meisten anderen guten Knackerlaken von Stay More, die dazu degradiert waren, sich um die Reste vom Tisch des Mannes zu balgen (wie auch um Sein Bett, Seinen Sessel oder wo immer sonst Er sich setzte und aß).

Bruder Tichborne empfand es als grausame Ironie, daß die Ingledews das ausschließliche Recht auf alle Krümchen hatten, die die Frau im Parthenon übriglassen mochte; schließlich beteten sie nicht zu Ihr. Die Ingledews waren nicht nur Atheisten, es war auch allgemein bekannt, daß Unser Herr Joshua Chrust von einer Person mit Namen Ingledew, einer menschlichen Person, aufgenadelt worden war. Wir alle haben unseren Namen vom Manne.

Wir haben unsere Namen vom Manne, der unser Fels und unser Heil ist, obwohl Sein Zorn groß ist und ohne Ende. Der Mann pflegte regelmäßig einen Revolver zu nehmen und ihn auf die Knackerlaken abzufeuern, die in Seinem Haus lebten; und dies mit westlicher Genauigkeit – je nachdem, wieviel Er getrunken hatte. Schon andere Geistliche als Bruder Tichborne waren zu dem Schluß gekommen, daß dies Erschießen und Verwestern auserwählter Knackerlaken zugleich eine

Form der Bestrafung und der Ausdruck der Liebe des Mannes war, und so wurde das Schießen oder Erschossenwerden nicht Verwestern genannt, sondern Entrückung.

Es gibt zwei Formen von Entrückung, so glauben gute Chrustenlaken: die sofortige Entrückung durch die Kugel des Mannes, die die Garantie bietet, daß man im süßen Himmel des Hiernach auf des Mannes rechter Hand leben wird; aber es gibt auch die Verlockung der Entrückung nach der Großen Bombe, wenn der Mann die Selbstgerechten vom Boden erheben und ihnen ewiges Leben schenken wird. Die guten Chrusten werden entrückt werden, aber die Ungläubigen werden umkommen und zur Hölle fahren. Die Hölle ist, wie jeder weiß und fürchtet, ein Ort der Arbeit. Wenn wir nicht rechtschaffen leben und die Gebote des Herrn befolgen, werden wir uns in der Hölle, dem Reich der Mackerlake, wiederfinden und schwer arbeiten müssen.

Die Kugeln, die der Mann abfeuerte, um die auserwählten Chrusten zu entrücken, schlugen immer auch in den Boden, in die Wand, die Decke, eine Tür oder Fensterscheibe des Heiligen Hauses ein, das somit eigentlich ein un-heil'ges Haus war, wegen all dieser Löcher. Jedes neue Loch schuf einen neuen Eingang für weitere Knackerlaken, doch war es keiner fremden Knackerlake gestattet, das Heilige Haus zu betreten. Jedes Loch sorgte auch für neue Zugluft. Der letzte Winter war schrecklich gewesen und hatte sogar den Mann Selbst zu stärkeren Getränken als Bier greifen lassen.

Wenn Bruder Tichborne irgend etwas tröstlich fand angesichts der schreienden Ungerechtigkeit der Überbevölkerung im Heiligen Haus bei gleichzeitiger

Unterbevölkerung im Parthenon, so die Tatsache, daß die Frau Ihre Kochstatt pingelig sauber hielt und kaum je eine Kruste oder Krume von Ihrem Tisch, Schoß, Teller, Topf, Küchenschrank oder Mundwinkel herabfiel. Unser Mann vom Heiligen Haus dagegen bescherte den hungrigen Massen ein großes fortwährendes Festmahl der Krusten und Krumen, ganz zu schweigen von den zahllosen Bierresten, die die meisten Heilighäusler beinahe genauso berauscht hielten wie den Mann Selbst. Bruder Tichborne war alt genug, zu bemerken, daß des Mannes Bierkonsum und der des giftigeren Bourbons anstieg.

Die Wege des Mannes sind unergründlich. Mann gibt und Mann nimmt. Gepriesen sei der Name des Mannes (obwohl Bruder Chidiock Tichborne, der selbst einen guten alten Namen trug, zugeben mußte, daß er den Namen des Mannes und den der Frau nicht kannte).

Solcherart waren seine Gedanken, während er den Damm aus einheimischen Feldsteinen erklomm, die – zu einem Würfel aufgeschichtet – die Südost-Ecke des Abstellraums im Heiligen Haus stützten, ein Raum mit einem wilden Durcheinander von Überresten, Müll und abgelegten Kleidern von Generationen, die das Haus bewohnt hatten. Unter diesem Gerümpel befand sich ein schwerer zerknitterter Frack aus schwarzem Alpaka, einreihig, mit schmalen Aufschlägen und drei Taschen, dem noch immer ein Hauch jenes geweihten Aromas vom Schweiß eines Mannes anhaftete, der ihn vor Ewigkeiten getragen hatte, möglicherweise noch vor der Zeit des Joshua Chrust. Chidiock Tichborne und seine fünfzehn Brüder und Schwestern waren in den Falten dieses Fracks zur Welt gekommen. Er selbst hatte sein erstes Stadium damit zugebracht, das glatte Futter aus italienischem Stoff zu erforschen, in den

Tunneln der Ärmel mit seinen Geschwistern Verstecken zu spielen und andere Kinder zu besuchen, die in den Taschen und den Rockschößen wohnten, denn dieser Frack war nicht nur Heim und Wiege für mehrere Generationen von Tichbornes gewesen, sondern auch für die Murrisons, die Chisms, die Duckworths, die Plowrights und andere gute Familien von Stay More, die, weil sie der Kochstatt am nächsten wohnten – viel näher als die in einem alten Sack im Wandschrank hausenden Sackerlaken –, die höheren Ränge der Gesellschaft im Dorfe bildeten, die wohlhabendsten und, darauf legte Bruder Tichborne Wert, die frömmsten, chrustlichsten, menschenfürchtigsten und gläubigsten von allen.

In ganz Stay More gab es nur einen Geistlichen, und das war Bruder Tichborne.

Bruder Tichborne kehrte also von seinem »zwielichtigen Gesundheitsspaziergang«, wie er es nannte, in den Frack zurück, um festzustellen, daß sein Eheweib, Ila Frances, aufgestanden war und für sich und die Kinder das Frühstück bereitete.

»Krümchen, Schwester Tichborne«, begrüßte der Geistliche seine Frau, mit der er immer sehr förmlich zu verkehren pflegte. Er wünschte, sie würde es genauso halten, doch sie:

»Krümchen, Chid«, sagte sie. »Wie schaut's denn aus da draußen in der Welt?«

»Es ist recht mild und schön, jetzt, da die Nacht kommt«, bemerkte er. »Sechs und zig-Milliarden Sterne draußen am Himmel.«

»Sechs nur!« sagte sie. »Letzte Nacht waren sie sieben.«

»Papa, dürfen wir Jungen heut abend zu der Spielparty?« fragte Archy, einer ihrer Söhne, gerade aus dem

Imago-Alter heraus, und zeigte auf sich und seine Geschwister, größtenteils identische Brüder.

»Nee, Archibald«, sagte der Geistliche. »Die werden wahrscheinlich tanzen auf dieser komischen Spielparty.«

»Ach, wir können einfach zugucken«, erklärte Archy.

»Sie können auf ihre Schwestern aufpassen«, gab Mrs. Tichborne zu bedenken.

»Klar, wird gemacht«, sagte Archy. »Wir haben ein Auge auf unsere Schwestern.«

»Aber kein Tanzen«, sagte Bruder Tichborne müde. »Daß mir keiner von euch tanzt.«

Das gute Dutzend Tichborne-Sprößlinge sprang vom Frühstück auf – die Jungen purzelten übereinander, während die Mädchen davonhuschten.

Allein miteinander besprachen Bruder und Schwester Tichborne ihre Pläne für die Nacht. Schwester Tichborne wollte ihre Schwester besuchen, die mit einer Sackerlake verheiratet war. Bruder Tichborne wollte sie eventuell begleiten; eine gute Gelegenheit, ein paar von den Sackerlaken zu bekehren. Falls er lange genug leben würde und falls des Mannes Kugeln ihn nicht zuvor entrückten und nach Westen schickten, so war es sein Ehrgeiz, jeden einzelnen zum Chrusten zu bekehren... sogar die Ingledews, deren Domizil, Parthenon, er dem Chrustentum weihen wollte.

Aber heute nacht hatte er eine dringlichere Aufgabe zu erledigen: Chid Tichborne mußte die nächste Gebetsversammlung und Andacht planen und einstudieren, die er zum erstenmal in Anwesenheit des Mannes aufzuführen gedachte, direkt vor des Mannes Füßen. Dieser kühne Schritt würde mit Sicherheit einige der Ungläubigen bekehren.

Und wenn er all diese Vorbereitungen getroffen hatte, schaute er wohl besser einmal bei dieser Spielparty vorbei, nur um sicherzugehen, daß die jungen Leute sich auch benahmen …

## 3.

Sam Ingledew zog die Krusten den Krumen vor, besonders, wenn es sich um die Kruste eines Brie, Camemberts oder Boursins handelte, die Kruste einer Brezel oder Waffel oder eines Eclairs, die Kruste eines Biskuits oder Schokoladenkuchens oder einer Makrone; sein Favorit unter allem Eßbaren waren Apfelkrapfen. Es war die Kruste eines *beignet aux pommes*, die etwas über die Qualität des Ganzen aussagte, und er konnte sich keinen guten Beignet vorstellen ohne eine durch und durch knusprige Kruste.

Aber er war kein Chrust, nicht im religiösen Sinne. Sicher, er glaubte, daß es im Stay More des Altertums eine gewisse Knackerlake namens Joshua Chrust gegeben hatte, den sie Chrustus nannten, und Sam hielt es sogar für möglich, daß dieser Joshua Chrust von einem Menschen oder einem Menschenkind mit dem ehrwürdigen staymoreschen Familiennamen Ingledew auf eine Nadel gespießt worden war. Aber Sam konnte den allgemein vertretenen Glauben, daß die Knackerlake Joshua der Sohn des Menschen war, ebensowenig teilen wie die Vorstellung, daß die Knackerlakensippe der

Ingledews von menschlichen Ingledews abstammte. Es reicht, daß wir die Namen und Gebräuche des Menschen annehmen; uns auch noch auf die biologische Abkunft berufen zu wollen, wäre zuviel.

Vom Temperament her, ebenso wie von seinen Wohnverhältnissen, fühlte sich Sam den Kontroversen zwischen Chrusten und Nichtchrusten, zwischen Frack- und Sackerlaken fern. Das Heilige Haus war eine andere Welt, auch wenn beide Gebäude nicht mehr als eine Viertelmeile auseinanderlagen, an der Roamin Road, jener Hauptstraße des Dörfchens Stay More zu der Zeit, als Stay More noch von Menschen wie Knackerlaken-Ingledews in reicher Zahl bevölkert gewesen war. Sams Vater, Junker Hank Ingledew, liebte es, von den alten Zeiten zu sprechen, obwohl Junker Hank sie ebensowenig erlebt hatte wie seine Ahnen und Urahnen, bis hin zu Isaac Ingledew, der die Knackerlaken ins Exil geführt hatte, zu jener Zeit, als Stay More von den Menschen verlassen wurde.

Die Ingledews waren schon immer Führernaturen gewesen, bereits lange vor Joshua, und wenn Sam keine Neigung verspürte, irgend jemanden zu führen, so deshalb, weil ihm die Politik noch weniger schmeckte als die Religion. Als Philosoph, Epikuräer, Naturalist und Bonvivant waren ihm die Traditionen seines Volkes fremd. Er war ein Kosmopolit in einer Welt bodenständiger Provinzler.

Und falls es ihm nicht gelang, seine Schüchternheit zu überwinden und ein Mädchen zu finden, war er der Letzte der Ingledews. Sein Vater, Junker Hank, obwohl körperlich noch kräftig, war psychisch impotent und würde nie wieder Nachkommen zeugen. Sam hatte keine Brüder oder Schwestern. Als seine Mutter die Oothek, ihr Osterei, gelegt hatte (Sams pränatale Herberge), war sie von seinem Vater fortgeschlichen und auf das Sims über dem unbenutzten Kamin im Schlafzimmer der Frau geklettert. Sie hatte ihr Osterei sorgfältig in einer Ecke der Uhr deponiert, weit weg vom langsamen Malmen des Uhrwerks und dem Schwingen des Pendels, sicher vor Spinnen und Skorpionen. Es war ihr drittes Osterei der Saison; aus den beiden anderen war nichts ausgeschlüpft.

Eine Oothek wird durch das vereinte gleichzeitige und spontane Ein- und Ausatmen ihrer vierzehn bis sechzehn Bewohner ausgebrütet. Sam erinnerte sich noch – es war seine allererste Erinnerung – an die furchtbare Anstrengung, seinen Unterleib einzuziehen und aufzublähen, ohne daß die Schale der Oothek davon zersprang und das österliche Ei schlüpfte; und auch an seine Panik, als ihm klar wurde, daß die anderen fünfzehn »Passagiere« in der Oothek nicht mithalfen, weil sie bereits im Westen waren oder vielmehr den Osten erst gar nicht erreicht hatten. Sie waren Totgeburten, allesamt, und auch Sam wäre trotz seiner rasenden und verzweifelten Bemühungen eine geworden, hätte die Uhr nicht plötzlich »BONBON!« gerufen und siebenmal mit soviel Getöse und Vibrationen geschlagen, daß allein der Lärm die Hülle der Oothek zu sprengen schien und ihn, kreischend vor Angst und jubelnd vor Siegesfreude, in dieses Leben entließ.

Seine Mutter hatte ihn nicht »Sam« getauft, es war also nicht sein »richtiger« Name. In keiner Generation von Ingledews, weder unter den Menschen noch unter den Knackerlaken, gab es jemanden mit diesem Namen oder dem, den seine Mutter ihm wirklich gegeben und den er vergessen hatte (und sie, ach, sie war im Westen seit Sams viertem Stadium und ihrer Verseuchung durch die Knackerlakenmilbe, *Pimeliaphilus podapoli-*

*pophagus*, die sie hinweggerafft hatte). Sie hatte ihm einen ganz besonderen Namen gegeben, der die Jahreszeit seiner Geburt symbolisierte.

»Wenn du erwachsen bist«, hatte sie erklärt, »wenn du dein Imago erreichst, kannst du dich nennen, wie du willst. Namen sind sowas wie Schnüffelruten vorn am Gesicht. Du kannst damit herumwedeln und mit ihnen deinen Weg in dieser Welt finden. Und halt sie immer schön sauber, dann kannst du damit alles berühren und mit anderen Leuten reden und so, aber ein Name ist einfach eine Schnüffelrute.«

Als er also herangewachsen war – er war nicht mehr jung, er hatte schon einen vollen Umlauf der Erde um die Sonne erlebt –, hatte er seinen Taufnamen abgelegt und sich statt dessen Gregor Samsa Ingledew genannt, ein Name, dessen Bedeutung nur von ihm selbst erfaßt und gewürdigt wurde. Wie er diese Bedeutung erfahren hatte, bleibt ein Geheimnis, so rätselhaft wie die Tatsache, daß jede Knackerlake mit dem ganzen Wissen geboren wird, das sie benötigt, um bis zu ihrem Westen über die Runden zu kommen.

Als die Uhr bei seinen heftigen Mühen mithalf, die Schale seines Ostereis zu sprengen, und er sich allein mit fünfzehn toten Geschwistern auf dem Boden der Uhr wiederfand, hatte er keine Mutter, die sich um ihn kümmerte. Sie war irgendwo unten oder in einem anderen Teil des Parthenon, wo seine Säuglingsschreie sie nicht erreichen konnten. Keine Knackerlakenmutter kennt den Augenblick, in dem sich ihr Osterei öffnen wird, es sei denn, sie hält unaufhörlich Wacht. Das tun die wenigsten.

Er war allein und hungrig und verstand seine Umgebung nicht: die rotierenden, ineinandergreifenden Zahnräder und das schwingende Pendel, die klappernde Zahnstange, die ruckende Unruhscheibe und die tickende Hemmung. Er hielt die Uhr für seine Mutter, aber ihre Mechanismen entsprachen nicht recht seinem genetischen Gedächtnis, und als er versuchte, mit ihr in ihrer Sprache zu reden – mit schnell dahinklackernden Verben, ratternden Adjektiven und trommelnden Substantiven, mit klirrenden Kommas, sirrenden Punkten und dröhnenden Ausrufezeichen, gab sie ihm keine Antwort. Als sie »FONDUE!« sagte, sprach er ihr ganz genau nach, aber sie ignorierte ihn. Drei Tage lang blieb er hungrig. Sein makelloses Weiß der ersten Nacht, das ihm Angst einflößte, als wäre er sein eigener Geist, ging über ins Bernsteinfarbene und wurde dann zu Braun. Er durchstreifte die ganze Länge des Kaminsimses, überaus eingeschüchtert von der großen Höhe. Er spielte mit dem Gedanken, eins seiner toten Geschwister zu essen, denn nichts ist für eine Knackerlake delikater als ein verwesteter Embryo, aber irgendwie begriff er, daß dieser sicher schmackhafte Bissen seine Schwester war.

Eines Abends (er zog sich in die dunkelste Ecke der Uhr zurück, sobald das geringste Licht zu sehen war) erblickte er die Frau. Sie stand vor dem Kaminsims, nahe genug, daß seine Schnüffelruten heißhungrig entdeckten, was Sie in den Händen hielt – in der einen ein Glas Milch und in der anderen einen Choco-Crossie, diese fabelhafte Leckerei aus Cornflakes und Schokolade. Er wußte, Sie mußte seine Mutter sein, obwohl Sie noch weniger nach einer Knackerlakenmutter aussah als die Uhr. Er empfand eine überwältigende Sohnesliebe für Sie, nicht nur wegen der Nahrung, die Sie ihm brachte, sondern vor allem wegen Ihrer großen Schönheit; die goldenen Wellen Ihres Haares flossen über Ihre Schultern, die so weiß waren wie vor kurzem noch sein eigener Leib; die unübertreffliche Lieblichkeit Ihres Gesichts, die Anmut, mit der Sie sich bewegte, die süßen Töne, mit der Sie Wörter erschuf – »Also, ist heute Freitag oder Samstag? Ach ja, ich glaube, heut' ist Samstag.«

Der kleine Sam wiederholte die Worte: »Ach ja, ich glaube, heut' ist Samstag.« Aber Sie ignorierte ihn, wie vorher die Uhr. Sie sah ihn nicht einmal. Und Sie gab ihm auch nichts von dem Essen ab. Sie stellte das Glas auf den Kaminsims und öffnete plötzlich das Glastürchen vor dem Zifferblatt der Uhr. Er zog sich erschrocken tiefer ins Schattendunkel zurück. Mit der Hand, mit der Sie die Milch gehalten hatte, richtete Sie die Uhr und mit der anderen, der mit dem Choco-Crossie, steckte Sie einen Schlüssel in das Zifferblatt und fing an, die Uhr aufzuziehen. Die Uhr gab daraufhin neue Geräusche von sich, die Sam noch nie gehört hatte, das Kratzen des Schlüssels, das leise Knarren der Feder, die sich spannte.

Sie drehte und drehte den Schlüssel, und ein winziges Krümchen des Choco-Crossies in Ihrer Hand bröckelte ab und fiel auf den Boden der Uhr.

Dieses winzige Stückchen Choco-Crossie bot dem kleinen Sam eine ganze Woche lang Nahrung, bis seine wahre Mutter auftauchte, ihn aus der Uhr hinunter in die Welt hinaus führte und sich daran machte, ihm all die Dinge zu erklären, die er nicht verstand.

Sie erklärte ihm, daß bestimmte Dinge »sich nicht gehören«. Zum Beispiel gehörte es sich nicht, sein Essen zu erbrechen, während andere zusahen. »Schling dein Essen in dich rein, aber kotz im stillen Kämmerlein«, lautete einer ihrer Grundsätze. Obwohl es in Ordnung ist, von Ausscheidungen aus dem Vorderende als »Kotze« zu sprechen, ist es nicht in Ordnung, von

Ausscheidungen aus dem Hinterende in den zahlreichen obszönen Wörtern zu sprechen, die viele Knackerlaken, vor allem männliche, täglich mit Begeisterung aussprechen. Es ist besser, Ausdrücke wie »Wasserlassen« oder »Austreten« oder »Rausgehen, um nachzusehen, wie hoch der Mond steht« zu benutzen, oder gar »Aufs Klo gehen, um Nummer zwei zu erledigen«.

Vor allem aber, so erklärte seine Mutter, gehört es sich nicht, jemals das Wort Kakerlake anstelle von Knackerlake zu verwenden. Das war geradezu unappetitlich. Oder gar das englische Wort »cockroach«. Der einfache Grund besteht darin, daß »cock« eines der unanständigsten Wörter für das männliche Fortpflanzungsorgan beziehungsweise das weibliche Aufnahmeorgan desselben ist. Und dann nannte seine Mutter sein Organ einen »Tallywhacker«, einen Schlagestock, und er wußte, was sie meinte, und wünschte, sie würde das Thema lassen, es war ihm so peinlich. In seinem sechsten Stadium, kurz vor seinem Imago, lernte Sam das spanische Wort *cucaracha* kennen, von dem sich das englische »cockroach« ableitet und das nichts zu tun hat mit dem männlichen Glied oder männlichen Hühnern, aber in Stay More sprach niemand, der ein bißchen Anstand im Leibe hatte, jemals von »cockroach«, genausowenig wie von Cockpit, Cocktail oder Cocka-Cola, und es war besser, Ausdrücke wie Riemen, Schwengel, Ständer, Horn, Latte, Schwanz, Pimmel oder Penis zu vermeiden.

Warum diese Prüderie? Da er bereits die außergewöhnliche Weisheit der Ingledews besaß und sie durch zahllose Stunden der Meditation noch verfeinerte, begriff Sam Ingledew bald, daß die Schamhaftigkeit Sex zu etwas Geheimnisvollem machte, während er sonst fade, gewöhnlich, eine Pflichtübung und reizlos gewesen wäre. Die Schamhaftigkeit bewirkt, daß Sex nicht so einfach zu haben ist, zu einer Herausforderung wird – und somit alle Obsessionen eines Wachenden und dazu die Hälfte seiner Träume wert ist. Wäre es anders, würde keine Generation die nächste zeugen.

Das Wort »Knackerlake« fand Sam lächerlich, wenn es auf einen weiblichen Vertreter seiner Art angewandt wurde, war aber wohl das kleinere Übel verglichen mit »Kakerlake«. Der weibliche »cock«, wie er von seinen Spielgefährten lernte, wurde Pflaume, Muschi, Möse, Pussi, Büchse, Punze oder einfach Fotze genannt, ein Wort, für das ihn seine Mutter, als er es zum ersten Mal aussprach, in ein Stück ranzige Seife hatte beißen lassen und es immer durch »Gillyclicker« ersetzt wissen wollte, dem weiblichen Pendant zu Tallywhacker. »Gillyclicker« fand Sam wenig einladend und ziemlich mechanisch, aber es war immer noch besser als *gonapophyses*, was unaussprechbar war.

Sam mußte Seife essen, wann immer er das falsche Wort in den Mund nahm. Wenn er einfach nur ein Wort falsch gebrauchte, bekam er die Schnüffelrute zu spüren. Unter Androhung schlimmster Schnüffelrutenschläge wurde ihm verboten, je das verkürzte englische Wort »roach« als Ersatz für »cockroach« zu benutzen, so wie der Mann es tut, weil ein »roach« strenggenommen ein kleiner silbriger Süßwasserfisch ist, *Rutilus rutilus*, und in seinen verschiedenen Slangbedeutungen Dinge bezeichnet wie eine Locke, den Schlag an der Kante eines Bootssegels oder den Rest einer Marihuanazigarette – eine Form von »roach«, die aus sicherer Entfernung zu betrachten Sams Mutter ihn einmal auf einen langen Ausflug bis an den Rand von Stay More mitgenommen hatte: noch schwelend lag die Zigarette auf dem Boden, und ihr dünner Rauch, ließe man ihn in die Tracheen eindringen, machte einen noch trunkener als Chism-Tau.

»Nun, mein Sohn, *das* ist ein ›roach‹«, hatte seine Mutter gesagt. »Es sei denn, du begegnest einmal einem Fisch-roach, der dich schneller auffrißt, als du dein Gebet zum Mann senden kannst. Ich will also nie wieder hören, daß du ›roach‹ sagst, wenn du *uns* meinst. Wir sind und bleiben Knackerlaken.«

Als Sams Mutter verwesterte, blieb er artig zwei Tage lang auf, um bei Tageslicht zu trauern; danach brauchte er keine mütterlichen Instruktionen mehr zu verdauen und keinen Verboten mehr zu gehorchen. Seine Einsamkeit trieb ihn manchmal dazu, die Uhr zu verlassen, in die er während seines fünften Stadiums zurückgekehrt war, um dort allein zu leben, und sich nun nach Stay More hinauszuwagen, um Kontakt zu anderen Jungen seines Alters zu bekommen. Aber weil er ein Ingledew war und dazu ausersehen, ein Junker zu sein, und weil er im Parthenon ein paar hundert Meter weit weg von der übrigen Jugend von Stay More lebte, und weil er in seinem Wesen »anders« war als die anderen Prä-Imago-Knackerlaken seines Alters, gelang es ihm nicht, einen besten Freund zu finden. So beschränkte sich die Aufnahme in die Jugendkultur seiner Altersgenossen darauf, daß er ein paar schmutzige Witze hörte und ein bißchen Klatsch über verschiedene Mädchen; außerdem lernte er, was die Jungen »sich einen runterholen« nannten, ein komplizierter Akt, der in der Manipulation des eigenen Tallywhackers mit einem hinteren Krabbler bestand.

Wenn er »sich einen runterholte«, als Ersatz für den Paarungsakt mit einem weiblichen Wesen, spritzte eine Spermatophore mit einem hohen Maß an physischem und emotionalem Genuß aus dem Endophallus hervor.

Bei einem Lieblingsspiel der heißblütigen Imago-Jünglinge von Stay More benutzten sie die ejakulierten Spermatophoren als kleine Kugeln innerhalb eines auf dem Boden gezogenen Kreises, um Geschicklichkeitswettbewerbe mit Schnüffelruten auszutragen; die eigene Spermatophore diente als Schußkugel, und Ziel des Spiels war, die Spermatophoren der anderen abzuschießen und gefangenzunehmen. Das Spiel wurde »Murmeln« genannt.

Als er das Imago-Alter erreichte, gab Sam sich dem Murmelspiel hin, wann immer er eine Gruppe finden konnte, die es spielte, und manchmal spielte er es auch allein, mit sich selbst, brachte Murmel auf Murmel hervor und verachtete jene Chrusten, die behaupteten, das Spiel sei sündhaft und böse und könne dazu führen, daß man all seine Murmeln verlöre oder taub oder blind würde davon oder daß einem Haare auf den Schnüffelruten wüchsen.

Als er allmählich sein Gehör verlor, dachte er, er habe doch unrecht und die Chrusten recht gehabt, aber er sah, daß keiner der anderen Murmelspieler taub wurde. Vielleicht spielten die anderen Spieler nie allein, mit sich selbst, wie er es tat. Vielleicht war es wirklich sündhaft, mit sich zu spielen? Das beunruhigte ihn so sehr, daß er aufhörte, das Spiel allein zu spielen, und es schließlich auch nicht mehr mit den anderen spielte. Sein Gehör wurde trotzdem immer schlechter.

Obwohl er mit niemand darüber sprach, wurde es doch allmählich schwierig, zu verheimlichen, daß er fast taub war. Mehr und mehr blieb er für sich allein in seiner Uhr. Bald schon hatte er keine Freunde mehr unter den Frack- und Sackerlaken. Er war der Uhrlake, und er konnte immerhin noch das Schlagen der Uhr hören. Aber daß er die Frau nicht mehr hören konnte, vermißte er entsetzlich. In all den Monaten seines Heranwachsens hatte er Ihr gelauscht. Sie sprach mit sich selbst. Vieles von dem, was Sie sagte, konnte er nicht verstehen, sich jedoch das meiste zusammenreimen, und Sam glaubte, Sie wahrscheinlich besser zu kennen als jedes andere Geschöpf, mit Sicherheit besser, als der Mann Sie kannte.

Ab und zu sprach Sie nicht mit sich selbst, sondern mit einem schwarzen harten Plastikapparat, der wie eine Riesenameise geformt war und normalerweise auf dem Rücken eines anderen schwarzen harten Plastikapparats ruhte, der wiederum wie ein übergroßer Käfer aussah. Irgendwie sprach die Stimme einer Person, einer anderen Frau oder, sehr selten, eines Mannes, durch diesen Apparat mit Ihr. Normalerweise sprach Sie durch den Apparat zurück, und Sam konnte, bevor er sein Gehör verloren hatte, der Unterhaltung zuhören.

Oft aber drehte Sie auch nur eine Scheibe auf dem Käfer und hörte zu, ohne zu sprechen. Bevor sein Gehör ihn im Stich ließ, hatte Sam eine Anzahl dieser Vorträge – oder was es auch war – mit angehört. Da sagte beispielsweise eine Stimme: »Sie haben das Tele-Med-Programm Nummer 147 gewählt: ›Die alleinstehende Frau‹. Aus freien Stücken oder aus Notwendigkeit entscheiden sich viele Frauen dafür, allein zu leben. Dies kann zu medizinischen wie sozialen Problemen führen. Wir möchten mit Ihnen darüber sprechen.«

Bevor sein Gehör nachließ, hatte ein Teil von Sams Erziehung darin bestanden, diese Tele-Med-Programme mit anzuhören. Mehr als einmal hatte er Nummer 42 gehört: »Ich bin einfach müde, Herr Doktor«; Nummer 693: »Aufhören zu rauchen und trotzdem das

Gewicht halten«; Nummer 6: »Brustkrebs«, Nummer 323: »Haben Sie Angst vor dem Zahnarzt?«; Nummer 35: »Alles über Kopfschmerzen«; und Nummer 728: »Wann sollte ich einen Psychiater aufsuchen?«

Das letzte Programm, das Sam deutlich hatte hören können, etwa einen Monat bevor sein Gehör versagte, war Nummer 945: »Sie haben sich also in einen Alkoholiker verliebt!«

## 4.

Was nun Carlott betrifft, so war es ... nun, das Wohlwollendste, was sich über Carlott sagen ließe: Es war die natürlichste Umgebung, aber selbst hierüber ließe sich streiten, wenn wir davon ausgehen, daß der wirklich angestammte Lebensbereich der Knackerlaken der Haushalt des Menschen ist, im Bereich von des Menschen Vorsehung, Überfluß und Gnaden. Tatsächlich aber war es ein seltenes Ereignis, daß ein Carlotter einmal etwas vom Essen des Menschen zu schmecken bekam.

Alle Knackerlaken sind Abfallverwerter im besten Sinne, nicht deshalb, weil sie sich von verwesterten oder rottenden organischen Substanzen ernähren, sondern weil sie sich der Reste annehmen, die von anderen Lebewesen achtlos liegengelassen werden, allen voran vom Menschen. Aber schon dreihundertfünfzig Millionen Jahre bevor der Mensch von den Bäumen kletterte und zu kochen lernte, waren die Knackerlaken in der Lage, etwas zu essen zu finden.

Die Einwohner von Carlott lebten von dem, was sie in den Wäldern, Feldern und im Hof am Heiligen Haus finden konnten, obwohl die meisten von ihnen Chrusten waren und an den Mann glaubten. Das Heilige Haus betraten sie nie, außer auf Einladung ihrer Verwandten, den Frack- und Sackerlaken. Die Gemeinde von Carlott leitete ihren Namen von der jeweiligen Unterkunft ab – morsche Holzklötze, hohle Bäume und Äste, verlotterte Höhlen unter alten Brettern und Autoschrott –, die alle um das rostige Gerippe eines manövrierunfähigen Autos gruppiert waren, einem Ford Fairlane älteren Baujahrs, der einmal den Mann zum Heiligen Haus gebracht hatte und jetzt nicht mehr benutzt wurde; außerdem gab es einen noch funktionstüchtigen Ford Torino neuerer Bauart, in dem der Mann gelegentlich fortfuhr und wiederkehrte, um ihn dann neben dem älteren Wagen in dem kleinen Hof hinter dem Heiligen Haus zu parken. Das Fahrgestell des älteren Wagens wurde außerdem von einer großen Sippe von Papierwespen bewohnt, den *Polistes annularis*, die nur am Tage aktiv waren und den Knackerlaken nie in die Quere kamen.

Die Familie Dingletoon, der Jack als Paterfamilias vorstand, bewohnte einen hohlen, abgestorbenen Ahornzweig auf der unkrautbestandenen Seite von Carlott. In Sichtweite befand sich die große Ruine eines Gebäudes, das das Drei-Loch-Örtchen genannt wurde und schon vor langer Zeit vom Menschen verlassen worden war; sein genauer Zweck bleibt den modernen Knackerlaken ein Rätsel, obwohl es Legenden in Hülle und Fülle gibt, besonders über die legendären Viktualien. Jack Dingletoon erinnerte sich noch an die sagenhaften Geschichten von Opa Dingletoon, denen er als Kind gelauscht hatte: Generation auf Generation von Dingletoons hatten sich wunderbar von den Speisen ernährt, die in den Gewölben des Örtchens anfielen.

Tish Dingletoon, Jacks älteste Tochter, die noch zu Hause lebte, hatte für diese Geschichten von Mahlzeiten im Örtchen nichts übrig. Die Geschichten, die sie von ihren Freundinnen aufschnappte, drehten sich um Köstlichkeiten, die es im Heiligen Haus gab. Gerüchte von unglaublich deliziösen Genüssen, denen man sich im Parthenon hingab. Tish hatte noch nie einen Prinzenkeks gekostet und konnte sich ihn kaum vorstellen. Sie litt Qualen bei der Beschreibung von Florentinern, Madeleines, Beignets, Rosinenkrapfen, Blätterteigtaschen und Doughnuts mit Glasur und Marmeladenfüllung. Das Beste, was sie je kennengelernt hatte, war ein bißchen weißes Gebrösel gewesen, das ihr Jim Tom Dinsmore, ein Sackerlakenjunge, gegeben hatte und das er »Toastbrot« nannte. Tish hatte geargwöhnt, daß Jim Tom lediglich ihren Appetit mit einem Leckerbissen anregen und sie dann dazu verführen wollte, das Affy-Dizzy seiner Rückendrüse zu kosten, ein verbotener und gefährlicher Trank.

Ihre Mutter hatte ihr eingeschärft, nie das Affy-Dizzy, wie die Ausscheidung der männlichen Rückendrüse genannt wurde, zu schlecken – egal, wie sehr es sie danach verlangte. Einige ihrer Freundinnen hatten es bereits probiert, nicht aber Tish. Um daranzukommen, mußte man praktisch auf den Rücken des Jungen klettern, unter seine Flügel; und wenn man das tat, hatte er einen da, wo er einen hinhaben wollte, und brachte einen möglicherweise dazu, eine seiner Murmeln anzunehmen. Eine Murmel annehmen war angeblich ein Heidenspaß, bedeutete aber auch, daß du bald mehrere Tage lang ein großes Osterei an deinem Hinterende mit herumschleppen mußtest, bevor du es abladen konntest.

Heute nacht nun würde ein Tanz stattfinden. Während die nahen Wälder und weiten Felder und sogar die unglaublich fernen Berge sich mit den Klängen und Gerüchen der Purpur-Sinfonie zu füllen begannen, krochen Dutzende von jungfräulichen Knackerlaken aus jeder Spalte und jedem Winkel in Carlott und aus den Löchern des Heiligen Hauses hervor, versammelten sich in zwei langen Reihen, Schnüffelrute am Schwanzreifen des Vordermädchens, eine nach der anderen, je zwei und zwei, und begannen, über alle Täler und Hügel von Stay More zu ziehen, mit beinah tänzelnden Schritten, im Einklang mit den Gerüchen und Lauten der Sinfonie.

Einige Mädchen in dieser doppelreihigen Prozession schlugen mit ihrem Unterleib auf den Boden, um den Marschtakt für die anderen anzugeben; jede hielt den Kopf aufrecht, schwang rhythmisch die Schnüffelruten durch die Luft und schwenkte den Schwanzreifen. Sie waren so viele, daß sie wie ein gigantischer Tausendfüßler, nein, Millionenfüßler wirkten, und die Autorität, die die Masse verleiht, verscheuchte jeden Räuber und jedes harmlose Geschöpf, das zufällig dieser großen wogenden Kette der Weiblichkeit im Wege stand. Grillen und Heuschrecken sprangen panisch zur Seite. Regenwürmer pflügten von der Straße herunter in den Mittelstreifen hinein unter Ausrufen wie »MAYDAY!«, »DREIUNDDREISSIG!« und »SANITÄTER!« Ein großer warziger Krötenmann, *Bufo americanus*, der normalerweise mehrere dieser Mädchen auf einen Biß verspeist hätte, verwesterte an Herzversagen. Ein paar

Mädchen kicherten beim Anblick seiner emporgereckten feisten, im Verwestern noch zuckenden Beine.

Die Nacht, die Luft und die Musik, von der Jahreszeit ganz zu schweigen, führten dazu, daß jede dieser jungfräulichen Knackerlaken ihren ganz persönlichen Duft aussandte, bis der niedersinkende Tau mit unwiderstehlich sinnlichen Pheromonen getränkt war; und das Gemisch dieser verführerischen Dünste sickerte bis in jede Höhle von Carlott, jedes Loch des Heiligen Hauses, sogar bis in den Parthenon, so daß alle männlichen Knackerlaken in ihren Verstecken den Kopf gegen die Wand rammten und verzweifelt versuchten, ihr Affy-Dizzy bei sich zu behalten. Denn diese Mädchen mit ihren machtvollen Pheromonen machten sich nur einen Spaß, ernste Absichten hatten sie nicht. Sie waren nicht reif für die Paarung... noch nicht. Die lange Doppelreihe wand und wand sich um die Buckel und Hügel des kleinen Dorfes.

In manchen abgelegenen Gegenden der Ozark-Berge feierte das Landvolk (Menschen und Knackerlaken) bis in jüngste Zeit, besonders im Mai, wenn die Erde fruchtbar wird, noch etwas, was nur als Cerealia bezeichnet werden kann, ein rituelles Fest zu Ehren der Ceres, dem Götter-, oder besser: Göttinnenkopf, der noch über dem göttlichen römischen Mann steht: Mutter Erde selbst, Schützerin aller Früchte der Erde, von der das geheiligte Wort »Müsli« stammt. Die Menschenjugend hatte ihre »Spielparty« oft als Cerealia gefeiert, und die Knackerlaken, die dem Menschen in allem folgen, machten es ebenso.

Diese Doppelreihe promenierender Mädchen wogte die Roamin Road auf und ab und beinah bis in Sichtweite der Frau, Stellvertreterin der Ceres, die auf der Veranda von Parthenon in einem Schaukelstuhl saß, nicht Mutter Erde selbst, sondern eine Art Erdmutter, obwohl Sie selbst nie Kinder gehabt hatte. Aus dem Innern des Parthenon kamen durch die offene Fliegentür die Töne Ihrer Stereoanlage: Doch dies war nicht die Quelle der Purpur-Sinfonie, und wahrscheinlich konnte Sie diese auch gar nicht hören, selbst wenn Ihre Anlage ausgeschaltet war. Ebensowenig konnte Sie die Hunderte von Knackerlaken sehen, deren Zug in Ihrem Vorgarten umschwenkte.

Als die Doppelreihe der Jungfrauen die Roamin Road zurückparadiert kam, rief eines der Mädchen: »Allmächtiger Joshua! Sieh mal, Tish Dingletoon, wenn das nicht dein Papi ist, der da hinten versucht, Anschluß an unseren Zug zu finden!«

Tish Dingletoon wandte den Kopf und schwang ihre Schnüffelruten, um das ferne Ende des Knackerlakenfüßlers auszumachen, wo Jack Dingletoon ihnen nachgetorkelt kam, versuchte, mit seinen Schnüffelruten die Bewegungen der Mädchen zu imitieren, und gründlich scheiterte bei dem Versuch, es ihnen im Tänzeln und Posieren gleichzutun.

Jack hatte den Kopf nach hinten geneigt und sang im Gleichtakt mit dem Marsch: »Heho, ich bin kein Dingletoon nicht mehr! Jawoll, ich bin ein ziemlich reinblütiger Ingledew, und ein *Junker* obendrein!«

Alle Mädchen gackerten, kicherten und zeigten auf Jack, nur Tish nicht, die langsam eine Glut in sich aufsteigen fühlte.

»Er hat zuviel Chism-Tau gehabt, weiter nichts«, sagte sie hastig, »und er weiß einfach nicht, was er sagt.«

Eine ihrer Gefährtinnen kicherte und sagte: »Ich wette, er hat nicht das Gemächt der Ingledews am Leibe! Haha!«

»Jetzt hör mal gut zu: Ich gehe keinen Zentimeter weiter mit euch, wenn ihr euch über ihn lustig macht!« rief Tish laut und senkte die Augen und die Schnüffelruten aus lauter Angst, sie müsse sonst doch mit ansehen, wie durch irgendeinen gräßlichen Zufall der Tallywhacker ihres Vaters herauskam oder seine Rückendrüse Affy-Dizzy vertropfte. Sie würde auf der Stelle sterben, wenn er sich auch nur unfreiwillig vor all diesen Mädchen entblößen würde oder Affy-Dizzy ausschied. Tish konnte weder hinsehen noch riechen und konzentrierte sich auf die Schritte ihrer eigenen sechs Krabbler, damit nicht einer von ihnen auf einen Zweig trat oder aus dem Takt geriet. So gelang es ihr, das Spektakel, das ihr Erzeuger abgeben mochte, zu ignorieren (bald schon konnte sie seine Stimme nicht mehr hören) und mit der Doppelparade Schritt zu halten bis zum Abschluß am Podium. So hieß die eine Tür des Ford Fairlane, die der Mann aus den Angeln gehoben und ins Gras gelegt hatte, wo sie als Tanzboden, als Bühne für politische Kundgebungen und gelegentlich als Kanzel für Bruder Tichborne diente.

In diesem Abschnitt ihres Lebens war Tish Dingletoon noch keine Schönheit, noch immer hatte sie etwas von der mädchenhaften Unbeholfenheit ihrer Prä-Imago-Zeit. Zuweilen war ihr fünftes Stadium auf ihren Wangen zu sehen, oder ihr drittes Stadium funkelte in ihren Augen, und selbst ihr zweites Stadium huschte hin und wieder über die Kurven ihrer Kinnbacken. Sie hielt sich einfach für eine weitere Dingletoon, nicht mehr, nicht weniger: ein attraktives, sogar »süßes« Mädchen vom Lande, aber keine »Schönheit«.

Von Jack Dingletoons sportlichem Tun am Ende des Zuges war nichts mehr zu hören oder zu riechen, und als die Parade im Tal der Wagen ankam, ihrer eigenen und magischen Sphäre (denn alle Kreaturen haben ihre ganz eigene Sphäre, in der sie vor Belästigung und Nachstellung sicher sein können), begann der Tanz. Die Jungfrauen erklommen den Tanzboden und stellten sich in Karrees zu vieren und zu acht für einen Spiel-Party-Tanz auf, ohne Partner oder nur mit einem weiblichen Partner, zumindest für den Anfang. Später, wenn die Dünste der Pheromonen sich gesetzt hatten und ein Mannsbild auf der Bildfläche erscheinen konnte, ohne Affy-Dizzy zu vertropfen, würden die kühneren, mutigeren und beherrschteren Jugendlichen unter den Nachtdieben und Passanten sich unter die Mädchen trauen.

Es gab da die alte Geschichte: Vor beinah einem Jahr war der Mann eines Nachts während einer Spielparty in Carlott aufgetaucht, hatte die magische Sphäre der Knackerlaken verletzt, war über den Tanzboden gestolpert, hatte bei Seinem Sturz mehrere Knackerlaken unter sich verwestert, dann über den ganzen Tanzboden und die angrenzende Umgebung uriniert und somit noch einige mehr in den Westen geschickt. Aber das war lange her, beinah ein ganzes Jahr, und kein Mädchen dieser Generation war damals schon geboren. Ihre Mütter hatten es ihnen erzählt als Warnung, den Mann immer zu fürchten, Seine Gebote zu befolgen und rechtschaffen in Ehrfurcht vor Seinem Zorn zu leben. Da die niederen Einwohner Carlotts das Heilige Haus nicht betreten und somit nicht auf die Entrückung durch Revolverkugeln hoffen konnten, gab ihnen das Gedenken an des Mannes Auftritt auf dem Tanzboden immerhin Hoffnung auf eine Entrückung durch Pisse.

Mehrere Reigen dieser Spielparty tanzten die Mädchen allein, darunter »Schwein im Salon«, »Frosch auf dem Stumpf« und »Opossum Trot«, bevor die ersten männlichen Zuschauer auftauchten. Unter diesen ersten tapferen Beobachtern waren einige Söhne des Frackerlaken-Pfarrers Bruder Tichborne, und einer von ihnen, ein kecker Bursche namens Archy, war der erste, der den Tanzboden erklomm.

»Was hast du vor, Archy?« fragte einer seiner Brüder.

»Mich juckt's, mitzutanzen«, erklärte Archy.

»Du hast sie wohl nicht mehr alle«, sagte sein Bruder. »Was, wenn Papa das rauskriegt?«

»Willst du es ihm erzählen?« fragte Archy forsch. »Komm, mach schon, Felix. Und ihr andern Jungs auch. Amüsieren wir uns ein bißchen!«

Aber keiner von Archys Brüdern kam mit. Er machte sich daran, eine Partnerin zu wählen. Die Mädchen warteten atemlos, für welche er sich entscheiden würde. Tish Dingletoon begutachtete ihn, einen kräftigen gutaussehenden Jungen, und sie sagte sich, ihre Chancen, von ihm als Partnerin ausgewählt zu werden, seien gering. Im Gegensatz zu einigen anderen Mädchen machte sie sich deshalb nicht rasch noch einmal zurecht und prüfte nicht, ob alles saß.

Und natürlich, er schien Tish nicht einmal wahrzunehmen, sondern er wählte Spicy Bourne, ein anderes Mädchen aus Carlott, das wie ihre Schwestern eine muntere Schönheit war und, auch das hatte sie mit ihren Schwestern gemeinsam, ziemlich hochnäsig und eingebildet, dafür aber eine lebhafte Tänzerin.

Archys Auftauchen ermutigte mehrere andere Burschen, die nun den Tanzboden erklommen, einen Kreis bildeten und sich die Schnüffelruten reichten, während »Skip to my Lou« gesungen und getanzt wurde:

*Flies in the buttermilk, two by two,*
*Flies in the buttermilk, shoo fly shoo,*
*Flies in the buttermilk, two by two,*
*Skip to my Lou, my darling.*

Dies war nicht so sehr ein Square Dance als vielmehr ein Reigen. Alle umringten das tanzende Paar, das nach und nach die anderen in die Mitte des Kreises zog. Tish hoffte, von Archy hineingezogen zu werden, aber sie konnte nichts weiter tun, als auf ihrem Platz stehenzubleiben, mit ihren sechs Krabblern erwartungsvoll den Takt mitzuschlagen und ihn mit Augen und Schnüffelruten zu fixieren, während er mit Spicy Bourne tanzte. Wie die meisten Tänzer schenkte er seine Aufmerksamkeit nicht seiner Partnerin; er schien sogar Spicy mit seinen Augen und Schnüffelruten zu ignorieren, die, auf der Suche nach einem anderen Mädchen, im Kreis umherwanderten: Aber dieses Mädchen war nicht Tish sondern Rosa Faye Duckworth. Tish konnte wiederum nur warten, bis der Tanz zu Ende war und er sich eine neue Partnerin wählen würde.

Die Spielparty ist als harmloses Vergnügen gedacht. Verglichen mit dem reiferen, aufregenderen Square Dance ist sie eigentlich ein unschuldiges Zusammenkommen, das von den engstirnigsten Chrustenlaken gebilligt wird. Trotzdem kommt es gelegentlich, abseits im Gebüsch, in den Unkrautwäldern von Carlott, zu Vorfällen zügelloser Lust. Ein Pärchen, das sich vom Tanzboden zurückzieht und seinen Begierden hingibt, taucht während der ganzen Nacht nicht wieder auf, denn der Geschlechtsakt ist ein kompliziertes Geflecht aus anatomischen Bindungen, dem Ineinanderhaken und Vereinigen der beiden Hinterleiber, aus dem sich das Paar nicht mehr lösen kann, bis die Murmel des Mannes vollständig im weiblichen Körper eingebettet ist, ein Vorgang, der buchstäblich Stunden dauert.

So kam es, daß heute nacht, während Tish noch darauf wartete, daß Archy sie endlich bemerkte und nacheinander »Skip to My Lou«, »Schieß den Büffel ab«, »Reiten wir den Santa Fe« und »Lassen wir die Spinne wirbeln« gespielt wurden, die Party mit dem Auftauchen Bruder Chidiock Tichbornes abrupt ein Ende fand. Er zerrte die noch innig vereinten Leiber eines Jungen und eines Mädchens mitten auf den Tanzboden, die er im Gebüsch dabei erwischt hatte, wie sie »das Tier mit den zwei Köpfen« machten.

Dem unglückseligen Pärchen war dies über alle Maßen peinlich, nicht nur, weil sie vom Pfarrer beim Verkehr überrascht worden waren, sondern auch, weil sie sich unmöglich trennen, voneinander loshaken, all die Klammern und Verschlüsse öffnen konnten, die sie, Schwanz an Schwanz, in entgegengesetzter Richtung aneinanderknüpften. Das Mädchen weinte herzzerbrechend, und der Junge heulte in ohnmächtiger Wut, während beide ihre Gesichter tief gesenkt hielten, damit man sie nicht erkennen würde.

»Nun guckt mal her!« brüllte Bruder Tichborne so laut, daß man es bestimmt den ganzen Weg bis zum Heiligen Haus hören konnte. »Sünder! Vor den Augen des Herrn! Runter auf die Knie mit euch, allesamt!«

Die versammelte Gesellschaft der Jugendlichen, oder zumindest der Chrusten unter ihnen, kniete nieder oder duckte sich in einer Haltung, die Angst und Unterwürfigkeit ausdrückte. Einige wenige blieben zuerst frech stehen, aber Bruder Tichbornes Stimme und seine peitschenden Schnüffelruten brachten auch sie bald dazu, niederzuknien.

»Diese Feste und Tänze müssen ein Ende haben!« donnerte der Pfarrer. Er dozierte über die Versuchungen des Fleisches, die Gefahren des Tanzes und die Lehren des Herrn Joshua Chrust, der ausdrücklich alles verboten hatte, was zu körperlichen Freuden führen könnte. Das Vernichtendste aber bewahrte er sich für den Schluß seiner Rede auf:

»Und wen haben wir hier?« wetterte er und stieß dem sündigen Jungen unters Kinn, ging der Länge nach um das vereinigte Paar herum, um auch dem Mädchen einen Tritt zu versetzen. »Hoch mit euren Köpfen!« herrschte er sie an. »Zeigt eure Gesichter, damit die ganze Welt und der Mann sehen kann, wer ihr seid!« Er trat sie wieder, und langsam schlugen der Junge und das Mädchen die Augen auf, sahen jammervoll die versammelte Schar an, die diesen Beweis ihrer Identität jedoch gar nicht brauchte, da alle die beiden längst mit zitternden Schnüffelruten am Geruch erkannt hatten. Der Junge war eindeutig Isham Whitter, ein Carlotter, und das Mädchen war ebenso offensichtlich Lucy Whitter, seine Schwester.

»IN-ZEST!« brüllte Bruder Tichborne. »Der bei seiner eigenen Schwester liegt, soll verdammt sein zu ewiger Schande! Die mit ihrem eigenen Bruder liegt, soll Ungeheuer gebären! Beide sollen verdammt sein! Keine Sünde ist mehr am schlimmsten in den Augen des Mannes!« Bruder Tichborne fing an, über seine eigene Sprache zu stolpern. »Der insektuöse Inzest – das inzestizide Insekt ist der allerniederste, feigste, verdammungswürdigste Sünder der Welt!« Und er versetzte dem Pärchen erneut einen Tritt.

Der Pfarrer hätte noch die ganze Nacht über Ish und Lucy Whitter zetern können, aber siehe! – plötzlich fiel ein grelles Licht von der Rückseite des Heiligen

Hauses auf die Szenerie, und da stand die drohende Silhouette des Mannes!

Wenn die Versammlung nicht schon durch Bruder Tichborne in Bann geschlagen war, so ließ die Erscheinung des Mannes sie vollends erstarren, und alle duckten sich, so tief sie konnten.

Als Er sich bewegte, fanden sie ihre Krabbler wieder und huschten in alle Richtungen auseinander, bis sie Seinen Augen verborgen waren, entweder unter dem Tanzboden oder im tiefsten Wald aus Gras und Unkraut.

Allein Bruder Tichborne, oder eher allein Bruder Tichborne und das sündige inzestuöse Pärchen, das sich noch immer nicht auseinanderhakeln konnte, vielmehr versuchte, in entgegengesetzte Richtungen zu fliehen, und damit den Versuch des anderen jeweils zunichte machte, blieben auf dem Tanzboden zurück. Der Pfarrer beugte in innigster Andacht und Ergebenheit die Knie.

Eintausend– oder nein, zweitausend, denn jeder hat zwei davon – Schnüffelruten und viertausend Augen beobachteten ängstlich, wie der Mann die Hintertreppe des Heiligen Hauses herunterstolperte und auf Carlott zugetorkelt kam. Er hatte Seinen schrecklichen schnellen Revolver nicht bei sich. Seine Hände waren leer, frei schwangen sie durch die Luft, griffen mitten hinein, um Sein Gleichgewicht zu halten und sich Seinen Weg in die Dunkelheit zu bahnen.

Als Er sich dem Tanzboden näherte, hob Bruder Tichborne den Kopf und faltete in demütiger Bitte die Fühler und Vorderkrabbler. »Herr, wenn es Dein Wille ist«, betete er, »dann piß auf mich nieder!«

Aber der Mann erreichte den Tanzboden gar nicht. Er blieb stehen und streckte Seine großen Hände gen

Himmel. »SHARON!« schrie Er mit ohrenbetäubender Lautstärke, und zweitausend Schwanzreifen drehten sich von der Lärmquelle ab. Noch lauter schrie Er wieder: »SHAY-RONNNN!«

Dann fiel er vornüber ins Gras von Carlott, wo Er scheinbar reglos für den Rest der Nacht liegenblieb.

Bruder Tichborne verkündete: »Der Herr schläft. Lasset uns beten.« Er stimmte ein lustloses Gebet an und machte dann ein paar routinemäßige Ankündigungen: Die Gemeinschaft Chrustlicher Junger Leute wollte am Samstag ein ganznächtliches Choralsingen abhalten. Und bei der Gebetsversammlung und Andacht am nächsten Sonntag abend, die zum erstenmal auch den Carlottern offenstand und für die das Heilige Haus betreten werden durfte, sollte ein besonderer Ruf nach Entrückung abgehalten werden, direkt vor den Augen des Herrn. Jeder herzlich willkommen!

»Das glaub ich erst, wenn ich es mit eigenen Augen sehe«, sagte eine Stimme neben Tish, und als sie sich umwandte, sah sie, daß die Knackerlake, die so direkt neben ihr stand, daß sich ihre Körper berührten, Archy Tichborne war. Er bemerkte sie zum erstenmal in seinem Leben, schenkte ihr ein schönes Lächeln, aber sie war viel zu schüchtern, um es zu erwidern.

## 5.

Wenn Greg Sam Ingledews Schwanzreifen nicht schon vor langer Zeit durch das ständige Läuten seiner Uhr taub geworden wären, hätte er vielleicht gehört, daß der Mann zweimal den Namen der Frau in die Nacht gerufen hatte. Sie jedenfalls hatte ihn über eine Viertelmeile weit durch den leeren Ort vernommen.

Sam konnte nur das eingebildete stetige Ticken seines kleinen Schlößchens hören, dafür waren sein Gesichts- und Geruchssinn um so feiner ausgebildet, und er nahm die winzigsten Veränderungen in der Frau wahr, als sie Ihren Namen aus der Ferne hörte. Sie saß beim matten Schein einer Kerosinlampe, die auf einem runden Tischchen stand, in Ihrem Sessel, einem wunderbaren Möbel mit hoher, gut gepolsterter Lehne, die Ihren Rücken stützte; weitere Kissen stützten Ihren Hintern sowie die Arme, welche in reizende Hände ausliefen, die ein Buch hielten. Sam war Ihr dankbar, daß Sie, obwohl Ihr elektrischer Strom zur Verfügung stand, Parthenon nur mit dem angenehmen Schein von Kerosinlaternen und -lampen erleuchtete. Das milde Licht tat seinen vier Augen gut; seine Ocellen, oder Sterngucker, erschreckten ihn so nicht jedesmal zu Tode, wenn Sie eine Lampe anmachte.

Als der ferne klagende Ruf »Sharon« durch die offene Tür ins Zimmer wehte, ließ die Frau das Buch fallen, schied unwillkürlich drei verschiedene Gerüche aus, Angst, Ärger und Erregung, die Sams Schnüffelruten gründlich aufnahmen und einordneten, und sprach, nachdem Sie Ihren Namen zum zweiten Mal gehört hatte, laut vor sich hin: »Ach zum Kuckuck, Larry! Warum fällst du nicht einfach tot um?«

Sam hörte nichts davon, aber er konnte genau orten, daß Sie etwas von weit her gehört haben mußte, was Sie verstört hatte, und daß Sie etwas dagegen gesagt hatte. Sie nahm Ihr Buch nicht gleich wieder vor.

Sams Mutter hatte ihm in seinem zweiten oder dritten Stadium erklärt (so wie Opa Ingledew es ihr erzählt hatte), wie die Frau den Parthenon, der im antiken Stay More eines der Lebensmittelgeschäfte für die Einwohner gewesen war, bezogen hatte. Die Vorfahrin dieser Frau, Sams Frau, war die Besitzerin des Ladens gewesen, der den mittleren Raum des Hauses einnahm, während Ihr Schlaf- und Wohnzimmer auf der anderen Seite des Parthenon lagen. Die Ahnen-Frau, eine legendäre Halbgöttin namens Latha, verließ den Parthenon später, und über zahllose Generationen von Knackerlaken hinweg hatte er leergestanden, wie überhaupt alle anderen Gebäude von Stay More unbewohnt und die meisten der Zerstörung durch Verfall, Vernachlässigung, Wind und Wetter, Feuer und Vandalismus preisgegeben waren. Vor einer Generation (eine Knackerlakengeneration vom Ostern bis zum Western umfaßt etwa zwei volle Jahre) kam diese Frau, Sharon, plötzlich nach Stay More zurück und nahm den Wohntrakt, nicht aber die Geschäftsräume wieder in Beschlag. Sharon war, so hatte Sam entdeckt, bevor er sein Gehör verloren hatte, die Enkelin von Latha, und die zwei Frauen standen noch immer über das schwarze Gerät in Verbindung, das ständig auf dem bewußten runden Tisch mit der Kerosinlampe hockte.

Sam hatte die alte Halbgöttin Latha sogar schon mehr als einmal gesehen, wenn sie nämlich ihre Enkelin besuchen kam und die zwei zur Abenddämmerung in Schaukelstühlen auf der Veranda saßen, obwohl Latha für gewöhnlich bei Tage kam, wenn Sam fest schlief. Das eine Mal aber, als Latha am Abend gekommen und Sam kühn hinter ihren Schaukelstuhl gekrabbelt war, um das Gespräch der beiden Frauen zu belauschen, war sein Gehör noch ausgezeichnet gewesen, und er hatte genug von der Unterhaltung aufgeschnappt, um daraus zu schließen, daß seine Frau, Sharon, als Kind in Stay More gelebt hatte, fortgegangen und jahrelang in einer Großstadt geblieben war, dann in einer Kleinstadt, dann wieder in einer Großstadt, bevor Sie nach Stay More zurückkehrte, um den Parthenon aufzuräumen und zu renovieren und allein darin zu leben. Die Großmutter, Latha, hatte sich Sorgen gemacht, daß Sharon in dem ausgestorbenen Dorf einsam sein könne, aber Sharon hatte den Gedanken von sich gewiesen. Das alles war vor der Ankunft des Mannes gewesen.

Durch seine lebenslange Anwesenheit im Schlafzimmer der Frau wußte Gregor Samsa Ingledew ein paar Dinge, von denen keine andere Knackerlake in Stay More eine Ahnung hatte, und eines davon war der Name des Mannes, nämlich Larry. Da die einzigen Knackerlaken, die jetzt den Parthenon bewohnten, Sam und sein Vater, Junker Hank Ingledew, waren und da Junker Hank seine meiste Zeit draußen bei Doc Swain verbrachte, war nur Sam bei dem einen Mal zugegen gewesen, als Larry eines Nachts in den Parthenon gekommen war, lange mit der Frau geredet und mit Ihr gestritten hatte, etwa zu der Zeit, als die Uhr »TUTTI-FRUTTI« schlug, alle Kleider, die Ihren Leib bedeckten, sowie Seine eigene Kleidung entfernt hatte und zusammen mit Ihr in Ihr Bett gestiegen war, wo Er und Sie unter der Decke, die wegen der Herbstkühle erforderlich war, Bewegungen ausgeführt hatten, über deren Bedeutung Sam nur mutmaßen konnte. Dann hatten Sie geschlafen. Sam war bis ins Morgengrauen hinein wach geblieben und hatte gewartet, daß Sie erwachten, aber dann war er schließlich eingenickt, und als er aufwachte, war der Mann gegangen, während die Frau laut vor sich hin geschimpft hatte über Ihre Dummheit und Ihren Kater und Ihr dringendes Bedürfnis nach einer Zigarette.

Jetzt beobachtete Sam Sharon, die zweimal Ihren Namen hatte rufen hören. Ein langes Schweigen folgte. Sams Schnüffelruten machten den unmißverständlichen Geruch von Sehnsucht aus. Die Borsten auf den unteren Segmenten der Schnüffelruten sind besonders empfindlich für Gerüche der Sehnsucht, des Verlangens, der unaussprechlichen Wehmut, sowohl bei den eigenen Mitknackerlaken als auch beim Menschen, und einen solch sehnsüchtigen Geruch mit den Schnüffelruten zu erhaschen brachte Glück. Es gibt ein Sprichwort: »Seltener noch als Kiefernduft riecht man Sehnsucht in der Luft« – was tatsächlich selten ist, denn es gibt ausgesprochen wenig Kiefern in diesem Teil der Ozarks.

Sharon sehnte sich. Und weil er es so deutlich feststellte, wurde Sam ganz aufgeregt, denn er wußte, daß ihm nun irgendein Glück widerfahren würde. Er war nicht auf gewöhnliche Weise abergläubisch, nicht so wie die große Mehrheit der Knackerlaken, die keinen Schritt tun konnten, ohne einige der albernsten Überzeugungen und Rituale zu befolgen, aber Sam war der Meinung, daß der Aberglaube überzeugendere Verhaltensregeln aufstellte als die Religion, für die er überhaupt keine Verwendung hatte: Er wußte genug, um zu dem Schluß zu kommen, daß er von keiner Frau erschaffen worden war, schon gar nicht von Sharon. Er glaubte nicht daran, daß Joshua Chrust der Sohn von

Sharon oder Larry oder einem Ihrer Vorfahren gewesen sei. Er glaubte nicht daran, daß Sharon ihn nur dann weiterernährte, wenn er Ihr Lob und Preis sang... obwohl er durchaus geneigt war, Ihr Lob und Preis zu singen. Er glaubte nicht daran, daß er nach seiner Verwesterung bis in alle Ewigkeit auf Ihrer rechten Hand leben würde. Sie würde ihn weder auf Ihrer rechten noch auf Ihrer linken Hand dulden. Und was das ganze Entrückungsgeschäft anging, von dem dieser Scharlatan Chidiock Tichborne predigte, so würde Sam sich mit Freuden von der Frau entrücken lassen, aber nicht im westerlichen Sinne und bestimmt nicht durch eine Feuerwaffe, die die Frau ohnehin nicht besaß.

Aber er glaubte fest daran, daß der Geruch der Sehnsucht Glück brachte. Das größte Glück, das er sich vorstellen konnte und von dem er manchmal im täglichen Schlaf träumte, wäre irgendein Zauber, der entweder die Frau in eine Knackerlake verwandelte oder, besser noch, Sam in einen Mann. Er wünschte sich das von ganzem Herzen, aber ihm war doch klar, daß eine solche Metamorphose schlichtweg ins Reich der Fabel gehörte.

Sam kroch aus seiner Uhr bis an die Kante des Kaminsimses. Die Frau nahm gerade das schwarze Sprechgerät auf und hielt es gegen Ihr Ohr, während einer Ihrer Finger mit dem Bauch der anderen Hälfte des Apparats herumspielte. Sam überlegte, ob Sie Tele-Med anrief, vielleicht ein Programm mit dem Titel »Was tun, wenn dein Exliebhaber mitten in der Nacht deinen Namen betrunken in die Gegend schreit?«. Aber Sie begann in das Ding hineinzusprechen, und niemand *spricht* je mit Tele-Med. Natürlich konnte Sam nicht hören, was Sie sagte, und dieses Mal konnte er es sich nicht einmal vorstellen. Ob er Sie hören könnte, wenn er näher rückte? Ganz nah? Sagen wir mal, oben auf die Sesselkante? Sollte er?

Vorher aber wollte er sichergehen, daß er peinlichst sauber war, obwohl er sein Abendbad bereits genommen hatte und es für das Morgenbad noch zu früh war. Er schrubbte energisch den Kopf, wusch dann seine beiden Schnüffelruten und zählte jedes Segment, während es zwischen seinen Lippen hindurchglitt, 356 Segmente insgesamt, von denen ein jedes ein bißchen Information über seine Umwelt aufzunehmen hatte. Als nächstes wusch und schrubbte er seine Schwanzreifen mit den hinteren Krabblern, prüfte jede Zange, bewegte sie und ließ sie dann aufrecht stehen, denn obwohl seine Schwanzreifen nicht länger Geräusche absorbieren konnten, waren sie immer noch zur vollen Erektion imstande. Er konnte sie, falls nötig, auch dafür benutzen, rückwärts seinen Weg zu ertasten, als umgedrehte Schnüffelruten sozusagen.

Woher weiß eine sorgfältige, auf gepflegtes Erscheinen bedachte Knackerlake, wann ihre nächtliche (oder dreimal nächtliche) Reinigungsprozedur beendet ist? Von den 178 Segmenten auf jeder Schnüffelrute haben die letzten beiden, die ganz vorn an der Spitze sitzen, nur die Funktion, die eigene Sauberkeit, Gepflegtheit und Duftnote zu beurteilen. Sam würde, wie jede andere Knackerlake auch, lieber seine beiden Schwanzreifen hergeben und stocktaub sein, als auf die Spitzen seiner Schnüffelruten verzichten. Wann immer ein Geschöpf sie verliert, sei es durch einen Unfall, Kampf oder weil es sie nicht sauber halten kann, wird dieses Individuum mit ziemlicher Sicherheit schmutzig, stinkend und zerrupft herumlaufen... bis ihm neue Spitzen nachgewachsen sind.

Im Widerspruch zu des Menschen Verachtung ist die

Knackerlake das reinlichste aller Insekten und duldet keinen Schmutzfleck und keine Krankheit auf seinem Körper. Und Gregor Samsa Ingledew war die reinlichste unter den Knackerlaken, nicht nur was seine Person anging. Er hielt auch das Innere und das meiste des Äußeren der Uhr makellos rein. Die Frau, selbst eine pingelige Hausfrau, wäre stolz auf Sam gewesen, wenn Sie von seiner Existenz gewußt hätte. Was nicht der Fall war. Fragte Sie sich denn nie, wenn Sie Ihr Schlafzimmer abstaubte, weshalb die Uhr und das Kaminsims nie gewischt zu werden brauchten?

Sam kletterte an der Kamineinfassung herab zu Boden. Er war im Begriff, sich näher an ein weibliches Wesen zu wagen als je zuvor in seinem Leben, abgesehen von seiner Mutter. Sam hatte, trotz seiner vorbildlich gepflegten Erscheinung, seiner Intelligenz, seiner vornehmen Abkunft und seiner Wohnsituation, die ihn zum attraktivsten und begehrtesten Junggesellen von Stay More machte, einen ererbten Makel, der von größerem Nachteil war als seine Taubheit: Seine Schüchternheit Frauen gegenüber war ungeheuer und übertrieben. Seit Knackerlakengedenken waren alle Ingledews so gewesen. Es war eine Familienlegende, oder nein, ein alter Familienwitz: So wie von jedem männlichen Ingledew irgendwelche überragenden Heldentaten überliefert waren, so war auch jeder zur Zielscheibe einer vergnüglichen Anekdote über seine Schüchternheit gegenüber Frauen geworden und über die außergewöhnlichen Umstände und weiblichen Listen, die nötig gewesen waren, damit wenigstens ein Ingledew jeder Generation heiratete und den Familiennamen fortpflanzte... ebenso wie die angeborene Angst vor Frauen.

Doch seine fürchterliche Schüchternheit gegenüber

dem anderen Geschlecht konnte Sam jetzt nicht davon abhalten, sich Sharon zu nähern, weil er nicht vorhatte, sich Ihr zu zeigen. Sie war ohnehin in Ihr Gespräch über den schwarzen Sprechapparat vertieft. Er wählte die beste Strecke aus, auf der er Ihrer Stimme so nah wie möglich käme, ohne gesehen zu werden, und kletterte die Rückenlehne des großen Sessels hinauf, eine leichte Übung, die darin bestand, Krabbler vor Krabbler auf den rauhen Stoff zu setzen. Oben angekommen, krabbelte er die andere Seite direkt hinter Ihrem Kopf hinab. Behutsam achtete er darauf, Ihr Haar nicht zu berühren, und ebenso sorgfältig behielt er einen Fluchtweg im Auge, um verschwinden zu können in dem unwahrscheinlichen Fall, daß Sie Ihren Kopf in seine Richtung wandte.

Aus dieser Nähe war Ihre Stimme beinah dröhnend laut, obwohl Sie leise sprach. Er konnte, wenn auch nicht jedes Wort, so doch wenigstens einiges verstehen.

»... und er tut mir so leid, aber ich wüßte nicht, was um alles in der Welt ich oder sonst jemand für ihn tun könnte...«, sagte Sie gerade. Sie sprach, so nahm Sam an, mit Ihrer Großmutter. Er hatte damit gerechnet, daß Sie vielleicht den Mann selbst anrufen würde, aber im Heiligen Haus gab es keinen Sprechapparat. Sam stellte überrascht fest, wie froh er war, daß Sie nicht mit Larry sprach, denn das hätte ihn eifersüchtig gemacht. Eifersüchtig? sagte er verwundert zu sich selbst. Ich bin eifersüchtig auf den Mann? Naja, warum nicht?

»... wenn er doch einfach aufgeben und weggehen würde«, sagte Sie jetzt. »Vernon hat angeboten, ihn vor die Tür zu setzen, wann immer ich will. Vernon ist echt wütend, weil er das Haus so herunterkommen läßt und überall Löcher hineinschießt. Nein, nein, Omi, ich hab keine Angst, daß er mich erschießt. Ich gehe nie in die Nähe des Hauses. Er schießt nur spät nachts, wenn er sturzbetrunken ist wahrscheinlich, und seine Dämonen ihn verfolgen. Ja, vielleicht schießt er auf seine Dämonen …«

Sam lächelte. Er hätte seinen Artgenossen im Heiligen Haus gerne erzählt, daß Sie sie Dämonen genannt hatte. Die Frau langte plötzlich nach hinten, und Sam dachte schon, Sie würde nach ihm schlagen, aber Sie wollte sich nur im Nacken kratzen. Wenn es etwas gab, worin die menschliche Kreatur in ihrer Ausstattung den Knackerlaken wirklich überlegen war, dachte Sam, dann waren das die Finger. Knackerlaken hatten nichts Vergleichbares. Die Taster einer Knackerlake nahmen sich dagegen aus wie plumpe Stummel. Einer von Sharons Fingern war mit einem glänzenden Metallband, noch gelber als Ihr Haar, umwickelt: Das glitzernde Licht darauf, das von der Kerosinlampe reflektiert wurde, machte Sam fast blind.

»… findest du nicht auch? Es muß mindestens der hundertste gewesen sein, ich zähl gar nicht mehr mit. Was? Oh, natürlich bewahr ich sie auf. Ich habe einen ganzen Schuhkarton voll. Ich würde nie auch nur auf den *Gedanken* kommen, sie wegzuwerfen, sie sind so wunderbar geschrieben, in solch eleganter Sprache. Ich würde ihm am liebsten zurückschreiben, wenn auch nur, um ihm zu sagen, daß er nie mit seiner Arbeit fertig wird, wenn er seine ganze Zeit damit zubringt, mir Briefe zu schreiben …«

Die Frau drehte den Kopf zur Seite, nicht so weit, daß Sie Sam auch nur aus den Augenwinkeln sehen könnte, aber genug, daß er die Iris Ihres Auges sah. Ihre Augen waren blau, ein helleres Blau als irgendeiner der Farbtöne in der Abendluft, ein Blau wie die Eierschalen der Rotkehlchen, deren Nest während eines Märzsturms einmal in den Hof vom Parthenon geweht war, wo Sam sie gefunden hatte. Knackerlaken haben keinen so ausgeprägten Farbsinn, daß sie mehrere Blautöne wahrnehmen könnten. Ihre Augen sind am empfindlichsten im Ultraviolettbereich, den der Mensch überhaupt nicht sehen kann (deshalb war Sam auch überzeugt, daß der Mensch nicht der allwissende Herrscher über die sichtbare Welt war). Aber Sam konnte deutlich sehen, daß Sharons Iris den azurblauen Ton des Rotkehlcheneis hatte. Die Augen aller Knackerlaken sind von schillerndem Grün. Sam war hingerissen von Sharons Augen.

»... wenigstens *sollte* er an einem kritischen Essay über Daniel Lyam Montross arbeiten, deshalb, sagt er, ist er ja hier. Nein, er selbst hat seit Jahren keine Gedichte mehr geschrieben. Zumindest schreibt er *mir* keine, oder falls er es tut, zeigt er sie mir nicht. Er sagt, er hat Schwierigkeiten, mit dieser Montross-Sache in Gang zu kommen, aber wenigstens hat er damit angefangen...«

In seinen Verwandlungsträumen, in denen er zu Ihrem Liebhaber wurde, zog Sam es vor, Sie nicht auf sein Niveau herabzuziehen und mit Pheromonen auszustatten, sondern stattdessen sich selbst zum Menschen zu erheben, wobei er jedoch sein Affy-Dizzy behalten würde, um Sie damit zu verführen; dann kroch er in Ihr Bett und – nein, »kroch« war der falsche Ausdruck. Er war sich nicht sicher, was er, im Körper eines Mannes, getan hätte.

Von Ihrer Schönheit und seinem Tagtraum, Sie lieben zu dürfen, war er so verzaubert, daß er nicht bemerkt hatte, daß die Stimme völlig verstummt war. Sie hatte am Schluß »Gute Nacht, Omi, schlaf gut!« gesagt, und die Frau hatte ihren Sprechapparat auf den

Tisch neben dem Sessel abgestellt. Jetzt stand Sie auf. Jetzt drehte Sie sich um …

Sams Krabbler kamen in Bewegung, und er machte einen Satz auf die Spalte zwischen den Kissen zu. Aber er war den Bruchteil einer Sekunde zu spät. Sie sah ihn. Er hörte Sie nach Luft schnappen.

In all der Zeit, da die Ingledews das Vorrecht genossen hatten, im Parthenon zu wohnen, hatte keiner von ihnen es je zugelassen, daß die Frau sie erblickte. Sam hatte gegen diese Tradition verstoßen, und er fühlte sich einfach hundeelend. Sein Vater würde ihn dafür in den Westen schicken.

## 6.

Doc Colvin Swain war der siebte Sohn eines siebten Sohnes, was ihn in der Ozark Tradition so unweigerlich dazu ausersah, Arzt zu werden, selbst gegen seinen Willen, wie täglich die Sonne unterging. Er war ein geborener Swain (ein alter, alter Familienname, nicht zu verwechseln mit »swain«, dem Namen für unreife Prä-Imago-Knackerlaken, dem männlichen Pendant zu »Nymphe«), der als letzter, oder siebter, aus dem Osterei seiner Mutter geschlüpft war, und Colvin war wiederum der letzte in der Reihe von sieben, die aus dem Osterei schlüpften, nach Irvin, Gavin, Alvin, Marvin, Steven und Vincent.

Wenn die Stellung als siebter Sohn nicht gereicht

hätte, ihn zum Mediziner zu bestimmen, so hätten Colvin Swains Name, den er zu ändern nie die Neigung verspürte, und die mit diesem Namen verbundenen Erinnerungen ihn davor bewahrt, eine »normale« Knackerlake zu werden. Der menschliche Colvin Swain war nämlich während der letzten Jahre der Gemeinschaft im Dorf von Stay More, also vor Ewigkeiten, ein sehr beliebter Arzt gewesen. Nicht nur das – Doc Swain, die Knackerlake, hatte die Persönlichkeit des längst verwesterten menschlichen Doc Swain angenommen, wie auch seine Rede, seinen Charakter und sogar seine Gewohnheit, »Hausbesuche« zu machen. Außerdem bewohnte er die Ruine der alten Swain-Klinik an der Roamin Road, auf halber Strecke zwischen Heilig Haus und Parthenon, jeweils eine Achtelmeile von beiden entfernt. In der baufälligen Swain-Klinik wohnte niemand außer Doc (ein Witwer) und einer Familie von Weberknechten, die Doc zu groß zum Verspeisen fanden, außerdem mehrere Familien von *Theridon tepidarioum*, der ganz gemeinen Hausspinne, deren Netze jeden Winkel in der Klinik bedeckten, die aber, wie Fledermäuse, nur solche Insekten fraßen, die flogen, etwas, was Doc seit seiner letzten Flucht vor der Großen Weißen Maus nicht mehr getan hatte. Tatsächlich kursierte sogar das Gerücht, Doc habe verschiedenen seiner arachniden Mitbewohner medizinische Dienste erwiesen; jedenfalls stand er mit den Spinnen auf gutem Fuß und hielt die Klinik am Laufen... oder besser am Humpeln, denn ihm fehlten drei nicht wieder nachgewachsene Krabbler, zwei auf der einen, einer auf der anderen Seite, die er an den Zubiß seiner Nemesis verloren hatte, der Großen Weißen Maus, die ihm bei einer mildtätigen Besorgung im dichten Gestrüpp aufgelauert hatte... oder zumindest behauptete er das, obwohl ein Augenzeuge angedeutet hatte, die mysteriöse Monstermaus könnte provoziert worden sein, denn Doc sei dabei gesehen worden, wie er der Maus den Schwanz abzubeißen versuchte, um ihn für einen der Zaubertränke und Aufgüsse zu verwenden, die er gelegentlich zusammenbraute. Es hieß, die Schwanzspitze einer Albinomaus sei eine wesentliche Zutat zu einer Medizin gegen Gicht, unter der mehrere von Docs männlichen Patienten zu leiden hatten. Doc aber schwor, der Angriff der Großen Weißen Maus sei völlig unprovoziert gewesen, und sann seitdem beständig auf Rache.

»Heile dich selbst!« sagte zwar nie jemand, doch wäre es angebracht gewesen, denn er war selbst ein reines Wrack. Außer seinen drei nicht wieder nachgewachsenen Krabblern plagten ihn Herzrhythmusstörungen, Verdauungsprobleme, und seine Ocellen, oder Sterngucker, waren fast blind... auch hatte es den Anschein, als habe er die Gicht. Aber sein Verstand war ausgezeichnet, und neben Junker Hank Ingledew wurde er als der weiseste Weise der Welt angesehen.

Und in der Tat, neben Junker Ingledew war der Platz, wo er zu sein wünschte; zwei alte Knaben, die ihre gegenseitige Gesellschaft der der geringeren Sterblichen vorzogen, und an manchem Abend konnte man sie auf der Veranda von Docs Klinik zusammen finden, wie sie dem Treiben der Welt zusahen, ihre Kommentare dazu abgaben und Hof hielten für die anderen Müßiggänger, zum großen Teil ältere männliche Knackerlaken, die sich gerne dort versammelten, da es ihnen von Junker Hank verboten war, sich auf der Veranda des Parthenon zu treffen, und die die Veranda vom Heiligen Haus anderem Volk überließen.

In jeder x-beliebigen Nacht konnte man nach dem

Frühstück zwei Dutzend oder mehr dieser Müßiggänger um Doc Swain und Junker Hank herumlümmeln sehen; sie lauschten ihren Reden über uralte Ereignisse von Stay More, ihren unglaublichen Geschichten und dem prophetischen Eifer, mit dem sie sich über ihr Lieblingsthema ausließen, nämlich Die Bombe. Insbesondere die unreligiöse, weil die Entrückung negierende Anschauung, wie sie von vielen vertreten wurde, die nicht daran glaubten, daß der Mensch die Gerechten vor jener großen Explosion retten würde, sondern eher selbst mit in dem Holocaust untergehen würde, so daß den Knackerlaken die lastvolle Verantwortung bliebe, die Erde zu erben, worauf sie durchaus nicht sonderlich erpicht waren. Niemand konnte sich eine Explosion vorstellen, die noch lauter oder schlimmer war als die beim Kugelfeuer des Mannes, und es gab viele, die glaubten, daß das Schießen des Mannes schon Die Bombe sei, aber die Urbombianer erzählten den Anabombianern, daß die Explosion der Kugeln aus Seinem Revolver dagegen wie ein bloßes Räuspern klang.

Heute abend hatten Doc Swain, Junker Hank und die Müßiggänger der Jungfernparade auf der Roamin Road zugesehen, die bis hinauf zum Parthenon und zurück defiliert war; sie hatten beobachtet, wie der betrunkene Jack Dingletoon ihnen hinterhertorkelte, und sie hatten über verschiedene Mädchen, über Jack, über einander und über alles und jedes in der sicht- und schnüffelbaren Welt ihre Kommentare abgegeben, Witze gerissen und zweideutige Bemerkungen gemacht.

Als das Ende der Prozession in Sicht kam und die Witzblattfigur Jack Dingletoon johlte: »Heijo, ich bin kein Dingletoon nicht mehr! Jawoll, ich bin ein lupenreiner, waschechter Ingledew, und ein *Junker* obendrein!«, ließen die Müßiggänger schnell Blick und

Schnüffelruten in Richtung Junker Hank gleiten, um seine Reaktion zu sehen, und einer von ihnen, O.D. Ledbetter, bemerkte: »Was meint ihr, was hat diesen Trottel wohl auf so eine Idee gebracht?«

»Chism-Tau gibt jedem das Gefühl, größer zu sein, als er ist«, erwiderte Elbert Kimber. »Dazu ist er doch schließlich da, oder nicht?«

Junker Hank äußerte sich nicht, sondern spuckte aus und bewegte nachdenklich die Backen. Niemand konnte sich erinnern, ihn je zuvor so schweigsam erlebt zu haben.

»Nee, nee«, wandte Doc Swain ein, »das ist es nicht. Er hat wahrscheinlich die Nerven verloren, weil ich ihm vor einer Weile gesagt habe, daß er eh nicht mehr viel Zeit hat und bald in den Westen muß. Er hat mich gebeten, ihn zu untersuchen, und ich will verdammt sein, wenn seine Malphigischen Röhren nicht völlig voller Fettkörperchen sitzen.«

Die Müßiggänger blickten erst den Doc und dann einander an. »Ist das echt wahr?« sagten mehrere, und »Das meint Ihr doch nicht wirklich?« sagten andere, und einer sagte sogar: »Was ist eine malviehische Röhre?« Einer nach dem anderen spuckte aus. Die meisten hatten guten Grund, auszuspucken, nicht um ihr Revier zu markieren (denn dieses ganze Revier gehörte Doc), sondern weil eine der vielen Gaben, mit denen der Mann sie segnete, die Zigarettenstummel waren, die er überall im Heiligen Haus verstreute, und aus denen eine Menge kaubarer Blätter gewonnen werden konnten, die die meisten männlichen Knackerlaken von Stay More genossen. Tabak verschaffte ein angenehmes Schwindel- und Leichtigkeitsgefühl im Kopf, aber vor allem war das Kauen und Spucken wichtig als eine Art Ritual, mit dem man sich der eigenen Identität und

Männlichkeit versicherte und seine Zugehörigkeit zur Männerwelt dokumentierte.

»Die Malphigischen Röhren«, erklärte Doc, »sind Teil des Verdauungssystems, sie sind gewissermaßen um deine Gedärme gewickelt wie kleine Drähte. Der Mensch nennt sie ›Nieren‹.«

»Na klar«, sagte Tolbert Duckworth, »ich hab immer einen kleinen Trank bereit für die Röhre meiner Frau.«

Die anderen Müßiggänger lachten, aber Doc sagte: »Nicht *diese* Röhre. Die, die ich meine, sitzt gewissermaßen auf halber Strecke zwischen deinem Magen und deinem Arschloch. Sie filtert gewissermaßen alle Säfte, die durch deinen Körper fließen.«

Mehrere nickten, weil sie verstanden, und spuckten, bis Lum Plowright bemerkte: »Also ist das Sieb vom ollen Jack kaputt?«

»Naja, die Fettkörperchen haben jedenfalls seine Malphigischen Röhren abgequetscht«, erklärte Doc, und fühlte sich ein bißchen schuldig, daß er gegen den Scheinheiligen Eid verstieß und die Beschwerden eines Patienten öffentlich erörterte.

»Seine Frau jedenfalls ist ein dralles kleines Fettkörperchen«, bemerkte Fent Chism, und alle brachen in schallendes Gelächter aus, während sie an Josie Dingletoon dachten, die trotz der vielen Ostereier, die sie gelegt hatte, noch ein hübscher Happen war.

»Nicht mehr lange, und sie ist eine menschverdammte Witwe«, bemerkte Doc.

Dieser Kommentar brachte die Müßiggänger zum Nachdenken, wie das so ihre Art ist, über die eigene Sterblichkeit, über die Witwe, die man hinterlassen würde, wenn man nicht schon verwitwet war, über die Kinder, die einen überleben und betrauern würden oder auch nicht, und über das Wesen des Westens und des Lebens nach dem Westen, falls es denn eines gab. Solch ernstes Sinnen brachte sie naturgemäß auf das eine oder andere ihrer Lieblingsthemen, die, janusköpfig, zusammengehörten: die glorreiche Vergangenheit des jetzt beinah verwesterten Stay More und die jeden Tag (oder jede Nacht) zu erwartende Ankunft Der Bombe.

Heute nacht verweilte der Konvent der Müßiggänger so lange bei jedem Thema, bis es erschöpft war. Vielleicht ist es unfair, diese Gesellschaft »Müßiggänger« zu nennen, denn alle Knackerlaken sind von Natur aus ein Muße suchendes Volk, Nichtarbeiter, sogar mit einem Hang zum Vagabundentum, wie der Name *Periplaneta* nahelegt. Vor allem im Vergleich zu der fleißigen Biene, der hyperaktiven Ameise, der emsigen Termite, den verschiedenen Nestbauern, Gipsern, Töpfern, Bohrern und Beißern, deren tägliche oder nächtliche Existenz sich durch unaufhörliche Aktivität auszeichnet, tut die Knackerlake, wenn sie erst ihre nächtliche Ration an Krümchen, Krusten oder Bröseln aufgetrieben hat, nichts mehr, sondern läßt es ruhig angehen, hängt herum, trödelt, bummelt und macht es sich bequem, hat keine weitere Verpflichtung als die schwere Aufgabe, sich etwas auszudenken, mit dem man sich die Zeit zwischen abendlichem Frühstück und morgendlichem Dinner vertreiben kann.

Kein Wunder also, daß die Knackerlaken fast nichts mehr lieben als Klatsch, Philosophie, Ulk und Schabernack, Witze, Geschichten, Sagen, Legenden, Aberglauben und halb ausgegorene Religion. Mit dieser natürlichen Neigung sind die Knackerlaken wie geschaffen, dem Menschen der Ozarks nachzueifern, oder zumindest dem Ozark-Menschen, wie es ihn früher einmal gegeben hat, in jenen vergangenen legendären Tagen von Stay More, als der Mann, obwohl Bauer, und dazu noch tüchtig, Seinem Hof gerade soviel Arbeitskraft widmete, wie Er brauchte, um Seine Familie und Seine treu ergebenen Knackerlaken zu ernähren, ansonsten aber den größeren Teil Seines Lebens geruhsam verbrachte.

Obwohl nur noch ein Mensch in Stay More geblieben war, auf den die Knackerlaken sich verlassen und den sie verehren konnten, und obwohl Er nicht annähernd so interessant war wie die sagenhaften Stay Morons von dazumal, war Er doch zumindest, wie sie, dem Müßiggang ergeben. Er arbeitete nicht. Er bestellte keinen Ackerboden, obwohl Gerüchte kursierten, Er bringe einen winzigen Teil seiner Tageszeit damit zu, spät nachmittags, bevor irgendeine Knackerlake wach genug war, um Ihn zu beobachten, in einem winzigen Gemüsegarten gegenüber dem Heiligen Haus, auf der anderen Seite der Roamin Road, herumzuwerkeln. Eines Nachts hatte sich eine Delegation von Knackerlaken dorthin aufgemacht und Seine mickrigen Salatköpfe inspiziert. Die letzten menschlichen Ingledews waren in erster Linie Gärtner gewesen und berühmt für Ihre Fähigkeit, Zwiebeln so groß wie Äpfel zu züchten. Sie nannten sie allerdings »Engel«, fast so wie sich selbst. Dieser Mann sprach sie nicht so aus... oder vielleicht tat Er es. Das war schwer zu sagen, weil Er nie sprach. Er hatte niemanden, mit dem Er reden konnte.

Die Müßiggänger, wenn wir sie denn so nennen wollen, bewunderten ihren Mann, weil Er wie sie ein passionierter Müßiggänger war, doch sie bemitleideten Ihn auch, weil Er niemanden hatte, mit dem Er den Müßiggang genießen konnte. Keiner der jetzt lebenden Knackerlaken konnte sich erinnern, daß es jemals mehr als einen Mann gegeben hatte, und tatsächlich glaubten die meisten der fundamentalistischen Chrustenlaken, daß es nur einen einzigen Mann auf der ganzen Welt gab, aber in den alten Geschichten, die sich die Müßiggänger immer wieder auf Doc Swains Veranda erzählten, ging es um ein Stay More, das von vielen bevölkert war und in dem Männer (und dazu auch Frauen und Kinder) in einem idyllischen Goldenen Zeitalter zusammenlebten und zusammen dem Müßiggang frönten.

Das Goldene Zeitalter von Stay More würde nur solange Gegenstand endloser Legenden und verklärter Theorien unter den erzählenden Knackerlaken bleiben, bis die Zeit nach Der Bombe kam, wenn gemäß dem chrustlichen Glauben Joshua Chrust selbst aus dem Westen auferstehen würde und alle Welt in einer Entrückung zu sich riefe, damit jeder weiterlebe auf der rechten Hand des Mannes, im vollkommenen Goldenen Zeitalter der Ozarks von ehedem. Selbst jene ungläubigen Knackerlaken, die die Verheißung der Auferstehung Joshua Chrusts nicht akzeptierten, glaubten, daß nach Der Bombe ein neues Goldenes Zeitalter anbrechen würde.

Allein Doc Swain glaubte nicht daran. Obwohl er einer fröhlichen Philosophie anhing, war er doch ein ausgemachter Pessimist, was Die Bombe betraf. Die Bombe war seiner Meinung nach unvermeidlich. In welcher Form die Katastrophe auch eintreten mochte – ob als Vergiftung, Erdbeben, Hungersnot oder, am allerschrecklichsten für die wärmeliebenden Knackerlaken, als großer Frost – sie würde grauenhaft sein.

Knackerlaken sind Allesfresser, aber das würde ihnen auch nicht viel nützen, wenn es rein gar nichts mehr zu fressen gab.

»Freunde, sagt mal, wenn es dazu kommen sollte«,

brachte einer der Müßiggänger die Frage auf den Punkt, »könnten wir dann Raupenscheiße essen?«

»Nach Der Bombe«, erwiderte Doc, »werden die Raupen die ersten sein, die verwestern.«

Der eine große Nachteil der Ausdauer, Langlebigkeit, Anpassungsfähigkeit und Unverwüstlichkeit der Knackerlaken bestand darin, daß sie sich als letztes überlebendes Geschöpf nach der Katastrophe vor ein großes Problem gestellt sehen würden: Wen oder was sollte eine Knackerlake essen?

»Wär mir echt nicht recht, die letzte Schabe im Osten zu sein«, teilte Doc den versammelten Müßiggängern mit.

»Mir auch nicht«, stimmten ihm mehrere der anderen zu und spuckten nachdenklich, aber bestimmt, nacheinander aus.

»Naja, Doc«, meldete sich Junker Hank Ingledew zu Wort, »wenn Sie der letzte wären, müßten Sie mich zuerst erledigen, bevor Sie anfangen könnten, mich zu essen, und wenn Sie mich dann verspeist hätten, wäre Ihr größtes Problem, herauszufinden, bei welchem Ihrer Körperteile Sie anfangen wollen, wenn Sie sich selbst verspeisen.«

Die Müßiggänger lachten herzhaft, und O.D. Ledbetter erklärte: »Ich für mein Teil würde mein Hinterteil zuerst essen.«

»Hach«, sagte Elbert Kimber, »dann hättest du nicht mal ein Arschloch, um das wieder loszuwerden, was du gegessen hast!« Alle Müßiggänger prusteten und wieherten.

»Ich schätze, ich würde meine Schnüffelruten als erstes essen«, sagte Tolbert Duckworth, »weil ich sie eh nicht mehr würde brauchen können, ohne jemanden, der zum Erschnüffeln da wäre.«

»Dann würdest du nicht merken, wie sehr du stinkst«, bemerkte Junker Hank.

»Das wäre sowieso egal«, versetzte Lum Plowright. »Aber ich, was ich tun würde, weil es doch meine letzte Mahlzeit auf Erden wäre, ich würde mir was gönnen und zuerst meinen Magen aufessen.« Mehrere nickten zustimmend und spuckten aus.

»Damit würdest du dich augenblicklich verwestern«, sagte Doc Swain. »Jetzt will ich euch was sagen, Leute. Angenommen, ich könnte Junker Hank erledigen und wäre statt seiner der letzte, und angenommen, ich hätte schon die Genugtuung gehabt, diese Weiße Maus eine langsame und qualvolle Verwesterung western zu sehen, ich schätze, ich würde gar nichts von mir essen, sondern mich lieber langsam in den Westen hungern und noch einen letzten Spaziergang runter zum Banty Creek und zurück machen.«

»Dann könnten Sie genausogut reinspringen und ersaufen«, sagte Junker Hank und spuckte aus.

»Nee, nee«, erwiderte Doc Swain, »ich würd mich bloß umgucken, jedes Lebewesen, das verwestert ist, ansehen, einschließlich dieser vermaledeiten Weißen Maus, und ich würde wissen, daß ich das allerletzte mannverdammte Lebewesen auf der Erde wäre. Wär das keine Befriedigung? Wär das keine Entschädigung für alles, was ich durchmachen mußte? Einfach nur, das zu wissen? Mir zu sagen: ›Ich bin das letzte mannverdammte Lebewesen auf Erden?‹«

Da dies alles nur heuristische Fragen waren oder auch rhetorische oder auch beides, gab niemand Antwort. Die Gesellschaft der Müßiggänger versank in meditatives Schweigen, während sie sich das Szenario, das Doc ihnen ausgemalt hatte, vorstellte. Schließlich bemerkte Tolbert Duckworth, ein guter Chrustenlake und einer der Kirchenältesten: »Wie macht es uns doch glücklich, zu wissen, daß unser Herr Joshua Chrust uns entrücken und von all diesen Dingen erlösen wird, wenn nicht der Mann uns vorher persönlich entrückt.«

Mehrere andere nickten und spuckten aus. Weder Junker Hank noch Doc Swain nickten, aber sie spuckten beide aus.

## 7.

Tish Dingletoon blieb noch lange unter dem Tanzboden, nachdem Bruder Tichborne die Spiel-Party abgebrochen hatte und jeder nach Hause oder sonstwohin gegangen war. Sie fragte sich, ob sie wohl je wieder die Gelegenheit bekäme, Archy Tichborne in ihre Nähe zu locken, ihn dann in Reichweite ihrer Pheromone zu bringen, wenn sie sie auch gebrauchen könnte. Nein, wahrscheinlich hatte das Schicksal-Ding sie dazu bestimmt, einen Carlotter zu heiraten. Wie eitel von ihr, auf die Aufmerksamkeit einer Knackerlake aus dem Heiligen Haus zu hoffen. Klar, Jim Tom Dinsmore wäre glücklich, sie zu bekommen, und würde sie heim zu sich in den Sack führen, wenn sie ihn heiratete, aber er war ein kümmerliches, unansehnliches Exemplar von Sackerlake, verglichen mit Archy Tichborne.

Kannst ebensogut zusehen, daß du nach Hause kommst, sagte Tish zu sich selbst, kroch unter dem Tanzboden hervor und lenkte traurig ihre Schritte heimwärts. Aber als sie den Pfad zu dem hohlen Holzklotz suchte, in dem die Dingletoons zu Hause waren, rannte sie gegen eine der Fingerspitzen des Mannes, der der Länge nach mit ausgestreckten Armen im Gras von Carlott lag. Seine Nähe überwältigte sie, mehr noch als Seine ungeheure Größe. Tish ließ ihre Schnüffelruten über die Spitze Seines Fingernagels gleiten und versuchte, die Fülle der Gerüche von allem, was der Mann in den letzten paar Stunden berührt, gekratzt, gekitzelt oder befummelt hatte, zu identifizieren. So nah wie jetzt war sie dem Mann noch nie gekommen, und sie hatte sich noch nie einem der Dinge genähert, die der Mann berührt, gekratzt, gekitzelt oder befummelt hatte, so daß sie diese seltsamen neuen Gerüche mit ihren Schnüffelruten nicht sogleich erkennen konnte. Sie war von großer Ehrfurcht ergriffen, hatte aber keine Angst. *Fürchte den Herrn, deinen Mann*, hatte sie wieder und wieder zu hören bekommen, und doch hatte sie keine Angst vor Ihm. Als sie durch das hohe Gras trippelte, in das Sein Gesicht gepreßt lag, und Ihm dann so nahe kam, daß die Spitzen ihrer Schnüffelruten die Enden Seiner Bartstoppeln berühren konnten, trat an die Stelle von Angst und Demut, die sie Ihm gegenüber eigentliche empfinden sollte, plötzlich Mitleid, etwas, das zu fühlen ihr absolut nicht zustand, als wäre sie etwas Besseres als Er oder glücklicher als Er oder zumindest nüchterner als Er, oder als wäre sie durchaus nicht kleiner als Er, sondern genauso groß. Dies wäre beinahe einer blasphemischen Überheblichkeit gleichgekommen, wäre die Sympathie nicht ein reiner Impuls gewesen und ohne jede Eitelkeit.

»Armer Bursche«, sagte sie laut in dem Wissen, daß Er sie nicht hören konnte. »Du bist auch nur ein Geschöpf, genau wie ich. Was dir soviel Sorgen macht, ist gar nicht so verschieden von den ganzen Sorgen, die ich habe. Du kriegst auch Hunger, oder? Und du wirst bestimmt auch traurig, könnt ich wetten. Und vor allem, Mann, fühlst du dich die ganze Zeit einsam.«

Egal, daß, wenn Er aufwachte und Seinen Revolver dabei hätte, Er sie, schneller als sie mit ihren Sternguckern blinzeln konnte, entrückt hätte. In diesem Moment liebte Tish Ihn, und es war nicht die Liebe, von der die Chrustenlaken sprachen, wenn sie sagten: *Liebe den Herrn, deinen Mann.*

Tish wußte, daß das Schicksal-Ding mächtiger war als Er, daß Er ebensosehr unter der Macht des Schicksal-Dings stand wie sie. Hatte das Schicksal-Ding einen besseren Namen? War sein Name »Sharon«? Hatte Er das Schicksal-Ding angerufen, als Er nach Sharon rief? Wenn Sharon der Name des Schicksal-Dings war, dann sollte Tish ihre Gebete nicht an den Mann sondern an Sharon richten.

Versuchsweise rief Tish, wie Er es getan hatte: »SHARON!« Noch einmal rief sie, lauter, aber zugleich fragend: »SHAY-RONN?« Aber wenn das der Name des Schicksal-Dings war, dann antwortete Er – oder Sie – genausowenig, wie Es – oder Sie – vorher dem Herrn geantwortet hatte.

Während Tish so in Gedanken versunken heimwärts schritt, fiel ihr ein, daß »Sharon« vielleicht gar nicht der Name des Schicksal-Dings war, sondern vielmehr der Name der Frau, die im Parthenon wohnte. Oder vielleicht war die Frau selbst das Schicksal-Ding. Tish hatte die Frau zum allerersten Mal an diesem Abend gesehen, als der Umzug der Mädchen im Vorgarten des Parthenon kehrtgemacht hatte, jenem sagenumwobenen Haus, das das Privatschloß der Junker Ingledew war. Obwohl Tish Junker Hank oftmals im Dorf gesehen hatte, hatte sie den hübschen Junker Sam noch nie zu Gesicht bekommen, der, wie ihre Freundinnen ihr erzählt hatten, sich nicht unter die Leute zu begeben pflegte. Tishs Freundinnen hatten nächtliche Fantasien, in denen sie ununterbrochen angeschaut und hofiert wurden vom Junker Sam, wie ein Mädchen aus dem Volke von einem Prinzen, vielleicht von ihm geheiratet wurden und zur Prinzessin erhoben, die mit ihm in seiner berühmten Uhr wohnen durfte. Tish konnte sich nicht einmal vorstellen, wie eine Uhr wohl aussehen mochte, obwohl sie sie zu jeder Stunde in der Ferne hörte, und irgendwie verbanden sich ihre Klänge »BRÖTCHEN«, »TORTE« etc. mit Junker Sam, als riefe er mit süßer sonorer Stimme die Stunden der Nacht für sie aus.

Solcherart waren die Gedanken, die durch ihren jungen Kopf gingen, als sie langsam nach Hause wanderte. Als sie dem Holzklotz der Dingletoons näher kam, hörte sie bestimmte rhythmische Klänge, die sie als die Stimme ihrer Mutter erkannte, die Tishs kleinen Geschwistern zuflötete:

»Joshua segne eure kleinen dunklen Äuglein! Und eure kleinen Wängelchen wie Wachs. Und eure Kirschmündchen! Und eure dürren Beinchen! Und jedes kleine bißchen eurer gesegneten Körperchen!«

Es waren ihrer so viele. Alle aus den verschiedenen Bruten von Jack und Josie Dingletoon, einschließlich eines frisch geschlüpften Geleges von fünfzehn, die kaum ihr milchweißes Babykleid abgelegt hatten und deren Osterei noch wie eine große Geldbörse mit offenem Reißverschluß mitten im Wohnzimmer lag. Außer diesen Babys, die überall herumflitzten auf der Suche nach jedem Krümchen, das sich kauen ließ, gab es noch eine Brut von einem Bäckerdutzend, also dreizehn, im dritten Stadium, und eine weitere Brut im fünften Stadium, so daß sie eine recht kinderreiche Familie abgaben. Natürlich konnten die älteren Kinder dieser Familie eigentlich fortgehen und ihren eigenen Hausstand gründen, aber die Dingletoons hatten viel Familiensinn und verfügten, wie so viele arme Familien in Carlott, über einen starken Herdentrieb – die Herdenlaken von Stay More. Tish war die einzige der Geschwister ihrer Generation, die noch im Hause geblieben war, und so fiel ein Teil der Aufgabe, die Jüngeren zu beaufsichtigen, ihr zu.

Als ihrer aller Mutter und Veteranin vieler Nächte, in denen sie Ostereier am Ende ihres Unterleibs mit herumgeschleppt hatte, hatte sich Josie Dingletoon jedoch viel von der Frische und sogar der hübschen Glätte ihrer Jugend bewahrt, und es war deutlich zu sehen, daß Tish alle Reize, die sie besitzen mochte, von ihrer Mutter geerbt hatte.

»Ich werde eine Weile mit ihnen tanzen, Mama«, erbot sich Tish, um ihrer Mutter die Verantwortung, die Kinder bei Laune zu halten, eine Zeitlang abzunehmen.

Aber die stets heitere Josie schien heute nacht fröhlicher denn je. »Wir alle werden tanzen!« rief sie aus. »Ich bin ja so froh, daß du gekommen bist, Laetitia-Schätzchen, aber nicht, weil du mir die Kleinen abnimmst. Wir alle haben Grund zum Feiern und zum Tanzen! Warte nur, bis ich's dir erzähle!«

»Maa-ma ... «, sagte Jung Jubal und berührte sie zaghaft mit einer seiner Schnüffelruten, doch er fand keine Beachtung.

»Hat es was damit zu tun, daß Daddy sich heute abend vor allen lächerlich gemacht hat?« fragte Tish. »Hast du schon davon gehört? Es war mir dermaßen peinlich, daß ich am liebsten im Boden versunken oder auf der Stelle von einem Frosch verschluckt worden wäre!«

»Na, na, Töchterchen, er hat man doch bloß die Neuigkeit gefeiert. Es hat sich herausgestellt, daß wir Leute von Stand sind, und dein Vater hat guten Grund, stolz zu sein! Wir alle haben Grund, stolz zu sein wie Oskar! Wir gehören zu einer großen Familie, die bis weit vor die Zeit von Joshua Chrust persönlich zurückreicht, bis in die Zeit der berühmten heidnischen Ingledew von dazumal!«

»Maa-ma...« Jung Jubal versuchte von neuem, ihre Aufmerksamkeit auf sich zu lenken, wurde aber wiederum zur Seite geschoben.

»Was um alles in der Welt redest du da, Mutter?« fragte Tish.

»Hör mir gut zu, Tishy-Schätzchen!« rief Josie, beinahe außer sich vor Aufregung. »Diese Neuigkeit wird dir die Brust schwellen lassen! Ich schwöre dir, wir alle sind Ingledews! Dein Vater hat nicht nur aufgeschnitten! Das war keine faule windige Lügengeschichte, die er irgendwo aufgeschnappt hat! Er ist der rechtmäßige Nachkomme von all den großen Junkers Ingledew!«

*»Maa-ma!«* wiederholte Jubal hartnäckig und schaffte es endlich, daß sie Notiz von ihm nahm. »Sind wir jetzt allesamt Junkers?«

Josie sah hinunter und schnüffelte auf ihren Sohn hinab. »Nein, du Dummerchen«, sagte sie zu ihm. »Bloß ich und dein Papa.«

»Es freut mich sehr, das zu hören, Mutter, wenn es stimmt«, sagte Tish, »aber wird es uns irgend etwas nützen?«

»Aber natürlich, Kindchen«, erklärte Josie. »Wir können alle miteinander in den Parthenon ziehen!« Sie machte eine Pause, damit diese Worte von jedem lauschenden Paar Schwanzreifen in aller Länge ausgekostet werden konnten. Die älteren Geschwister flüsterten einander aufgeregt das Zauberwort *Parthenon* zu, und die mittleren Geschwister fingen an, den kleinsten zu erklären, was und wo der Parthenon war.

Tish konnte nicht an diese märchenhaften Aussichten glauben, und sie fing an, ihre Schnüffelruten umherzuschwenken auf der Suche nach ihrem Vater, damit er die Erzählung bestätige. »Wo steckt eigentlich Daddy?« fragte sie ihre Mutter.

Josie machte ein betretenes Gesicht. »Nun werde mir jetzt nicht gleich wütend auf deinen armen alten Papi, Tishia, aber er war so aufgeregt über die Neuigkeit, daß er sehen will, ob sie ihn nicht in die Kochstatt im Heiligen Haus lassen.«

*»Was!«* rief Tish aus. »Pah, er ist ja völlig übergeschnappt! Wie konntest du ihn so etwas nur tun lassen?«

Josie ließ den Kopf hängen. »Na ja, er hat sich immer so nach einem bißchen echten Bier gesehnt, und wer bin ich, ihm das zu verwehren? Aber ich schätze, ich geh ihn besser holen, bevor der Dummerjan sich noch vom Herrn totschießen läßt.«

»Der Herr wird heute nacht niemanden mehr entrücken«, sagte Tish. »Er ist mitten in Carlott bewußtlos umgekippt. Ich habe Ihn berührt.«

»Du hast *wie bitte?*« fragte Josie entgeistert.

»Nicht mit meinen Fühlern, nur mit den Schnüffelruten. Ich hab Ihn angefaßt, wie Er so dalag, bloß um zu sehen, ob Er sich echt anfühlt«, erklärte Tish mit nicht geringem Stolz.

Im ganzen Raum wurde es still. Keins von den mittleren Geschwistern, von den jüngeren ganz zu schweigen, hatte Ihn jemals zu Gesicht bekommen, obwohl sie jeden Morgen vor dem Schlafengehen ihre Gebete zu Ihm sprachen. Doch zu denken, daß ihre eigene große Schwester Tish Ihn nicht nur gesehen, sondern sogar wirklich und wahrhaftig tatsächlich *berührt* hatte! Alle drängten sich um sie und versuchten, sie zu berühren, als könnte etwas von dem Zauber auf sie übergehen. Dann fingen alle gleichzeitig an aufgeregt zu plappern.

»Pst! Nun mal ruhig, Kinder!« sagte Josie streng und wandte sich Tish zu. »Tochter, ich weiß nicht, was ich von dir denken soll! Hab' ich dir denn kein bißchen Vernunft beigebracht! Weißt du denn nicht, daß du nie, aber auch niemals den Herrn berühren darfst?«

»Aber Er liegt völlig besinnungslos da, westmäßig betrunken, genau wie Daddy manchmal«, versuchte Tish zu erklären.

Josie ohrfeigte sie. Mit beiden Schnüffelruten schlug die Mutter Tish ins Gesicht, bis der die Tränen kamen. »Jetzt halt aber deinen sündigen Mund!« rief sie aus. »Das ist Blasphemie! Der Herr schläft wahrscheinlich nur, so spät in der Nacht, und du hast womöglich Seine Ruhe gestört!«

»Aber Er ist betrunken wie 'ne gekochte Eule!« heulte Tish, und sie sagte die Wahrheit, obwohl, genaugenommen, keine der Eulen, die sie gesehen hatte und von denen es mehrere in den Wäldern von Stay More gab, je gekocht oder betrunken gewesen war.

Josie schnappte nach Luft, ließ etwas vernehmen wie hmhmhm und schlug mit den Schnüffelruten das Zeichen der Stecknadel. »Am besten geh ich selbst mal nachsehn«, sagte sie zu sich selbst, und dann laut zu ihrer ältesten Tochter: »Ich geh wohl besser mal nach deinem Vater sehen.« Mit einer gründlichen Reinigung bereitete sie sich auf das Ausgehen vor.

»Mama, du willst doch nicht etwa auch in der Kochstatt vorbeischauen, oder?« fragte Tish.

»Wenn es sein muß«, sagte Josie, fast außer sich vor Nervosität; wenn sie auch nicht den Herrn berühren konnte, so würde sie doch vielleicht ihren Mann in der Kochstatt finden, wo sie noch nie gewesen war, und dort womöglich etwas von den sagenhaften Eßvorräten zu kosten bekommen. Und vielleicht würde ihr sogar der Zutritt in eine der Bierdosen gestattet werden. »Jetzt hör mir gut zu, Tish«, wies sie ihre Tochter an, »wenn ich vor Tagesanbruch nicht zurück bin, dann paß auf, daß keiner von den Kleinsten den Morgenstern sieht, und sieh zu, daß sie alle ihre Gebete sprechen, und halte Jubal vom Schlafloch seiner Schwestern fern und laß keinen von ihnen ins Speiseloch, wo Papa die Morcheln aufbewahrt, und sorg dafür, daß keiner von ihnen die Sonne aufgehen sieht. Kannst du das alles behalten?« Tish nickte, obwohl es eine lange Liste von Maßregeln war und noch eine weitere hinzukam, eine Formalität: »Und nimm dich in acht vor Mardern, Milben und mordlustigen Mäusen!«

»Paß bloß auf dich auf, Mama«, sagte Tish, als Josie den Klotz verließ und Tish sich allein verantwortlich sah für die ganze Familie. Ein gutes Dutzend ihrer Geschwister krabbelte zu ihr heran und bettelte um eine Geschichte, aber sie schickte sie fort und vertröstete sie auf eine Gutenachtgeschichte. Sie beaufsichtigte sie, so gut sie es vermochte, als sie den Klotz verließen, um nach Stückchen von Algen und Schwämmen zu suchen, einer eßbaren aber nicht sehr schmackhaften Nahrung. Mit ihren Schwanzreifen hörte Tish das Geräusch ihrer Mägen, die wie eine Horde hungriger Ameisen knurrten. Fast abwesend langte Tish nach oben und nahm ihre Schnüffelruten in den Mund, fing an, sie gleichzeitig zu waschen, zu schmecken, zu beriechen und »die Perlen darauf zu zählen«. Dieses Verfahren versorgte sie mit Informationen über ihre Umgebung: Die Temperatur (23 Grad mit sinkender Tendenz), die Wetteraussichten für morgen (heiter bis wolkig, vereinzelt Gewitter), den augenblicklichen Aufenthaltsort eines jeden ihrer Brüder und Schwestern, was sie gerade aßen, welcher von ihnen Verdauungsbeschwerden oder mentale Probleme hatte, wer Verstopfung oder Durchfall, und wie viele Würmer, Grillen und Heuschrecken in der Nähe waren. Auf diese Weise verfolgte sie alles, was im Laufe der Nacht vor sich ging.

Ihre Mutter befand sich nicht mehr im Einzugsbereich ihrer Schnüffelruten. Sie hatte also wohl das Heilige Haus erreicht und war vielleicht tatsächlich in die Kochstatt vorgedrungen. Würde sie ihre Eltern je wiedersehen? Sie stellte ihren Empfang auf das Gebiet von Carlott ein, wo Er gelegen hatte, und stellte fest, daß Er immer noch dort lag. Die Nacht nahm ihren Lauf.

Immer auf ihre Geschwister achtgebend, zählte sie sie durch und stellte fest, daß eines fehlte. Sie rief Jubal zu sich und sagte: »Jubal, ich kann Joe Don nicht finden.« Jubal erwiderte: »Etwas hat ihn gegessen.«

Dies waren betrübliche Worte. Es war schon eine traurige Nachricht, wenn nach der Verwesterung eines Kindes als Grund angegeben wurde: »Etwas, was er gegessen hat.« Es war noch trauriger, wenn Subjekt und Objekt vertauscht wurden. Tish stellte ihre Schnüffelruten ein und fing den Geruch eines Laubfroschs auf, *Hyla cinerea*, aber er kletterte bereits auf den Baum zurück, aus dem er heruntergekommen war, um Joe Don zur Mahlzeit zu machen. Tish rief den Rest ihrer Geschwister aus dem Garten herein und erzählte denen, die es noch nicht wußten, daß ihr Bruder Joe Don in den Westen gegangen war, in den Schlund eines Laubfroschs. Jeder trauerte ein paar Minuten lang, und mehrere der älteren Kinder erklärten: »Es ist der Wille des Herrn«, aber Tish wußte, daß der Wille des Herrn, in diesem Augenblick unter dem Einfluß von Alkohol, nicht existierte.

»Jetzt erzähl uns eine Gutenachtgeschichte, Schwesterchen!« bat Jubal, wohl wissend, daß sie sich von der Verwesterung ihres Bruders Joe Don ablenken mußten, und die Geschwister fielen im Chor ein: »Jau, eine Geschichte, Schwesterchen, eine Geschichte.«

Sie scharte sie um sich und begann: »Es war einmal ...« Sie hatte gelernt, all ihre Geschichten auf diese Art zu beginnen. Ein solcher Anfang erweckte nicht nur die Vorstellung, daß die erzählte Geschichte sich vor langer, langer Zeit wirklich zugetragen hatte, sondern auch die, daß sie nur ein einziges Mal geschehen war, ein einmaliges, einzigartiges Ereignis. Sie ging ihre Sammlung von Lieblingsgeschichten durch und beschloß, ihnen eine über die Mackerlake zu erzählen. »Es war einmal ein kleiner Knackerlakenjunge. Er hörte nicht auf seinen Papi und seine Mama, die ihm sagten, er solle beim ersten kleinen Lichtstrahl zu Bett gehen und den Tag über schlafen. Er wollte wach bleiben und sehen, was alles auf der Welt passierte, während die Knackerlaken schliefen.«

Und sie erzählte ihnen, wie die dumme kleine Knackerlake bei Tageslicht loszog und sich plötzlich zwischen den Geschöpfen des Tages wiederfand, die bei Licht jagen und essen; Vögel aller Arten, die am Tage fliegen, und Schlangen und Eidechsen, die tagsüber umherstreifen, und vierfüßige Tiere wie Eichhörnchen, die bei Tage umherstreifen. Alle diese Ungeheuer hätten den kleinen Knackerlakenjungen aufgegessen, hätte ihn nicht die Mackerlake beschützt, die ihn einer Prüfung unterziehen wollte.

Die Mackerlake beschützte den Knackerlakenjungen, so daß er bei Tage lange genug im Osten bleiben konnte, um zu entscheiden, ob er lieber ein Taginsekt oder doch lieber weiterhin ein Nachtinsekt sein wollte, wie der Mann es für ihn vorgesehen hatte.

Die Welt war wunderschön im Tageslicht. Sie war nicht nur voller Männer, Frauen und Kinder, die alle im Sonnenschein umherliefen und arbeiteten und spielten, sie war auch voll aufgeblühter Blumen, die sich bei Nacht schließen, und voll Musik von Vögeln, die nur am Tag singen, zwar nicht so lieblich wie die Nachtigall, aber dafür in größerer Zahl, und überall waren Farben, nicht bloß die hundert Grau- und Blautöne der Nacht, sondern Gelb und Grün und Rot!

Der Knackerlakenjunge fand alles wunderschön, doch die Mackerlake sagte ihm, er müsse sich, wenn er ein Taginsekt bleiben wolle, entscheiden, ob er eines werden wolle, das Gras frißt, oder eines, das andere Insekten frißt: ein Pflanzenfresser oder ein Fleischfresser.

Natürlich hatte keine Knackerlake bisher jemals Gras oder ein anderes Insekt gegessen, wenigstens kein lebendes. Die Mackerlake ließ ihn von beidem ein wenig probieren. Der Knackerlakenjunge kaute und kaute auf dem Grashalm herum, aber er bekam ihn nicht herunter und spuckte ihn aus. Da gab ihm die Mackerlake den Kopf einer Fliege zu essen, und er kaute und kaute und schluckte ihn hinunter, aber ihm wurde übel davon, und er erbrach ihn wieder.

Die Mackerlake sagte dem Knackerlakenjungen, wenn er lernen könne, Gras zu essen, dann könnte er ein Grashüpfer werden und den lieben langen Tag auf den Wiesen und Weiden singen und tanzen, einen ganzen Sommer lang ein glückliches Leben führen. Er könnte weit springen und mit leuchtendgelben Flügeln fliegen, und es würde ein unbeschwertes idyllisches Dasein werden.

Wenn der Knackerlakenjunge dagegen lernen würde, andere Insekten zu essen, dann könnte er eine Mannesanbeterin werden, eine *Mantis religiosa*, mit langen kräftigen Vorderbeinen, die jedes kleine Ding packten, das ihnen in den Weg geflogen kam. Er könnte ruhig dasitzen und müßte nicht herumrennen und könnte alles essen, was er fing, jedes Insekt, das flog oder krabbelte, und sogar Eidechsen, Frösche und kleine Vögel! Die Mantis konnte den Grashüpfer essen, aber der Grashüpfer die Mantis nicht.

Tish hielt inne und blickte in die Runde der zweiundvierzig Brüder und Schwestern, die an ihren Lippen hingen, die Münder vor Staunen weit aufgerissen, während es in ihren kleinen Hirnen fast sichtbar arbeitete. »Kinder«, fragte sie, »was würdet ihr sein wollen?«

»Der Grashüpfer!« sagte Jubal, doch er wurde von beinah allen anderen übertönt, die laut riefen: »Die Mantis! Die Mantis! Die Mannesanbeterin!«

Tish hätte ihrer Geschichte einen anderen Schluß gegeben, wenn ihre Geschwister für den Grashüpfer gestimmt hätten. Sie hätte ihnen erzählt, wie der Knackerlakenjunge in einen Grashüpfer verwandelt wurde und ein wahrhaft idyllisches Leben führen durfte, das jedoch ein jähes Ende fand, als er von einer Feldlerche verspeist wurde. Aber weil sie sich für die Mantis entschieden hatten, sagte sie: »Na schön. Die Mackerlake verwandelte die Knackerlake also in eine Mannesanbeterin, aber dann befahl sie ihr, sie selbst anzubeten, sprang auf ihren Rücken und sagte: »Hopp, hopp! Du sollst mein Pferdchen sein!«, und die arme Mantis mußte von nun an für alle Zeiten die Mackerlake überallhin tragen. Deshalb nennt der Mann die Mantis auch ›Teufelspferd‹.«

Die Kinder waren ganz niedergeschlagen vor Enttäuschung über das Schicksal der Mantis, aber, dessen war sich Tish sicher, während sie sie ins Bett schickte: Sie würden es sich zweimal überlegen, bevor sie jemals in irgend etwas verwandelt werden wollten.

Tish selbst, hätte sie wählen können, wäre ein Cecrophiafalter geworden und ein Nachtgeschöpf geblieben. Der Cecrophiafalter hatte eine Flügelspannweite von fast achtzehn Zentimetern und war das schönste Insekt, das Tish je gesehen hatte. Aber sie würde warten, bis die Kinder älter waren, bevor sie ihnen die Geschichte des Cecrophiafalters erzählte. Das Beste an diesem Falter war, daß er, einmal ausgewachsen, nicht mehr zu wählen brauchte, ob er vegetarisch leben oder ein Raubtier werden wollte. Der ausgewachsene Cecrophiafalter aß gar nichts. Sein einziger Daseinszweck war die Liebe.

# Zweites Stadium: Keine Jungfrau mehr

## 8.

Sam wartete im Unkraut neben der Veranda von Doc Swains Klinik, daß sich die Müßiggänger zerstreuten. Man hätte ihn gerne in der Runde willkommen geheißen – kein Ingledew war seinen männlichen Kameraden gegenüber so schüchtern wie den weiblichen –, aber Sam wollte nicht, daß sich seine zunehmende Taubheit herumsprach. Daß Doc es nun erfahren würde, war ihm zwar äußerst unangenehm, aber das war jetzt unvermeidlich. Sam würde warten, bis die anderen, auch sein Vater, gegangen waren.

Sein Vater war der letzte und brach erst in den frühen Morgenstunden auf. Er schien sich nie auf den Weg machen zu wollen. Junker Hank und Doc Swain konnten die ganze Nacht reden und taten das auch oft, und zwar oft gleichzeitig, ohne daß der eine dem anderen zuhörte, aber das war auch nicht nötig, weil sie in fast allem einer Meinung waren und sich nie stritten. Einmal hatte Junker Hank, um seine nächtlichen Besuche bei Doc Swain zu erklären, zu seinem Sohn gesagt: »Das ist um Klassen besser, als mir selbst beim Reden zuzuhören.«

Während seines fünften und sechsten Stadiums hatte Sam seinen Vater manchmal zur Veranda von Doc

Swains Klinik begleitet und zugehört, wie sie sich mit einer für Sam unheimlichen Fähigkeit unterhielten: dem anderen scheinbar zuhörten, aber gleichzeitig selber sprachen. Bei diesen Zusammenkünften hatte Sam alles erfahren, was es über die glorreiche Vergangenheit von Stay More, und fast alles, was es über die Ankunft Der Bombe zu wissen gab. Sam argwöhnte, daß Doc Swain ein paar Dinge über Die Bombe wußte, die er nicht einmal Junker Hank anvertraute.

Die letzten Worte, die sein Vater jetzt zu Doc Swain sagte, konnte Sam nicht hören:

»Ich mach mich besser auf den Rückweg. Kommen Sie doch mit zu mir.«

Und genausowenig konnte er Doc Swains Antwort hören:

»Ich glaube, heute nacht nicht. Bleiben Sie doch noch und verbringen Sie den Tag bei mir.«

Aber als Sam noch hören konnte, hatte er diesen Wortwechsel unzählige Male erlebt, und er wußte, daß sie höfliche Abschiedsfloskeln austauschten, ohne daß die Formalitäten ernst gemeint waren. Junker Hank hätte niemals auch nur daran gedacht, seinen besten Freund wirklich in den Parthenon einzuladen, und Doc Swain hatte kein wirkliches Interesse daran, Junker Hank den Tag über bei sich schlafen zu lassen. Trotzdem redeten die beiden alten Knackerlaken mindestens fünfzehn Minuten:

»Nichts zu machen, fürchte ich. Warum kommen Sie nicht einfach mit zu mir?«

»Besser nicht. Machen Sie's sich hier gemütlich und bleiben Sie den ganzen Tag.«

»Zeit für mich, nach Haus zu gehen. Kommen Sie und leisten Sie mir Gesellschaft.«

»Heute nacht nicht, werter Junker. Kommen Sie

doch mit rein und essen Sie einen Happen mit mir.«

»Danke vielmals, Doc, aber ich geh lieber nach Hause. Kommen Sie mit.«

Keiner der beiden Knackerlaken war gewillt, dem anderen das letzte Wort zu lassen, und so gingen diese Einladungen und Ablehnungen und Gegeneinladungen in unzähligen Variationen weiter, bis Doc Swain schließlich eine kleine Wendung einbrachte:

»Nun, dann kommen Sie bald wieder und richten Sie's so ein, daß Sie eine Woche bleiben können.«

»Wenn Sie vorher eine Woche zu mir kommen. Gehen wir.«

»Ich fürchte, heute nacht geht's leider nicht, Hank. Halten Sie für mich die Augen nach der Weißen Maus offen.«

»Ich paß auf, ob ich sie sehe. Bis morgen abend dann.«

Damit hatte Junker Hank das letzte Wort, und Doc ließ es ihm aus Höflichkeit. Junker Hank zog seine Krabbler an sich und schlurfte heimwärts. Sam wartete eine kleine Weile, bis sein Vater völlig außer Sicht- und Schnüffelweite war. Doc Swain hockte jetzt allein auf seiner Veranda, seine Schnüffelruten zum Ausruhen neben seinen Leib gelegt, während seine weisen alten Augen traurig in die Dunkelheit starrten, als dächte er immer noch über Die Bombe nach.

Als Sam näher kam, richteten Docs Schnüffelruten sich wachsam auf. Er brauchte eine volle Sekunde, um Sam zu erkennen, dann spuckte er aus und sagte: »Na, wenn das nicht der junge Samuel ist! Ich hab' dich ja ein Heuschreckenzeitalter lang nicht gesehen, mein Junge!«

Sam konnte es nicht hören, aber er sagte: »Hallo, Doc. Wie geht's denn immer so?«

»Nicht schlecht«, sagte Doc. »Genauso wie immer, aber wie steht's mit dir? Ich dachte schon, die Uhr hätte dich aufgegessen.«

Sam beschloß, nicht länger so zu tun, als könnte er hören, und sagte dem freundlichen Arzt: »Doc, ich bin so gut wie taub.«

»Häh? Na, das ist kein Wunder, diese alte Uhr hat womöglich deine Schwanzreifen aufgegessen. Soll ich sie mal untersuchen?«

Sam hörte auch das nicht. Doc wiederholte es lauter, und Sam sah, wie sich sein Mund bewegte, spürte sogar das leichte Wehen der Stimme um seine Schnüffelruten, aber seine Schwanzreifen registrierten keinen Laut. »Werde ich langsam alt, Doc?« fragte er.

»Das ist es nicht. Also, laß mich mal einen Blick auf deine Reifen werfen«, beharrte Doc, ging um ihn herum und hob und senkte jeden von Sams beiden Cerci, um die Glieder daran zu zählen. »Mehr als neunzehn kann sich niemand pro Reifen wünschen«, versicherte ihm Doc, und untersuchte dann sorgfältig die Fäden auf jedem Glied. »Sie sind alle sauber wie neue Stecknadeln«, bemerkte er, »ohne blasphemisch sein zu wollen.« Plötzlich biß er in einen der Schwanzreifen.

»Autsch!« sagte Sam.

»Ich denke, was dir fehlt«, erklärte der Doc, »ist nicht organisch, sondern eine Funktionsstörung. Weißt du, was ich glaube? Samuel, mein junger Freund, ich fürchte, diese Uhr ist los und hat deine Schwanzreifen irreparabel betäubt. Die meiste Zeit deines Lebens hast du diese Uhr jede Stunde viel zu nah schlagen hören. So was würde ja jeden taub machen.«

Sam hörte nichts von alledem, aber er fragte verzweifelt: »Was kann ich *tun*?«

»Hätte wohl keinen Zweck mehr, wenn du jetzt noch

aus der Uhr ausziehst, fürchte ich«, sagte Doc. »Der Schaden ist nun einmal angerichtet.«

»Ich kann Sie nicht hören, Doc«, sagte Sam.

»ICH SAGTE, DER SCHADEN IST NUN EINMAL ANGERICHTET!« brüllte Doc. »ICH SCHÄTZE, WAS DU BRAUCHST, IST EINE FRAU, DIE SICH UM DICH KÜMMERT!«

Sam hörte es und errötete: »Ach, Doc ... «

»Oh, ich vergaß«, entschuldigte sich Doc. »Keiner von euch Ingledews hat je auch nur das kleinste bißchen Traute gehabt, wenn's darum ging, einer Frau den Hof zu machen. Wie kriegen wir eine Frau für dich?« Da Sam wieder nichts hören konnte, sprach Doc mehr zu sich selbst als mit Sam, aber darin hatte er Übung, und er fuhr fort: »Natürlich würde jedes Mädel in Stay More ihre linke Schnüffelrute dafür hergeben, deine Frau zu werden, aber du müßtest um sie anhalten, und du würdest eher verwestern, als einem Mädel in die Augen blicken, stimmts? EINEN AUGENBLICK«, rief er laut, hielt einen Vorderkrabbler hoch und verschwand in seiner Klinik. Mehr als eine Minute verging, bevor er zurückkam, etwas hinter sich her schleppend, was beinahe zu schwer für ihn war. Es war irgendeine Pille. Er überreichte sie Sam. »HIER«, sagte er laut. »Jetzt verrat aber keiner Seele, daß ich sie dir gegeben habe, sondern schlepp sie dir nach Haus und heb sie gut auf, und wenn du einmal ein Mädel findest, das dir gefällt, dann nimm einfach ein oder zwei Bissen von der Pille hier, und du wirst die Traute haben, ›Hallöchen‹ zu ihr zu sagen.«

Sam hörte nichts davon bis auf das »Hier«. »Was ist das?« fragte er.

»DAS IST SENG«, erklärte Doc Swain. »Wurzel des Ginseng und fürchterlich schwer zu beschaffen.« Sams

Verwirrung war augenscheinlich, und Doc mußte brüllen und sich wiederholen und dann noch einmal brüllen und seine komplizierte Erklärung wiederholen, wie die Ginsengwurzel wirkt, wie sie schmeckt und welche Indikationen und Kontraindikationen es gibt. Als er nach vielem Gebrüll und Gestikulieren überzeugt war, daß Sam ihn verstanden hatte, sagte Doc: »Nun?«

»Doc«, erklärte Sam, »ich bin wegen meiner Taubheit zu Ihnen gekommen, und Sie geben mir ein Mittel gegen Impotenz.«

Der Doc lachte schallend, und dann erklärte er, laut und unter vielen Wiederholungen, daß die Ginsengwurzel Sams Taubheit indirekt abhelfen würde, weil sie ihm die Traute gab, eine Frau zu finden und zu freien, die eine Art Ersatzschwanzreifen für ihn werden und das Hören übernehmen würde.

»Aber kann meinen Schwanzreifen nicht direkt geholfen werden?« fragte Sam.

»Nun ja...«, sagte Doc und zögerte, während er versuchte, alle Fälle von Taubheit, von denen er gehört oder die er behandelt hatte, in seinem Kopf Revue passieren zu lassen. Dann hielt Doc einen Vorderkrabbler hoch. »Es gibt nur eine Substanz, und die ist nicht so wissenschaftlich erwiesen wie Ginseng, ist nicht einmal eine Medizin, aber sie versagt nie. Ich selbst habe ihre Wirkung nie erlebt, aber ich habe eine klassische Ausbildung genossen, du verstehst. Höchstwahrscheinlich wirst du die Sache einen alten Aberglauben nennen, und vielleicht ist sie das auch bloß, aber sie wirkt.«

»Heraus mit der Sprache, Doc«, sagte Sam. »Was ist es? Müssen Sie meine Reifen mit Alraunensaft oder so was einschmieren?«

»Schlimmer als das«, erwiderte Doc. »Ich könnte heute nacht losgehen und soviel Alraunensaft auftreiben, wie du dir nur wünschen kannst, aber das ist es nicht. Was du brauchst, ist Schmierfett von der Aufhängung einer Kirchenglocke, und es muß eine Kirchenglocke sein, die vor kurzem geläutet wurde.«

Sam starrte Doc an und schüttelte den Kopf, und Doc wiederholte seine Worte so laut, daß die Fledermäuse in der Luft ihre Ohren zusammenfalteten und mit den Flügeln zuhielten. Als das Rezept schließlich angekommen war, rief Sam »Heiliger Joshua Chrust!«, ohne daß Doc es als Blasphemie auffaßte, denn er war ebenfalls keine Chrustenlake. Sam versuchte, sich das Bild einer Kirchenglocke zu vergegenwärtigen. Die einzige Glocke, die er je gesehen hatte, war die Glocke im Schulhaus von Stay More, das die Menschen vor langer Zeit ab und zu als Kirche benutzt hatten.

»Schmierfett«, sagte Sam und ließ mehrere Augenblicke verstreichen, bevor er hinzufügte: »von der Aufhängung«, und eine lange Stille folgte vor seinen nächsten Worten: »einer Kirchenglocke«, gefolgt von einer schier endlosen Pause, bevor er die Worte wiederholte: »die kürzlich geläutet wurde.« Dann seufzte er laut auf und sagte zu Doc Swain: »Der Überlieferung nach ist die Glocke im Schulhaus von Stay More nie geläutet worden, es sei denn zur Schule... oder zu einer Beerdigung. Es gibt keine Schulkinder mehr, weder vom Mann noch von der Frau. Und damit es eine Beerdigung gäbe, müßte einer von Ihnen verwestern. Wer von beiden wird es sein? Nun, ganz herzlichen Dank, Doc«, sagte Sam mit nicht wenig Sarkasmus. »Das hilft mir ungemein weiter. Sagen Sie mir Bescheid, wenn Sie von irgendeinem Anlaß hören, aus dem die Glocke geläutet werden könnte. Oder lassen Sie es mich wissen, wenn Sie die Glocke hören.« Sam wandte sich zum Gehen.

Doc hielt sich nicht mit dem üblichen Abschiedszeremoniell von Stay More auf. Er sagte nur laut: »VERGISS NICHT DIESE GINSENGWURZEL HIER.«

Sam blickte träge die »Pille« Ginseng an, erinnerte sich, wofür sie gut war, und schleppte sie ohne viel Begeisterung mit nach Hause, wo er sie in einer Ecke seiner Uhr zwischen seinen anderen Vorräten und Sammelstücken verstaute.

## 9.

Kurz vor Morgengrauen, zu jener milden, balsamischen Stunde, da die Welt für Nacht- wie für Taggeschöpfe westlich still und friedvoll wird, fand Junker John Ingledew, alias Jack Dingletoon, sich mit dem Bauch nach oben auf einem flüssigen Medium wieder. Der Zustand, beziehungsweise die Position »Bauch nach oben«, ist so charakteristisch für den Westen, daß manche Leute sogar, um das unerfreuliche »Westen« zu umgehen, den Euphemismus »Bauch nach oben« verwenden. Kein Insekt, das bei Bewußtsein ist, würde auf dem Rücken liegen, es sei denn, es wäre verwestert... und wenn es verwestert wäre, wäre es nicht bei Bewußtsein. Jedes Insekt, das versehentlich in die Bauch-nach-oben-Position gerät, wird, wie eine Schildkröte auf dem Rücken, wild um sich schlagen und mit aller Macht darum ringen, sich aufzurichten. Aber Jack schlug nicht und rang auch nicht. Er war glücklich. Er fühlte sich besser als je zuvor in seinem Leben, obwohl er eine vage Besorgnis verspürte angesichts der Tatsache, daß er sich nur unklar daran erinnern konnte, wie er in diesen Zustand, diese Lage oder diese Position geraten war.

Der Empfang, der ihm in der Kochstatt des Heiligen Hauses zuteil geworden war, hatte ihn erstaunt. Er hatte damit gerechnet, daß ihm der Zutritt verweigert oder er zumindest zur Rede gestellt würde, und er war darauf vorbereitet gewesen, seine Abstammung ins Feld zu führen. Er konnte nicht ahnen, daß Junker Hank persönlich und ganz diskret in Stay More verbreitet hatte, Jack Dingletoon sei mit Respekt und Freundlichkeit zu behandeln. Falls Jack tatsächlich ein Ingledew sei, gebühre ihm diese Höflichkeit, und sollte er nur einer Selbsttäuschung aufgesessen sein, dann sei er »bei Laune zu halten«.

Jack war darauf gefaßt gewesen, in die Kochstatt zu stürmen, die Schnüffelruten nach links und rechts zu schlagen und zu erklären: »Aus dem Wege, Burschen! Ich bin ein Ingledew, jawoll, und ich will meinen Anteil!« Aber ehe er nur ein Wort hatte sagen können, wurde er schon von allen Seiten mit lauten Ausrufen wie »Hallöchen, Junker John!«, »Freut mich, Euch zu sehen, Junker John!« und »Kommt, setzt Euch, Junker John!« begrüßt, und eh er wußte, wie ihm geschah, führten sie ihn zu einem ansehnlichen Bierteich auf dem Linoleum. Er war so sehr damit beschäftigt, das Gebräu aufzulecken und zwischendurch Kartoffelchip-Brösel und anderes, was sie ihm aufdrängten, zu verzehren, daß er nicht zu Wort kam.

Spät in der Nacht, oder eher früh am Morgen, hatte er mit Erstaunen gesehen, daß ein Weibsbild in die Kochstatt stolziert kam, und trotz seiner Trunkenheit oder weil seine Kumpane ihren Namen erwähnten, hatte Jack festgestellt, daß das Weibsbild seine eigene Ehefrau Josie war. Die Kochstatt war ein rein männliches Revier mit strengen Bestimmungen, die den Zutritt regelten und alle weiblichen Wesen ausschlossen, aber sonderbarerweise hatten die männlichen Knackerlaken Josie dieselbe Höflichkeit und Gastfreundschaft erwiesen wie Jack. Das war Josie zu Kopf gestiegen und hatte sie noch mehr verwirrt als das Bier, an dem sie sich gütlich tun durfte.

Während er so mit dem Bauch nach oben umhertrieb, fragte Jack sich träge, was wohl aus seiner Ehefrau geworden sein mochte. Das letztemal, als er Notiz von ihr genommen hatte, flirtete sie gerade mit Troy Dinsmore, einer Sackerlake, aber es war alles nur unschuldige Tändelei, und der alte Troy war ohnehin zu betrunken, um ernsthaft zur Sache zu kommen. Jack drehte den Kopf zur einen Seite, streckte seine Fühler in die Flüssigkeit und führte sie an die Lippen, ein frischeres Gebräu als das auf dem Linoleum. Es sprudelte noch ein wenig. Jack wackelte mit den Schwanzreifen und brachte es so zum Schäumen.

Dann bemerkte er die andere Knackerlake, die ebenfalls mit dem Bauch nach oben dahintrieb. Das war nicht Josie, sondern anscheinend Jaybird Coe, ein Frackerlake, der, wie Jack sich nun erinnerte, während der letzten paar Stunden sein bester Kumpel geworden war.

»So läßt's sich leben, was?« sagte Jack zu Jaybird und demonstrierte, wie er mit seinen Schwanzreifen paddeln und auf der Oberfläche des Bieres, immer im Kreis an den Wänden des metallenen Tanks entlang, hin- und herschießen konnte. Schwanzreifen ragen normalerweise in Kopfeshöhe, oder besser gesagt: Schwanzeshöhe auf, aber wenn man auf dem Rücken lag, bis zum Bauch in Bier, dann zeigten sie nach unten in die Flüssigkeit. Jack hoffte, sein Beispiel werde Jaybird dazu inspirieren, ebenfalls herumzupaddeln, aber Jaybird tat nichts dergleichen. Er lag einfach da und ließ sich treiben. Jack tauchte eine Schnüffelrute in das Gebräu und spritzte es Jaybird ins Gesicht, Jaybird schien das nichts auszumachen. »Betrunken wie 'n Schubkarren«, bemerkte Jack, obwohl der einzige Schubkarren, den er jemals gesehen hatte, nämlich der über die Straße im Gemüsegärtchen des Herrn, Abstinenzler gewesen war.

Jack musterte die Decke. Es befand sich eine schlitzförmige Öffnung darin, durch die das erste Licht des Morgengrauens hereinströmte. Das machte Jack nichts aus, aber er war leicht beunruhigt von der Erinnerung, daß er sich durch diesen Schlitz hatte fallen lassen, um dorthin zu gelangen, wo er jetzt war. Daraus schien sich irgendein Problem zu ergeben, obwohl er im Augenblick nicht in der Lage war, seine Schnüffelruten auf den Punkt des Problems zu bringen. Er stieß Jaybird an. »Hey, Jaybird«, sagte er, aber Jaybird reagierte nicht. Jack kitzelte ihn mit seiner Schnüffelrute im Gesicht. »Los, Jay, komm zu dir«, drängte er und rempelte ihn kräftig an, aber sein Freund lag so still wie im Westen. Westen? dachte Jack und spürte, wie langsam Panik in ihm aufstieg.

Von ferne hörte er eine Stimme, die seinen Namen rief oder vielmehr den Namen, den er früher einmal gehabt hatte, Jack. Jetzt war er Junker John, aber diese Stimme schien das noch nicht zu wissen. Es war eine hohe weibliche Stimme, und Jack versuchte mit seinen Schnüffelruten herauszufinden, wem sie gehörte, aber alles, was er durch die Schnüffelruten aufnehmen konnte, war der Geruch von Bier rings um ihn her, zusammen mit einem stetig stärker werdenden Geruch nach Verwesterung, dem Westen seines Kumpans Jaybird.

»Jack, wo bist du denn bloß?« erscholl die Stimme wieder und wieder, und Jack begriff, daß es Josie war.

»Josie?« rief er zurück. »Bin hier unten in der Bierdose!« Bald darauf sah er ihr Gesicht durch den Schlitz auf ihn herunterlugen. Wie war sie dort hinaufgekommen, ganz oben auf die Bierdose? Sie hatte doch keine Flügel. Hatte irgend jemand sie von unten hinaufgeschoben? »Bleib vom Rand weg!« warnte er sie. »Du wirst auch reinfallen.«

»Was machst du denn da unten, Jack?« fragte sie.

»Ich lieg bloß hier rum, laß mich treiben und fühl mich prächtig«, erklärte er.

»Du bist noch nicht ertrunken, oder?«

»Nee, aber sieht so aus, als hätt's Jaybird erwischt.«

»Wie bist du da runtergekommen, Jack?«

»Genauso, wie du gleich hier runterkommen wirst, wenn du nicht vom Rand wegbleibst«, warnte Jack, aber er hatte die Worte noch nicht ausgesprochen, als er sie schon kopfüber in die Bierdose fallen sah. Mit einem sanften Platscher landete sie neben ihm und genehmigte sich einen ordentlichen Schluck Bier.

»Mmmm-mm«, schnurrte sie und leckte sich die Mandibeln. »Das ist der wahre Tropfen!«

»Guck dir an, was du gemacht hast«, schimpfte er. »Jetzt sitzen wir beide hier unten fest.« Ihm war inzwischen klargeworden, worin das Problem bestand.

Sie bemerkte den mit dem Bauch nach oben treibenden Jaybird.

»Ist er wirklich verwestert?« fragte sie.

»Entweder das, oder er ist betrunkener als ein gebratenes Bleßhuhn«, entgegnete Jack.

Josie hatte noch nie ein gebratenes Bleßhuhn gesehen, aber sie roch deutlich den Geruch der Westlichkeit, den Jaybirds Leichnam ausströmte, und sie empfand eine Mischung aus Trauer um den Verwesterten und Verantwortung: Sie fragte sich, welche der wenigen Vorräte, die in ihrer Speisekammer lagen, sie Samantha Coe für den Leichenschmaus bringen könnte. Josie hatte kein Krümchen Süßigkeit im Klotz, schließlich hatte sie eine große Familie durchzufüttern, die anderen Damen aber würden Samantha bestimmt ein Stückchen Kuchen oder Pastete oder zumindest einen Keks zum Leichenschmaus bringen, und Josie würde wie immer ärmlich dastehen. Sie klagte ihrem Ehemann ihr Leid: »Ich hab nicht das kleinste bißchen zum Leichenschmaus mitzubringen.«

»Grundgütiger, Ma, ist das alles, woran du in einem solchen Moment denken kannst?« wollte Jack wissen. »Im Augenblick ist nicht Jaybirds Leichenschmaus unsere Sorge, sondern unser eigener, wenn wir hier nicht rauskommen.«

Josie nahm noch einen Schluck von dem Bier rings um sie herum und fragte sich, wie lange sie mit Jacks Hilfe wohl brauchen würde, alles auszutrinken. »Wie tief ist das hier, Schatz?« fragte sie.

»Ich hab noch nicht versucht, auf Grund zu kommen«, erklärte er. »Und ich bin auch nicht sicher, ob ich es will.«

Josie versuchte, ihren Plan zu erklären. Wenn sie das ganze Bier tranken, konnten sie nicht darin ertrinken.

»Also, das ist echt echt clever von dir«, kommentierte Jack sarkastisch und tippte sich mit seinem Fühler an die Stirn. »Aber denk mal einen Augenblick drüber nach. Wo soll das ganze Bier, das wir trinken, denn hin?«

Josie dachte einen Augenblick darüber nach. »Oh«, bemerkte sie dann, versank in sorgenvolles Schweigen und paddelte träge mit ihren Schwanzreifen herum, doch dieser Spaß war ihr bald verleidet. »Jack«, fragte sie, »kannst du dich umdrehen?«

»Ma, es wär mir lieb, wenn du aufhören würdest, mich ›Jack‹ zu nennen. Du mußt mich nicht ›Junker John‹ nennen, aber ›John‹ wäre schon ein wesentlicher Fortschritt.«

»Nun, John, wenn du wirklich ein Ingledew bist, dann solltest du dich eigentlich drehen, deine Flügel ausbreiten und hier rausfliegen können.«

Jack hatte eine undeutliche, aber angenehme Erinnerung daran, wie er kürzlich mit Hilfe seiner Flügel einem Santa Fe entkommen war. Einen Versuch war es wert. Er rollte sich auf die Seite und strampelte mit sämtlichen sechs Krabblern, aber es gelang ihm nicht, sich auf den Bauch zu drehen. »Gib mir mal einen Schubs«, sagte er zu seiner Frau.

Josie versuchte, ihm einen Schubs zu geben und ihn herumzudrehen, aber sie konnte ihn nur quer über den Teich schieben. Sie schob ihn an der Metallwand des Tanks empor, und dort gelang es ihnen durch Josies fortgesetztes Schieben und sein eigenes Strampeln, ihn auf die richtige Seite zu drehen. Er versuchte, die Flügel auszubreiten, aber sie waren mit Bier vollgesogen, und er stellte rasch fest, daß sein Körper in dieser Position keinen Auftrieb mehr hatte. Er konnte nur mit dem Bauch nach oben schwimmen.

»Hilfe!« schrie er im Untergehen.

»O Herr, steh uns bei!« flehte Josie den Mann an, der immer noch fest und süß (oder bitter) schlafend im Hof hinter dem Haus lag. »Kletter die Wand hoch, Jack!« rief sie ihrem Gatten verzweifelt zu und schob ihn an die Aluminiumwand, und er scharrte mit den Vorderklauen und kratzte mit den Hinterklauen und klammerte mit seinen Fühlern und drosch mit seinen Schwanzreifen um sich und schlug mit seinen Schnüffelruten umher, kam aber nicht weiter auf dem glatten Metall. All seine hektischen Bemühungen führten nur dazu, daß Josie ebenfalls auf den Bauch geschleudert wurde, so daß auch sie nicht mehr vom Bier getragen war.

Sie gingen zusammen unter. Wie in dem Moment, bevor der Santa Fe ihn zu packen versucht hatte, dachte Jack an die Vergänglichkeit des Ruhms; nur kurz war es ihm vergönnt gewesen, die Privilegien der Ingledewität zu genießen. Wie vergänglich waren doch die Freuden der Berühmtheit. Aber diesmal hatte er weder die Flügel noch den Mut, sich zu retten.

Josie dachte an ihre Tochter Tish. Würde Tish wissen, wie all die Gäste, die mit dem Leichenschmaus zu ihr kamen, gebührend zu empfangen waren? Würde Tish darauf achten, daß jedes Kind den ihm zustehenden Teil von den Kuchen-, Pasteten- und Keksbrocken abbekam? Würde sie dafür sorgen, daß der Klotz sauber geschrubbt und jedes Kind ordentlich gebadet und zurechtgemacht war? Und würde sie dann, wenn der Leichenschmaus vorüber wäre, im Parthenon vorstellig werden, so wie sie Jubal es zu bestellen aufgetragen hatte, und ihre Verwandtschaft bei den Ingledews geltend machen?

»Tish muß die Verwandtschaft bei den Ingledews geltend machen«, sagte Josie zu Jack, während beide zappelnd untergingen.

»Was?« Jack fragte sich, was für einen Unsinn seine Frau im Augenblick ihres Verwesterns daherplapperte. »Was hat das damit zu tun, daß wir jetzt dran glauben müssen? Mir fällt dazu nur ein, daß ich, wenn ich in die Hölle komme, *arbeiten* muß.«

## 10.

»Wenn ein Vogel mich schnappt, o Herr, dann hab ich's nicht anders verdient«, sagte Bruder Tichborne laut, als die Morgendämmerung anbrach. Das Licht reichte noch nicht aus, daß ein Vogel ihn sehen konnte, und der früheste Vogel würde den Wurm fangen, nicht ihn, aber er wußte, wenn er in die Richtung, die er eingeschlagen hatte, weiterging, würde er niemals in die Sicherheit des Heiligen Hauses zurückkehren, bevor er für alle Taggeschöpfe sichtbar war, und durch die Fänge eines Vogels oder Reptils in den Westen zu gelangen wäre alles andere als eine Entrückung.

Ja, der Herr lag noch da. In Seiner tiefen Trunkenheit hatte Er sich leicht bewegt, so daß Er jetzt nicht länger mit dem Gesicht unten flach im Gras von Carlott lag, sondern auf der Seite, das eine Knie hoch an die Brust gezogen, den Hintern emporgereckt, wie einer der Berggipfel, die das Tal von Stay More säumten.

Es war dieser Berg, den Bruder Tichborne kühn erkletterte; der Aufstieg machte ihm keine Schwierigkeiten, aber er war schockiert über seine eigene Dreistigkeit, den Hintern des Herrn zu besteigen. Auf der Kuppe der von Jeans bedeckten Hinterbacke setzte er sich, oder besser: kauerte er und betrachtete die Welt unter sich und ringsumher, wie sie langsam aus dem Morgengrauen auftauchte. Er musterte das Profil des Herrn: ein Gesicht, das er niemals aus solcher Nähe oder so hell beleuchtet gesehen hatte. Wie viele seiner Mitknackerlaken hatten jemals so etwas erlebt? Es gab, besonders unter den Sackerlaken im Wandschrank, gewisse ruchlose Helden, die behaupteten, sie wären auf den Leib des Herrn gekrabbelt, während der Herr in Seinem Bette ruhte; aber Chid Tichborne bezweifelte, daß auch nur einer von ihnen Sein Gesicht bei solcher Beleuchtung gesehen hatte.

Es war ein prachtvolles Gesicht, obwohl die starken Kiefer unter einem struppigen graumelierten Bart verborgen waren. Bruder Tichborne wäre es irgendwie lieber gewesen, wenn der Bart ganz weiß gewesen wäre, mehr so wie in seiner Vorstellung von einer Gottheit, aber die vereinzelten weißen Haare zwischen den dunkleren reichten aus, dem Herrn ein gelehrtes Aussehen zu verleihen. Manche Leute behaupteten, es gäbe noch andere Männer auf der Welt; obwohl Chid Tichborne gegen solchen Polytheismus predigte, gestand er insgeheim diese Möglichkeit doch zu, auch wenn er keinen dieser anderen Männer je gesehen hatte. Aber mit Sicherheit war kein anderer Mann so klug, so stark und so allmächtig wie unser Mann.

... Es sei denn, dachte Chid Tichborne mit heftigem Schaudern, der Herr wäre verwestert. Regte Er sich denn überhaupt noch? Hob und senkte sich Seine Brust noch unter Seinen flachen Atemzügen? In Bruder Tichbornes Knien befanden sich – wie in den Knien aller Knackerlaken – spezielle Sensoren, die die geringste Erschütterung im Substratum ausmachen konnten, aber das Stück Jeans, auf dem Chid hockte, war vollkommen inaktiv.

Wenn der Herr im Westen wäre, was würde aus Seinen Knackerlaken werden? Natürlich würden sie nicht verhungern, aber sie würden einen Mordshunger kriegen und müßten das Heilige Haus verlassen. Nur wenige von ihnen konnten wie gemeine Carlotter im Wald nach Nahrung suchen und rohe Algen und Schwämme essen. Die meisten würden in den Parthenon eindringen wollen, was genau Chids Plan entsprach, obwohl jeder die Ingledews beinahe ebenso fürchtete wie den Herrn. Dumm von ihnen, denn die beiden Ingledews waren hoffnungslos in der Minderzahl, ganz gleich, welche legendären Fähigkeiten in der Schlacht sie angeblich auch besaßen.

Wenn die Knackerlaken aus dem Heiligen Haus die Ingledews besiegten und in den Parthenon zogen, so wurde Chid klar, dann müßte er seine Religion überprüfen und reformieren. Er könnte nicht länger das Königreich des Mannes predigen, sondern müßte vom Königinnenreich der Frau sprechen, und er war sich nicht sicher, ob er dazu imstande wäre. Er hatte durchaus nichts gegen das Matriarchat; er konnte nur einfach nicht viel mit Frauen anfangen. Die Existenz einer Frau, gleich, ob Menschen- oder Knackerlakenfrau, war schön und gut, was ihre Funktion betraf: Kinder gebären und großziehen, den Haushalt führen und alles, aber man konnte nicht so ohne weiteres ein ganzes theologisches System um eine von ihnen aufbauen. Chid versuchte sich vorzustellen, wie er ein Gebet mit den Worten »Mutter unsere, die du bist im Parthenon ... « beginnen würde, und er kam sich lächerlich vor.

Chids Schnüffelruten veranlaßten ihn, seinen Blick von dem wohlgestalten, aber womöglich verwesterten Antlitz des Herrn ab – und auf das Gras von Carlott um den Herrn herum zu wenden, wo sich das Leben des Tages zu regen begann. Ein Regenwurm war vor der Nase des Herrn zum Stillstand gekommen und ging auf Sendung: »BREMSER EINS NULL. WIE SIEHT'S AUS, ALTES HAUS? HAB HIER EINEN TOTEN WAL AN STEUERBORD. TUNNEL SECHZEHN BLOCKIERT.« Darauf folgte ein statisches Knistern, und dann antwortete ein weiter entfernter Regenwurm auf der anderen Seite des Herrn: »VIER ROGER. WEICH AUF TUNNEL SIEBENUNDZWANZIG AUS UND STEUER UM DAS SCHEISSDING RUM. TUNNEL SIEBENUNDZWANZIG FREI. VERSTANDEN?«

Der Regenwurm wechselte den Gang und machte sich in eine andere Richtung auf, die Erde neben dem Leib des Herrn nach einem anderen Loch absuchend. Er war jedoch noch nicht weit gekommen, als eine Wanderdrossel vom Himmel herabstieß, den ganzen Regenwurm packte und den wild Zappelnden hinauf in den Himmel entführte, wo sich seine letzte klägliche Botschaft rasch in der Ferne verlor: »MACHT'S GUT, LEUTE, ICH FAHR JETZT RAUF INS HIMMELREICH ...«

Bruder Tichborne suchte den Himmel nervös nach weiteren Vögeln ab. Im Gras in der Nähe des Hinterteils des Herrn erblickte Chid eine Eidechse, furchtbar wie ein Drachen und schneller als eine Schlange, deren zuckende Zunge wie eine gezackte Schnüffelrute funktionierte und bereits den Geruch von Chid aufgenommen hatte, so daß sie näher kam.

»Herr, erhöre diesen Sünder«, betete Chid laut, während er gleichzeitig leise betete, der Herr möge nicht so weit im Westen sein, daß Er sein Gebet nicht mehr hörte. »Ich habe gefehlt, o Herr, das weiß ich, und ich bekenne es. Ich habe mich Ende an Ende mit meiner Schwester vereinigt, o Herr, ich habe ihr meine Murmeln gegeben und ihr Ostereier gemacht, und ich habe sie geheiratet. Ich habe mit anderen Frauen die Ehe gebrochen, o Herr, unter ihnen Josie Dingletoon, der kaum ein Bursche widerstehen konnte, aber nie hat sie mich in Versuchung geführt, es war meine eigene Sündhaftigkeit. Wirst Du nun den Tieren des Feldes und den Geschöpfen der Luft gestatten, mich zu vernichten, und mir Deine göttliche Entrückung vorenthalten? O Herr, ich bitte Dich, daß ich gerettet werde, damit ich im Osten bleibe und Deinen Ruhm der ganzen Knackerlakenheit predige, oder, wenn das Dein Wille ist, von Deiner Hand und Deinem heiligen Revolver entrückt werde. Aber wenn ich von einem Tier des Feldes oder einem Geschöpf der Luft verwestert werden soll, dann, o Herr, laß es rasch geschehen, so rasch wie Deine Entrückung, und nimm mich für immer zu Dir auf Deine rechte Hand im Himmel von Stay More. In Joshuas geheiligtem Namen bitte ich Dich, Amen.«

Und siehe da, der Herr öffnete ein Auge.

Obwohl der Herr Sein linkes Auge nur für Sekundenbruchteile aufschlug und es dann wieder fest schloß, faßte Chid Tichborne es als Zeichen auf, daß der Herr ihn erhört hatte und zu verschonen beabsichtigte, daß der Herr ihm seine Missetaten verzieh. Ein kalter Schauer überlief Chid; nein, es wurde ihm klar, daß es nicht sein eigener kalter Schauer war, sondern einer, der den Herrn Selbst überlief, so daß der ganze Leib des Herrn erzitterte. Chid sah einen Vogel auf sich niederstoßen, aber er fürchtete kein Unglück, denn der Herr war bei ihm, und der Herr zuckte mit dem Ellbogen, woraufhin der Vogel einen Schlenker machte, Chid verfehlte und sich wieder außer Sichtweite in die Lüfte erhob. Auch die Eidechse im Gras zog sich zurück.

Der Herr begann sich zu erheben. Er zog Seine Knie an, spreizte die Handflächen auf dem Boden und machte den Rücken rund. Chid wollte nicht ins Gras hinunterfallen, wo Eidechsen, Schlangen, Vögel oder Herr-weiß-was-alles ihn erwischen könnten. Er klammerte sich an die Jeans des Herrn und versuchte, in die Gesäßtasche des Herrn zu kriechen, aber dort war es zu eng. Als der Herr sich auf die Knie aufrichtete, kletterte Chid über Seinen Gürtel hinweg hinten auf Sein Hemd, und als der Herr allmählich ganz aufstand, kroch Chid hinauf unter den Hemdkragen des Herrn. Dort, wo ihn kein Geschöpf und nicht einmal der Herr sehen konnte, versteckte er sich und krallte sich fest, während der Herr eine Weile im Hof von Carlott herumtorkelte, das eine oder andere verrostete Autoteil fortkickte und schließlich zur hinteren Veranda des Heiligen Hauses wankte.

Obwohl es ihn angesichts der großen Höhe und seiner eigenen Verwegenheit nervös kribbelte, fühlte sich Chid über seine frühere Stellung im Leben erhaben und beinahe geheiligt, beinahe selbst mit Gottheit begabt. Würden diese ungläubigen Sackerlaken nicht vor Staunen fromm werden, wenn sie ihn sehen könnten? Aber alle Knackerlaken hatten sich für den Tag in tiefen Schlummer zurückgezogen, und es war niemand da, um den kühnen Ritt des Geistlichen im Nacken des Herrn zu bezeugen.

Der Herr schlurfte durch das Heilige Haus in Seine Kochstatt. Er schwang die große Tür des Sagenhaften Kühlschranks auf, und ein Schwall kalter Luft durchfuhr Chid und ließ ihn mit den Mandibeln klappern. Der Herr starrte einfach nur lange Zeit in das Innere des Kühlschranks, als ob Er versuchte, zu entscheiden, was Er nehmen sollte, vielleicht aber auch nur, um zu prüfen, daß nichts fehlte (aber keiner Knackerlake war es je gelungen, sich in das hermetisch verschlossene Innere einzuschleichen). Dann schloß der Herr die Tür des Kühlschranks wieder, ohne etwas herausgenommen zu haben. Er beugte sich tief über das zweiteilige Porzellanbecken, einen bei den Knackerlaken beliebten Ort für Kneipp-Partys, hielt den Kopf unter den Fantastischen Wasserhahn und drehte auf, so daß sich ein großer Schwall Wasser über Sein graues Haar ergoß und bis hinten in Seinen Kragen spritzte, wo Chid kauerte, nur teilweise vor dem Sprühregen geschützt. Eine volle Minute lang, so schien es Chid, hielt der Herr Seinen Kopf unter das rauschende Wasser, dann hob Er den Kopf und schüttelte ihn kräftig, wie um ihn zu trocknen.

Der Herr taumelte gegen den Küchentisch und stieß dabei einen Bücherstapel um, der auf dem Tisch neben der offenen Bierdose lag. Ein paar Bücher fielen zu Boden, aber die Bierdose schwankte nur. Der Herr packte sie, setzte sie an die Lippen und nahm einen kräftigen Schluck. Der Herr würgte, hustete, öffnete die Tür, die von der Kochstatt in den Vorgarten führte, holte aus und warf die Bierdose mitsamt Inhalt quer durch den Hof westwärts über die unkrautbewachsene Roamin Road, bis an den Rand Seines Kompost- und Abfallhaufens.

Dann machte sich der Herr eine Kanne Kaffee. Der Geruch beleidigte Chid, der einmal versucht hatte, ein Kaffeekörnchen zu essen, und es mit Übelkeit bezahlt hatte. Der Herr goß sich eine große Tasse von dem Zeug ein, dann nahm Er eine Schachtel vom Küchenschrank und zog einen Haferkeks aus der Schachtel. Krümel fielen zu Boden, und Chid widerstand der großen Versuchung, sich vom Kragen des Herrn fallen zu lassen und sich das Essen auf dem Boden zu genehmigen, aber jetzt war heller Tag, und keine Knackerlake diniert jemals nach dem Morgengrauen.

Mit Seinem Keks und dem Kaffee verließ der Herr die Kochstatt, ging durch das Eßzimmer und den Mußeraum und betrat das Sinnierzimmer. Normalerweise tat der Herr in diesem Zimmer nichts anderes, als in einem Drehstuhl an Seinem Schreibtisch zu sitzen, aus dem Fenster zu starren und zu sinnieren. Gelegentlich, so wußte man, nahm der Herr auch nachts, wenn die Knackerlaken wach waren und Ihn beobachten konnten, eins, mehrere oder gar etliche der vielen Bücher, die an den Wänden des Sinnierzimmers aufgereiht waren, setzte sich damit in den Mußeraum und las darin. Eine der ersten Lektionen, die Knackerlaken im zweiten oder dritten Stadium beigebracht bekamen, war das Gebot, den verlockenden Leim in den Einbänden dieser Bücher in Ruhe zu lassen. So eßbar er auch war, so nahrhaft er sogar war und so schmackhaft er auch sein mochte, das Verzehren des Einbandleims wäre eine ernstliche Kränkung des Herrn gewesen, eine unverzeihliche Sünde, und keine Knackerlake rührte die Bücher an.

Aber weder sinnierte der Herr an diesem Morgen, noch las Er ein Buch. Er saß an seinem Schreibtisch an der Maschine, die nach dem Schildchen, das Chid entzifferte, SelecTrick hieß. Ein Name, der sich vielleicht auf die Tricks bezog, die der Herr sie vollführen ließ, gewöhnlich dadurch, daß Er auf die fünfzig Augen des wilden Tieres einschlug, woraufhin ein tanzender Globus Wörter auf Bögen von gelbem Papier ausschüttete. An diesem Morgen aber wählte Er weißes Papier, um es in die SelecTrick zu stecken.

Dem mächtigen Drang widerstrebend, doch schnell hinunterzuklettern und einen der vielen Haferkekskrümel aufzulesen, die dem Herrn fortwährend aus der Hand fielen, und nach Kräften bemüht, den Dämpfen des Kaffees zu entgehen, die seine Schnüffelruten beleidigten, saß Hochwürden Chidiock Tichborne auf der Schulter des Herrn und sah zu, wie dieser Tricks mit seiner SelecTrick vollführte.

Die ersten Buchstaben gaben den Wochentag, nämlich Samstag, an, was der Geistliche ohne Probleme entzifferte, dann folgten der Monat, Mai, das Datum und das Jahr. Der Herr klopfte und stocherte auf den Augen der SelecTrick herum, so daß ihr tanzender Globus hin und her hüpfte und flitzte. Und der Herr tippte: »Liebe Sharon«, hielt einen winzigen Moment lang inne und trickste dann den ganzen Vormittag und einen Großteil des Nachmittags herum.

## 11.

Ganz bestimmt, dachte Tish, als sie im ersten Abenddämmer erwachte und feststellte, daß ihre Eltern nicht zurückgekehrt waren, ganz bestimmt werden sie jeden Augenblick heimkommen, jetzt, wo die Sonne untergegangen ist. Sie hieß alle Kinder warten mit der Suche nach der ersten Mahlzeit dieser Nacht, damit sie Daddy und Mama bei ihrer Rückkehr begrüßen konnten. Aber es wurde vollends dunkel, und alle waren hungrig genug, bald auch Erde zu essen, und immer noch war nichts von den Eltern zu sehen. Die älteren Kinder hielten ihre Schnüffelruten auf Empfang und suchten nach dem ersten Hauch von Jack und/oder Josie Dingletoon. Jubal, voller Tatendrang, erhielt von Tish die Erlaubnis, den Klotz zu verlassen und durch Carlott in Richtung des Heiligen Hauses zu laufen, um die erwartete Heimkehr der Eltern auszukundschaften. Als Jubal nach einer Stunde nicht zurück war, machte sich Tish auf die Suche und fand ihn auf dem verlassenen Tanzboden sitzend. Er blickte zum Heiligen Haus hinüber und ließ langsam, aber stetig seine Schnüffelruten in alle Richtungen schwingen.

»Du kannst ebensogut nach Hause kommen, Jubal«, sagte seine ältere Schwester. »Sieht nicht so aus, mein Junge, als ob sie heute nacht noch zurückkommen.«

Jubal stand auf und schaute sich um. »Wo hat der Herr gelegen?« fragte er.

»Genau da drüben«, sagte Tish und zeigte mit einer Schnüffelrute hin. Der Abdruck vom Leib des Herrn war immer noch im Gras zu erkennen. »Sein Kopf lag da, und Seine Füße waren weit dort drüben, und dort hinten ist die Stelle, wo ich Seinen Finger berührt habe.«

Der Junge stieg vom Podium herunter und ging langsam mit seiner Schwester zurück nach Hause. Nach einer Weile hob er den Kopf und blickte mit emporgerichtetem Gesicht, mit Sternguckern und großen Augen gleichermaßen, zu den Sternen hinauf, deren kalter Puls in den schwarzen Räumen hoch oben schlug, weit fort in stiller Entfernung zu diesen beiden flackernden Flämmchen Knackerlakenlebens. Jubal fragte Tish, wie weit diese funkelnden Lichter entfernt seien und ob der Mann auch Herr sei über all jene Welten, so wie Er Herr über diese war.

»Hast du mir nicht mal erzählt, die Sterne seien Welten, Tish?« fragte er sie.

»Ja.«

»Alle wie unsere, mit Knackerlaken überall?«

»Ich glaube schon, Jubal.«

»Müssen die überall nach Westen gehen, so wie wir?«

»Alles geht nach Westen, früher oder später. Sogar diese ganzen Sterne, ein jeder einzelne, fangen an zu flackern und werden dunkel und kalt und gehen nach Westen.«

Jubal wurde sehr nachdenklich. »Und wird unsere Welt irgendwann auch einmal kalt?«

Tish wurde klar, daß Jubal zu jung war, um sich an den letzten Winter zu erinnern. Sie selbst war während der schlimmen Phase noch zu jung gewesen, um sich seiner schneidenden Strenge bewußt zu werden. »Ja«, sagte sie, »es wird sehr kalt werden.«

»Wenn wir in den Parthenon ziehen, haben wir es dann immer warm?«

»Na hör mal, Jubal, wie kommst du auf die Idee, daß wir jemals in den Parthenon ziehen könnten?«

»Wenn du einen Junker Ingledew heiraten würdest, dann könnten wir's!«

Tish konnte ein Lachen nicht unterdrücken. »Ich werde wohl kaum einen Junker Ingledew heiraten!« sagte sie. »Wie kommst du denn darauf?«

»Hat Mama gesagt.«

»Ach ja? Was hat Mama denn noch alles gesagt?«

»Sie hat gesagt, wenn ihr und Daddy jemals was zustößt, dann sollst du daran denken, daß die Dingletoons in Wirklichkeit Ingledews sind, und du solltest hingehen und die Junker besuchen und die Verwandtschaft geltend machen.«

»Die Verwandtschaft geltend machen ist das eine«,

erklärte Tish, »einen von ihnen zu heiraten ist eine ganz andere Geschichte. Außerdem, wenn wir mit ihnen verwandt sind, wäre es Inzest, einen von ihnen zu heiraten. Und Bruder Tichborne sagt, es gibt nichts Schlimmeres als Inzest.«

»Und wann machst du die Verwandtschaft geltend?« wollte er wissen.

Die Aussicht verwirrte sie, machte sie sprachlos. Aus den Wäldern ringsumher kamen die Anfangstakte der Purpursinfonie, aber sie mißdeutete diese Klänge als eine Melodie, die in ihrem eigenen Herzen spielte: Irgend jemand hatte ihr erzählt, wer die Purpursinfonie hört, sehnt sich nach etwas. Die unteren Härchen ihrer Schnüffelruten prickelten von dem Geruch der Sehnsucht, und obwohl sie merkte, daß der Geruch ihr selbst entströmte, brachte es doch Glück. Würde sie Glück haben, wenn sie versuchte, ihre Verwandtschaft bei den Ingledews zu behaupten?

»Wann wirst du die Verwandtschaft geltend machen?« störte Jubal sie aus ihrer Träumerei auf, und Tish fand sich zu Hause in dem verrotteten Holzklotz wieder, umringt von ihren Geschwistern, die alle Jubals Frage aufgriffen und sie damit bestürmten: »Wann wirst du die Verwandtschaft geltend machen? Verwandtschaft geltend machen? Verwandtschaft geltend machen?«

Tish fühlte sich plötzlich überwältigt von ihrer Verantwortung, ihrer Verpflichtung und der Last des Wissens, daß sie Ingledews waren. Warum war dieses Wissen so jäh über sie hereingebrochen, fast wie der Vorbote einer Tragödie? Hätte ihr Vater nicht, genau in der Nacht seiner Verwesterung, entdeckt, daß er ein Ingledew war, hätten seine Kinder sich den Wechselfällen ihres Schicksals mit ebensoviel Resignation und soviel Gleichmut der Realität ergeben wie alle Knackerlaken. Sie wären damit zufrieden gewesen, weiterhin Dingletoons zu sein. Irgendwo und irgendwie hätte sich Tishs Weg vielleicht wieder mit dem von Archy Tichborne gekreuzt, dem sie auf der Spielparty nur flüchtig begegnet war. »Wenn ich denke«, sagte sie verdrossen zu sich selbst, »daß ich gestern nacht noch getanzt und gelacht habe.« Nun, als älteste Überlebende der Dingletoon-Kinder mußte sie den Haushalt übernehmen... oder einen Weg finden, in den Parthenon zu ziehen.

»Besser ist es, du machst heute nacht noch die Verwandtschaft geltend«, drängte Jubal. »Pack die Gelegenheit bei der Schnüffelrute, wie Mama immer zu sagen pflegte. Der erste Wurm narrt den Vogel.«

»Ach, laß mich doch«, rief Tish klagend und floh aus dem Haus. Sie erklomm den Großen Fels im Norden von Carlott, einen Gesteinsblock, fast so hoch wie das Heilige Haus selbst, welches in seinem Schatten lag. Oben auf dem Großen Fels war eine kleine ebene Stelle, die der Mann selbst nie aufgesucht hatte und auch kaum erreichen konnte; hier befanden sich kleinere Felsen in Form von Säulen, einige flacher als andere, zum Teil übereinander gelegt und im Kreis angeordnet. Der Legende nach hatten mächtige Knackerlaken Jahre vor der Zeit des Joshua Chrust die Felsen in diesem Kreis aufgestellt, obwohl unvorstellbar war, wie irgendeine Knackerlake, und auch eine Mannschaft kräftiger Ingledews, diese Steine auch nur einen Millimeter bewegt haben könnte. Trotzdem war dieser Steinkreis ein besonderer Ort, heidnisch, unchrustlich, verhext vielleicht, den nur noch wenige Knackerlaken jemals aufsuchten. Man mußte tiefes Moos durchqueren, um dorthin zu gelangen. Vor langer Zeit war diese Stätte Hinglerocks genannt worden, und Tish kannte den Namen, hatte aber nie jemanden davon sprechen hören oder hingehen sehen. Für sie war Hinglerocks ein einsamer verfallener Tempel, eine Zuflucht vor den Sorgen und Wirrnissen des Lebens und ein Ort, wo sie, wie jetzt, die Verwesterung ihrer Eltern betrauern und sich darauf vorbereiten konnte, den Ingledews gegenüber ihre Verwandtschaft zu behaupten. Weil hier außer Moos nichts wuchs, was ein Geschöpf auf Nahrungssuche hätte anlocken können, wurde sie niemals belästigt, außer auf dem Weg dorthin, wenn womöglich eine feindlich gesinnte Grille, ein Santa Fe oder Skorpion ihr begegneten oder ein dicker Regenwurm, dessen Kauderwelsch für sie ein Buch mit sieben Siegeln war.

Von Hinglerocks aus konnte Tish bis zum Parthenon sehen, eine Viertelmeile entfernt; das vor langer Zeit in einen Lebensmittelladen um- und jetzt in ein Wohnhaus zurückverwandelte Haus hob sich im Mondlicht als Silhouette ab gegen die Mulde, in die es sich schmiegte; in einem Zimmer brannte, bleich wie ein ferner Stern, das einsame Licht einer Kerosinlampe. Die unkrautbewaldete Roamin Road führte dorthin; näher als bei dem Umzug der Mädchen gestern abend war Tish dem Parthenon noch nie gekommen. Der Herr fuhr diese Straße nie mehr mit Seinem Automobil entlang, und auch zu Fuß benutzte Er sie nicht mehr, außer, um Umschläge in den Briefkasten der Frau zu stecken.

Eine Stunde oder länger wohl mochte Tish in Hinglerocks gesessen, zum Parthenon hinübergeblickt und Mut gesammelt haben. Schließlich faßte sie den Entschluß, sich wenigstens dem Haus zu nähern und dort ein wenig herumzuschnuppern. Eine weitere Stunde dauerte ihre Anreise. Als sie zu dem Unkrautwald kam, der zwischen ihr und ihrem Ziel lag, hoffte sie beinahe, die Ankunft möge ihr durch irgendein Geschöpf des Waldes erspart bleiben; im Schlund einer Spitzmaus zu vergehen schien besser, als sich den strengen Befragungen durch die Ingledews auszusetzen. Lieber würde sie einem Dachs, einem Opossum, sogar dem eigenartigen und seltenen Gürteltier begegnen, als einem Ingledew gegenüberzutreten. Dann erinnerte sie sich, daß ihr eigener lieber seliger Vater ein Ingledew gewesen war, und er hatte nichts Furchterregendes an sich gehabt. Und eigentlich war sie selbst ja eine Ingledew! Mit einemmal wurde sie sehr befangen, und als sie den Unkrautwald betrat, unterzog sie sich einer genauen Prüfung. Waren ihre Hüften und ihre Schenkel nicht zu lang und zu dick? Alle sechs oder zumindest vier davon? Waren ihre Krabbler zu kurz geraten? War ihr Thorax gut genug entwickelt?

Bevor sie den Vorgarten des Parthenon durchquerte, hielt sie, um sich gründlich zu säubern; sie wusch jede ihrer Schnüffelruten zweimal und putzte jedes Häkchen an ihren Krabblern. Sie spürte, daß dies das wichtigste Bad war, und sie ging gründlich und sorgfältig zu Werke. Sie ließ ihre Schnüffelruten langsam über ihren ganzen Leib gleiten und prüfte das Ergebnis. Stellte sie nicht einen ganz schwachen Duft von Pheromonen fest? Wenn ja, dann rührte es von der Aufregung, nicht von einer Lust her.

Sie durchquerte den Garten. Zwischen den spärlichen Grasflecken war die glatte Erde mit Denkmälern übersät: hier ein Kupferpfennig, dort ein Fetzen Alufolie; hier eine Schraube samt Unterlegscheibe, dort der Ring von einer Getränkedose; hier eine Glasperle, dort ein Perlmuttknopf. Tish blieb stehen, um das Spielzeug eines Menschenkindes zu betrachten, eine runde Glasmurmel, von farbigen Streifen durchzogen, durchsichtig, wundervoll. Sie verglich diesen Garten des Parthenon mit dem von Carlott, der übersät war mit Kugellagern, verrosteten Splinten, ölverschmierten Kupplungen, verbogenen Ventilen, alten Zündkerzen, all dem vielgestaltigen Schrott alter Automobile. Tish hätte die ganze Nacht damit zubringen können, den wunderbaren Garten des Parthenon zu erkunden, aber vor ihr lag nun die Veranda des Parthenon selbst.

Steinpfeiler stützten die Veranda, und Tish erklomm den neben dem Fenster, dessen Licht sie von weitem gesehen hatte. Sie kletterte an der Holzwand zum Sims dieses Fensters empor und blickte durch das Fliegengitter. Dort, in einem Sessel, saß die Frau. Tish hatte viele Legenden, Berichte, Geschichten, Beschreibungen und Gerüchte über die Frau gehört, hatte Sie aber nie zuvor aus solcher Nähe gesehen, in Lebensgröße, in Lebensübergröße, fast so groß wie der Mann selbst. Aber der Mann war, als Tish ihn letzte Nacht gesehen und sogar berührt hatte, in tiefem Schlaf gewesen, wenn nicht gar betrunkener als ein Dudelsackpfeifer. Die Frau hier war hellwach, und Ihre Augen waren offen. Sie las. In den Händen hielt Sie ein paar Blätter aus weißem Papier, und eins von diesen las Sie gerade. Ihr Haar war so gelb wie die Flügel eines Kometenfalters, und Ihr sanfter Mund war zu einem Lächeln verzogen. Sie hatte einen sehr gütigen und sanften Gesichtsausdruck. Tish wäre gerne in Ihren Schoß gekrochen und hätte mit Ihr geredet, war aber alt genug, um zu wissen, daß die Frau die Berührung einer Knackerlake ebensowenig dulden würde wie der Mann.

Hoch oben an einer Wand des Raumes, über einem mit Brettern vernagelten Kamin, befand sich ein Kaminsims, und darauf stand eine Uhr, *die* Uhr, von der Tish so viel gehört und deren Läuten ihr Leben begleitet hatte. Aber im fernen Carlott hatte sich dieses Läuten wie ein leises Bimmeln angehört. Jetzt, während Tish wartete und beobachtete, fing die Uhr an, die Stunde zu schlagen, und sie sagte so laut »BRÖTCHEN!«, daß Tish vor Schreck beinahe vom Fenstersims gefallen wäre. Dann sagte die Uhr »TORTE!« Ein drittes Mal schlug sie: »PUDDING!« Tish zählte einen vierten Schlag: »KARAMEL!« und einen fünften: »SCHOKO!« Die Uhr ließ sechs erklingen: »ROSINENBRÖTCHEN!«, und die Uhr schlug sieben: »BONBON!« Tish überlegte noch, ob die Uhr all das wirklich von sich gegeben hatte, als sie »EI!« hörte. Für neun Uhr sagte sie: »NOUGAT!« Dann schlug sie zehn: »GÖTTERSPEISE!« mit einem Dröhnen, das das Fenstersims, auf dem Tish saß, zu erschüttern schien. Das letzte, was die Uhr sagte, war »ECLAIR!« Tish wartete auf ein zwölftes Läuten, aber es blieb aus.

Die Frau gähnte und reckte die langen Arme über den Kopf. Wieder lächelte Sie. Dann gähnte Sie erneut. Darauf faltete Sie die Blätter zusammen und schob sie in einen Umschlag, den Sie in ein Buch legte, und schloß das Buch. Sie stand aus ihrem Sessel auf, blies Ihre Kerosinlaterne aus, die Welt wieder ihrer normalen Helligkeit und Färbung überlassend, und dann legte Sie sich in Ihr Bett.

## 12.

Als Gregor Samsa Ingledew mit der ganzen Länge seiner Schnüffelruten den Geruch von niemand anderem als seinem eigenen Vater ausmachte, war er so erschrocken, daß er sich instinktiv zum Kampf rüstete, etwas, was er erst ein einziges Mal in seinem Leben in der Uhr hatte tun müssen, als nämlich ein Skorpion einzudringen versucht hatte. Der Skorpion, ein Todfeind aller Knackerlaken, ist ein Vertreter der Arachniden wie die Spinne, aber ein übergroßer, mit Scheren wie ein Krebs und einem Schwanz wie ein Kran, an dessen Spitze ein tödlicher Stachel sitzt. Wie die Knackerlake geht er nachts auf Beute aus, doch die Knackerlake späht nach Abfällen, der Skorpion hingegen nach Knackerlaken. Einer der Lieblingssprüche unter Knackerlaken, die einander verspotten oder beschimpfen, lautet: »Der Skorpion soll dich holen!« Sam hatte seine Uhr für eine sichere Zuflucht vor Skorpionen und allen anderen Geschöpfen gehalten, aber eines Abends hatte die Frau nach dem Aufziehen der Uhr die Glastür vor dem Zifferblatt angelehnt gelassen, und der Skorpion war hereingekrochen. Sam hatte oft Alpträume gehabt, in denen er von einem Skorpion angegriffen würde, und im ersten Moment hatte er geglaubt zu schlafen, als er ihn, dreimal so groß wie er selbst, auf sich zukommen sah. Er hatte gehofft aufzuwachen, dann aber festgestellt, daß er bereits hellwach war. Wenn er wirklich geschlafen hätte, wäre es sein letzter Schlaf gewesen. Im wachen Zustand aber war es ihm gelungen, ungeahnte Reserven der alten Kraft, List und Kriegskunst der Ingledews zu mobilisieren.

Der Skorpion war kaum ein wirklicher Gegner für ihn gewesen. Bevor er wußte, was er tat, hatte Sam sich dem Skorpion entgegengestellt, ihn angegriffen, niedergerungen und verstümmelt. Beherzt dem vorschnellenden Giftstachel ausweichend, hatte er dem Skorpion eine seiner Scheren abgebissen, während er gleichzeitig die andere packte, verdrehte und den Skorpion auf den Rücken schleuderte, so daß sein Stachel außer Gefecht gesetzt war. Dann hatte er ihm kräftig in die Unterseite des Thorax gebissen. Der Skorpion hatte vor Schmerz und Angst geschrien und um Gnade gebettelt in einer Sprache, die Sam völlig fremd war, deren kläglich flehender Klang jedoch so unverständlich und herzzerreißend war, daß Sam sich versucht gefühlt hatte, ihn laufen zu lassen. Statt dessen aber hatte er ihn rasch getötet, ihm Herz und Hirn herausgerissen, den Leichnam zum Rand des Kaminsimses geschleppt und hinuntergeworfen, damit die Frau ihn fände und beseitigte. Erst viel später hatte er angefangen, vor rasender Angst zu zittern.

Jetzt stand ihm eine neuerliche Konfrontation bevor, doch diesmal war es kein Skorpion, sondern ein womöglich noch schlimmerer Eindringling, Junker Hank Ingledew, der nie zuvor in der Uhr aufgetaucht war, nicht in all der Zeit, da Sam dort lebte – also sein ganzes Leben lang. »Dad?« fragte Sam voller Erstaunen, noch bevor er seinen Vater erblickt hatte.

Junker Hank kam in Sicht. »Krümchen, mein Sohn«, sagte er und begann augenblicklich, alles um und über sich zu betrachten, die verschlungenen Innereien des Uhrwerks, das Mobiliar und die sonstigen Einrichtungen von Sams Domizil. »Eine schicke Bude hast du hier«, bemerkte Junker Hank.

Sam konnte kein Wort hören. »Krümchen, Dad«,

sagte er und erkundigte sich höflich: »Welchem Umstand verdanke ich das Vergnügen dieses Besuches?«

Junker Hank lachte. »Sonderbar, nicht? Ich bin noch nie hier zu dir raufgekommen.« Der Blick des älteren Ingledew verschleierte sich, und wurde nostalgisch. »Als du klein warst, hatte deine Mutter das Sagen bei deiner Erziehung, und ich hab dich kaum zu sehen gekriegt. Seit sie hingegangen und verwestert ist, wollte ich immer mal vorbeischauen und ›hallo‹ sagen und so, aber ich schätze, mir hat einfach der Anlaß gefehlt. Bis jetzt jedenfalls.«

Sam, der von alledem nichts hörte, nahm an, daß sein Vater aus Verlegenheit versuchte, Konversation über das Wetter zu machen. »Ja«, sagte er, »ich glaube, daß uns jetzt jeden Augenblick ein ordentlicher Schauer ins Haus steht.«

»Schlimmer noch, schätze ich«, erwiderte sein Vater. »Es ist ein Mädchen. Ein Weibsbild.«

»Aber ich denke, die Blumen können es brauchen«, sagte Sam. »Es war wirklich schrecklich trocken.«

»Ich bin mir nicht so sicher, daß wir *sie* brauchen«, sagte Hank. »Sie ist gekommen, um ihre Verwandtschaft mit uns geltend zu machen und womöglich bei uns einzuziehen. Eine der Töchter vom ollen Jack Dingletoon, der, der herausgefunden zu haben glaubt, er sei ein Ingledew. Jetzt behauptet sie, er sei wahrscheinlich im Westen und Josie dazu, und es wär ihre Pflicht, wo sie jetzt das Familienoberhaupt ist und so weiter, ihre Verwandtschaft geltend zu machen. Was soll ich ihr also sagen?«

Schwerhörige Personen haben ein besonderes Gespür dafür, wann eine Frage gestellt wird, auch wenn sie die Worte nicht verstehen. Sam konnte hören, wie sich die Stimme vor dem Fragezeichen hob, und er nahm an, sein Vater habe das Gespräch vom Wetter auf Sams persönliches Wohlergehen gebracht, deshalb antwortete er: »Ich habe keinen Grund zur Klage.«

»Du meinst, es ist dir egal, ob die hier einzieht oder nicht?« Junker Hank glaubte seinen Ohren nicht zu trauen. »Willst du, daß sie ihre ganze Bagage von Brüdern und Schwestern mitbringt?«

Zwei Fragezeichen. »Danke, ich komme gut zurecht, und zu essen finde ich reichlich.» Sam wies auf seine säuberliche Anordnung von Essensresten, auf die er sehr stolz war. Zu Dutzenden lagen sie da, sortiert und katalogisiert, zumindest in seinem Kopf, und er besaß Kostproben von allem, was die Frau je gegessen hat.

Junker Hank begutachtete die Speisekammer. »Kruzitürken, das alles würden sie schneller wegputzen, als du gucken kannst.«

»Danke sehr«, sagte Sam. »Ja, das da drüben ist ein sehr seltener Brocken Zitronenmeringue. Und dieses Stück hier ist fast ein Jahr alt, ein Croissant demi-sel. Hier, probier das mal, Marzipan mit Karamelgeschmack.«

Junker Hank kaute gedankenverloren auf dem dargebotenen Leckerbissen herum. Dann fragte er: »Willst du, daß diese runtergekommenen Dingletoon-Tölpel sich über deine Leckereien hermachen?«

Das Fragezeichen ließ Sam annehmen, daß sein Vater um weitere Kostproben bat. Er bot ihm ein Stückchen Erdnußkrokant an. Dann reichte er ihm ... »Nein, ich glaube nicht, daß dir das hier zusagt. Es ist eine Pille aus Ginsengwurzel, die ich neulich von Doc Swain bekommen habe, und die soll gut sein gegen –«

Junker Hank kicherte. »Ja, ja, mir hat er auch mal was von dem Zeug gegeben. Ich sage dir, es wirkt. Aber was soll jemand in meinem Alter damit anfangen?

Wenn ich's recht bedenke, *du* wirst es wohl brauchen können, wenn du mit diesem Mädel reden mußt, von dem ich dir die ganze Zeit erzähle, Laetitia Dingletoon, sagt sie, ist ihr Name. *Willst* du mit ihr reden?«

Sein Vater war wirklich schrecklich neugierig. Was hatte er jetzt wieder gefragt? Ob Sam den Ginseng selbst probiert hatte? »Aber klar«, sagte er.

Sein Vater blickte ihn verwundert an. »Dann beißt du besser gleich ein großes Stück ab«, sagte der ältere Ingledew und hielt dem jüngeren die Ginsengpille hin. »Hier«, sagte er. »Iß, ISS!«

Sam hörte ein Wort, das erste Wort, das er seinen Vater hatte sprechen hören. Ein Befehl: »Iß!« Obwohl er nicht begriff, warum sein Vater darauf bestand, wußte er, daß der Ginseng, als er letzte Nacht ein Stück davon probiert hatte, ihn in eine Art beschwingte Wärme versetzt hatte, was vielleicht schon Sinn und Zweck der ganzen Übung war. »Mach ich, wenn du mitißt«, sagte er zu seinem Vater, nahm einen Biß und gab es zurück.

»Vielleicht werde ich's auch brauche«, meinte sein Vater und nahm einen kleinen Bissen, »wenn ich zurück nach unten gehen und diesem Mädel erklären muß, daß sie raufkommen und ihre Verwandtschaft bei dir selbst geltend machen soll.«

Sam wünschte, er könnte seinen Vater hören. Möglicherweise schlug sein Vater vor, daß sie den Ginseng zusammen essen sollten und sich beide in beschwingte Wärme versetzen, so daß es ihnen leichter fiele, sich wie gute Freunde, und nicht bloß wie Vater und Sohn, zu verhalten. Sam war kurz davor, seinem Vater zu gestehen, daß sein Gehör nicht mehr funktionierte, aber wenn er das täte, hätte es ohnehin keinen Zweck mehr, sich noch weiter mit seinem Vater zu unterhalten. In der Hoffnung auf schnelle Berauschtheit nahm er einen weiteren, größeren Bissen von dem Ginseng. »Es hat einen recht merkwürdigen Geschmack«, bemerkte er. »Findest du nicht auch? Weniger wie Essen, eher wie eine Arznei.«

Dieser Kommentar führte zu keiner weitergehenden Kameradschaft. Sein Vater schien aufbrechen zu wollen. »Nun, es ist deine Uhr«, sagte Junker Hank zu seinem Sohn, »und ich werde dir keine Vorschriften machen, wie du dein Leben zu leben hast. Aber wenn ich du wäre, würde ich diesem Mädel ihre Ideen, hier einziehen zu wollen, schon austreiben.« Junker Hank gab Sam einen spielerischen Klaps auf den Hinterkopf und sagte: »Also gut, ich schick sie zu dir rauf. Tu nichts, was ich nicht auch tun würde, hörst du? Har-har.«

Nein, er hörte nicht. Junker Hank ging von dannen. »Bis dann, Dad«, rief Sam hinterher, ein bißchen enttäuscht, daß der Besuch so kurz gewesen war und so wenig zur Vertiefung der Beziehung zwischen den beiden Ingledews beigetragen hatte. Irgendwann demnächst, sagte sich Sam, werde ich ihm einfach erzählen müssen, daß ich taub bin.

## 13.

Und natürlich, sie war so nervös, daß sie gleich unfreiwillig ein Pheromon-Molekül ausscheiden würde. So wie bei dem Versuch, ein Rülpsen oder Niesen zu unterdrücken, bewirkte die ängstliche Anspannung das Gegenteil, und das duftende Pheromon entwich und wehte wie ein posaunender Herold ihr voran in die Uhr.

Von den drei möglichen Eindringlingen in die Uhr – Skorpion, Vater, fremdes Mädchen – schien Sam letzteres am meisten zu fürchten, trotz der Ginsengwurzel, von der er den dritten und größten Bissen im selben Augenblick in den Mund stopfte, als das Molekül seine Schnüffelruten entlangzutanzen begann.

Das Innere der Uhr überwältigte Tish. Alle Teile der Uhr bewegten sich, einige rasch, andere kaum wahrnehmbar, aber sie waren alle in Bewegung, während verschiedene Zahnräder und Getriebeteile, die in Carlott herumlagen, allesamt starr und leblos waren. Es war ihr unmöglich, das ganz leichte Zittern der Hauptfeder vom Beben ihres eigenen Herzens zu unterscheiden.

Als der erste Schock des heranstürmenden Pheromons seine Schnüffelruten gelähmt hatte, gebrauchte Sam seine Augen und erblickte in nächster Nähe, viel zu dicht vor sich, ein Weibchen seiner eigenen Art: ein vollentwickeltes Mädchen, mit langen kräftigen Beinen, die sechs sehr hübsche Häkchen an den Tibiae trugen, mit muskulösen Schenkeln und wohlgeformten Trochantern, mit kleinen zierlichen Arollen und sorgfältig manikürten Unguien. Ihr Gesicht war, obwohl momentan starr vor Furcht, das eines reizenden Mädchens vom Lande, von lieblicher Schönheit, mit der ganz leisen Andeutung eines lebhaften Temperaments: Der Schaft der Schnüffelrute saß etwas tief in seiner Fassung und traf sicher und fest, aber doch mit einem etwas schelmischen Ausdruck, auf den Pedicellarien. Ihr Mund besaß volle Paraglossae, die auf vielsagende

Weise von ebenmäßigen Galeae bedeckt wurden, während das breite Labrum mit Kühnheit und Bestimmtheit zum Clypeus emporragte. Sam war sich sicher, gleich in Ohnmacht zu fallen, entweder durch ihren Anblick oder eine Überdosis Ginseng, oder beides.

Tish hatte Bauchschmerzen. Sie hatte heute nacht nichts gegessen, hatte aber das Gefühl, sich jeden Augenblick übergeben zu müssen, nicht vor Übelkeit, sondern vor Aufregung. Und daß Junker Sam Ingledew – denn um ihn handelte es sich eindeutig, gut aussehend, wie alle ihre Freundinnen ihn immer schwärmerisch beschrieben hatten – sie ansah, als sei sie etwas, was eben aus einem Loch im Boden gekrochen war, half absolut nicht. Das Kaminsims zur Uhr hinaufzukriechen war anstrengend gewesen, aber sie war so würdevoll wie möglich eingetreten.

Einige Augenblicke verstrichen. Da ihr nichts Besseres einfiel, fragte sie: »Sind Sie Junker Sam Ingledew?«, was ihr im selben Moment töricht vorkam, fast als hätte sie den Mann gefragt: »Sind Sie der Mann?«

Es war das erste Mal, daß eine andere weibliche Person als seine Mutter mit ihm gesprochen hatte, und selbst wenn er sie gehört hätte – was nicht der Fall war –, hätte er nichts zu sagen gewußt.

»Ich hab Ihren Daddy dort unten getroffen«, fuhr sie fort und fragte sich gleichzeitig, ob sie wohl zu geschwätzig war. »Er sagte, er wäre Junker Hank Ingledew, und er ist wohl Ihr Daddy, wenn Sie Junker Sam Ingledew sind, aber das müssen Sie wohl sein, wenn das hier Ihre Uhr ist. Ich meine, Sie sehen aus wie Junker Sam Ingledew, obwohl ich Sie noch nie gesehen habe, aber Sie sehen genauso aus, wie ich Sie mir vorgestellt habe!« Ihr ging die Luft aus, und sie mußte innehalten.

Sam brachte zwei Worte heraus: »Wie bitte?«

Tish holte tief, sehr tief Luft, so viel, wie ihre sechzehn Tracheen einsaugen konnten, und wiederholte Wort für Wort, was sie gesagt hatte. Aber Junker Sam sah sie nur unverwandt an, als wäre sie etwas, was ihm unter der Sohle klebte.

Zeigte der Ginseng Wirkung? Sam gelang es, fünf ganze Wörter herauszubringen: »Ich höre nicht sehr gut.« Er wackelte mit seinen Schwanzreifen, wie um zu demonstrieren, daß sie, obwohl in ihrer sensorischen Funktion beeinträchtigt, physisch noch intakt waren.

»Oh«, sagte sie und sah zu, wie er mit den Schwanzreifen wackelte. Sie waren süß. Sie trat näher an die eine heran, bildete mit den Fühlern einen Trichter um ihren Mund und schrie: »HALLO! ICH BIN DIE TISH!«

Sam fuhr zurück. »*So* taub bin ich auch wieder nicht«, sagte er. Dann fiel ihm ein zu fragen: »Weißt du denn nicht, daß Knackerlaken keinen Zutritt zum Parthenon haben ... außer uns Ingledews natürlich?«

Tish ließ den Kopf hängen und murmelte: »Ja, ich weiß.« Dann hob sie die Stimme und versuchte zu erklären.

Sam versuchte zuzuhören. Irgend etwas über ihren Vater. Irgend etwas über ihre Mutter. Irgend etwas über ihre dreiundvierzig Brüder und Schwestern. Irgend etwas über eine Verwandtschaft, die sie geltend machen wollte. Ihm wurde klar, daß sie sich wie bei einem Verhör und nicht sehr gastfreundlich behandelt vorkommen mußte. Er griff hinter sich, wählte ein Stück aus seiner Sammlung und bot es ihr an. »Ein Stückchen Bienenstich?« fragte er.

Ihre Taster sagten ihr, daß es eßbar war; sie schlang es hinunter und fand es mehr als eßbar: das Köstlichste, was sie je gegessen hatte. Aber fast im selben Moment beschlich sie die Furcht, die cremige Füllung könnte ein Klacks Affy-Dizzy aus seiner Rückendrüse gewesen sein, dazu bestimmt, sie zu verführen. Trotzdem entfuhr ihr ein anerkennendes »Mhmmmmmmm«.

»Erdnußkrokant?« fragte er. Sie kostete. Er bot ihr Kostproben verschiedener seiner auserlesenen kleinen Happen an. Eine Krume von einem Choco-Crossie schien sie ganz besonders zu berauschen.

»So was Gutes hab ich noch nie gegessen«, sagte sie, vor Genuß seufzend.

Er führte sie durch die Gänge zwischen seinen Stapeln von Eßwaren, zeigte und beschrieb ihr jedes Exemplar, bot ihr Kostproben an. Sie war ja *so* empfänglich für seine Gaben. Er war von sich selbst überrascht, von der Leichtigkeit, mit der er mit einem weiblichen Wesen redete. Ach, wenn er doch nur ihre eingestreuten anerkennenden Kommentare, ihre genußvollen Seufzer, ihr entzücktes Schnurren hätte hören können, doch allein den Ausdruck auf ihrem Gesicht sehen zu können war schon Belohnung genug.

Die Uhr verkündete die zwölfte und letzte Stunde: »TUTTIFRUTTI!« Dann war es still. »Mitternacht«, erklärte Sam. Er kam sich geistlos vor und wurde verlegen.

Sie wünschte, sie könnte mit ihm reden. Junker Sam hatte, so dachte sie, obwohl er wie sie selbst ein sterbliches Geschöpf war, etwas mit dem Schicksal-Ding gemeinsam: Beide waren taub. Das Schicksal-Ding konnte ihr Bitten oder Flehen nicht hören; ihre Bedürfnisse waren ihm vollkommen gleichgültig. Vielleicht, so überlegte sie, war Junker Sam gar nicht wirklich taub, sondern einfach nur gleichgültig, wie das Schicksal-Ding. Sie wünschte, sie könnte ihn wenigstens fragen, ob er an irgend so etwas wie das Schicksal-Ding glaubte.

Da ihm nichts anderes einfiel, fragte er: »Möchtest du

das Uhrwerk sehen?«, und ohne ihr Kopfnicken abzuwarten, befahl er: »Komm, da geht's rauf«, und begann mit ihr eine Besichtigungstour durch das komplizierte Innenleben der Uhr, sie davor warnend, daß ihre Krabbler bloß nicht in eines der Zahnräder gerieten. »Dies hier«, er zeigte darauf, »ist das Große Rad, dessen Klinken durch die Hauptfeder dort drüben reguliert werden, die alle acht Tage von der Frau des Parthenon aufgezogen wird. Kennst du Sie? Und hier haben wir das Ritzel, das sich mit dem Großen Rad dreht und durch das Zifferblatt dort drüben geführt wird, wo es mit dem Minutenzeiger der Uhr verbunden ist, der jede Stunde einmal um das Zifferblatt herumläuft und so die sechzig Minuten der Stunde mißt. Dieses Ritzel hat nur ein Zwölftel soviel Zähne wie das Große Rad, siehst du? Kennst du dich mit Bruchrechnung aus?« Er versuchte, ihr die mathematischen Verhältnisse der diversen Ritzel und Räder zu erklären, aber Mathematik war eindeutig zu hoch für sie, so hoch wie die Ritzel und Räder über ihrem Kopf. Als sie weiter hinauf in die Uhr stiegen, sagte er: »Dies ist die ›Hemmung‹ oder ›das tote Entkommen‹. Weißt du, was ›tot‹ bedeutet? Die Menschen verwenden den Ausdruck als Euphemismus für ›im Westen‹. Natürlich ist dieses Dings hier weder im Osten noch im Westen, sondern dient in Wirklichkeit dazu, die Energie der Feder auf das Pendel zu übertragen und nach jedem Ruck ›tot zu fallen‹ – das heißt, nach jedem Ruck nach Westen zu gehen – sieh genau hin, da – klick, klick, *tot*, klick, klick, *Westen* – verstehst du?« *Wie kommt es bloß, daß ich so auf ein Mädchen einrede?* wunderte er sich über sich selbst und kam zu dem Schluß, daß es die Wirkung des Ginseng sein müßte.

*Warum erzählt er mir das alles?* fragte sie sich, geschmeichelt, daß ein so gutaussehender, aber schrecklich schüchterner Bursche ihr gegenüber plötzlich so mitteilsam wurde. Vielleicht, so überlegte sie, macht er mich mit allem in seiner Uhr vertraut, damit ich hier wohnen kann! Würde er sie wirklich fragen, ob sie hier bei ihm wohnen wolle? Aber würde sie wirklich in so einer lauten Umgebung wohnen wollen?

»Die Idee, die hinter dem ›toten Entkommen‹ steckt«, sagte er, »ist eine fast poetische Metapher für ein Entkommen durch den Tod, oder ein Entkommen durch Verwesterung, und das bringt uns zur Eschatologie und führt uns gefährlich nahe an die Vorstellung von der Entrückung, wie sie euer Chrustenpriester Hochwürden Tichborne predigt. Aber du weißt nichts von Eschatologie, oder, Tish? Ich muß dir mal alles darüber erzählen, aber nicht heute nacht. Steig hier rauf, noch ein Stück, wir befinden uns fast ganz oben in der Uhr. Ja, dieser Träger, auf dem wir hier stehen – guck, wie er dort drüben überhängt –, ist mit der Scheibe dort verbunden und trägt die alleroberste Spitze des Pendels. Die Scheibe heißt Unruhscheibe, aber die meisten Leute hier nennen sie den… den Schwanz.« Er musterte sie genau, um das leiseste Rotwerden oder Zucken an ihr zu bemerken, aber sie schien ungerührt, deshalb fragte er tapfer: »Hast du schon mal das Wort ›Schwanz‹ gehört?« Aber ihr Gesicht war ausdruckslos, als könnte sie mit Schwanz genausowenig anfangen wie mit ›Eschatologie‹. Er wollte ihr erklären, wie der Schwanz über der Hemmung schwebt und daß er ein Symbol oder eine Metapher für Die Bombe ist. Ob sie nichts von Der Bombe wußte? »Hast du noch nie von Der Bombe gehört?« fragte er, aber wieder war die einzige Antwort der leere, ausdruckslose, unschuldige Blick. »Weißt du, du könntest vielleicht ›ja‹ mit dem Kopf nicken oder bei ›nein‹ den Kopf schütteln, wenn ich dich etwas frage.«

Sie nickte. Aber dann schüttelte sie den Kopf, nein, sie hatte noch nie von Der Bombe gehört oder von Schwanz oder sonstwas.

Er führte sie durch das Uhrwerk hinunter, zurück in seinen Mußeraum, wo er ihr ein Stück Kruste eines Apfelbeignets, seiner Lieblingsspeise, zu kosten gab. Ihre Augen glänzten entrückt, während sie es verschlang. *Entrückt?* sagte er sich und versuchte, ihr den komplizierten Unterschied zu erklären zwischen der künstlichen Vorstellung von Entrückung, wie die Chrusten sie vertraten, und der Wirklichkeit eines Holocaust durch Die Bombe. Sie hatte Mühe, seine Erklärung zu verstehen, vor allem den Teil, weshalb der Mann es überhaupt tun würde, weshalb der Mann Die Bombe zünden würde, wo sie doch – das zumindest hatte sie verstanden – zigmal verheerender war als die Kugeln des Mannes, die schon schrecklich genug waren.

Sie wagte es, ein Wort zu sagen: »Warum?«

»Hast du etwas gesagt?« fragte er überrascht.

Sie nickte wieder und wiederholte, direkt vor seinen Schwanzreifen: »WARUM?«

»Ich habe eine Idee«, sagte er, denn ihm war wirklich eine glänzende Idee gekommen: Sie und er könnten eine Art Zeichensprache erfinden, ein System von Gesten und Signalen, bei dem sie ihre Schnüffelruten, Fühler und sogar ihre Schwanzreifen einsetzten. »Wenn du zum Beispiel ›warum‹ fragen willst, hältst du eine Schnüffelrute an die Stirn, hebst dann beide hoch, so daß sie zusammen mit deinem Kopf ein ›W‹ bilden, so wie ich jetzt.« Er demonstrierte es und wartete ab, ob sie es fertigbrachte. Es war viel einfacher, stellte sie fest, als mit dem Kopf zu nicken oder ihn zu schütteln.

»Warum?« signalisierte sie. Dann noch ein zweites Mal. »Warum?« Es war fast wie ein Spiel.

»Gut«, sagte er. »Dein erstes Wort. Laß uns das restliche Alphabet erfinden. Wie würdest du ein S machen?«

Sie hielt eine ihrer Schnüffelruten hoch und zeichnete eine Schlangenlinie in die Luft.

»Sehr gut«, rief er aus. Er hob beide Schnüffeldrähte hoch, zeichnete langsam zwei Schlangenlinien in die Luft und sagte dabei: »Diese langsamen Schlangenlinien mit beiden Schnüffeldrähten könnten ›sehr‹ bedeuten, unser erstes Wort mit S. Für ›gut‹ halte einfach eine Schnüffelrute an den Mund und lege sie dann quer über deine andere.«

»Sehr gut«, signalisierte sie.

»Sehr gut!« signalisierte er und sagte: »Das macht Spaß.« Er schlug sich mit der einen Rute an die Unterseite der anderen. »Spaß.«

»Spaß«, signalisierte sie. »Sehr guter Spaß«, signalisierte sie.

Er lachte. »Das ist leichter, als ich dachte.« Er strich sich mit der einen Rute mehrmals rasch hintereinander über die andere. »Leicht.«

»Leicht«, signalisierte sie.

»Jetzt bist du dran, dir ein Zeichen für ein Wort auszudenken«, forderte er sie auf. »Was würdest du für ein Zeichen für ›ich‹ machen?«

Sie brauchte nur einen Moment, um auf die Idee zu kommen. Sie zog eine Spitze einer Schnüffelrute dicht an ihr Gesicht und hielt sie wie ein kleines I senkrecht nach oben. Er machte ihr das Zeichen nach.

»Und ›du‹?« fragte er.

»Noch leichter«, signalisierte sie und zeigte einfach mit derselben Schnüffelrute auf ihn für »du«.

Er verschränkte seine beiden Schnüffelruten und zog sie wie in einer Umarmung an seinen Körper. Sie war berauscht vom Apfelbeignet, er vom Ginseng. »Das hier ist das Zeichen für ›Liebe‹«, sagte er. Rasch, ohne nachzudenken, ahmte sie das Zeichen für »Liebe« nach. Er machte das Zeichen für »ich«, er machte das Zeichen für »Liebe«, er machte das Zeichen für »du«.

»Ich«, signalisierte sie. »Liebe«, signalisierte sie. Sie zögerte. »Nicht sehr leicht«, signalisierte sie.

Er wurde rot, schämte sich seiner eigenen Kühnheit. Sie erfanden neue Wörter und Buchstaben, probierten sie aus, ersannen Beispielsätze, die ungefährlichere Erklärungen und Fragen zum Inhalt hatten. Ein Fragezeichen war leicht: eine Schlangenlinie mit der Schnüffelrute, oder zwei, um der Frage Nachdruck zu verleihen: »??« Ein Ausrufezeichen war noch leichter, ein Strecken der Schnüffelrute hoch über dem Kopf: »!« Doppelte Schnüffelruten riefen doppelt so eindringlich aus: »Paß auf, da ist ein Skorpion hinter dir!!« Er machte nur Spaß und jagte ihr einen Schreck ein, aber sie vergab ihm und trieb das Spiel weiter, indem sie ein kombiniertes Frage- und Ausrufezeichen erfand. »Warum mußt du mich so erschrecken?!«

Ihre Unterhaltung wurde beredt und ihre Gesten länger und zunehmend komplizierter. Sie kamen sogar an den Punkt, wo sie ihm von ihrem Glauben an das Schicksal-Ding erzählen konnte. Das Zeichen für »Ding« war ein bloßes Fallenlassen der ausgestreckten Schnüffelrute, aber »Schicksal« war so schwierig, daß dafür, wie bei vielen ihrer Wörter, nicht nur die Schnüffelruten und Fühler, sondern auch ein oder zwei Krabbler, ein Verlagern des Körpers, ein Winken mit dem Schwanzreifen nötig wurden.

Tish »redete«. Sam »hörte zu«. Die Nacht verging.

Ihre Unterhaltung wurde dadurch verlangsamt, daß sie hin und wieder innehalten mußten, um ein neues Zeichen für ein Wort zu erfinden. Sie waren so in ihren Dialog vertieft, daß keiner von beiden bemerkte, wie die Uhr »BRÖTCHEN« und dann sogar »TORTE« schlug. Als sie das Thema des Schicksal-Dings fast bis zur Neige erörtert hatten, stellte sie ihm von neuem ihre ursprüngliche Frage: »Warum Die Bombe?«, und er versuchte es ihr, so gut es ging, in Zeichensprache zu erklären. Er griff sogar ihre Auffassung des Schicksal-Dings auf, um seine eigene Theorie zu stützen: daß irgend jemand oder irgend etwas, vielleicht das Schicksal-Ding, den Mann davon abhalten würde, die Erde mit Der Bombe zu vernichten.

»PUDDING«, sagte die Uhr.

Sam und Tish redeten so viel, daß ihre Schnüffelruten zu schmerzen begannen, ein seltenes Vorkommnis für Geschöpfe ihrer Gattung, die ihre Schnüffelruten ohnehin die liebe lange Nacht und oft sogar den Tag über, im Schlaf, in Bewegung halten.

Tish stellte fest, daß sie mit Sam mehr als mit sonst jemandem in ihrem ganzen Leben »geredet« hatte, und als die Uhr »KARAMEL« verkündete, benutzte Tish ihre neue Zeichensprache, um ihre Überraschung und Bestürzung auszudrücken und zu signalisieren: »Gelber Feuerball wird jetzt jeden Moment aufgehen.«

»Gelber Feuerball.« Sam machte ihr das Zeichen nach. Ihm wurde klar, daß er seit Stunden nicht gesprochen hatte; obwohl sie ihn ohne Schwierigkeiten hören konnte, redete er nur in der Sprache, die sie erfunden hatten, damit er sie »hören« konnte.

»Ich muß gehen«, signalisierte Tish, »oder ich gerate ins Tageslicht.«

»Du wirst sowieso ins Tageslicht geraten, wenn du

jetzt zu gehen versuchst«, machte er ihr klar. »Bleib doch noch und verbring den Tag mit mir.«

Sie glaubte, er gäbe die höfliche, aber nicht ernstgemeinte Floskel von sich, das traditionelle Abschiedsritual in Zeichensprache übersetzt, und sie entgegnete in Zeichensprache: »Ich mach mich besser auf den Rückweg. Komm du doch mit zu mir.« Es war ihr klar, wie lächerlich die Einladung war, einen Junker Ingledew aufzufordern, mit in ihren verrotteten Klotz zu kommen, aber sie wußte, daß er wußte, daß es ihr mit der Einladung nicht ernst war.

»Besser nicht«, signalisierte er. »Mach's dir hier gemütlich und bleib den ganzen Tag.«

»Zeit für mich, nach Haus zu gehen. Komm doch und leiste mir Gesellschaft.«

»Heute morgen nicht, danke vielmals, Tish. Warum richtest du dich nicht hier ein und ißt einen Happen mit mir?«

Ach, wenn er es doch nur ernst meinte! »Nichts zu machen, fürchte ich«, signalisierte sie förmlich, widerstrebend. »Es ist mir lieber, wenn ich nach Hause gehe.«

»Nein, das ist es dir nicht«, signalisierte er. Er unterbrach den Rhythmus! Er machte nicht vorgesehene Einschübe! »Es ist dir lieber, wenn du hierbleibst, und das wirst du auch tun.«

»Häh?« signalisierte sie, überrascht von seiner Stegreifeinlage. »Was?«

»Du hast mich verstanden«, signalisierte er.

»Aber«, signalisierte sie. Sie wußte nicht, was sie als nächstes signalisieren sollte. Sie versuchte es noch einmal mit »aber«, und dann noch einmal. Sie hatte das Gefühl, in Zeichensprache zu stottern. »Aber meine dreiundvierzig Brüder und Schwestern werden fürchten, daß ich von einem Vogel, Huhn oder sonstigem Geflügel gewestert worden bin.«

»Wenn du jetzt gehst«, gab er ihr zu bedenken, »*wirst* du von einem Vogel, Huhn oder sonstigem Geflügel gewestert werden.«

Der gelbe Feuerball ging über dem Dinsmore-Berg auf, nicht gelb, sondern orange und heiß und riesig. Durch die Fliegentür des Schlafzimmers der Frau kam das Geräusch der Morgenbrise, und dann waren die Vögel, Hühner und das sonstige Geflügel zu hören, die ihre Morgenständchen darbrachten. Durch das Glas vor dem Zifferblatt der Uhr konnte Tish sehen, wie die Frau sich im Bett umdrehte, aufwachte und dann langsam Ihre Füße aus dem Bett auf den Boden schwang.

»Siehe!« signalisierte Tish. »Die Frau, Göttin des Parthenon, erwacht und steht auf.«

»Ja«, signalisierte Sam. »Sieh mal, wie Sie die ebene Fläche unter Ihrem Bett mit dem linken Krabbler zuerst berührt.«

»Warum tut Sie das?«

»Vielleicht«, signalisierte Sam lächelnd, »ist es eine abergläubische Beschwichtigungsgebärde –«, die großen Worte bereiteten ihm Schwierigkeiten, »– dem Schicksal-Ding gegenüber.« Dann buchstabierte er mit Schnüffelruten und Fühlern den Namen der Frau. »Ihr Name ist Sharon. S-H-A-R-O-N.«

»Sharon«, wiederholte Tish. »Ich habe den Mann nach Ihr rufen hören.« Sie sah zu, wie die Frau Ihr Nachthemd abstreifte und das rote, mit Blumen bedruckte Hemd und die Jeans anzog, die sie den Tag über tragen würde. »Sie ist so hübsch und schön und reizend«, signalisierte Tish.

»Und einsam«, signalisierte Sam. Das Zeichen für »einsam« bestand darin, die Spitze der rechten Schnüffelrute über die Lippen nach unten zu ziehen, fast wie bei dem »Pst!«-Zeichen, so daß es an »still und allein« gemahnt. »Soll ich dir eine Geschichte über Sharon erzählen?« Ihr Zeichen für »Geschichte« hatte anfangs darin bestanden, mehrmals in rascher Folge die Spitzen der Schnüffelruten zu verschränken und wieder zu lösen, aber nun, da sie das Wort mehrmals untereinander benutzt hatten, stellten sie fest, daß sie unbewußt die eigenen Schnüffelrutenspitzen mit denen des anderen verschränkten, um das Zeichen zu machen.

»Oh, bitte, erzähl mir eine Geschichte!« bat Tish, indem sie mit ihren eigenen seine Schnüffelruten umfaßte.

Sharon, so erklärte Sam, war die Enkelin einer Halbgöttin namens Latha, die früher einmal hier gewohnt hatte, jetzt aber jenseits von Stay More lebte. Latha war sehr alt, aber noch schöner als Sharon, und während der Zeit vor vielen Äonen, als sie den Parthenon bewohnt hatte, hatte sie ebenfalls allein gelebt und war einsam und von Sehnsucht ergriffen gewesen, und der Parthenon war von dem glückbringenden Geruch nach Sehnsucht erfüllt gewesen. Ein Mann aus ihrer Vergangenheit, mit dem Namen Anders, so wie in so oder anders, ein anderer Mann, nicht mit dem jetzigen Mann von Stay More verwandt, war in die Stadt zurückgekehrt und in die sagenhaftesten Geschichten verwickelt gewesen, an die Tish Sam unbedingt würde erinnern müssen, aber nicht jetzt.

Dies hier ist die Geschichte von Sharon, die sich entschloß, nach Stay More zurückzukehren, wo Sie den größten Teil Ihrer Jugend verbracht hatte, und nicht nur nach Stay More zurückzukehren, sondern in ebendiesen Parthenon hier einzuziehen. Wartete auch Sharon darauf, daß ein Mann aus Ihrer Vergangenheit auftauchte und zu Ihr kam? Wenn ja, war es derselbe Mann, der jetzt hier lebte, Larry? Wenn dem so war, warum weigerte sich Sharon dann, noch irgend etwas mit Larry zu tun zu haben?

»Und? Und?« signalisierte Tish. »Weiter. Weiter!«

»Das ist alles, was wir im Augenblick wissen«, signalisierte Sam. »Die Geschichte geht weiter. Wie die Geschichte von dir und mir.«

Falls Tish die Anspielung, die in dieser Folge von Gesten lag, mitbekam, so ließ sie sich nichts anmerken. Sie schien sich selbst zu signalisieren: »Larry ist also der Name unseres Mannes?« Ihn jetzt bei einem Namen nennen zu können ließ Ihn irgendwie kleiner erscheinen. Die Frau dagegen, Sharon, büßte nichts an Größe ein. Tish beobachtete, wie Sharon durch Ihr Schlafzimmer in einen kleinen Nebenraum ging und sich auf einem Hocker aus glänzendem weißen Porzellan setzte.

»Was macht Sie da?« erkundigte sich Tish.

»Sie sitzt auf einem Gerät, das sich Toilette nennt«, erklärte Sam in Zeichensprache, etwas zögerlich, als wäre ihm der Vorgang unangenehm. »Hörst du?« fragte er. Obwohl er taub war, erinnerte er sich daran, wie er das Geräusch früher, als sein Gehör noch intakt gewesen war, gehört hatte. Tish lauschte und hörte es: ein helles Plätschern, wie von Regen. Sie blickt Sam verwirrt an, und Sam signalisierte: »Sie macht Wasser.«

»Oh, Wasser!?« rief Tish in Zeichensprache aus. Dann stellte sie eine Frage: »Hat Sie schon mal ein *Schnuckelchen* gehabt?«

Sam dachte über die Möglichkeit nach. Obwohl er Sharon früher einmal für seine eigene Mutter gehalten hatte, hatte er vor langer Zeit den Gedanken aufgegeben, er könnte aus einer von Ihr gelegten Oothek geschlüpft sein. »Ich glaube nicht«, antwortete er – »Wenn Sie Schnuckelchen hatte, dann ist nie eins von ihnen in den Parthenon gekommen.«

»Wie«, fragte sich Tish laut mit geistesabwesenden Gebärden, »ruckeln und zuckeln Mann und Frau Ihre Schnuckelchen?«

Sam war entzückt von ihrer Frage und den unschuldigen Gesten, mit denen sie sie stellte. In der Tat, wie machten die Menschen Babys? Er erinnerte sich an die eine Nacht, oder eher den frühen Morgen, als er die Frau mit Larry in Ihrem Bett beobachtet hatte. Hatten Sie sich damals mit Babymachen beschäftigt? Wenn ja, so hatte die Frau als Folge davon jedoch kein Baby bekommen. »Ich nehme an«, signalisierte er, »es ist nicht so unheimlich verschieden –«, er kreuzte und spreizte seine Schnüffelruten für *verschieden* »– von der Art und Weise, wie es die Knackerlaken machen.«

Sie lachte aus vollem Halse. Vielleicht trug ihre Verlegenheit zur Ausgelassenheit ihres Lachens bei, dachte er.

»Was ist so komisch?« fragte er und sprach zum erstenmal seit Stunden wieder laut, aber dann übersetzte er es in Zeichensprache: »Was ist so komisch?«

Sie signalisierte: »Bloß das Zeichen, das du für ›Knackerlaken‹ gemacht hast«, signalisierte sie. »Ich hab's sofort erkannt, obwohl wir es noch nicht benutzt haben. So ein Zusammenhang ist mir noch nie aufgefallen. Ich glaube, wir müssen alles in einer anderen Sprache sehen, damit wir es verstehen.«

Jetzt war er an der Reihe, zu lachen. Er wiederholte ihre Zeichen: *Wir müssen alles in einer anderen Sprache sehen, damit wir es verstehen.* Dann signalisierte er: »Das gefällt mir.« Dieses Mädchen gefiel ihm auch. Sie gefiel ihm so gut, daß seine Rückendrüse begann, Affy-

Dizzy zu vertropfen. Sie roch das berauschende männliche Aroma. Kein Bienenstich, kein Apfelbeignet kommt dem an Anziehungskraft gleich. Sie machte unwillkürlich einen Schritt auf ihn zu, so daß er in eine Ecke der Uhr zurückwich.

Die Frau verließ Ihr Badezimmer und ging durch Ihr Schlafzimmer zu einer anderen Tür. Aus einem anderen Raum kam das Klappern von Töpfen und Pfannen.

Sam stellte fest, daß unter seinen Flügeln der ganze Rücken mit Affy-Dizzy vollgetropft war.

Waren Stunden vergangen, seit Tish sich mit Beignet vollgestopft hatte? Sie fühlte, wie ihr Appetit in wildem Schwall zurückkehrte, und flüsterte mit schüchternen Gesten (wenn Gesten flüstern können): »Nur mal probieren.«

Nun, bei dem unwiderstehlichen Liebesnektar, der Affy-Dizzy heißt, gibt es so etwas wie »nur mal probieren« nicht. Wie eine Biene zu einer Blume hingezogen wird, so wird eine weibliche Knackerlake von ihm in Bann geschlagen und dazu verlockt, dem Männchen auf den Rücken zu steigen, so daß sie den Quell des Affy-Dizzys erreichen und gierig den Trank aufschlecken kann, dessen Geschmack ganz anders als das erlesenste Krümchen, das vom Tisch des Mannes (oder der Frau) herunterfallen mag, das Deliziöseste ist, was je ihre Fühler und Lippen berührt, und so sehr regt es ihren Appetit an, daß sie alles bis aufs letzte Tröpfchen verzehren möchte, und je mehr sie davon kostet, desto erregter wird sie.

Weil kein weibliches Wesen jemals sein Affy-Dizzy geschleckt hatte, er aber in seinen Träumen und Phantasien sich den Vorgang vorgestellt hatte, war Sam überrascht, daß er seinen Körper verließ oder daß er vielmehr beobachtete, wie sein Körper ihn verließ:

Nachdem das Weibchen einmal in die Position manövriert ist, daß sie das Affy-Dizzy erreichen und aufschlecken kann, richtet sich eine von drei speziellen Klammern in den männlichen Genitalien auf und schließt sich um einen von drei speziellen Bolzen in den weiblichen Genitalien. Diese Klammer bleibt dann für mindestens zwei Stunden um diesen Bolzen fest geschlossen.

Als die Klammer und der Bolzen binnen eines Augenblicks fest miteinander verbunden waren, versuchte Sam, ein »Hoppla!« zu signalisieren, aber er konnte es nur buchstabieren, und Tish war zu abgelenkt, um es zu bemerken.

Die verwickelte Anatomie des Fortpflanzungsapparates ist erstaunlich: Es gibt nicht nur einen, sondern zwei Phallomere, und es ist der rechte, der zuerst in das Weibchen eindringt.

»Sam!« rief sie aus und versuchte dann, es zu buchstabieren: »S-A-M!«, aber er konnte sie nicht sehen; ihre Körper waren schon dabei, sich in entgegengesetzte Richtung zu drehen, in eine Position, die sie Ende an Ende in einen Winkel von 180 Grad zusammenführte.

Die zweite Klammer, die der Stimulation und der Paarung dient, umschloß einen zweiten Bolzen und begann zu kitzeln und wurde zurückgekitzelt. Die dritte Klammer packte den dritten Bolzen.

Das Sonnenlicht, das grell ins Zimmer und durch das Zifferblatt in die Uhr fiel, blendete sie beide, Klammerer und Umklammerte. Über ihnen spulte sich der alte unaufhörliche Mechanismus des Uhrwerks ab; in ihnen spulte sich die klassische Maschinerie ihres Geschlechtes ab, deren Bewegungsablauf ein nicht minder kompliziertes Zusammenspiel und Wechselspiel von Komponenten, Elementen, Segmenten war. Die

Uhr schrie »ROSINENBRÖTCHEN!« und ächzte dann »BONBON!«, bevor Tish und Sam fertig waren. Tish hatte eine einfache Antwort auf eine einfache Frage gewollt: wie Mann und Frau Ihre Babys ruckelten und zuckelten. Für Menschen ist es allerdings ein verhältnismäßig einfacher Vorgang: Individuen von der Art wie Tish und Sam brauchten Stunden – und einen inneren Apparat, der alle Vorstellung übersteigt.

# Drittes Stadium: Der Umzug

## 14.

Als Tish aufwachte, nicht dank irgendeiner inneren biologischen Uhr, sondern von fremdartigen Geräuschen geweckt, war die Abenddämmerung bereits vorbei. Sie brauchte mehr als eine Minute, um sich nicht nur über die Ursache der Geräusche, sondern auch über ihre Umgebung klarzuwerden: Über ihrem Kopf befanden sich nicht die vertrauten morschen Holzfasern aus ihrer Schlafritze im Klotz, ein heimeliger Anblick, der sich ihren Augen zeit ihres Lebens jeden Abend beim Erwachen geboten hatte, sondern statt dessen glatt in Holz gezahnte Rädchen und Zapfen wie eine bizarre Alptraumfantasie vom Innern des Schlundes und Magens irgendeines Tieres, das sie, die mit Cuticula und Schnüffelruten verschluckt worden war, zermalmte. Sie versuchte, einen Aufschrei zu unterdrücken, nur ein gedämpfter Schrei entfuhr ihr. Der tiefe Schlaf ihres Gefährten, der, wie ihr plötzlich einfiel, ohnehin taub war, blieb ungestört. Sie blickte ihn an, schwenkte beide Schnüffelruten über ihn hinweg, um die Intensität seines Schlummergeruchs zu erkunden, und kam zu dem Schluß, daß er tatsächlich weit weg im Land der Träume war. Ein Lächeln lag auf seinem hübschen Mund. Aber die Töne, die er von sich gab! Er schnarchte. Sie hatte ihren seligen Vater schnarchen hören, besonders an Tagen, nachdem er sich zuviel Chism-Tau genehmigt hatte, aber das hier übertraf alles – das Schnarchen von einem Typen, der sich selbst nicht schnarchen hören konnte! Es wäre noch erträglich gewesen, wenn nicht jede seiner zwanzig Tracheen in einer anderen Tonlage geschnarcht hätte, so daß das Ergebnis sie an eine Versammlung von Zikaden erinnerte, die schrill und dissonant drauflostrommelten.

Sie zuckte zusammen, nicht bloß wegen der kratzenden und krächzenden Geräusche, sondern weil sie sich plötzlich der Aktivitäten entsann, die den größten Teil ihres Morgens in Anspruch genommen hatten. Sie verspürte ein Ausgefülltsein, in ihrem Abdomen, das... nun, es war recht angenehm, sogar wunderschön, überhaupt nicht mit Bauchschmerzen zu vergleichen, aber sonderbar und irgendwie abschließend, *endgültig*, als wollte es ihr sagen: *Das ist alles, was es damit auf sich hat.* Das Gefühl unermeßlicher Befriedigung und Sattheit wurde von einer gewissen Traurigkeit getrübt, einem Gefühl des Verlustes, nicht einfach des Verlustes ihrer Unschuld und Jungfräulichkeit, sondern des Verlustes ihres ganzen früheren Lebens, das auf dieses Ereignis hinausgelaufen war, so, als entdeckte der ausgewachsene Cecropiafalter, der nur für die Liebe bestimmt ist, nach dem Akt, daß die Liebe all seine Mühen und Metamorphosen nicht wert war. Ihre Erwartungen waren nicht völlig enttäuscht worden, bis auf die nagende Erkenntnis, daß das Ganze Folgen in Form von sechzehn Passagieren in einem Osterei haben könnte. Sie leckte sich die Lippen und konnte immer noch schwach das Affy-Dizzy schmecken. War dieser Geschmack das alles wert gewesen?

Und nun hatte sie von neuem Hunger! Nicht auf

mehr Affy-Dizzy, sondern auf richtiges Essen, auf ein Frühstück. Sie erforschte Sams Vorräte, Reihe um Reihe ordentlich gestapelter Krumen jeder denkbaren Provenienz, mehr eine Schatz- denn eine Speisekammer. Ihre Fühler sagten ihr, daß all diese Artikel nicht nur nach Sorten und Zuckergehalt aufgereiht und katalogisiert waren, sondern auch nach Alter, ebenso wie nach Knusprigkeit und Krümeligkeit, und viele waren älter als sie selbst, älter gar als er! Sie wählte etwas von einem gut ausgereiften Prinzenkeks, verzehrte es mit Genuß und ließ dann die verschiedensten Pröbchen von Pudding, Pralinen, Zuckergußsplittern und Meringuebröseln folgen. Sie bemerkte, daß an einer Wand der Uhr die sechs abgestoßenen Häute des Hausherrn, Junker Sams, hingen: Die Häute waren der Größe nach aufgehängt und reichten von einer des ersten Stadiums, die kaum größer als ihr Kopf war, bis zu einer des sechsten Stadiums, die so groß war wie sie selbst und ihm beinahe noch passen mußte. Warum hatte er sie aufgehoben? Bestimmt nicht, um sie zu essen. Als Andenken an seine Kindheit?

Tish trat aus der Uhr, um ihre Morgentoilette zu machen, und putzte sich gründlich auf dem Rand des Kaminsimses, während sie den Blick durchs Zimmer schweifen ließ, Wohn- und Schlafzimmer der Frau, in dem Sharon sich momentan nicht befand. Alles sah behaglich und anheimelnd aus, wie Tish in der Nacht zuvor gedacht hatte – war das wirklich erst *eine* Nacht her?

Ein schrecklicher Lärm ließ Tish fast vom Kaminsims stürzen. Es war nicht die Uhr. Die Uhr hatte vor ein paar Minuten fast höflich »NOUGAT« gesagt, und Tish gewöhnte sich allmählich an die Dinge, die die Uhr von sich gab. Diesen schrillen Lärm aber sonderte ein riesenhaftes schwarzes Insekt ab, das auf einem kleinen Tisch neben dem Bett der Frau hockte. Das durchdringende Klingeln hielt eine volle Sekunde lang an, bevor es abrupt aufhörte, aber Tish hatte kaum Zeit gehabt, sich in der Uhr in Sicherheit zu bringen, als schon eine weitere lange Salve desselben gellenden Geschreis ausgestoßen wurde. Sie stand wie gelähmt da und starrte das fremdartige Wesen an. So etwas hatte sie noch nie gesehen. Eigentlich waren es *zwei* Wesen: eine riesige Holzameise, die auf dem Rücken eines riesigen Nashornkäfers saß. Ja, vielleicht war die Ameise gerade dabei, den Käfer umzubringen, und das hartnäckige gräßliche Getöse war das verzweifelte Schmerzgeheul des verwesternden Käfers. Sam weckten die Schreie nicht, aber er war ja auch taub. Tish war versucht, ihn wachzurütteln. Ein drittes Mal heulte der große Käfer jetzt um Gnade, und Sharon, die Frau Selbst, kam ins Zimmer, packte die riesige Ameise und riß sie dem Käfer vom Rücken. Aber dann, anstatt den armen Käfer zu trösten, hielt Sie die Ameise zärtlich an Ihre Wange und sagte zu ihr: »Hallo, Omi.« War die Ameise Sharons Großmutter?!? Die Ameise sprach mit Sharon, aber Tish konnte die Worte der Ameise nicht verstehen. Sharon setzte sich auf die Bettkante, die Ameise immer noch an Ihre Wange haltend, und hörte ihr eine lange Weile zu, dann sagte Sie: »Ja, im Radio haben sie's auch gesagt, aber bis jetzt ist davon noch nichts zu merken, oder?« Dann lauschte Sie wieder den Worten der Ameise und sagte: »Ich hab versucht, es zu ölen, aber es klemmt immer noch.«

Die Ameise, so stellte Tish fest, besaß weder Schnüffelruten noch Krabbler. Sie hatte einen Kopf und einen Thorax und ein Abdomen und einen langen, langen Schwanz, welcher an dem Käfer befestigt war! Sie sagte noch etwas zu der Frau, die antwortete: »Nein, aber ich hab gestern wieder einen Brief von ihm gekriegt, und der hat mir glatt den Atem verschlagen. Er hat noch nie so schön geschrieben, und wenn er betrunken sein muß, um so zu schreiben, dann soll er ruhig betrunken bleiben! Ich mußte mich echt davon abhalten, gleich rüberzurennen und ihm um den Hals zu fallen!«

Die Ameise redete lange auf Sharon ein, die nur gelegentlich ein »Ja, Omi«, »Das weiß ich doch, Omi« oder »Du hast ja recht, Omi« beisteuerte. Schließlich sagte Sharon: »Immerhin habe ich was getan, was ich bisher noch nie getan habe: Ich habe ihm zurückgeschrieben. Nein, ich hab ihn noch nicht eingeworfen. Wo sollte ich ihn einwerfen? Ach ja? Aber heute ist Sonntag, oder? Wo? Ach, ist *das* sein Briefkasten, dieses Ding? Na ja, ich schätze, ich könnte ihn einfach da reinwerfen, aber würde er ihn finden? Ich hab das Gefühl, ich habe ihm was zu sagen, und vielleicht ist dies der einzige Weg. Ich glaube, er erwartet eine Antwort. Ich hab ihm in dem Brief gesagt, wenn er nur eine Woche lang ohne was zu trinken auskommen könnte, würde ich zu ihm kommen und mit ihm reden. Ich weiß nicht. Was? Ich müßte ihm wohl einfach glauben, schätze ich. Er denkt, ich würde ihn vielleicht *hier* einziehen lassen. Das kommt gar nicht in Frage, so, wie die Dinge liegen.«

Sharon hörte wieder eine Weile zu, dann sagte Sie: »Nun, danke vielmals, Omi, ich weiß das zu schätzen. Wie geht's denn so bei dir?« Es folgte eine weitere Minute des Zuhörens, und dann sagte Sharon: »Paß du auch auf dich auf, Omi. Oh, warte noch mal, ich wollte dich doch was fragen. Neulich abend habe ich eine Kakerlake gesehen. Hattest du sie jemals hier im Haus, als du hier gewohnt hast?«

Beim Zuhören dachte Tish: Hatte die Frau eben Kakerlake gesagt? und überlegte, ob sie richtig verstanden hatte.

Aber die Frau konnte schlecht Sackerlake oder Frackerlake gesagt haben, denn die lebten alle im Heiligen Haus und durften überhaupt nicht hier herein. Vielleicht hatte sie Knackerlake gesagt und meinte Sam? Aber hätte Junker Sam es so weit kommen lassen, daß die Frau ihn sah?

»... also habe ich diese gebührenfreie Nummer oben in Harrison angerufen, du weißt schon, was sie Tele-Med nennen und was von der Gesundheitsbehörde von Arkansas gesponsert wird. Sie spielen da Bänder ab mit Ratschlägen über alles mögliche. Ich hab das Band ›Schaben – Bedrohung oder harmloses Ärgernis‹ angerufen und mir fünf Minuten lang Sachen über ihre Geschichte angehört; sie sind die ältesten Insekten auf der Erde, haben sich seit dreihundertfünfzig *Millionen* Jahren nicht verändert, und es gibt fünfundfünfzig verschiedene Arten allein in den Vereinigten Staaten. Es hieß, ihre Beine und Körper sind voller Schmutz, weil sie gerne im Dreck leben, und sie tragen einem diesen Dreck ins Essen, und sie kotzen und koten auch ins Essen hinein. Es wurde empfohlen, nach ihren Eiern Ausschau zu halten, so eine Art ledrige Beutel, die wie winzige Pinto-Bohnen aussehen, und wenn man ein Ei sieht, es sofort zu vernichten, weil es ein Dutzend oder mehr kleine Kakerlaken in sich hat. Das Band meinte, Kakerlaken seien ein Zeichen für einen nachlässig geführten Haushalt. Wer sein Haus sauber und hygienisch halten würde, hätte keinen Ärger mit ihnen. Ich habe mich so geschämt, als ich das hörte! Dieses Haus hier ist nicht dreckig, Omi, das weißt du ...«

Es folgte Zuhören. Und wieder: Zuhören. Gab Omi Sharon Ratschläge, wie Sie die Knackerlaken los würde? Tish wünschte, sie könnte die Stimme hören, die aus der Ameise kam, und sie lauschte noch angestrengter, verstand aber nichts.

Schließlich sagte Sharon: »Na ja. Das Band warnte davor, daß die ekligen kleinen Viecher alle möglichen Krankheiten übertragen, Salmonellenvergiftung, Durchfall, Übelkeit, Ruhr und sogar Polio und Tuberkulose. Wenn ich also das nächste Mal nicht rangehe, wenn du anrufst, dann weißt du, daß ich schwer krank bin!« Sharon lachte, und Tish hörte auch aus der Ameise Lachen, und dann sagte Sharon: »Nun ja, ich glaube, ich geh' besser meinen Brief einwerfen, bevor ich sterbe! Gute Nacht, Omi, und schlaf gut.«

Die Frau legte die Ameise wieder oben auf den Käfer, aber der Käfer fing nicht wieder zu schreien an; er mußte tatsächlich von der Ameise gewestert worden sein. Dann langte die Frau unters Bett und holte einen silbrig glänzenden Stab mit einem großen Auge am Ende hervor. Die Frau drückte ihn, und er strahlte auf wie zig Millionen Glühwürmchen, die alle gleichzeitig aufblinken, nur blieb er hell und erlosch nicht. Die Frau nahm einen Umschlag und trug ihn mit sich hinaus auf Ihre Veranda.

Rasch kletterte Tish das Kaminsims hinunter und folgte, zwängte sich unter der Fliegentür durch, als sie gerade zuschnappte. Die Frau ging gerade die Verandatreppe hinunter, als Tish die Veranda erreichte. Tish sah, daß die Frau mit dem großen Leuchtstab vor sich hin zeigte, so daß ein hell erleuchteter Kreis in den Garten hinausstrahlte, und in diesen Kreis trat die Frau. Der dunkle Himmel über ihnen war angefüllt mit schweren Wolken voller Wasser. So schnell ihre sechs Krabbler sie trugen, trippelte Tish hinter der Frau her.

## 15.

Der Club der Müßiggänger, der auf Docs Veranda um Doc Swain und Junker Hank versammelt war, bekam unerwarteten Besuch, der just in dem Moment eintraf, als O.D. Ledbetter eine wirklich saftige Zote zum besten gab, über diesen Burschen, der behauptete, er hätte nicht bloß zwei Schwengel, sondern *drei.* »Er hatte vor, dieses Mädel vom Banty Creek da oben zu heiraten«, erzählte O.D., »aber zufällig sieht sie ihn eines Nachts, wie er hinter der Wand am Pissen ist, und sie fängt an zu heulen, die Hochzeit müßte abgesagt werden. ›Dein Pimmel ist viel zu groß für 'n zartes kleines Mädel wie mich!‹ sagt sie zu ihm. Aber er lacht nur und meint: ›Schätzchen, ich hab drei von der Sorte. Der eine ist zum Kitzeln da, der andere zum Eindringen, und der große dicke ist zum Einlagern da. Ich nehm immer den dritten zum Pissen.‹

Also gehn sie hin und heiraten«, fuhr O.D. fort, »und in der ersten Nacht versucht er es mit dem Pimmel zum Kitzeln, und alles läuft ganz prächtig. In der zweiten Nacht fragt sie nach dem zum Eindringen, also probiert er ihn bei ihr aus, und alles läuft ganz prächtig. Nun, meine Herren, in der dritten Nacht bettelt sie um den zum Einlagern, und der ist der beste von allen. Er und sie hatten die vergnüglichsten zwei Stunden, die ihr euch vorstellen könnt, und es sah so aus, als würden sie von nun an ein glückliches Leben führen.

Aber dann, drei Wochen nach der Hochzeit, wacht sie abends auf und sagt zu ihm: ›Liebling, meinst du, du könntest irgendwo ein Gummiband auftreiben?‹ Und er sagt: ›Klar, der Mann hat Gummibänder in seinem Schreibtisch drüben im Heiligen Haus, aber was willst du denn damit?‹ – ›Nu, mir ist grad was eingefallen‹, meint sie. ›Wenn wir alle deine drei Pimmel zusammenbinden, würde ich's zur Abwechslung vielleicht mal *anständig* besorgt kriegen!‹«

Alle Müßiggänger lachten, bis sie dem Platzen nahe waren, und machten O.D. Komplimente, das wäre echt der beste Witz gewesen, den sie je gehört hätten. Dann forderten sie Junker Hank auf, einen besseren zu erzählen, und der Junker wollte gerade loslegen, als ihnen auffiel, daß einer der Müßiggänger nicht mitgelacht hatte, sondern übel hustete. Sie sahen ihn sich an und stellten fest, daß es gar kein Müßiggänger, jedenfalls keiner von der Stammtruppe war, sondern der Prediger persönlich! Bruder Chid Tichborne hatte unbemerkt die Veranda erklommen und sich unter sie gemischt.

»Kruzitürken, Prediger«, entschuldigte sich O.D., »ich hätte nie solchen Schweinkram erzählt, wenn ich gewußt hätte, daß Sie zuhören.«

»Jawoll, Prediger«, warf Tolbert Duckworth ein, »und ich wollte eigentlich auch gar nicht lachen. Ich fand, das war die widerwärtigste Geschichte, die ich je gehört hab. Pfui!«

»Ja, und dazu noch, wo heute doch der Tag des Herrn ist«, meldete sich Fent Chism zu Wort. »Wir sollten uns schämen, am Tag des Herrn schweinische Witze zu erzählen.«

»Nun, Jungs«, sagte Bruder Chid, »ich hoffe ja bloß, ich muß niemals wieder hören, daß einer von euch dem Herrn die Gummibänder stiehlt.«

»War doch bloß eine Geschichte«, protestierte O.D. »So was würde doch nie in Wirklichkeit vorkommen.«

»Nee«, sagte Elbert Kimbler, »wenn sie erst einmal mit dem zum Kitzeln gebumst worden wäre, wäre sie restlos bedient gewesen!«

Von neuem lachten alle bis auf den Priester, der über Elberts Sprache die Stirn runzelte. Jedermann hörte abrupt zu lachen auf, betrachtete des Predigers ernste Miene und wartete ab. Aber Bruder Tichborne blickte nur angemessen fromm und mißbilligend drein.

Schließlich erkühnte sich Doc Swain zu fragen: »Nun, Hochwürden, was führt Sie heute abend zu mir?« Das war eine gute Frage, denn sie erinnerte den Priester daran, daß er eigentlich kein Mitglied im Club der Müßiggänger war.

Mindestens die Hälfte der Müßiggänger, so hatte Chid im stillen gezählt, waren Chrustenlaken und Mitglieder seiner Gemeinde. Tolbert Duckworth war sogar ein Ältester in der Kirche, und Fent Chism war Diakon. An diese guten Chrusten und weniger an den Doc waren die nächsten Worte von Chid gerichtet: »Brüder, die Wege des Herrn sind unergründlich. Ob er auch das tägliche Brot gibt, so plant Er doch auch, es wieder wegzunehmen.«

»Amen«, sagte Tolbert Duckworth.

»Gelobt sei Sein Name«, sagte Fent Chism.

»Wie ihr vielleicht wißt«, verkündete Chid, »werden wir heute nacht unsere Gebetsversammlung und Andacht direkt vor den Krabblern des Herrn durchführen, während Er wach ist und alles, und bereit, uns zu richten.«

»Amen«, sagte Fent Chism, und »Gelobt sei Sein Name«, sagte Tolbert Duckworth.

»Ohne Zweifel wird Er entrücken«, bemerkte Chid. »Ohne Zweifel werden viele und aber viele von uns die Entrückung erfahren. Amen. Gelobt sei Sein Name.

Und et cetera. Aber, Jungs –«, Chid hielt um der dramatischen Wirkung willen inne und wechselte den Tonfall, »– ich bin hier, um euch die Neuigkeit zu überbringen, daß der Herr versuchen will, in den Parthenon einzuziehen!« Chid warf Junker Hank einen verstohlenen Blick zu, um seine Reaktion zu sehen, aber die Miene des Junkers blieb ausdruckslos. Die anderen jedoch standen mit offenen Mündern da und starrten erst den Geistlichen, dann einander und schließlich Junker Hank an, um zu sehen, was *er* sagen würde.

Junker Hank blickte Chid mit zusammengekniffenen Augen an und fragte: »Woher wissen Sie das?«

Wie sollte Chid es ihnen sagen? Jeden Sonntag, und manchmal auch bei der Gebetsversammlung am Mittwoch abend, hatte er ihnen gepredigt, *niemals* den Herrn zu berühren, nie auch nur daran zu denken, Seiner Person nahe zu treten, und jetzt hatte er selbst im Hemdkragen des Herrn gehockt und dabei erfahren, daß der Herr der Frau des Parthenon einen Brief geschrieben hatte, in dem Er darum nachgefragt oder eher darum ersucht – nun, um ehrlich zu sein, darum gebettelt – hatte, Seine »Sachen«, sich selbst eingeschlossen, in den Parthenon schaffen zu dürfen.

»Echt, ich habe einen Brief gesehen«, offenbarte Chid. »Ich kann euch nicht Seine genauen Worte wiedergeben, aber Er hat Ihr mehr oder weniger mitgeteilt, daß Er die Absicht habe, das Heilige Haus zu verlassen und in den Parthenon zu ziehen.«

Wieder blickten alle Müßiggänger Junker Hank an, um seinen Kommentar abzuwarten, und schließlich erklärte der Junker: »Ich bezweifle, daß Sie Ihm jemals erlauben würde, bei Ihr einzuziehen.«

»Wer weiß, vielleicht hat Sie Ihn eingeladen?« vermutete Tolbert Duckworth.

»Ja, vielleicht«, pflichtete Chid bei. »So oder so, Er wird es womöglich tun, und was wird dann aus uns? Vielleicht machen wir uns besser bereit auszuziehen.«

»Oder vielleicht«, sagte Junker Hank, »solltet ihr alle zu euerm Herrn beten, daß Er bleibt, wo Er ist.«

»Gute Idee, Junker!« sagte Fent Chism. »Jau, Bruder Tichborne, vielleicht sollten wir heut' nacht bei der Gebetsversammlung, wenn wir uns vor den Krabblern des Herrn versammeln, vielleicht dann sollten wir zu Ihm beten und Ihn bitten, daß er das Heilige Haus nicht verläßt.«

»Genau das sollten wir tun!« stimmte Kirchenältester Duckworth bei.

»Nee«, lehnte Chid jedoch ab. »Den Herrn in dieser Art anzuflehen hat doch keinen Zweck. Vielleicht sollten wir statt dessen lieber unseren Junker Hank fragen, ob er uns wohl in den Parthenon einziehen lassen würde, wenn der Herr es tut.«

Aller Augen und Schnüffelruten richteten sich auf Junker Hank. In dessen Gehirn arbeitete es. Er spuckte aus. Er runzelte ein wenig die Stirn. Er dachte noch ein bißchen nach. Dann kroch ihm die Andeutung eines Lächelns übers Gesicht, und er sagte: »Warum fragt ihr das denn nicht *Sie*?«

»Wenn man von der Mackerlake spricht ...«, rief Mont Dismore, der an der nördlichen Seite der Versammlung saß, in Richtung Parthenon, und schlug plötzlich mit seiner Schnüffelrute umher. »Hey, Jungs«, rief er, »nun seht euch an, wer da kommt!«

Alle drehten sich um, stellten ihre Schnüffelruten auf und wurden gewahr, daß niemand anderer als der Gegenstand ihrer Diskussion, die Frau Selbst, näher kam. Der große kreisförmige Strahl Ihrer Taschenlampe leuchtete Ihr voraus, doch tauchte er die Vorderseite von Doc Swains Klinik nur kurz in Licht und strahlte nicht bis auf den Boden der Veranda, wo die Meute der Müßiggänger hockte. Die Frau schlenderte langsam eine Fahrspur der Roamin Road hinunter. Niemand konnte sich erinnern, Sie jemals auf diesem Teil der Straße, der zum Heiligen Haus führte, gesehen zu haben. Sie war kaum außer Sichtweite, als alle Knackerlaken wild durcheinander zu reden begannen.

»Na, der Schlag soll mich treffen!« sagte Tolbert Duckworth. »Wenn das nicht –!«

»Vielleicht will Sie Ihn besuchen!« faßte Fent Chism den Gedanken verschiedener anderer in Worte.

»Worauf warten wir noch?« sagte Chid Tichborne. »Gehen wir nachsehen!«

In diesem Moment kam, der Spur der Frau folgend, ein Knackerlakenmädchen die Straße herunter und trippelte so schnell, wie ihre Krabbler sie zu tragen vermochten. Als sie in Sicht- und Schnüffelweite der Müßiggänger kam, blieb sie stehen, um Atem zu holen, und warf den herumstehenden Männern einen bangen Blick zu.

»Krümchen, min Deern«, rief Doc Swain. »Warum so eilig?«

Das Mädchen sah von einem zum anderen. Sie keuchte: »'n Abend, meine Herren, und Krümchen Ihnen allen«, stieß sie schüchtern zwischen zwei Atemzügen hervor.

»Jemand hinter dir her?« fragte Doc Swain. »Hast du die Weiße Maus gesehen?«

Das Mädchen blickte über ihre Schulter zurück und schien unsicher zu sein. »Ja, ich glaube, irgendein Kerl verfolgt mich«, erklärte sie.

Die Müßiggänger lachten, und einer von ihnen spöttelte: »War er vielleicht weiß? Welche Farbe hatte er?«

Aber das Mädchen gab keine Antwort. Sie holte tief Luft und setzte, so schnell sie konnte, ihren Weg fort.

»Also, wer war *das* nun?« fragte einer der Müßiggänger.

»Ich glaube, das war die kleine Tish Dingletoon, Jack Dingletoons Älteste«, erklärte jemand.

Ein anderer Müßiggänger fragte: »Habt ihr gehört, daß der olle Jack doch tatsächlich hin und verwestert ist?«

»Ja, leider, er und Josie zusammen«, sagte einer.

»Vielleicht läuft sie bloß rum und sucht die beiden«, mutmaßte wieder ein anderer.

»Tja, Leute, das sind betrübliche Neuigkeiten«, kommentierte Bruder Chid Tichborne, »und ich weiß nicht, wie's mit euch steht, aber ich, ich geh zurück ins Heilige Haus und seh nach, was los ist.« Er streckte seine Krabbler und erhob sich. Er hielt inne, um zu sehen, ob sich noch jemand von der Stelle rührte, aber die anderen blieben hocken. »Nun?« fragte er. »Will keiner von euch mitkommen?«

»Hey, Doc«, fragte Tolbert Duckworth Doc Swain, »was werden Sie tun?«

»Ich?« sagte Doc. »Tja, ich weiß nicht recht. Wie steht's mit Ihnen, Junker Hank?«

»Nun ja...«, sagte Junker Hank, machte aber keine Anstalten, sich zu erheben. Alle sahen ihn scharf an, ob er das Zeichen zum Aufbruch gäbe, und dann beobachteten sie Doc Swain, ob er es geben würde. Junker Hank spuckte aus und sagte: »Ich dachte, dieser Kerl, vor dem sie Angst hatte, wäre vielleicht mein Sohn Sam, aber es sieht nicht so aus, als würde er ihr folgen. Es sieht nicht so aus, als würde ihr *irgend*ein Kerl folgen.«

»Nun«, sagte Chid Tichborne, »ich weiß nicht, wie's

mit euch ist, aber *ich* werde ihr folgen.« Er machte wieder ein paar Schritte auf den Rand der Veranda zu, aber keiner von den anderen schien sich in Bewegung setzen zu wollen.

Schließlich bemerkte Doc Swain: »Überlegt mal, Jungs. Dies könnte sehr wohl die einzige Gelegenheit in unserem Leben sein, mitzuerleben, wie Sie mit Ihm spricht oder umgekehrt.« Doc richtete sich knarrend auf, stand einen Augenblick unsicher schwankend auf seinen verbliebenen drei Krabblern da und beugte sich hinüber zu Chid.

»Könnte sein, Sie geht bloß rüber, um Ihm zu sagen, Er soll Ihr vom Leibe bleiben«, sagte Junker Hank. Er stand gleichfalls auf, streckte sich und machte sich zum Gehen bereit. Mit dem Junker vorneweg brachen jetzt alle versammelten Müßiggänger von Doc Swains Veranda auf und trotteten die Roamin Road hinunter in Richtung der Taschenlampe der Frau, die nur noch ein fernes Lichtpünktchen war und rasch mit dem Licht, das vom Fenster des Heiligen Hauses kam, verschmolz.

## 16.

Aber die Frau stieg nicht auf die Veranda des Heiligen Hauses. Die Roamin Road verläuft in Riechweite der Veranda, aber die Frau blieb auf der Straße, und Tish blieb Ihr dicht auf den Fersen, fast bis zum Rand von Banty Creek, wo eine schmale unbefestigte Straße von

Carlott zu der alten Niedrigwasser-Zementbrücke über den Fluß führte und dem Fahrzeug des Herrn die Verbindung zur Außenwelt ermöglichte. Sie stellte auch für das Postauto aus der Außenwelt eine Verbindung her zum Briefkasten des Herrn, der aus einem Stück Altmetall bestand, einer Munitionskiste aus dem Zweiten Weltkrieg, die zwischen Brombeersträuchern und sonstigem Gestrüpp auf einem in den Boden gerammten Pfosten befestigt war. Hier hielt jeden Morgen der Postbote aus Jasper, der zehn Meilen weiter nördlich gelegenen Kreisstadt, um eine Ausgabe der *Arkansas Gazette* (täglich), der *Newton County Times* (donnerstags), des *New York Review of Books* (zweimal die Woche), der *Arkansas Time* (monatlich), des *Audubon* (alle zwei Monate) und von *Poetry*, *Southern Review*, *Poetry Northwest* und *PMLA* (alle vierteljährlich) einzuwerfen; außerdem Wurfsendungen, Reklamezettel, Prospekte und andere Werbematerialien und Angebote von Herstellern, die Seinen Namen aus Adressenlisten hatten und Ihn in ihrer Rubrik »gebildeter, naturverbundener, bücherlesender, männlicher Weißer der Mittelschicht, in den Vierzigern« führten. Die einzige körperliche Übung, die der Herr – abgesehen von der spätnachmittäglichen Inspektion des Grases in Seinem Garten – je durchzuführen pflegte, war der Gang vom Heiligen Haus zu Seinem Heiligen Briefkasten, eine Entfernung von vielleicht hundert Metern. Sehr selten bekam Er einmal einen Brief.

Die Frau fand die Munitionskiste mit Ihrer Taschenlampe, machte den Deckel auf und warf den Brief hinein. »So«, hörte Tish Sie zu sich selber sagen, »ich hoffe nur, der Postbote denkt nicht, der Brief soll rausgehen.« Tish fragte sich, wohin ein Brief wohl rausgehen könne; zu einem Spaziergang vielleicht oder in ein Restaurant?

Sofort machte die Frau wieder kehrt, und Tish mußte sich mit einem Satz vor Ihren Füßen in Sicherheit bringen, als die Frau sich auf den Nachhauseweg begab. Auf dem Rückweg ging Sie schneller, und Tish versuchte erst gar nicht, mit Ihr Schritt zu halten.

Die Müßiggänger sahen Sie zurückkommen. Sie waren fast auf Höhe des Heiligen Hauses, wo ihre Familien sich nach Kräften bemühten, die Nacht auf unterhaltsame Weise herumzubringen, als einer von ihnen schrie: »Da drüben kommt Sie wieder!« und ein anderer brüllte: »Nichts wie runter von der Straße!« und sie alle wild durcheinanderflitzten, um Ihr aus dem Weg zu kommen. Einer von ihnen, Luke Whitter, war einen Schritt zu spät und wurde vom Schuh der Frau getroffen. Doc Swain eilte herbei, um ihn zu untersuchen, aber Luke war ziemlich gänzlich zerquetscht und stieß seinen letzten Seufzer aus. Doc konnte nichts mehr für ihn tun.

»Der Herr gibt und der Herr nimmt«, sagte Chid Tichborne. »Unser Herr Joshua Chrust sagt: ›Sei getreu bis an den Westen, so will ich dir die Krone des Lebens geben.‹« Und er machte im Geist eine Notiz, Luke Whitters Namen mit auf die Liste der Todesfälle zu setzen, die er heute nacht beim Mannesdienst zu verkünden hatte.

»Amen«, sagten die Chrusten unter den Müßiggängern, drehten Lukes Leichnam in die Bauch-nach-oben-Position und deckten ihn mit Grashalmen zu.

»Es sieht eigentlich doch nicht so aus, als wollte die Frau das Heilige Haus besuchen«, bemerkte Doc.

»Da drüben kommt dieses Mädel wieder an«, verkündete Mont Dinsmore.

Tish wollte in den Graswald ausweichen, um sich den Gang durch die Meute der Müßiggänger zu ersparen, aber der Geruch nach Westen, der von Lukes Leichnam aufstieg, machte ihr angst, und sie ging doch zwischen den versammelten Knackerlaken hindurch.

»Dieser Kerl immer noch hinter dir her?« fragte Doc Swain.

»Nein, Sir«, sagte sie lächelnd, »ich schätze, er ist im Banty Creek ertrunken.«

»Du läufst nicht vielleicht der Frau hinterher, oder?« fragte er weiter. Tish nickte. »Wo ist Sie hin? Was hat Sie vor?«

»Sie hat bloß einen Brief eingeworfen«, sagte Tish. »Sie hat dem Herrn einen Brief geschrieben und ihn in Seinen Kasten gesteckt.«

Bruder Tichborne erklärte feierlich: »Es wär' schon gut, wenn wir eine Möglichkeit hätten herauszufinden, was alles in dem Brief drinsteht.«

Aber nicht einmal der Respektloseste unter ihnen hatte Lust, sich zum Heiligen Briefkasten des Herrn zu begeben und zu versuchen, an Seiner Post herumzumanipulieren. Die meisten erinnerten sich noch an die Geschichte einer ganzen Familie von Ledbetters, die eines Nachts in die Munitionskiste gestiegen waren und sich an den grauen Flocken, die im Futter einer Jiffy-Buchversandtasche steckten, satt gegessen hatten, dann in tiefen Schlaf versunken waren, bis der Herr sie am nächsten Tag überrascht und alle mit einer zusammengerollten *Arkansas Gazette* erschlagen und in den Westen geschickt hatte.

Anstatt sich hinaus zum Briefkasten zu wagen, begaben sich die Müßiggänger durch verschiedene Löcher ins Heilige Haus. Tish folgte ihnen in respektvollem Abstand. Zumindest konnte sie jetzt ihre Neugier, wie es wohl im Inneren des Heiligen Hauses aussehen mochte, befriedigen. Vielleicht würde sie sogar etwas über den Verbleib ihrer Eltern erfahren. Sie hielt sich so dicht wie möglich an Junker Hank, als würde sie seinen Schutz brauchen. Und tatsächlich, in dem Moment, in dem sie den Mußeraum betrat, wurde sie von einer großen Damenknackerlake zur Rede gestellt, die ihr Territorium verteidigte.

»Also, was glaubst du eigentlich, wer du bist?« verlangte Mrs. Kimber zu wissen.

Junker Hank stellte sich zwischen die beiden Frauen und sagte zu Mrs. Kimber: »Sie ist mit mir gekommen.«

»O, dann bitte ich um Entschuldigung, Junker, das wußte ich nicht«, sagte Mrs. Kimber und trat beiseite.

Der Mußeraum war dunkel bis auf eine Ecke, in die niemand sich getraute, weil der Mann sich dort aufhielt. Eine einzelne Lampe warf ihren gebündelten Strahl auf die Seiten eines Buches im Schoß des Herrn. Die ganze Luft um Ihn herum und über Seinem Kopf war geschwängert vom Rauch Seiner Zigarette, die zwischen Seinen Fingern brannte. Auf einem Tisch neben Seinem Großen Lehnstuhl war Sein Großer Heiliger Kristallaschenbecher, ein wunderbarer Würfel aus Glas mit spitz zulaufenden Ecken, die sich zu konkaven Rinnen erhoben, um Seine brennende Zigarette zu halten, wenn Er sie niederlegen wollte, und das Innere des Würfels war mit ausgedrückten Stummeln gefüllt. Auf der einen Seite des Großen Heiligen Kristallaschenbechers lag ein Paar Bleistifte, lange gelbe Hölzer mit Gummispitzen und scharfen Bleienden, und dahinter stand ein hoher Krug mit Eiswürfeln und einer bernsteinfarbenen Flüssigkeit. Und neben dem Trinkglas lag Sein Furchtbarer Schneller Entrückender Revolver. Einer der Müßiggänger verkündete: »Heute trinkt er kein Bier. Da ist nicht mal eine einzige liebe kleine Dose in der Kochstatt geöffnet.«

Ein anderer Müßiggänger bemerkte, mit einem Ausdruck von Ekel: »Nur dies giftige harte Zeug. Alter Großvater. So westlich wie Skorpionspisse.«

Ein dritter Müßiggänger verkündete: »Auf dem Boden in der Küche liegen ein paar Paprikachips rum. Beeilt euch lieber.« Ein paar Dutzend der Müßiggänger brachen vom Mußeraum in die Kochstatt auf.

»Ich wünschte, es gäbe einen Weg, Ihm zu sagen, daß Er einen Brief von Ihr hat«, flüsterte Tish Junker Hank zu.

Junker Hank gab keine Antwort, sondern fuhr fort, den Herrn zu beobachten. War Er so taub wie sein Sohn?

## 17.

Der taube Sohn stand auf, lange nachdem die taube Sonne untergegangen war. Die Uhr hatte bereits »GÖTTERSPEISE!« ausgerufen, nicht im Auftrag irgendeiner Gottheit oder Mannheit, sondern in Anrufung jenes köstlichen Gezitters, das grün oder gelb oder rot wie der Sonnenuntergang auch unter dem Namen Wackelpudding bekannt ist. Sam fühlte sich wie in zitterndes Gelee eingelegt. Er brauchte eine lange Minute, bis ihm klar wurde, daß die Stunde spät war und er etwas Unvorstellbares getan hatte, etwas, was seine normalen Fähigkeiten völlig überstieg, etwas Wundervolles und zugleich Schreckliches: Er hatte eine Murmel eingelagert! Aber wo war das Mädchen? Hektisch suchte er die Uhr ab. Wie war ihr Name gewesen? Ja. Tish. »TISH!« rief er laut und stellte fest, daß er den Namen gleichzeitig mit seinen Schnüffelruten signalisierte; ihm fiel ein, welch herrliches Kommunikationsmittel sie beide erfunden hatten. Des weiteren erinnerte er sich mit einem Schock, daß er in sie verliebt war. Darin war kein Irrtum möglich. Es war nicht simple Wollust, nicht bloß das Verlangen, ihr eine Murmel zu geben, nicht einmal der Wunsch, ihr die Mutterschaft der nächsten und möglicherweise letzten Generation von Ingledews zu übertragen. Er liebte sie!

Aber sie war weder in der Uhr noch in ihrer Nähe, und seine Schnüffelruten konnten keine Spur von ihr entdecken, bis auf einen schwachen letzten Hauch der Pheromone, die sie am Morgen zuvor versprüht hatte. Er kletterte von der Uhr herunter und war leicht verstört durch die ungewohnte Situation: Die Frau saß nicht in Ihrem Sessel, wie Sie es für gewöhnlich zur Götterspeisenstunde tat; Ihr Stereoplattenspieler lief nicht; keine Ihrer Kerosinlampen brannte; im ganzen Parthenon war nichts von Ihrer Gegenwart auszumachen. Sie war nicht zu Hause.

Sam stürzte in die Kochstatt und rief: »Dad! Hast du hier ein Mädchen gesehen?«, aber sein Vater war nicht da. Höchstwahrscheinlich hing sein Vater wie üblich bei Doc Swain herum. Sam hastete aus dem Parthenon auf die Roamin Road und machte sich auf den Weg zur Klinik von Doc Swain.

Aber dort war *niemand*! Der nächtliche Konvent der Müßiggänger fand nicht statt. Kein Patient wartete, um Doc zu konsultieren. Sam fühlte sich plötzlich unheimlich verlassen. *Wo steckten sie alle?* Metaphysische Bedenken packten ihn: Hatte die Welt seiner Verwandten und Bekannten ihn verlassen, weil er mit Tish gesündigt hatte? Aber war es eine Sünde gewesen? Vorehelicher Verkehr, ja, aber hatte er sie verführt? Nein, es war vollkommen gegenseitig gewesen; tatsächlich waren ihre Pheromone entwichen, *bevor* er sein Affy-Dizzy vertropft hatte.

Er beschloß, sich zum Heiligen Haus zu begeben, um seine Artgenossen dort zu suchen. In seiner Eile und Bestürzung stieß er gegen eine Grille. Für jemanden mit gutem Gehör ist es beinah unmöglich, gegen eine Grille zu stoßen, weil sie die rauhesten aller Geräusche produzierenden Insekten sind und ihr sogenanntes »Zirpen« auf weite Entfernung hin hörbar, acht oder neun Viertelmeilen. Tatsächlich ist dies »Zirpen« eine ständig wiederholte monotone Herausforderung eines Männchens an seine Nebenmännchen, ein Ausdruck etwa wie »Schleich dich, Kumpel, fort«, was soviel bedeutet wie »Bitte, mein Herr, weichen Sie vor mir zurück«. Anders als die Rufe anderer männlicher Käfer, die ausgestoßen werden, um Frauen anzuziehen, ist dieser Ruf dazu gedacht, den Rivalen abzuschrecken, so wie der Kampf zwischen Hornkäfer und Hirschkäfer bloß eine Eliminierung des Schwächeren bedeutet. Die lauteste Grille gewinnt. Wenn zwei männliche Grillen aufeinandertreffen, schreien sie sich gegenseitig an mit »Schleich dich, Kumpel, fort«, bis einer schließlich nachgibt und sich zurückzieht.

Selbst wenn er nicht so in Eile gewesen wäre, wäre Sam Ingledew, der die Grille nicht hörte, gegen sie gestoßen. Er vermieste der Grille den Tag, denn noch nie hatte irgendein Käfer sie je angerempelt.

Als sie sich erholt hatte, sagte die Grille: »Ich sag dir, schleich dich, Kumpel, fort!«

»Entschuldigung«, erwiderte Sam, weil er gegen die Grille gerannt war und weil er sie nicht hören konnte. Im allgemeinen verachtete er Grillen, aber er war nur höflich.

»SCHLEICH DICH, KUMPEL, FORT!« wiederholte die Grille, so laut, daß Sam nicht umhin konnte, sie zu hören.

»Tut mir leid«, sagte Sam und wollte um die Grille herumlaufen, aber die feindliche Grille wechselte die Stellung und blockierte Sams Weg. Die Grille war nicht viel größer als Sam, hatte aber lange dicke Schenkel und die Krabbler eines Athleten; ihre Schnüffelruten waren viel länger als Sams, und sie hatte einen kriegerischen Gesichtsausdruck. »Sieh mal, Kumpel«, sagte Sam, »wenn du nur zur Seite gehen würdest, ließe ich dich ganz in Frieden.« Wieder versuchte er, um die Grille herumzugelangen, aber sie blockierte weiter seinen Weg und fuhr fort, ihre gedankenlose Warnung zu wiederholen.

Eine Tatsache des Lebens, die Sam die Unfehlbarkeit und Weisheit des Mannes – nicht nur des Mannes im Heiligen Haus, sondern aller Menschen – hatte bezweifeln lassen, war, daß der Mann die Grille verehrte, oder zumindest duldete, während er Kakerlaken verabscheute. Grillen erschienen dem Mann niedlich, bewundernswert und unterhaltsam, und Er glaubte, es brächte Unglück, eine zu töten. Sam hatte noch nie gehört, daß eine Grille vom Mann getötet worden war... oder der Frau. Aber Kakerlaken, ungefähr gleich in Größe, Form, Farbe und Ausstattung, allerdings schlanker und besser gebaut als Grillen, waren Objekte des Ekels und der Feindseligkeit des Menschen, einfach weil sie nicht so blöd waren, ihre Flügel gegeneinander zu reiben und »Musik« zu machen, und sie deshalb nicht »süß« waren. Das war nicht fair; es war kein sportliches Grillen.

»Hör zu, Freund«, sagte Sam zu der Grille, »ich will deine Alte nicht. Sie interessiert mich überhaupt nicht. Fette Schenkel sehen bei einem Burschen ganz in Ordnung aus, aber bei einem Mädchen ist das was Schreckliches. Tritt beiseite.«

Falls die Grille verstand, was Sam zu ihr sagte (und Sam bezweifelte ihre Intelligenz), ließ sie sich nichts anmerken, sondern fuhr fort zu sagen: »Schleich dich, Kumpel, fort.«

Sam beschloß, sich auf die Ebene der Grille zu begeben und mit ihr in ihrer Sprache zu kommunizieren. »Schleich dich, Kumpel, fort«, sagte er zu der Grille.

Das war ein Fehler. Einen Augenblick schockierte es die Grille so, daß sie schwieg, aber dann wiederholte sie, lauter als zuvor: »SCHLEICH DICH, KUMPEL, FORT!«

»Ach, zum Kuckuck noch mal«, sagte Sam, und versuchte die Grille beiseite zu schieben. Aber die streckte ihre hinteren langen Beine zu voller Höhe und versetzte Sam einen Schlag an die Schläfe, daß ihm der Schädel dröhnte. Sam haute ihr eins in die Fresse. Die Grille boxte Sam genau ins Gesicht. Sam schlug der Grille in die Seite.

Diese Balgerei führte die Kämpfer von der Roamin Road ab und seitlich in den Unkrautwald. Deshalb verpaßte Sam, daß die Frau, Sharon, auf dem Rückweg von ihrem Postgang vorbeigekommen war und Richtung Parthenon lief.

Sam und die Grille umkreisten einander mißmutig und mit aufgestellten Stacheln. Die Grille sprang und biß Sam schmerzhaft in seinen Unterleib. Sam erinnerte sich, daß Grillen, obwohl meist Vegetarier, auch zu Fleischfressern werden konnten. Die Grille schrie jetzt, so laut sie konnte: »SCHLEICH DICH, KUMPEL, FORT! SCHLEICH DICH, KUMPEL, FORT, SCHLEICH DICH!!!« Sam schlug mit beiden Schnüffelruten auf sie ein, gab ihr eine Serie von doppelten Schlägen mit seinen Fühlern ins Gesicht, warf sie dann auf den Rücken, sprang auf ihre Brust und hämmerte mehrere tiefe Schläge auf ihre weiche Unterseite.

Unerschrocken krümmte die Grille den Rücken, warf sich herum und Sam von sich ab, dann schlug sie ihre Zähne in Sams Thorax und hielt fest. Sam haute wütend nach der Grille und verletzte sie am ganzen Körper, bis die Grille ihren Biß lockerte.

Sam bemerkte, daß mehrere männliche Grillen sich zu einem Zuschauerkreis um die Kämpfer zusammengefunden hatten. Selbst wenn Sam diese Grille schlagen könnte: Würden die anderen Grillen ihn nicht angreifen? Einen Augenblick lang schwächte ihn diese Aussicht, und er fing sich zwei harte Schläge von seinem Gegner ein.

Er ging zu Boden. *Denk dran, du bist ein Ingledew*, sagte er zu sich selbst, *und alle Ingledews haben Kraft*. Er kam wieder auf die Krabbler und merkte, daß die anderen Grillen ihn anfeuerten! »Schleich dich, Kumpel, fort!« rief eine der Grillen mit dringlicher Stimme. »Schlag ihn, Kumpel, längs am Kopf!« rief eine andere.

Sam schlug aus und brachte seinen Gegner zum Straucheln, und als die Grille hinfiel, schlug Sam ihr ordentlich eins an die Kopfseite, dann mit einem mächtigen Schlag von oben auf den Kopf, so daß die Nase der Grille die Erde aufpflügte. Die Grille versuchte aufzustehen, machte zwei Versuche, sich aufzurichten, und brach dann zusammen.

Die anderen Grillen schlugen ihre Flügel zum

Applaus. Sie klatschten und lächelten und jubelten; Sam machte eine kleine Verbeugung und zog seines Wegs. Der Himmel, so bemerkte er, war jetzt voll dunkler Wolken, und die Wettersegmente seiner Schnüffelruten kündigten Regenschauer an, mit einer Wahrscheinlichkeit von 30-80%.

Seine Angst, daß man ihn völlig allein zurückgelassen hatte, war verschwunden, als er das Innere des Heiligen Hauses erblickte, das von Knackerlaken nur so wimmelte. Die Kochstatt, die Sam zuerst besuchte, war voller Frackerlaken und Sackerlaken, die sich über einem Kartoffelchip eine Schlacht lieferten, und auf dem Tisch tobte der Mob in der Arena eines Papptellers, der die Reste des Abendessens des Mannes enthielt: Chicken à la King auf Toast. Obwohl er hungrig war, gesellte Sam sich nicht zu ihnen. Unerkannt und unbemerkt bewegte er sich unter den Knackerlaken des Heiligen Hauses. Er verließ die Kochstatt und betrat den Mußeraum, wo eine Menge dem predigenden Bruder Chidiock Tichborne lauschte. Sam fiel ein, daß es Sonntag abend war, Zeit für den normalen Sabbatdienst, aber etwas war dieses Mal anders: Sie trafen sich in Anwesenheit des Herrn. Der jedoch nichts von den Hunderten zu bemerken schien, die in Seinem Namen auf dem Flur um Seinen Sessel herum hockten, auf dem Er saß und trank und las.

»Sünder, blickt in eure Herzen!« ermahnte der Prediger die Versammlung, die fast nur aus Chrusten bestand. Die, die der Prediger als die eigentlichen Sünder ansah, waren nicht da. »Wer unter euch kann in sein Herz sehen und sagen: Herr, ich bin frei von Sünde? Dort oben sitzt Unser Herr Selbst, und wahrhaft, ich sage euch, obwohl Er ein Buch in Seinem Schoß haben mag, Sein Auge ist auf euch, Sein alles-sehendes Auge sieht in *eure* Herzen, und Er *weiß*, wer von euch sich an Seine Gebote gehalten und wer von euch gesündigt hat! Bereut, denn Sein fürchterlicher Zorn wird bald über euch kommen!«

Natürlich konnte Sam nichts von alldem hören, aber er war beeindruckt von der Fähigkeit des Predigers, die Aufmerksamkeit seiner Zuhörer zu fesseln, zu denen, wie Sam erstaunt feststellte, auch sein eigener Vater, Junker Hank, gehörte. Er hockte am Rand der Menge, bemerkt nur von einem Mädchen, das zu seinen Schwanzreifen flüsterte. Das Mädchen, so stellte Sam überrascht fest, war Tish, seine eigene Geliebte. Warum war sein Vater hier? Warum war *sie* hier?

»Oh, was ist es ein gesegnetes Privileg für uns arme Sünder«, fuhr der Prediger fort, »daß wir heute abend hier in des Herrn Eigener Allmächtiger Gegenwart zusammenkommen, wo wenige von uns zuvor gewesen sind, um Ihm unsere Herzen darzubringen und Seinen Urteilsspruch entgegenzunehmen. Bereut, sage ich, denn die Stunde der Abrechnung ist nahe! Keiner von euch ist ohne Sünde! Wer unter euch hat nicht vom Krümchen gegessen, wenn doch der Kanten genug gewesen wäre? Wer unter euch hat sich nicht in Lust und Sünde mit seiner eigenen Verwandtschaft im *Inzest* gepaart? Wer von euch hat nicht die Ehe gebrochen? Und wer unter euch hat nicht der Hurerei gefrönt?«

Obwohl Sam nicht hören konnte, so konnte er doch sehen, und er sah Tish zittern. War sie eine Chrustin? Er erinnerte sich an ihren Glauben an das Schicksals-Ding, eine so naive, aber leidenschaftliche Überzeugung, und er überlegte, ob sie in ihrem Herzen auch noch Platz hatte für den Glauben an das Chrustliche Gefasel des Chid Tichborne.

»O ja, meine Freunde, bezweifelt nicht eine Minute

lang, daß er aufsteht gegen die Sünder in eurer Mitte und sie erschlagen wird. Er wird euch mit Seinen Kugeln erschlagen! Sein Heiliger Revolver ist geladen und fertig! Der liegt dort oben, genau neben Seinem Großen Heiligen Kristallenen Aschenbecher, und er ist bereit, gebraucht zu werden!

Seht in eure Herzen, sage ich euch, und fragt: Bin *ich* es, o Herr? Bin ich derjenige, den Deine Strafe ereilt? Haben meine Sünden Dich beleidigt, o Herr?«

Sam war versucht, sich zu seinem Vater und seiner Geliebten zu gesellen. Sein Vater war der einzige im Publikum, den die Redekünste des Predigers ungerührt ließen. Die anderen, Tish eingeschlossen, schienen der Hysterie und Raserei nahe zu sein. Mehrere hatten ihre Köpfe in tiefer Demut auf den Boden gesenkt. Andere, hauptsächlich männliche Knackerlaken, erhoben sich und rangen, von Seelenqualen geschüttelt, ihre Schnüffelruten. Wieder andere, hauptsächlich weibliche Knackerlaken, reckten flehentlich ihre Fühler und Schnüffelruten zum Mann empor. Sie alle warfen sich nieder, als der Geistliche schrie:

»Lasset uns beten! Allmächtiger Mann, unser Vater, der Du bist Herr über alle Welt, wir bitten Dich, erhöre unser feierliches Gebet.« So laut war Chids Stimme, so weit war sein Gesicht zum Herrn emporgereckt, daß man denken mußte, der Mann, wenn nicht gar Sam, könnte ihn hören. Tatsächlich konnte Sam das eine oder andere Wort aufschnappen. »Wir alle sind der Verdorbenheit schuldig! Und des Ungehorsams! Und der Zuchtlosigkeit! Und des Bösen in Gedanken, Worten und Werken! O Herr, unser Mann, wenn es Dein Wille ist, steh auf gegen diese Sünder und zerschmetterte sie mit Deinem Heiligen Colt!«

Und wahrlich, der Herr stand auf. Er legte Sein Buch

hin und stand da. Aber er griff nicht nach Seinem Revolver. Er nahm Sein leeres Glas und brachte es in die Küche, um es wieder zu füllen. Er schien die Versammlung zu Seiner Anbetung auf dem Boden Seines Mußeraumes nicht einmal bemerkt zu haben. Viele waren in das nächste Versteck gehuscht und geflitzt, kaum daß des Herrn Kniegelenke Ihn aufrichteten. Aber die meisten blieben geduckt dort hocken, wo sie waren, und verstärkten die Inbrunst ihres Gebets.

Tish, so stellte Sam fest, war unter denen, die blieben und laut beteten. Sams Vater, so bemerkte er, blickte sie mitleidig an.

## 18.

Chid war enttäuscht. Es war eine seiner flammendsten Predigten und eloquentesten Gebete gewesen, beflügelt nicht nur durch die Tatsache, daß sie ihre Versammlung vor den Krabblern des Herrn abhielten, sondern auch dadurch, daß er Junker Hank persönlich unter dem Publikum entdeckte, wenn auch nur am Rand und nicht ganz vorn unter den ältesten Kirchenältesten und Diakonen, wo sein rechtmäßiger Platz gewesen wäre. Was machte der Junker, dieser Ungläubige, überhaupt hier? Hoffte er darauf, mitzuerleben, wie Chid sich lächerlich machte? Nun, der Junker würde sich wundern. Zwar war der Herr nicht mit Seinem Revolver in der Hand aufgestanden, womit Chid fest gerechnet hatte, aber die Nacht war noch jung, die Gebetsversammlung hatte gerade erst begonnen, der Herr hatte erst die Hälfte des Liters, den Er gewöhnlich trank, konsumiert, und Chid konnte Ihn, wenn er seine besten Tricks und Kniffe einsetzte, noch immer zu einem Zornesausbruch inspirieren.

»Brüder und Schwestern«, wandte er sich an die Menge und versuchte, jene zurückzurufen, die geflohen waren, »der Herr gehet von dannen, ja. Er geht in Seine Kochstatt, um Seinen Sagenhaften Kühlschrank zu öffnen und sich neue Eiswürfel zu holen, aber Er wird wiederkommen! Harret mit mir, Freunde, wachsam und gläubig Seiner Rückkehr. In der Zwischenzeit ein paar Bekanntmachungen.«

Die nächste Sitzung des Wohlfahrtsverbandes der Damen würde Donnerstag abend stattfinden. Zum sonntäglichen Gebetsfrühstück der Herren sprach ein Gastredner. Der Chrustliche Verein Junger Knackerlaken plante für Dienstag nacht einen Ausflug zum Banty Creek.

»Bruder Duckworth«, bat Chid, »würden Sie so freundlich sein und uns über das Mitgliederverzeichnis Bericht erstatten?«

Chid überließ dem Ältesten Duckworth das Terrain, und Tolbert stand auf und verkündete: »Brüder und Schwestern, die Ältesten und Diakone dieser unserer Kirche sind stolz, verkünden zu können, daß dreiundsechzig junge Leute das Imago-Alter erreicht haben und beigetreten sind; sieben Knackerlaken haben ihre vergangenen Sünden bereut, ihren Ausschluß gesühnt und darum gebeten, wieder in die Gemeinde aufgenommen zu werden. Die Diakone und Ältesten sind sehr außerordentlich betrübt, den Ausschluß folgender Knackerlaken aus der Kirche verkünden zu müssen: Bruder

Theron Coe, der des Inzests mit sieben seiner Töchter für schuldig befunden wurde, ist nicht länger bei uns. Bruder Jesse Clendenen junior wurde übermäßigen Fluchens für schuldig befunden und ausgeschlossen. Bruder Hector Duckworth, der, wie ich zum Glück sagen kann, kein Bruder von mir ist, hat den Inzest mit fünf seiner Schwestern gestanden und wird aus dem Verzeichnis gestrichen. Schwester Nancy Whitter hat Inzest mit acht ihrer Söhne verübt und ist nicht länger unter uns...«

Chid lauschte träge dieser Aufzählung von Vergehen, Abtrünnigkeit, Ausschlüssen und Tadeln und stellte fest, daß es nicht schlimmer war als gewöhnlich. Seine Augen und Schnüffelruten wanderten über die versammelte Gemeinde, um deren Reaktion auf diesen Katalog der Ruchlosigkeit festzustellen, und alle blickten angemessen ernst und zerknirscht drein... alle bis auf einen, der grinste. Wer war dieser Fremde? Ach ja, es schien Junker Hanks Sohn zu sein, Samuel mit Namen. Was machte Sam hier? Schlimmer noch, warum trug er ein solch idiotisches Grinsen zur Schau bei dieser öffentlichen Bekanntgabe schlimmer Sünden? Fand er es vielleicht lustig, daß so viele Kirchenmitglieder ausgestoßen und angeprangert wurden?

Chids Augen und Schnüffelruten wanderten weiter, hier und da innehaltend, bis er seine eigene Familie bemerkte, sein Eheweib Ila Frances und einige ihrer Kinder – aber wo war Archibald? Ah ja, *dort* war Archibald, drüben an der anderen Seite der Versammlung, in der Nähe von Junker Hank, aber er redete mit einem Mädchen, dem gleichen, das heute abend da draußen auf der Roamin Road gewesen war und mit angesehen hatte, wie die Frau Ihren Brief an den Herrn einwarf. Chid erinnerte sich, daß sie Josie Dingletoons

Tochter war und zugleich, daß sie wahrscheinlich das Produkt jener Murmel war, die Chid Josie in einem Augenblick (oder zwei Stunden) der Schwäche und Versuchung gegeben hatte, Chids höchsteigene Tochter und eine Halbschwester von Archibald. Chid beschloß, Archy einen kleinen Vortrag zu halten über die Unschicklichkeit, mit seiner Halbschwester herumzupoussieren. Zumindest mußte er ihm untersagen, während des Mannesdienstes mit ihr zu reden.

Aber dann fiel Chid ein, daß Tish wahrscheinlich in Trauer war wegen ihrer Eltern und daß er noch die Todesfälle bekanntgeben mußte. Als Bruder Duckworth mit der Verkündung der Kirchenausschlüsse zu Ende gekommen war und sich wieder hingehockt hatte, stand Chid von neuem auf und sagte: »Nun, Brüder und Schwestern, bevor der Herr zurückkommt, haben wir vielleicht noch Zeit für die Trauerfälle dieser Woche. Die Folgenden sind seit unserem letzten Treffen heimgegangen und verwestert, und wir empfehlen hiermit ihre Seelen dem Herrn: Malvine Swain Murrison ist in ihrem siebenundzwanzigsten Monat an Altersschwäche verwestert; James T. Bourne, geliebter Sohn von Millard und Gladys Bourne, ist im zarten Alter seines dritten Stadiums von einem Salamander gefressen worden; die Kinder von Nolan und Bertha Coe, sechzehn an der Zahl, sind in ihrem dritten Stadium von Maden zernagt und gewestert worden; neun Kinder im vierten Stadium von Fred und Florence Chism sind von Ameisen verzehrt worden.

Und, mal sehn«, fuhr Chid fort, indes er sein Gedächtnis durchforstete, »Bruder Rodney Stapleton ist von einer Nachtigall verspeist worden. Ach ja, und die gesamte Familie von Clarence und Beatrice Whitter und ihre sechzehn Imago-Kinder, fünfzehn Kinder im vierten, sechzehn Kinder im zweiten Stadium und dreizehn Nymphen beiderlei Geschlechts sind alle miteinander von einem Opossum verschlungen worden, möge Unser Herr und Heiland Joshua Chrustus sich ihrer annehmen und sie immerdar auf des Mannes rechter Hand leben lassen! Und weiter, mal sehn, ja, außerdem ist der kleine Jospeh Donald Dingletoon, der von einem Laubfrosch gefressen wurde, seinen Eltern vorangegangen, John oder Jack Orville Dingletoon und Ehefrau Josephine, Klotzbewohner von Carlott, die zuletzt in einer Bierdose in der Kochstatt des Herrn gesehen wurden, wo sie von vornherein überhaupt nichts zu suchen hatten.

Und last but not least, vor ein paar Minuten erst, wurde drüben auf der Roamin Road vor meinen eigenen Augen Bruder Luke Whitter von der Sohle der Frau des Parthenon zermalmt!

Nun, meine Freunde, ich wünschte, ich könnte euch jetzt sagen, daß Sie es absichtlich getan hat, daß Sie ihn gesehen hat und auf ihn getreten ist, um ihn zu bestrafen oder zu entrücken, aber ich glaube, es war ein reiner Unglücksfall. Doch wer kann das schon wissen? Vielleicht war es Luke egal, oder vielleicht dachte er, es würde ihm recht geschehen wegen seines Eheweibes Nancy ... «

Chid registrierte, daß ein Raunen durch die Menge ging, aber es galt nicht seinen Worten. Die ganz hinten im Publikum saßen, hatten die Schritte wahrgenommen, die die Rückkunft des Herrn ankündigten! Von neuem huschten viele Gemeindemitglieder unter den Teppich oder die Möbel, aber wiederum blieb die Mehrheit treu und fest auf ihren Plätzen und sah anbetungsvoll zu, wie der Herr zurück zu Seinem Polstersitz ging und sich hineinfallen ließ. Chid war froh, daß der Herr zurück war. Warum hatte Er so lange gebraucht? Vielleicht hatte Er sich in der Kochstatt einen Imbiß genehmigt, was bedeutete, daß sicher neue Krusten und Krumen auf dem Boden herumlagen. In der Tat, einige der Getreuen wurden abtrünnig und versuchten, sich unauffällig in Richtung Kochstatt zu verdrücken.

»Immer langsam, da drüben!« brüllte Chid, und sie blieben abrupt stehen. »Diese Gebetsversammlung ist noch nicht beendet! Nein, nein, meine Freunde, wir haben gerade erst angefangen! Ich hab eine wichtige Nachricht für euch heute nacht! Aber vorher, Bruder Chism, denke ich, du stimmst ein, zwei Choräle an!«

Diakon Fent Chism stand auf und intonierte, mit seinen Schnüffelruten dirigierend, mit der Gemeinde eine vierstimmige Version des Chorals »Am Holden Morgen Treff Ich Dich Am Glorreichen Ufer Des Süßen Nachher Ganz Oben Seite An Seite Auf Seiner Heiligen Hand«. Nachdem sie dies viermal gesungen und im Chor wiederholt hatten, dirigierte sie Fent Chism durch »An Der Alten Blanken Stecknadel, Wo Mein Heiland Blutete, Lehne Ich Mich Auf Meine Wehr Und Waffen Und Mach Mich Fertig, Die Welt Zu Verlassen Und Aufzufahrn Ins Himmelreich«.

Und nun der Höhepunkt des Abends, beschloß Chid, als der letzte Chorgesang verklungen war, und er griff das letzte Wort des Chorals auf, um seine Predigt fortzusetzen: »*Himmel*reich! Welch köstliches Wort! Ja, Brüder und Schwestern, wir alle werden uns im Himmelreich wiedersehen! Aber wer wird dort auf uns *warten*? Nun, natürlich die Trauerfälle, die ich gerade bekanntgegeben habe, die da von Fröschen und Salamandern und Opossums und Maden und was nicht allem gegessen worden sind, und auch die, die an

Altersschwäche verwestert oder einfach verschwunden sind, aber, meine Freunde, ich sage euch, am meisten werden die auf uns warten und uns einen Platz freihalten, die bereits von Seinem Heiligen Revolver hinaufbefördert worden sind!

Ihr wißt, ich habe keinen von ihnen zu den Trauerfällen dieser Woche gezählt. Ihr wißt, *weshalb* ich sie nicht dazugezählt habe, weil es bei ihnen nämlich nichts zu trauern gibt! Nein, Freunde, ihre Seelen sind bereits im Himmelreich! In der vergangenen Woche wurden die Folgenden nicht eines natürlichen Westens verwestert oder von irgendwelchen Tieren verspeist, sondern entrückt und zu Fusseln pulverisiert durch die Heiligen Kugeln unseres Herren: Bruder John Thomas Murrison! Bruder Carl Henry Duckworth! Bruder Arnold Justin Chism! Schwester Jessamine Sue Plowright! Schwester Sophronia Marabelle Coe! Und Bruder Oscar Robert Whitter! Dies sind die Heiligen, die entrückt wurden und von allen Sünden rein sind durch das Feuer Seines Feuers!«

Dies war der Augenblick, der Chid am besten gefiel, und er machte eine Pause, um Luft zu schöpfen und die richtige Stimmung für seine nächsten Worte entstehen zu lassen: »Wer wird heute nacht zu ihnen stoßen? Wer unter euch wurde bereits für das Heilige Feuer auserkoren? Wer wird furchtlos mit erhobenem Kopf dastehen und fragen: ›Bin ich es, o Herr?‹ Prüft eure Herzen, sage ich und fragt euch: ›Bin ich bereit?‹« Chid hatte keine Skrupel wegen dieses Widerspruches. Er wußte, die beste Methode, sie bei der Stange zu halten, war, sie zu verwirren. Sollten sie doch unsicher sein, ob das Verwestern durch Revolverschüsse Bestrafung für ihre Sünden war oder die Entrückung und Belohnung für Frömmigkeit, ob die Pulverisierung zu Fusseln durch lauteren Lebenswandel vermieden oder aber als das absolute Heil erstrebt werden sollte. Kein theologisches Seminar hatte Chidiock Tichborne diese grundlegende Lektion des Evangelisten lehren müssen: Verwirrung ist das Fundament des Glaubens. Leben wir im Osten, um den Westen zu erstreben oder ihn zu vermeiden?

Schon waren die Empfänglicheren unter ihnen zu hysterischen Posen und völliger Hingabe aufgepeitscht, und einige riefen laut: »Bin ich es, o Herr?« und »Bin ich bereit?«, während andere sich dem Mann entgegenreckten und erklärten: »Ich bin es, o Herr!« und »Ich bin bereit!« Ganz bestimmt, dachte Chid, mußte der Herr Selbst sie hören können. Er stellte erfreut fest, daß Junker Sam Ingledew sein blödes Grinsen vergangen war und er sich verwundert umblickte. Und dann, als könnte der junge Junker den Anblick von so viel Gläubigkeit und Inbrunst nicht ertragen, schlich er sich davon und verschwand in der Dunkelheit. Gut, daß ich den los bin, dachte Chid.

*Für mich wär' es echt ein Segen*, dachte Chid, *wenn der Herr einen von diesen Ingledews erschießen würde.* Das würde nicht nur Chids Macht über die Ungläubigen und die chrustlichen Renegaten stärken, es würde auch die Übernahme des Parthenon durch die Chrusten leichter machen.

»Nur noch ein bißchen mehr Radau«, sagte sich Chid, »und der Herr Selbst wird uns hören.« Er schrie in die Menge: »WER IST BEREIT?«, dann brüllte er gebieterisch: »PREISET IHN! GEPRIESEN SEI SEIN HEILIGER NAME!«

Die Versammlung fing ein großes Getöse an, ein Gewirr von Stimmen, die »ICH BIN BEREIT!«, »WÄHLE *MICH*, O HERR!« und »GEHEILIGT WERDE DER NAME DES HERRN!« kreischten, und Diakon Fent Chism gelang es, mit ein paar Dutzend von ihnen aus vollem Halse den Choral »Ich Mach Mich Bereit, Diese Welt Des Jammers Zu Verlassen Und Meine Krabbler Ins Himmelreich Zu Richten« anzustimmen.

Sogar Archibald, bemerkte Chid erfreut, hatte aufgehört, mit der kleinen Dingletoon herumzualbern, und ließ sich von der Stimmung anstecken. Trotzdem betete Chid insgeheim zum Herrn, er möge Archibald und seine ganze restliche Familie, ganz besonders ihn selbst, verschonen, obwohl er rasch hinzufügte: »Aber wenn es Dein Wille ist, o Herr, und Du mich nicht mehr brauchst, um auf Deine Herde aufzupassen, nun, dann entrück mich ruhig auch.«

Irgendwie mußte der Lärm all dieser Gebete und Lieder, die schiere Lautstärke dieser vielen hundert Stimmen, die sich in Anbetung und demütigem Flehen erhoben, bis zu Ihm gedrungen sein. Er klappte das Buch zu und schien einen Augenblick lang ins Leere zu blicken, als dächte Er über das nach, was Er gerade gelesen hatte, dann aber langte Er hinauf und drehte Seine Leselampe so, daß ihr Licht voll auf die Gemeinde fiel. Der Herr sprang aus Seinem Polstersitz auf.

»Scheiße!« sprach der Herr und schnappte Seinen Revolver. »PENG!« sprach die Heilige Revolver und beförderte Diakon Fent Chism in das Himmelreich, von dem er gerade sang. So viele der Gläubigen befanden sich so dicht vor den Krabblern des Herrn, daß der Herr zur gleichen Zeit, da Er schoß, herumzutrampeln begann und mehrere auf einen Schlag unter Seinen Schuhen westerte, Chid selbst nur knapp verfehlte. »KRA ZONG!« sprach der Heilige Revolver von neuem und löschte Ila Frances Tichborne, Chids Eheweib, aus. »Oh, nimm mich als nächsten!« rief Chid in einer seltsamen Mischung aus Trauer um sein Weib und Frohlocken über seine eigene baldige Entrückung.

Aber der Herr zielte nicht auf ihn. Der Herr zielte auf einen in einer Gruppe von dreien: Archibald Tichborne, Tish Dingletoon und Junker Hank Ingledew. »Oh, laß es den Junker sein!« schrie Chid.

»PLOP!« sprach der Heilige Revolver, und Chid schaute hin, um zu sehen, wen es getroffen hatte, aber alle drei waren unversehrt. Hatte der Herr danebengeschossen? Chid blickte auf und sah, daß am Augenlid des Herrn – des Auges, mit dem Er gezielt hatte – eine Knackerlake hing! Irgendeine blasphemische Knackerlake war am Leib des Herrn hinaufgeklettert, Ihm in dem Augenblick, da Er feuerte, auf die Stirn gesprungen und hatte sich an Seinem Augenlid festgekrallt! Der Herr war beim Schuß gestört worden, so daß Er danebenschießen mußte.

»AAARGGHH!« schrie der Herr und ließ Seinen Revolver fallen, der die Stapletons zerschmetterte, schlug sich ins Gesicht, so daß die ruchlose Knackerlake weggeschleudert wurde, richtete sich auf und umklammerte seinen Krabbler. Der Herr hatte sich in Seinen eigenen Krabbler geschossen!

## 19.

Als Tish die vierte Explosion hörte, hielt sie sie für eine weitere der Heiligen Kugeln des Herrn, aber wie konnte das angehen? Der Heilige Revolver lag auf dem Boden, mitten auf den armen verwesterten Mr. und Mrs. Horace Stapleton, und der Herr Selbst lag der Länge nach auf Seiner Mußecouch und hielt sich vor Schmerz stöhnend und fluchend Seinen Krabbler. Nein, die vierte Explosion mußte davon herrühren, daß jemand anders eine Pistole abgefeuert hatte, aber wer?

Tish bemerkte, daß einer ihrer Krabbler von der Schnüffelrutenspitze Archy Tichbornes umschlungen war, der sie an sich zog und sagte: »Komm, Mädel, machen wir, daß wir hier wegkommen!« Er führte sie durch ein altes Schußloch in der Wand in einen Hohlraum, einen verlassenen Korridor, wo sie sich zusammengezwängt versteckten. Versteckten wovor? fragte sich Tish. Dann erscholl ein fünfter Knall. Sie zuckte zusammen und drängte sich an Archy, der seine Schnüffelruten um sie legte und sagte: »Keine Angst, Kleines, hier kriegt Er uns nicht.«

»Er versuchte gar nicht, uns zu kriegen«, erwiderte Tish. »Er ist Selbst angeschossen. Jemand schießt auf Ihn.«

»Das sind keine Schüsse mehr«, erklärte Archy wissend. »Das ist Donner. Es gibt Regen.«

»Niemand schießt auf Ihn?« fragte Tish.

»Er hat sich Selbst angeschossen«, sagte Archy. »Er hat direkt auf *mich* gezielt, aber Er hat danebengeschossen und sich Selbst getroffen.«

»Ist Er im Westen?« fragte Tish bang.

»Nee; Er hat sich bloß ein großes Loch in Seinen Krabbler geballert und ist auf Seine Mußecouch gefallen.«

»Aber Er ist am Verwestern«, erklärte Tish besorgt.

»Das bezweifle ich«, sagte Archy. »Er wird bloß nicht viel rumlaufen in nächster Zeit.«

»Warum verstecken wir uns dann?« fragte sie.

»Es ist immer noch gefährlich da draußen«, sagte Archy.

Ein sechster Knall ertönte, so daß Tish und Archy erneut zusammenfuhren und einander fester umschlangen. Obwohl sie wußten, daß es keine Schüsse waren, sondern Donner, war es doch so nahe, so laut und so durchdringend, daß es schien, als wollten die Wände des Heiligen Hauses einstürzen. Nichts ist der Intimität förderlicher als Gefahr, und Tish war überrascht, festzustellen, daß sie und Archy bereits so enge Freunde waren, als hätte sie ihn schon ihr ganzes Leben lang gekannt. Hatte sie ihn erst vorgestern nacht bei der Spielparty in Carlott zum ersten Mal gesehen und bewundert und sich gewünscht, er würde Notiz von ihr nehmen? Jetzt nahm er allerdings Notiz von ihr. Ihre körperliche Nähe erinnerte sie auch an jene Nacht, als sie sich beide vor dem Herrn versteckt hatten. War es vielleicht eine kosmische Parallele, daß sie sich wieder einmal vor dem Herrn versteckten? Oder versteckten sie sich bloß vor dem Donner? Oder wovor sonst?

Der Donner wurde stärker, als versuchte er sie aufzuspüren, und selbst ihre Deckung, die Wand, in der sie sich verbargen, konnte das grelle Licht der Blitze nicht abhalten. Tish hörte jetzt das stete Trommeln des Regens hoch oben auf dem Dach und sogar gegen die Seiten des Hauses und die Fensterscheiben.

Nach langer Zeit fragte sie: »Sollten wir nicht nachsehen gehen?«

»Was nachsehen?« fragte Archy.

»Wie es dem Herrn geht«, sagte sie. »Ob Er nicht am Verwestern ist.«

»Wir wagen uns besser nirgendwohin«, sagte Archy.

Dann gab er ihr einen kleinen Kuß. »Laß uns lieber die Nacht über hierbleiben.« Er gab ihr einen größeren Kuß.

Tish durchlief ein Prickeln der Erregung. Das eine, was Junker Sam nicht getan hatte, obwohl er ihr eine Murmel gegeben hatte, war, ihr einen Kuß zu geben. Sie dachte an Junker Sam und an letzte Nacht und diesen Morgen. Aber sie *wollte* in einem Augenblick wie diesem nicht an Junker Sam denken. Sie war sowieso schon innerlich hin und her gerissen zwischen Archy, so dicht bei ihr und zunehmend intimer, und dem Mann, der sich womöglich in Gefahr befand und zumindest von Schmerzen gequält wurde. Archy hatte so hübsche große Augen. Und eine so ungezwungene Art. Als Sohn eines Geistlichen schien er der Verwundung und der Pein des Herrn fast gleichgültig gegenüberzustehen. Oder vielleicht wußte er als Sohn des Geistlichen Dinge über den Herrn, die sie nicht wußte. Er wußte vielleicht, daß der Herr unsterblich war und nicht verwestern konnte.

»Wenn Er nicht laufen kann, wie soll Er dann etwas zu essen bekommen?« fragte sie.

»Wer?«

»Der Herr.«

»Oh, *Der*. Ist Er das einzige, woran du denken kannst in einem Augenblick wie diesem?«

»Wie was?«

»Wie hier und jetzt, wie dies hier: Ich halt' dich mit meinen beiden Schnüffelruten fest, Baby.« Archy küßte sie aufs neue, voll auf die Lippen.

Tish hatte dem Ammenmärchen geglaubt, daß ein Mädchen, wenn sie einmal die Murmel eines Jungen in sich hat, keine Pheromone mehr aussenden könne. Deshalb war sie überrascht, als sie ein winziges bißchen ihres speziellen Parfums absonderte und nicht vermeiden konnte, daß sie Archy, in der Enge dieses Korridors in der Wand, sanft besprühte.

»Mmmmh«, sagte er und zuckte mit den Schnüffelruten. »Wow, Zuckerpüppchen. Wenn du nicht außpaßt, fängt noch mein Affy-Dizzy an auszulaufen.«

Es gab noch ein anderes Ammenmärchen, das aber mit Sicherheit stimmen mußte: »Wenn ein Mädchen erst einmal die Murmel eines Jungen in sich hat, kann sie keine andere aufnehmen.« Deshalb war sie, als sich Archys Flügel hoben und einen mit Affy-Dizzy bedeckten Rücken zum Vorschein brachten, in der Lage, trotz ihres Hungers zu widerstehen.

»Komm schon, Liebling, probier mal«, drängte er.

»Danke, ich hab heute nacht schon gegessen«, log sie.

»Was?« Er blickte sie verwundert an. »Kein Mädel kann sich bei Affy-Dizzy zurückhalten, ganz gleich, wieviel sie schon gegessen hat«, erklärte er, als ob sie es nicht wüßte.

Drinnen in der Wand war es so gemütlich und behaglich und romantisch. Draußen donnerte und donnerte es, und der Regen trommelte unaufhörlich. In ihrem ganzen Leben hatte Tish noch kein solches Gewitter gehört, gesehen, gerochen oder gefühlt, und sie begann sich zu fragen, ob es nicht mehr war als bloß ein heftiges Unwetter. Der Herr hatte sich Selbst angeschossen. Die Welt veränderte sich. Vielleicht war das Ende der Welt nahe. Vielleicht waren all diese schrecklichen Geräusche dort draußen nicht bloß Donnerschläge, sondern Die Bombe.

Beinahe geistesabwesend streckte sie ihren Taster aus, tauchte ihn in das Affy-Dizzy und steckte es in den Mund.

## 20.

*Zur Hölle mit diesem mannverdammten Prediger*, fluchte Doc Swain vor sich hin, während er zwischen den Körpern der Toten und Verletzten umherhumpelte. Dann kicherte er unwillkürlich über die bittere Ironie seines Fluches: Es war der Mann gewesen, der mit Seiner Verdammung dieses Massaker angerichtet hatte. Bedauerlicherweise hatte Er nicht den Hundesohn von einem Prediger verdammt, sondern den Osten aus mehreren braven Leuten herausgetrieben: Dort lagen die zerfetzten Überreste von Fent Chism, für den jede Hilfe zu spät kam. Hier waren einige Leute bis zur Unkenntlichkeit zerquetscht, obwohl eine der Leichen wie der alte Jonce Ledbetter roch, und vom Rande eines frischen Einschußlochs hob Doc eine zerbrochene Schnüffelrute auf, roch daran und identifizierte sie als den Überrest von Ila Frances Tichborne, des Predigers eigenes Eheweib. Wo war der Prediger? War ihm alles so egal? Vielleicht, dachte Doc, hatte dieser letzte Schuß den Prediger erwischt. Aber nein, es war klar, daß der letzte Schuß dem Mann geradewegs in den eigenen Krabbler gedrungen war, zwischen dem Tarsus und Metatarsus; die Kugel hatte den Schuh durchschlagen, war durch die Sohle wieder ausgetreten und hatte ein weiteres – blutiges – Loch im Fußboden hinterlassen. »Tut mir leid, Meister, ich kann nichts für Sie tun«, sagte Doc respektlos zu dem Mann, der mit starken Schmerzen auf Seiner Couch lag. »Aber wenn ich Sie wäre, würde ich aufstehn und mehr als ein Pflaster auf das Ding da tun.« Doc wandte seine Aufmerksamkeit vom blutenden Mann ab und den blutenden

Knackerlaken zu, denen, die noch einen Funken Osten im Leib hatten und seine Hilfe brauchen konnten. Horace Stapleton war der ganze Mitteldarm von dem herabfallenden Revolver zu Brei zerquetscht worden und bereits im Westen, aber sein Eheweib Martha war noch ein Stück weit im Osten, lediglich der Thorax war eingedrückt, das Abdomen aber fast unversehrt. Doc sprach ihr Trost zu. »Wird schon werden, Marthy. Bleib einfach ruhig liegen und versuch, dich nicht zu bewegen.«

Als die vierte Explosion kam, zuckte Doc nicht zusammen, denn er wußte gleich, was es war: Donner. Oben im Himmel. Draußen. Die größeren Götter, dachte Doc, der an größere Götter glaubte, feuern ihre Revolver ab. Seine Sterngucker waren zu blind, um den fernen Blitz auszumachen, der den fünften Knall ankündigte, aber seine Hauptaugen nahmen ihn wahr und bestätigten, daß es sich in der Tat um einen Blitz handelte, und als das Krachen folgte, schätzte er, daß die Gewitterwolken näher kamen. *Wir könnten allerdings einen ordentlichen Schauer gebrauchen*, dachte er. Wie alle Knackerlaken liebte er Regen, haßte aber Gewitter, nicht wegen des Lärms, sondern wegen des Lichts.

Zwischen den Donnerschlägen hörte er noch ein anderes Geräusch: ein Stöhnen, das nicht vom Mann kam, sondern von einer Knackerlake. Noch einer, der den Zorn des Mannes oder die Provokation des Predigers, oder beides überlebt hatte, irgendwo außer Sichtweite verborgen. Doc richtete seine Schnüffelruten aus und versuchte, das Opfer mit seinem Geruchssinn zu lokalisieren. Er landete in der Nähe vom Polstersessel des Mannes; die Gerüche und Geräusche kamen von irgendwo hoch oben zwischen den Polstern des Sitzes.

»Wer ist da?« rief Doc, rief noch einmal, aber bekam keine Antwort. Entweder war das Opfer so schwer verletzt, daß es nicht antworten konnte... oder aber es war taub. Wahrscheinlich aber letzteres, dachte Doc. Er brauchte Schub von unten, um an der Seite des Polstersitzes hochzukommen, und blickte sich nach jemandem um, der ihn hinaufschieben könnte. Sechs von Martha Stapletons Söhnen, Dick, Vic, Rick, Mick, Nick und Jick, waren um sie versammelt, und ein paar ambulante Überlebende wanderten benommen umher, aber die meisten Knackerlaken hatten sich in den Frack, den Sack oder nach Carlott zurückgezogen.

Doc blieb nichts anderes übrig, als den Sitz, so gut es ging, ohne Hilfe zu erklimmen. Er langte mit seinem einen intakten Krabbler links hinauf, krallte sich in den Stoff des Sitzes und zog sich hoch, dann suchte er mit den beiden rechten seiner drei Steigeisen nach Halt und zog sich langsam, Krabbler vor Krabbler setzend, an der Seite des Sitzes hoch, bis er den Rand des Sitzpolsters erreicht hatte. Außer Atem und mit pochendem Herzen strich er an den Rändern des Sitzpolsters umher, bis er in dem Spalt an der Rückenlehne mit dem Bauch nach oben jene Knackerlake fand, mit der er gerechnet hatte. Der Junge war noch im Osten, atmete und war soweit unversehrt, Krabbler und Schnüffelruten vollzählig, aber der Schlag hatte ihn betäubt und bewußtlos gemacht. Er schien keinen ernsten Schock zu haben und wies keine sichtbaren Funktionsstörungen auf, aber aus dem Mund und dem Pedicellus der einen Schnüffelrute war ein Rinnsal aus Eiter gelaufen. Doc fühlte seinen Puls, der schwach und unregelmäßig ging. »Es ist ein Wunder«, sagte er, »daß die Wucht dieses Schlages deine Schwanzborsten nicht wieder in Ordnung gebracht hat.« Aber der arme Teufel konnte ihn nicht hören. Er hob die Stimme. »DAS WAR EINE MUTIGE UND KLUGE TAT VON DIR!« schrie er dicht an einer der Schwanzborsten. »NIEMAND AUF ERDEN AUSSER DIR HÄTTE DAS FERTIGGEBRACHT!«

Der Junge blickte klarer und richtete seinen Blick auf Doc, dann versuchte er zu lächeln und zu sprechen, aber Doc winkte ab. Ein Transport kam nicht in Frage: Er würde mehrere Stunden absolut still liegen müssen, eine kritische Angelegenheit. »VIELLEICHT WIRST DU IM OSTEN BLEIBEN«, sagte Doc, obwohl es eine fromme Lüge war, »ABER DU MUSST GANZ STILL LIEGEN UND DARFST DICH NICHT BEWEGEN.« Der Blick des Jungen wurde wieder verschwommen, und Doc hockte sich neben ihn, um Herzschlag und Atmung zu überwachen. Er wischte den Eiter fort und stellte erfreut fest, daß das Rinnsal versiegt war. Er drückte die Schnüffelruten in die entspannte horizontale Lage neben den Körper und tätschelte sie sanft, um sie davon abzuhalten, wieder in die Höhe zu springen.

Der Regen war jetzt nicht nur zu riechen, sondern auch zu hören. Es donnerte weiter und weiter, und die in regelmäßigen Abständen zuckenden Blitze erleuchteten das Innere des Mußeraumes, doch das alles bestimmende Geräusch war das Trommeln des Regens. Von seiner Warte aus konnte Doc den Mann sehen, aber nicht den Boden. Die Minuten verstrichen. Er konnte nicht feststellen, was unter den Toten und Überlebenden dort unten vor sich ging, sah aber daß der Mann sich auf den Rücken gerollt hatte und vielleicht vor Schmerz oder wegen des Blutverlustes ohnmächtig geworden war. »BLEIB BESSER WACH!« brüllte Doc Ihm zu, und sein Patient schreckte mit einem Ruck auf. Doc entschuldigte sich: »ICH MEINTE NICHT DICH. ICH HABE DEM HERRN ZUGERUFEN. ABER WENN ICH'S RECHT ÜBERLEGE, *DU* SOLLTEST AUCH WACH BLEIBEN.«

»Danke, Doc«, murmelte der Patient.

»NICHT REDEN«, schrie Doc. »VERSUCH AUF KEINEN FALL ZU REDEN. Laß mich das Reden übernehmen. Der Mann liegt mit dem Bauch nach oben drüben auf Seiner Couch, mit einer üblen Wunde in Seinem Krabbler. Du hast Ihn dazu gebracht, daß Er sich Selbst in den Krabbler geschossen hat, wußtest du das? Still, nicht antworten. Du hat es nicht absichtlich getan, schätze ich. Als du Ihm auf den Kopf geklettert bist und dafür gesorgt hast, daß Er deinen Daddy und deine Liebste verfehlt, wußtest du ja nicht, daß Er statt dessen Seinen eigenen Krabbler treffen würde, stimmt's? Scht! Er hätte es besser wissen müssen, als immer mit Seinem Revolver herumzuspielen! Er hätte wissen sollen, daß Er sich irgendwann selber trifft, wenn Er nicht aufpaßt. Aber vielleicht hast du Ihm einen Gefallen getan. Ja, vielleicht hätte Er am Ende was Schlimmeres angestellt, wenn du Ihm keine Lektion erteilt hättest. Vielleicht hat Er nicht mehr als ein, zwei gebrochene Knochen im Metatarsus und zweifellos noch eine Splitterung am zweiten und dritten Keilbein im Tarsus, aber Er wird eine Weile nicht rumlaufen können.«

Wie um die Prognose von Doc Lügen zu strafen, setzte sich der Mann plötzlich schwerfällig auf, stellte sich auf einen Krabbler und hüpfte, humpelte dann, hüpfte schließlich wieder geradewegs zurück zu Seinem Polstersitz. Doc fürchtete, der Herr würde Seinen Hintern ohne Umschweife auf ihn und seinen Patienten niederplumpsen lassen, und er duckte sich und überlegte, ob er versuchen sollte, sich und seinen Patienten tiefer in den Spalt zwischen den Polstern hineinzuzwängen. Aber der Herr kam nur, um Sein Glas mit Bourbon vom Tisch neben dem Sitz zu holen. Er hob es an den Mund, leerte es mit zwei Schlucken, dann drehte Er sich um und hüpfte und humpelte nicht zurück zur Couch, sondern in die Kochstatt. Er ließ eine Blutspur auf den Teppichen und dem Linoleum hinter sich zurück. »DU IDIO-O-O-T!« brüllte Doc, Blasphemie hin, Blasphemie her. »RUNTER VON DEN KRABBLERN! BIND 'NE ADERPRESSE UM DAS DING!«

Als ob der Herr ihn gehört hätte, hatte Er bei Seiner Rückkehr in der einen Hand Seine ungeöffnete neue Flasche Bourbon und in der anderen ein Tischtuch aus Leinen. Nachdem Er sich wieder auf die Couch geworfen hatte, machte Er zuerst die Flasche auf und trank direkt daraus. Der Doc brüllte: »GIESS MAL WAS AUF DIE WUNDE, ALS ANTISEPTIKUM!«, wurde aber ignoriert oder nicht gehört. Dann machte sich der Mann daran, das Tischtuch in Fetzen zu reißen. Mit einem Stoffstreifen band Er ungeschickt und trunken eine Aderpresse um Seinen Knöchel und zog sie stramm. Dann zog Er seinen Schuh aus, der ein klaffendes blutverschmiertes Einschußloch im Spann und ein weiteres in der Sohle hatte, und warf ihn weg, danach Seine Socke, die von Blut getränkt war. Doc konnte einen flüchtigen Blick auf die häßliche Wunde werfen, bevor der Mann anfing, Streifen des Tischtuchs um Seinen Krabbler zu wickeln. Doc zuckte zusammen, als er erst die Wunde sah und dann den Verband, unsterile Leinenfetzen, die höchstwahrscheinlich eine Kolonie von Staphylokokken in die Wunde tragen würden, von Tetanus ganz zu schweigen.

Nachdem der dilettantische Verband fertig war, nahm der Mann noch ein paar gierige Schlucke aus der Flasche, schmatzte mit den Lippen und seufzte. Dann legte Er sich zurück und schloß von neuem Seine Augen. Blitz und Donner dauerten an, aber am lautesten war der Regen. So einen Guß hält keine Kröte aus, dachte Doc. Er hoffte es, denn er konnte Kröten nicht leiden. Er prüfte Atmung und Puls seines Patienten; die Atmung war tiefer, der Puls war regelmäßiger, aber schwächer. Der Junge war immer noch bei Bewußtsein. *Warum nenne ich ihn immerzu Junge?* fragte sich Doc. Er ist ein voll ausgewachsener Bursche und kräftig wie ein Hirschkäfer. »Ja, vielleicht hast du dem Herrn einen Gefallen getan«, wiederholte Doc. Obwohl ihm bewußt war, daß er nicht laut genug sprach, als daß die tauben Schwanzreifen ihn hätten hören können, »vielleicht hast du uns allen einen Gefallen getan, wenn der Herr daraus gelernt hat, daß Er nicht mehr mit dieser Schußwaffe rumspielt.« Doc lachte leise vor sich hin. »Vielleicht hast du den Prediger mit seinem Entrückungszauber und dem ganzen Zeug arbeitslos gemacht. Und vielleicht«, Doc hielt inne und vergegenwärtigte sich die Größe seines Gedankens, »ganz vielleicht wird es nie Eine Bombe geben.«

Er war selbst überrascht, daß er solch einen Gedanken hatte, der seinem üblichen Pessimismus hinsichtlich des Themas so zuwiderlief, seinem unerschütterlichen Glauben an die Katastrophe, die die Welt, wie wir sie kennen, auslöschen würde.

Es sei denn... es sei denn, dieser Vorfall heute nacht *war* Die Bombe. Vielleicht war Die Bombe bloß dieser eine Revolverschuß in den Krabbler des Mannes, der Seinen Westen einleitete, wenn er ihn nicht gar vollständig und ein für allemal herbeiführen würde, so daß Er nicht länger hier wäre, um für Seine Knackerlaken zu sorgen, die ihr Heil anderswo suchen oder an Hunger verwestern müßten.

»Theologie ist wirklich kompliziert«, sagte Doc Swain zu seinem Patienten, sich plötzlich erinnernd, daß sein Patient zu taub war, um ihn zu hören. Aber das kümmerte ihn nicht, und während die Nachtstunden verstrichen, redete er weiter. Der Patient hielt seinen Blick auf Doc Swains Gesicht gerichtet, fast als läse er ihm von den Lippen ab, hielt seine nutzlosen Schwanzreifen aufgerichtet und tat so, als hörte er zu. Doc Swain sprach von dem alten Stay More, das er selbst nicht mehr erlebt, dessen Geschichte er aber studiert hatte und von dem er noch jeden Tag träumte, das Stay More, das von fast so vielen Männern, Frauen und Kindern bewohnt gewesen war, wie heute von den beim einzigen Mann verbliebenen Knackerlaken. Dieser Mann, unser Mann, war nicht einmal irgendwie mit den alten Bewohnern von Stay More verwandt; Er war ein Fremder aus fernen Ländern, ein Fremdling, ein Zugereister, obwohl Er schon so lange im Heiligen Haus lebte, daß nur noch die ältesten Knackerlaken sich an Seine Ankunft erinnern konnten. Doc Swain gehörte zu ihnen; er erinnerte sich noch, wie er dem Mann vor beinahe zwei Jahren, als er selbst noch ein Kind war, zugesehen hatte. Damals war Er in das alte Hotel Stay More eingezogen, in dieses Haus hier, das früher einmal menschlichen Ingledews als Zuhause gedient hatte, bevor es in ein Hotel umgewandelt wurde und dann jahrelang leer gestanden hatte, bis der Mann einzog und sich mit dem Sagenhaften Kühlschrank, der Speisekammer und dem Brotkorb, mit Säcken voller Lebensmittel und anderen guten Dingen niederließ. Obwohl der Mann sich nicht wie die alten Männer von Stay More kleidete, auch nicht wie Sie redete oder Ihre Sitten und Gebräuche praktizierte, war Er doch ein Mann, und der einzige, der zur Verfügung stand. Er war vielleicht nicht so allmächtig, wie die Chrustenlaken glaubten, aber Er war der Herr.

»WERD BLOSS NICHT OHNMÄCHTIG, HERR!« rief Doc Swain, weil Er offensichtlich vorhatte, Seinen Schmerz bis zum Vergessen mit dem Bourbon zu betäuben. Doc war versucht, sich zu Ihm zu begeben, auf Ihn zu krabbeln, Ihn zu kitzeln und zu versuchen, Ihn wach und bei Bewußtsein zu halten. Oder vielleicht sollte er die anderen überzeugen, ihm bei seinen Bemühungen zu helfen? Dazu aber müßte er seinen Patienten allein lassen, und ganz abgesehen von der Loyalität, die er seiner Art gegenüber empfand, hätte Doc, vor die Wahl gestellt, dem Mann oder Sam zu helfen, sich allemal für Sam entschieden.

## 21.

»Es regnet Bindfäden, Katzen und Hunde!« bemerkte Jack und zuckte vor dem prasselnden Regen zurück. Die Nässe machte ihm nichts aus, denn sie konnte seine Kutikula nicht durchdringen, aber die Wucht der schweren Tropfen fegte ihn immer wieder von den Krabblern, und die Tropfen waren kalt.

Josie dachte nach, und das hinderte sie daran, Verdruß wegen des langen Marsches zu empfinden. »Glauben die Leute, mit dem Regen würden Katzen und Hunde runterfallen?« fragte sie und rülpste.

»Häh?« sagte Jack. »Nee, das ist nur so 'ne alte Redensart, es regnet Katzen und Hunde. Hast du schon mal einen Hund vom Himmel fallen sehen?«

»Ich hab noch nie einen Hund gesehn«, sagte Josie, stolperte über einen kleinen Steinbrocken und fiel hin.

»Bist du immer noch besoffen wie ein Kneipenköter?« fragte Jack, während er ihr auf die Krabbler half. Er war selbst nicht gerade nüchtern, aber sie würden nie nach Hause kommen, solange seine bessere Hälfte andauernd hinfiel und dumme Fragen stellte und rülpste wie ein Grashüpfer.

»Was ist das, ein Kneipenköter?« fragte Josie.

»Nur irgend so eine Hunderasse«, erwiderte er. »Und jetzt sei still, Ma, und paß auf, wo du hintrittst.« Er hob einen Grasstengel hoch, damit sie mit ihren Schnüffelruten vorbeikam, und ging dann selber darunter durch. Es war ein beschwerlicher Marsch. Mit Ausnahme der hellen Tagesstunden, während der sie gezwungen waren, sich in die Dunkelheit eines verlassenen Ameisenbaus zu flüchten, befanden sie sich schon seit der vergangenen Nacht auf dem langen Heimweg vom Kompost- und Abfallhaufen des Herrn. Sie hatten lange gebraucht, um einigermaßen nüchtern zu werden. Jack würde niemals das Grauen jener unglaublich langen Sekunden vergessen, als er durch die Luft flog, in der Bierdose gefangen und ins Unbekannte hinausgeschleudert, während das Bier um sie herum wirbelte und sie überspülte und ihnen in den Mund und die Tracheen drang; auch nicht die Schwerelosigkeit, die nicht enden wollte, bis die Bierdose mit einem schrecklichen Ruck und Krachen mitten in einem Haufen anderer Dosen landete, nicht bloß den leeren Bierdosen, sondern auch leeren Dosen mit Speckbohnen, leeren Ananasdosen, leeren Raviolidosen, leeren Dosen 30-W-Motoröl. *Wenn ich kein Ingledew wär'*, sagte sich Jack, *ich wäre so sicher wie nur was verwestert.* Sie hatten einige Stunden gebraucht, um sich von dem Aufprall zu erholen, mit keiner Nahrung außer dem – immerhin recht stattlichen – Rest Bier in der Dose, und dann hatten sie ihren Weg nach draußen durch den Schlitz der Dose gefunden, die glücklicherweise auf der Seite gelandet war, und sich inmitten all der anderen Dosen wiedergefunden, die zu erkunden und aus denen einen Fluchtweg zu finden den Rest der Nacht in Anspruch genommen hatte.

Der Abfallhaufen des Herrn war ein famoser Ort, und Jack war entschlossen, eines Nachts einmal bei schönem Wetter mit seiner Familie zu einem Picknick dorthin zurückzukehren. Heute nacht jedoch war das Wetter scheußlich unschön, und die Blitze hatten Josie in Panik versetzt und Jack zwar nicht völlig nüchtern gemacht, aber seinen Kater teilweise kuriert. Das elektrische Schauspiel am Himmel erleuchtete alles so hell, daß Jack befürchtete, leichte Beute für jegliches Nachtgeschöpf zu sein, bis ihm zwei Dinge klar wurden: Die nachtaktiven Raubtiere waren von den Blitzen ebenso irritiert wie er selbst, und sie wurden alle naß und suchten irgendwo Unterschlupf. *Wenn ich soviel Vernunft hätte, wie der Mann dem Floh gab*, sagte sich Jack, *würde ich auch irgendwo Unterschlupf suchen*, aber er wußte, wenn der Regen weiter anhielt, würde der Boden von neuen Flüßchen, Bächen und Rinnsalen durchschnitten sein, und sie kämen nie nach Hause. Schon jetzt war es schwierig, sich auf dem höher gelegenen Gelände zu halten. Natürlich war Jack ein passabler Schwimmer und Josie ebenfalls, aber schwimmend kamen sie nur langsam und mühselig vorwärts.

Die Pfade, die der Mann von Carlott zu Seinem Abfallhaufen und umgekehrt getrampelt hatte, waren schmal und wenige an der Zahl, und so behinderte ein Wald aus Gras und Unkraut sie auf ihrer langen Reise. Die Entfernung konnte nicht mehr als hundert Meter betragen, aber es schienen Meilen zu sein, und es war bereits Morgen, als Jack und Josie um eine Ecke des Heiligen Hauses geschwankt kamen und mit einer Mischung aus Frohlocken und Müdigkeit ihr heimatliches Carlott erspähten.

Der letzte Kilometer einer jeden Reise ist der längste und beschwerlichste, und es schien, als würden sie niemals vor Tagesanbruch zu Hause ankommen. Die Katzen und Hunde hörten zu fallen auf, sobald sie die Schwelle ihres heimischen Klotzes überschritten hatten. Alle ihre Kinder hatten sich bereits von allein in ihre jeweiligen Schlafritzen begeben... alle bis auf einen, den kleinen Jubal, der im Wohnzimmer hockte, inmitten eines Haufens kleiner Bröckchen verschiedenster Eßwaren, von denen er sich einige gerade zu Gemüte führen wollte. Als die beiden erwachsenen Knackerlaken durchnäßt und müde in den Raum wankten, fiel Jubal der Unterkiefer herunter, und er sprang entsetzt auf, doch seine Schnüffelruten erkannten in den beiden seine Eltern.

*»Ma?!«* sagte Jubal. *»Pa?!«* Er stürzte zu ihnen, ließ seine Schnüffelruten über sie hinweggleiten und befühlte sie mit seinen Fühlern. »Seid ihr noch im *Osten*?!«

»Hallöchen, mein Schatz«, sagte Josie. »Wie geht's, wie steht's?«

»Aber, aber«, sagte Jubal, »aber, aber aber aber.«

»Wo's Tish?« fragte Jack.

»Aber, aber«, sagte Jubal, »aber *alle* haben gesagt, ihr wärt hin und verwestert!« Er zeigte auf den Haufen der zerbröckelten Eßwaren. »Die Leute haben schon angefangen, den Leichenschmaus zu bringen.«

»Du meine Güte«, sagte Josie und kostete einen Krümel Napfkuchen mit Schokoladenglasur, denn der Genuß von Schokolade, über die doch soviel gemunkelt und gemutmaßt wurde, war ihr noch nie vergönnt gewesen. Dann probierte sie ein Quentchen Nußstrudel, ein Fitzchen Haferkeks, einen Brösel Zwieback und einen Splitter Hustenbonbon. »Ich hätte mir ja nie träumen lassen, daß unsereiner so *beliebt* ist!« bemerkte sie. »Erinnerst du dich«, fragte sie Jubal, »wer was gebracht hat? Hat Sally Dinsmore irgendwas gebracht?«

Jubal ließ den Kopf hängen. »Ja, Mama, sie hat so ein weißliches Zeug gebracht, aber ich hab's aufgegessen.«

»Einen Marshmallow!« rief Josie aus. »Wie konntest du es wagen?« Sie holte mit der Schnüffelrute aus, wie um dem Jungen eine Backpfeife zu geben.

Jack hielt sie davon ab. »Wo steckt deine große Schwester Tish?« fragte er den Jungen.

»Sie hat's so gemacht, wie du gesagt hast, Mama. Sie ist rüber zum Parthenon, um bei den Ingledews die Verwandtschaft geltend zu machen.«

»Nein!« sagten Jack und Josie wie aus einem Munde, sahen erst einander und dann wieder Jubal an. »Hat sie das *wirklich*?« fragte Josie. »Ach, gesegnet sei ihr gutes Herz! Da sind wir nicht mal zwei Nächte im Westen, und schon ist sie los und macht es!«

»Wir sind nicht im Westen, Ma«, berichtigte Jack. An Jubal gewandt sagte er: »Wann hast du sie zuletzt gesehen? Woher weißt du, daß sie echt zum Parthenon gegangen ist? Was weißt du sonst noch alles?«

Jubal erzählte ihnen alles, was er wußte oder gehört hatte. Er hatte den Bungalow der Dingletoons nicht verlassen, weil er Tish hatte versprechen müssen, während ihrer Abwesenheit auf seine Brüder und Schwestern aufzupassen. Als sie vorgestern nacht die Reichweite seiner Schnüffelruten verlassen hatte, war sie auf dem Weg Richtung Hinglerocks gewesen, aber dort ging sie sowieso andauernd hin, und sie war nicht nach Hause gekommen, also nahm Jubal an, wenn sie nicht gefressen worden war, war sie wohl im Parthenon.

»Du meine Güte«, sagte Josie zu Jack. »Glaubst du, unsere Laetitia wohnt jetzt im Parthenon?«

»Wenn sie auf dem Weg nicht von irgendwas gefressen worden ist«, sagte Jack.

»Na, wenn sie hingegangen und in den Parthenon gezogen ist, wartet sie wahrscheinlich darauf, daß wir kommen und sie besuchen und die Nacht über bleiben oder sogar für immer!« sagte Josie.

»Sie denkt, ihr beide seid eh im Westen«, erklärte Jubal.

»Los, gehen wir sie überraschen!« drängte Josie Jack.

»Heute nicht mehr, Mama«, sagte Jack, streckte sich und gähnte. »Bei Tageslicht gehen wir überhaupt nirgendswohin. Ich werd' zusehen, daß ich ein bißchen Schlaf nachhole.« Er nahm etwas cremig Aussehendes von dem Haufen für den Leichenschmaus und sagte: »Jubal, du legst dich jetzt hin und läßt das Essen hier in Ruhe.«

Jack und Josie legten sich ebenfalls zur Ruhe und schliefen den ganzen Tag über tief und fest und wachten fast ganz nüchtern bei Einbruch der Dämmerung auf, erholt von ihrer langen Reise und ihren Strapazen, begrüßten ihren versammelten Nachwuchs, verzehrten mit ihnen einen Teil des Leichenschmauses und mahnten sie, gegenüber möglichen anderen Besuchern, die zum Leichenschmaus beitragen wollten, kein Wörtchen verlauten zu lassen, daß ihre Eltern nicht wirklich und wahrhaftig im Westen waren; dann verkündeten sie ihre Absicht, sich zum Parthenon davonzumachen, um nach Laetitia zu sehen und herauszufinden, ob sie vielleicht dafür gesorgt hatte, daß sie *alle* in den Parthenon einziehen konnten.

Zwischen großen Happen vom Leichenschmaus jubelten und umarmten die Kinder einander, dankten ihren Sternen und wünschten ihren Eltern alles erdenkliche Glück.

Jubal war immer noch dabei, sie zu beruhigen, als Jack und Josie auf ihrem Weg zum Parthenon im immer noch fallenden Regen verschwanden. Von Jubals Schnüffelruten war gerade der Geruch seiner Eltern verschwunden, als sie einen anderen Geruch aufnahmen: den seiner Schwester Tish, die aus einer anderen Richtung nach Hause kam.

## 22.

Sie hatte ihm nicht gestattet, sie den *ganzen* Nachhauseweg zu begleiten. Sie wollte nicht, daß ihre Brüder und Schwestern ihn sahen und sich falsche Vorstellungen von dem machten, was sie den ganzen Tag über dort draußen getrieben hatte.

Sie wurde von Gewissensbissen gequält, und zwar

aus verschiedenen Gründen. Ihr langes unberechtigtes Fortbleiben von zu Hause war noch das wenigste. Aber sie hatte nichts Unrechtes getan... nicht mit Archy jedenfalls. Es war komisch. Sie hatten den Rest der Nacht zusammen verbracht, sie hatten sogar den ganzen Tag über, fast Seite an Seite, zusammen geschlafen, aber er hatte ihr keine Murmel gegeben. Nicht, daß er es nicht versucht hätte, und nicht, daß sie ihn es nicht wenigstens hätte versuchen lassen; aber der Vorgang der Vereinigung war, wie sie bereits mit Junker Sam herausgefunden hatte, solch eine komplizierte Prozedur, die richtigen Bolzen mit den richtigen Klammern zu packen und dieses Ding neben jenes und dann das andere Ding in jenes runde Dingsbums zu bugsieren, daß Archy im Verlauf all des Manövrierens und Anspannens seine Murmel verloren hatte. Nun, sie war nicht völlig verlorengegangen, sondern noch auf dem Boden herumgerollt, und schließlich hatten die beiden ein Spiel erfunden und sie hin und her kullern und hüpfen lassen.

Archy hatte versucht, die ganze Sache als völlig in Ordnung hinzustellen, und erklärt, er wäre froh, daß es ihm nicht gelungen war, ihr die Jungfernschaft zu rauben, und er hoffte, sie würde Jungfrau bleiben, bis sie heirateten. Er hatte ihr nicht direkt einen Heiratsantrag gemacht; er hatte sie nicht gefragt »Wollen wir uns vereinigen« oder dergleichen. Er hatte bloß gesagt, sie solle Jungfrau bleiben, bis sie es ordentlich und mit dem Segen der Kirche miteinander tun könnten. Natürlich hatte sie ihm nicht gesagt, daß sie schon eine Murmel, Junker Sams Murmel, in sich trug; sie hatte Junker Sam nicht einmal erwähnt.

Als Ausgleich für die Stunden, die sie ansonsten, ordentlich verhakt, verschmolzen und vereinigt ineinander verbracht hätten, hatte Archy ihr praktisch seine ganze Lebensgeschichte erzählt, Vergangenheit, Gegenwart *und* Zukunft: seine Träume von Abenteuern, die er erleben wollte, seine Pläne, die Welt zu erkunden, seine Sehnsucht nach sagenhaften weit entlegenen Häusern, sogar außerhalb von Stay More. Er hatte an einem Stück geredet, ohne ein einziges Mal sich dafür zu interessieren, daß der Mann sich Selbst angeschossen hatte, oder Kummer über die Verwesterung seiner Mutter zu bekunden. Hatte er es vielleicht gar nicht mitbekommen? wunderte sich Tish, ohne ihn zu fragen, ob er Ila Frances Tichbornes gewaltsames Hinscheiden durch die zweite Kugel des Herrn gesehen, gehört oder gerochen habe. Vielleicht war er glücklich über ihre Entrückung, oder vielleicht war es ihm egal; es gab zahllose Knackerlaken, vor allem männliche, die keine emotionale Bindung zu ihrer Mutter hatten.

Junker Sams Mutter war gestorben, als er in seinem vierten Stadium war, aber Sam hatte Tish gegenüber nicht viel von ihr gesprochen; eins der wenigen Dinge, die Sam und Archy gemeinsam hatten, war eine gewisse Gehemmtheit, wenn es um ihre Mütter ging. Tish hatte sich gewünscht, sie würden offener über ihre Mütter sprechen, damit sie von ihrer eigenen Mutter hätte erzählen können, die vor so kurzer Zeit erst verwestert war. Sie brauchte wirklich jemanden, dem sie erzählen konnte, wie sehr sie ihre Mutter geliebt hatte und wie sehr sie sie bereits vermißte. Ihren Vater natürlich auch, aber Jack Dingletoon war kein sonderlich familiärer Mensch gewesen, eher ein sorgloser Trunkenbold, und Tish hatte sich ihm nie sehr nahe gefühlt, nicht so wie ihrer Mutter, auch wenn ihre Mutter ziemlich leichtfertig und manchmal sogar töricht und albern gewesen war.

Manchmal wäre Tish beinahe mit der Frage herausgeplatzt: »Macht dir das mit deiner Mami denn *gar* nichts aus?«, aber sie hatte den Mund gehalten und ihm das Reden überlassen. Er hatte viel von seinem Vater gesprochen, Bruder Chidiock Tichborne, der sein Vorbild an Männlichkeit und Tugend war, obwohl Archy sich den Versuchen seines Vaters gegenüber, ihn zum »Predigergeschäft« zu überreden, taub gestellt hatte. Zwei von Archys Brüdern bereiteten sich auf das Priesteramt vor, aber Archy hatte sich dagegen entschieden. Natürlich bestand immer die Möglichkeit, daß Archy, sollte er in ein fremdes Land kommen, wo die Leute einen Prediger brauchten, seine Meinung ändern würde. Tish wollte aber doch nicht die Frau eines Priesters werden, oder etwa doch? Nein, das wollte sie nicht.

Der enge Korridor, in dem sie während ihrer stundenlangen Unterhaltung gelegen hatten, war eine Weile lang gemütlich und kuschelig gewesen, schließlich aber stickig und feucht geworden. Es roch streng nach Mäusekot, Schneckenschleim und Fliegenspeichel, nach Termiten- und Ameisenfährten. Generationen von Geschöpfen hatten diesen Korridor als Durchgang benutzt, und die penetranten Gerüche überlagerten Tishs Pheromone und wurden durch die immer größer werdende Feuchtigkeit des Regens noch verstärkt; ja, die Welt außerhalb des Heiligen Hauses wurde überflutet, wie die Wetterstation in ihrer Schnüffelrute ihr mitteilte: ein Regen zum Fröscheertränken. Sie liebte Regen und haßte Frösche.

Sie wünschte, Archy würde sie mit hinaus auf die Veranda nehmen, dieses phantastische architektonische Wunder, das sie noch nie betreten hatte, so daß sie beide dem Regen zusehen könnten, aber sie schlug es nicht vor. Ob er sie wohl mit zu sich nach Hause nehmen würde, in den Frack irgendwo in einem fernen Raum im Heiligen Haus, um sie seinen Brüdern und Schwestern vorzustellen? Vielleicht hatte er Schwestern, die Trost brauchten wegen des Verlustes ihrer Mutter. Wenn Tish sie über ihren Verlust hinwegtröstete, würden diese sie vielleicht ebenfalls trösten. Bei diesem Gedanken hatte sie leise zu weinen angefangen, und schließlich hatte Archy seinen Redeschwall lange genug unterbrochen, um sie zu fragen, warum sie weinte; hatte die Erzählung aus seiner Kindheit und das Ausmalen seiner Träume für eine strahlende Zukunft sie zum Weinen gebracht? Sie konnte ihm nicht erklären, daß sie gerade das Gefühl hatte, niemand sei da, um sie wegen des Westens ihrer Mutter zu trösten. Niemand, der sie tröstete, weil sie leichtfertig ihre Jungfräulichkeit weggeworfen hatte, niemand, der ihr in dieser Zeit des Verlustes, der Anspannung und Verwirrung half, niemand außer Archy, der reden und nur immer weiter reden konnte über die große weite Welt dort draußen, die er erobern wollte.

Sie war eingeschlafen. Der Tag brach ohnehin an, oder, wenn schon nicht der Tag, weil die Gewitterwolken die Sonne nie durchlassen würden, dann zumindest die Schlafenszeit, die für Knackerlaken fast automatisch einsetzt; nicht jedoch für Archy, der noch eine Zeitlang weiterredete, bevor er merkte, daß sie schlief, und dann selbst einschlief.

Als sie am Abend erwachte, hatte sie ihm gesagt, daß sie unbedingt nach Carlott zurückmußte, in den Klotz zu ihrer Familie, um nach ihren Brüdern und Schwestern zu sehen. Er hatte darauf bestanden, mit ihr zu gehen, weil es noch immer in Strömen regnete. Sie stellten fest, daß jetzt drei Flüsse durch Carlott und Umgebung flossen, wo vorher kein einziger gewesen war, und zweifellos hätte es Tish niemals geschafft, ohne Archys Hilfe diese Flüsse zu durchqueren. Er half ihr hindurchzuschwimmen und baute an der schlimmsten Strömungsstelle ein Floß aus Unkrautstengeln, auf dem er sie beide hinüberschiffen konnte. Das Wasser reichte fast bis zum Podium, und die meisten alten Autoteile und Gerätschaften auf dem Boden waren überschwemmt. Das Wasser stand bis zu den Radkappen von des Herrn fahrtüchtigem Fahrzeug, Seinem Ford Torino. Einige der Behausungen von Carlott waren überflutet oder fortgespült, und die Flüchtlinge, Tishs Nachbarn, rannten verwirrt und angsterfüllt auf höher gelegenen Flecken über dem Dorf hin und her. In der Ferne konnte sie ihr Zuhause sehen: Der Klotz war nicht überschwemmt, aber die Wellen schlugen an seine Tür.

»Du gehst jetzt besser nach Hause, bevor dieser Regen noch schlimmer wird«, sagte sie zu Archy.

»Aber es wär mir ein Vergnügen, deine Mutter kennenzulernen«, protestierte Archy.

»Meine Mama ist im Westen, genau wie deine«, erklärte Tish.

»Meine?« sagte er. »Wie kommst du darauf, daß meine Mutter im Westen ist?«

»Das hast du nicht *gesehn*?« fragte Tish und merkte jetzt, zu spät, daß er in der Tat die Erschießung von Ila Frances Tichborne nicht mitbekommen und keine Ahnung gehabt hatte, daß seine Mutter im Westen war. Sollte sie es ihm sagen? Ja, es war wohl besser: »Letzte Nacht, hast du's denn nicht mitgekriegt, hat die zweite Kugel des Herrn deine Mama getroffen und sie entrückt.«

»Nein!« rief Archy aus. »Sag *so* was nicht! Wann hast du davon gehört?«

»Ich hab's nicht gehört«, sagte sie. »Ich meine, ich hab's nicht *nur* gehört. Ich hab's auch gesehen.«

»Bist du sicher, daß sie es war?« fragte er. »Woher weißt du das?«

»Alle Welt kennt die Frau des Predigers«, erklärte sie.

Archy schien es weiterhin nicht glauben zu können. Dann fing er an, es zu glauben, und dann wurde er wütend. »Warum hast du es mir nicht *gesagt?*« fragte er.

»Ich dachte, du wüßtest es schon«, erwiderte sie.

»Du meinst, die ganze Zeit über, wo ich so reizend zu dir gewesen bin, wo ich dich geliebt und so nett mit dir geredet habe und alles, diese ganze Zeit über hast du *gewußt*, daß ich mutterlos bin?«

Tish konnte nur nicken. Dann setzte sie leise hinzu: »Ich bin auch mutterlos.«

Archy stieß ein hohles Gelächter aus. »Ich wollte dich gerade bitten, morgen abend zum Frühstück zu uns zu kommen, damit du meine Mama kennenlernst«, erklärte er. »Jetzt hat das ja wohl nicht mehr viel Sinn, oder?« Als sie auf diese rhetorische Frage nicht antwortete, sagte er: »Naja, wir sehen uns, irgendwo, früher oder später«, und er schwenkte seine sechs Krabbler herum und verschwand.

»Archy!« rief sie ihm nach, aber er wandte sich nicht mehr um.

Traurig betrat sie ihr Zuhause, dessen Holz zwar mit Wasser vollgesogen war, in dem aber alle ihre Brüder und Schwestern nicht nur wohlbehalten, sondern außer sich vor Freude waren, auf und nieder hüpften, einander in den Armen lagen und vom »Parthenon« plapperten. Am höchsten sprang Jubal auf und nieder und rief aus: »Na, schau an, wer da ist!«

»Hallo, Jubal, wie liegen die Dinge?« sagte sie.

»Ich sag dir, wie die Dinge liegen!« rief er aus. »Papa

ist nicht im Westen! Mama auch nicht! Sie sind beide genauso im Osten wie du und ich!«

»*Was!?*« sagte Tish und fing an, mit ihren Schnüffelruten umherzusuchen. »Wo sind sie?«

»Sie sind rüber zum Parthenon gegangen, um nach dir zu sehen.«

»Nach mir? Ich bin doch *hier.*«

»Aber bist du nicht grad im PARTHENON gewesen? Hast du nicht bei den Ingledews unsere Verwandtschaft geltend gemacht?«

»Naja, so ähnlich«, gestand sie.

»Werden wir nicht alle in den Parthenon ziehen?« fragte er, und ihre versammelten Brüder und Schwestern nahmen die Frage auf und wiederholten sie ein ums andere Mal wie im Kanon: »Werden wir's nicht?«, »Allesamt?«, »Parthenon?« und »Einziehen?«

»Laßt mich doch erst mal hinsetzen und erklären«, protestierte Tish, hockte sich auf den feuchten durchweichten Boden nieder und seufzte. »Ich bin fix und fertig«, sagte sie und fragte dann: »Könntet ihr mir wohl ein bißchen Schwamm zum Essen auftreiben?«

»Pah, Schwamm!« sagte Jubal. »Guck mal, was wir alles zu essen haben!« Er scheuchte die Horde der Geschwister beiseite und deutete auf den angehäuften Leichenschmaus. Tish erkannte sogleich, was es war; es ist der Traum und Schrecken jeder jungen Knackerlake, die Mischung aus Kummer und Freude zu erleben, die ein solcher Leichenschmaus auslöst.

»Das hier heißt ›Erdnußkrockwand‹«, sagte sie wissend zu Jubal und nahm ein Stückchen davon.

Um nicht zurückzustehen, sagte er: »Das hier heißt Marshmallow«, und zeigte ihr ein Stückchen, das er gehortet hatte.

Der gesamte Dingletoon-Nachwuchs scharte sich um

den Leichenschmaus und speiste, während Tish zwischen den Happen versuchte, ihnen die Geschichte ihres Besuches im Parthenon zu erzählen, wobei sie ihr indiskretes Erlebnis mit Junker Sam natürlich ausließ. Als sie fertig war, schwatzten alle Kinder wild durcheinander: »Wann ziehen wir denn in den Parthenon?«, »Wann?« »Ziehen!« und »Parthenon?« und »Wann, wann, wann?« Tish versuchte zu erklären, daß der Parthenon, ausschließlich das Reich der Junker Ingledew war, und selbst wenn die Dingletoons Ingledews waren, konnten sie nicht alle auf einen Haufen in dieses wunderbare Haus einmarschieren.

Als sie mit der Geschichte vom Parthenon fertig war, drängten ihre Brüder und Schwestern: »Erzähl uns noch eine, Schwesterchen!« Also erzählte sie ihnen die Geschichte von den jüngsten Schießereien während der Gebetsversammlung im Heiligen Haus und dem Schuß, der den Herrn Selbst verwundet hatte. Diese letzte Neuigkeit konnten die anderen nicht glauben. Der Mann ist gegen Kugeln geschützt, sagten sie. Er kann keine Löcher kriegen. Durchaus nicht, beharrte Tish; sie hatte das Heilige Blut gesehen. Sie beschrieb es. Es war *rot* und dicker als Eiter.

Sie erzählte von der Couch, auf der der Herr lag, und sie schilderte in allen Einzelheiten die Korridore in den Wänden und den gräßlichen Geruch der Spuren und Hinterlassenschaften all der Geschöpfe, die in den Ritzen und Spalten herumkrabbelten. Sie schilderte das Heilige Haus als einen wundervollen und scheußlichen Ort zugleich, und die Kinder hörten ihr mit aufgesperrten Glossae und zuckenden Schwanzreifen zu.

Sie hätten den ganzen Leichenschmaus aufgegessen, wenn Tish nicht buchstäblich eine Grenze gezogen hätte, die keiner überschreiten durfte. Sie erklärte, daß diejenigen, für die der Leichenschmaus gedacht war, nämlich für ihre Mutter und ihren Vater, einen Anteil vom Essen abbekommen sollten und das, was übrigblieb, aufgehoben werden sollte, um es den Überlebenden derjenigen darzubringen, die in der Nacht zuvor im Heiligen Haus verwestert worden waren, einschließlich Nancy Whitter, Luke Whitter's verstoßenem Eheweib und jetzigen Witwe, und den Kindern von Ila Frances Tichborne, darunter Archy. Archy würde sie das letzte Bröckchen Erdnußkrockwand persönlich überreichen.

Fast bis zum Morgengrauen redete Tish und unterhielt ihre Geschwister; dann schickte sie sie alle ins Bett. Sie mußte nachdenken, mußte sich vergegenwärtigen, was mit ihr geschehen war, und sich vorbereiten auf das, was daraus entstehen mochte. Das Schicksal-Ding hatte Pläne für sie, aber sie mußte auch ihre eigenen machen. Das Schicksal-Ding kann Pläne für dich machen, aber du mußt sie ausführen … es sei denn, du versuchst, Pläne auszuführen, die das Schicksal-Ding nicht für dich gemacht hat: Dann wird das Schicksal-Ding dich stoppen.

Da war diese Murmel von Junker Sam, in ihrem Eierstock eingebettet und festgehalten. Wie war sie dorthin gelangt? Träumerisch erinnerte sich Tish an die langen Stunden der Vereinigung, das angenehme Hin und Her und Auf und Ab zwischen dem Widerstand gegen das Gepacktwerden und dem Nachgeben, während sich die dazugehörige notwendige Spannung langsam zum Höhepunkt aufbaute. Sie überdachte Form und Wesen all der Fesselungsapparate, Sams natürliche anatomische Ketten und Zwingen, Schnallen und Schellen, die Tishs natürliche anatomische Bolzen und Spangen, Haken und Klinken ergriffen und umklammert und sie fest und stramm gehalten hatten.

Warum war diese Fesselung nötig? Mußte der weibliche Partner gebändigt werden, oder *wollte* sie gebändigt werden? Zu keinem Zeitpunkt während der Prozedur hatte Tish den echten Wunsch gehabt, sich zu lösen und zu verschwinden. Warum also hatte der Mann ihren und Sams Körper mit all diesen Haltern und Verschlüssen erschaffen? Warum war es so angenehm, ergriffen, gepackt, umklammert, gehalten zu werden?

Festhalten ist alles. Alles: Halten ist der Wunsch, gehalten zu werden. Gehalten zu werden ist Halten. Ergreifen ist Entzücken. Liebe machen war wie Geschichten machen, dachte Geschichtenerzählerin Tish. Die Geschichte entzückt und ergreift zugleich. Der Geschichtenerzähler will ergriffen werden, wie der Liebende geliebt werden will. Die genitale Zwinge fesselt, wie die Geschichte fesselt. Die Geschichte erwartet einen Widerstand, und der Widerstehende zweifelt, um überzeugt zu werden. Das Zurückhalten, der Widerstand, das Nachgeben und die Verführung...

Tish spürte, wie ihr Osterei in ihr heranwuchs, aus dem Nichts entstanden, wie eine Geschichte aus dem Nichts entsteht, der Notwendigkeit unterworfen, durch die Berührung des anderen befruchtet zu werden: Sams Murmel gab die erste von vielen Kopien seiner selbst frei, die in ihr enthalten waren, viele Baby-Ingledews, die ein Familientreffen mit ihren lange verschollenen Dingletoon-Vettern feierten. Auch wenn sie nie im Parthenon würde wohnen können, wohnte der Parthenon jetzt in ihr.

Und begann sich auszudehnen.

Ihre Gedanken wurden von einer seltsamen Empfindung unterbrochen, einer schaukelnden Bewegung, einem wankenden Gefühl in ihren sechs empfindlichen Knieglenken, welches ihr mitteilte, daß das Substratum heftig angehoben wurde. *Fühlt sich so die Schwangerschaft an?* fragte sie sich. Brachte die Ausdehnung des Ostereis den Boden zum Kippen?

»Tish!« schrie Jubal und stürzte in ihren Raum und ihre Träume. »Unser Haus schwimmt weg!«

## 23.

»Gottheit über meinem Mann, bist du noch da?« flüsterte Chid und horchte, hörte aber nichts außer dem endlosen monotonen Trommeln des Regens auf den Dachschindeln. Dieses Geräusch war so laut, weil er so dicht darunter saß, ganz oben neben den Dachsparren, an dem Ort, den er als sein privates, geheimes und sicheres Refugium betrachtete. Wenn er von Tishs Vorliebe für Hinglerocks gewußt hätte, so hätte er Verständnis dafür gehabt, denn dieses von Grabwespen verlassene Nest diente ihm zu demselben Zweck: ein ruhiger und magischer Ort zum Meditieren, wo man versuchen konnte, die großen Geheimnisse des Lebens zu verstehen. Für Chid war es ein zentrales Geheimnis des Lebens, ob es eine Kraft gab, größer als der Mann oder nicht, irgendeinen Absoluten Lenker und Macher, noch unendlicher und omnipotenter als der Mann, irgendein Ewiges Wesen, das keinen Bourbon oder Kaffee trank, Zigaretten rauchte, umkippte, Pistolen abfeuerte, Liebesbriefe schrieb und urinierte. Diese Höchste Seele stellte sich Chid irgendwo weit über den Dingen vor, irgendwo, wohin der Mann nicht kommen konnte. Und so war das verlassene Grabwespennest unter dem Dach des Heiligen Hauses näher an dieser Ganzheit, der Chid, da er keinen besseren Namen wußte, den Namen gegeben hatte, den er vom Mann Selbst, als er auf seiner Couch lag, unter Schmerzen und Blut, gehört hatte: »Oh, *Gott*!«

Chid hatte zuerst nicht glauben wollen, daß der Mann sich selbst hatte anschießen können, daß er nicht nur sterblich, sondern auch verwundbar war und Blut fließen lassen konnte. Und sobald diese Möglichkeit sich in Chids Bewußtsein festgesetzt hatte und sogar die schreckliche Begebenheit der Atomisierung seiner Frau Ila Frances überlagerte, war er geflohen, treppauf, hoch auf den Boden, hinauf in diesen Hafen, diese einsame Zuflucht voll Ruhe und Beschaulichkeit.

Die Grabwespe (*Sceliphron coementarium*) ist eine Wespe, die nicht das Papiernest der Poliste oder der Hornisse baut, sondern es aus Lehm herstellt oder in Gegenden wie der von Stay More, wo es wenig Lehm in der Natur gibt, einfach aus Schmutz und Erdstaub, der zu Lehm befeuchtet und zu gelbbraunen Röhrchen zusammengeschichtet wird.

Dort hinein legt das Weibchen seine Eier, zusammen mit gefangenen und gelähmten Spinnen zur Ernährung der Larven. Grabwespen hatten das Heilige Haus von Spinnen befreit, und obwohl sie nichts dagegen hatten, eine Knackerlake zu verspeisen, so waren sie doch strikt tagaktiv und brachten nur gelegentlich eine Knackerlake um, die sie nach Morgengrauen beim Umherstreunen erwischten. Nachdem ein Nest einer Wespengeneration einmal als Brutstätte gedient hat, wird es nie wieder benutzt, und die Dachsparren des Heiligen Hauses waren mit verlassenen Nestern überkrustet. Chidiock Tichborne konnte problemlos in eins hineinkriechen und sich dort in Behaglichkeit und Sicherheit seinen Gedanken hingeben.

Um die Wahrheit zu sagen, sein Kummer wegen seiner Ehefrau Ila Frances war nicht so groß wie seine Trauer um die arme Josie Dingletoon, die, wenn auch nur kurz, die wahre Liebe seines Lebens gewesen war, zumindest was die geschlechtliche Harmonie betraf. Ila Frances war schließlich seine eigene Schwester gewesen, obwohl das niemand außer ihnen beiden wußte.

Ob es dem Mann wirklich etwas ausmachte, daß Chid Inzest begangen hatte? Manchmal bezweifelte Chid das. Sogar Joshua Chrust hatte sich, soweit Chid sich erinnern konnte, nie gegen Inzest ausgesprochen. Warum wetterte Chid dann dagegen? Weil die Knackerlakenbevölkerung von Stay More zu nichts Besserem als Termiten degenerieren würde, wenn sie sich ständig inzestuös vermehrte.

Nein, dem Mann war es egal, aber es gab eine Gottheit, die größer war als der Mann, irgendeine Kosmische Unwandelbare Macht, Die die ganze Welt weit besser geplant hatte, als der Mann es vermocht hätte, und Die entschieden hatte, daß Inzest schlecht war. Diese Macht war weder durch Pistolenkugeln noch durch Die Bombe zu erschüttern. Diese Macht wollte, daß die Knackerlaken aus dem Heiligen Haus in den Parthenon zogen, wenn es nötig werden sollte, nachdem der kümmerliche Mann verwestert war, oder auch, wenn Er nicht verwesterte und sich statt dessen bei der Frau einquartierte, oder auch, wenn die Frau in das Heilige Haus zog, anstatt Ihn in den Parthenon ziehen zu lassen… oder was auch immer, jedenfalls wollte Die Macht Chid und seine Gefolgsleute eindeutig im Parthenon sehen.

Doch Bruder Tichborne sollte für alle Eventualitäten gerüstet sein; er mußte seine Möglichkeiten kennen und vorbereitet sein für die Zeit, da er seiner Gemeinde würde raten müssen, mit der Verehrung des Mannes aufzuhören und statt dessen mit der Verehrung der Frau zu beginnen.

Was ihn selbst anging – was sollte ihn davon abhalten, Die Macht zu verehren, sie Gott zu nennen und ihr allein den Ehrentitel »Herr« vorzubehalten? Er brauchte niemandem anders von Gott zu erzählen. In der Tat wäre es besser, wenn er sich Gott als seine eigene private, persönliche Gottheit bewahrte, so wie Tish Dingletoon aus dem Schicksal-Ding eine persönliche Gottheit gemacht hatte. Das Bild, das sich Chid von Gott gemacht hatte, war dem des Mannes überhaupt nicht ähnlich, sondern eher das eines amorphen Gliederfüßlers mit sechs gewaltigen Krabblern, einem unermeßlich großen Kopf, Thorax und Abdomen und allwissenden Schnüffelruten.

Wäre es Heuchelei, wenn Chid sich nach außen hin zum Mann bekannte und heimlich Gott anbetete? Die ganze Nacht hindurch bis in den nächsten Tag hinein lag Chid in der behaglichen Enge des Wespennestes und grübelte über diese Angelegenheit nach. In der folgenden Nacht verließ er seine Klause. Er mußte die Überlebenden trösten, weitere Trauerfälle bekanntgeben und diejenigen, die durch Kugeln verwestert waren, heiligsprechen. Außerdem mußte er etwas zu essen finden.

Dies letztere Unterfangen machte ihm die größten Schwierigkeiten. Als er die Kochstatt aufsuchte, fand er sie ratzekahl geplündert. Mehrere Burschen krochen umher und versuchten, irgend etwas Eßbares aufzutreiben.

»Krümchen, Jungs«, begrüßte Chid sie. »Schmale Ausbeute heut abend, was?«

»Krümchen auch Euch, Hochwürden«, sagte Tolbert Duckworth. »Ausbeute gleich Null. Nirgends ein Bröckchen oder Krümelchen zu finden. Wenn Regen Sirup wär, könnten wir uns alle vollschlagen, aber 's ist nicht mal genug da, daß eine Fliege ihren Rüssel reintunken könnte.«

»Hat der Herr überhaupt nicht gespeist?« fragte Chid.

»Der Herr hat sich kein Stück erhoben«, antwortete Tolbert. »Er liegt bloß da und ist ohnmächtig.«

»Ich seh besser mal nach«, erklärte Chid und eilte hinüber in den Mußeraum, wo die Leselampe, die immer noch brannte, ihren fahlen Schein auf den Schauplatz des gestrigen Gemetzels warf. Der Boden war jetzt leer bis auf die drei neuen Einschußlöcher. Chid spähte in eins von ihnen hinab, steckte seine Schnüffelrute hinein, und er konnte einen ganz schwachen Hauch der pulverisierten Überbleibsel von Ila Frances ausmachen. Er machte das Zeichen der Stecknadel über dem Loch und hob dann gerade noch rechtzeitig die Schnüffelrute, um eine Knackerlake die andere Seite des Polstersitzes hinaufklettern zu sehen. Die Knackerlake hatte eine Spur von Essen zwischen den Tastern! Chid identifizierte sie als Doc Swain, der sich langsam auf drei Krabblern den Stoff des Sitzes hinaufarbeitete. Chid wollte zuerst rufen: »Hey, Doc, wo haben Sie das Futter her?«, aber er hielt seine Zunge im Zaum und beschloß, ihm statt dessen heimlich zu folgen und festzustellen, wohin der Doc das Essen brachte.

Chid kletterte eine Armlehne des Sitzes hinauf und blickte hinunter auf das Polster, wo Doc das Essen, einen aufgeweichten Bissen aus altbackenem weißem Brot, einer verletzt darniederliegenden Knackerlake aufdrängte, die Chid als Junker Sam Ingledew identifizierte. Junker Sam konnte sich kaum bewegen, schaffte es aber, den Kopf zu heben, an dem aufgeweichten Krümel zu nagen und zu schlucken.

Chid wurde klar, daß der verletzte Junker Sam der Missetäter gewesen sein mußte, der den Leib des Herrn erklommen und den Herrn veranlaßt hatte, sich in Seinen Krabbler zu schießen. Natürlich! Junker Sam mußte es absichtlich getan haben, nicht so aus Versehen: Sein Vater war in der Schußlinie gewesen, vielleicht als avisiertes Ziel des Herrn. *Hmmm*, sagte sich Chid, *das hätte ich mir denken können; niemand außer einem Ingledew wäre verrückt und stark genug, so einen Trick zu versuchen. Hmmm*, summte Chid und versuchte, aus dieser Entfernung das Ausmaß von Junker Sams Verletzungen einzuschätzen. *Sieht so aus, als wäre er ziemlich mitgenommen. Hmmm. Sieht nicht so aus, als könnte er aufstehen und zurück zum Parthenon gehen und seinem Vater helfen, wenn jemand reinstürmt und den Laden übernimmt. Hmmm. Ich könnte die Diakone und Ältesten der Kirche zusammentrommeln, und wir könnten einfach in den Parthenon einmarschieren und den alten Junker Hank verjagen. HHHMMM.*:

Chid summte so laut, daß er die Aufmerksamkeit von Doc Swain auf sich zog, der sich nun umwandte und ihn noch kurz erblickte, bevor Chid außer Sichtweite springen konnte. Nun, für Chid war das kein Krabblerbruch; Doc konnte nichts machen; Doc war in nicht viel besserem Zustand als sein Patient.

Chid hielt nicht einmal inne, um den Herrn genauer anzusehen oder Ihm mehr als einen Blick zuzuwerfen, gerade lange genug, um zu sehen, daß Er, mit abgespreizten Armen und offenem Mund, der Länge nach bewußtlos auf Seiner Couch lag, die Finger Seiner Hand um den Hals einer leeren Bourbonflasche geklammert, die auf den Boden gefallen war. Zum erstenmal in seinem Leben empfand Chid so etwas wie Verachtung für den Herrn, diesen trunkenen Idioten.

»Nun, Bruder Duckworth«, sagte Chid, als er wieder in der Kochstatt war, »ich glaube, du hast recht. Der Herr liegt ohnmächtig da, und es ist kaum zu sagen, ob Er am Ende nicht völlig dahinwestert.«

»Ach nee!« rief Tolbert Duckworth aus. »Keine Chance, daß Er so was täte. Der *Herr* völlig dahinwestern?!? Pah, die ganze Welt würde verwestern, bevor der Herr es täte! Nee, nee, Hochwürden, Er schläft sich nur mal wieder aus, wie üblich.«

Die anderen Burschen in der Kochstatt, hauptsächlich gute Chrustenlaken, nickten beifällig, wenn auch nicht ganz überzeugt und etwas zögerlich, als warteten sie ab, ob der Prediger sie nicht zu einer anderen Ansicht überreden würde.

»Brüder«, sagte Chid feierlich, »unser Herr ist allgewaltig, Er ist mächtig, Er ist unser Fels und unser Schild, der Herr ist unsere Festung und unsere Kraft, ja, der Mann steht treu und fest, und erzittern auch die Berge und brüllen auch die Wasser ...« Die Worte des Priesters wurden von einem neuerlichen Regenguß, der draußen niederprasselte, unterstrichen. »Unser Mann ist unsere Zuflucht und unsere Arche. Er ist es, der uns erlöst und uns ernährt und erhält, gelobt sei Sein Heiliger Name!«

»Lobet IHN!« brüllten die Brüder, und »Amen!« und »Der Herr sei gelobt!« und »Gesegnet sei der Name des Herrn!«

»Aber«, unterbrach Chid ihre Hosiannas, »obwohl Er

jetzt und immerdar für uns sorgt, könnte es nicht sein, daß Er nun, wo Er sich Seinen rechten Krabbler fast abgeschossen hat, einfach nicht aufstehen und sich was zu essen holen kann, ganz zu schweigen davon, uns zu ernähren?« Chid ließ sein Fragezeichen in der Luft schweben und flattern, um Unsicherheit auf die Gesichter zu zaubern. Mit einem Schlag machte Chid den unsterblichen Mann zu einem Sterblichen, und es gab kein Zurück. »Der Mann ist ein schlimmerer Trunkenbold als irgendeiner von uns!« stellte Chid wahrheitsgemäß fest. »Ha, allein während der letzten vierundzwanzig Stunden, seit Er sich in Seinen Krabbler geschossen hat, hat Er bereits genug Whisky getrunken, um jede einzelne Knackerlake in Stay More in den Westen zu schicken! Wer weiß, *wann* Er aufwachen wird! Wer kann sagen, *daß* Er aufwachen wird! Könnte sein, daß Er *nie* mehr aufwacht! Was sollen wir dann tun? Häh? Wo kommen wir dann hin? Häh? Ich frage euch, Brüder, was soll aus uns werden ohne diesen *Mann*?!?«

Die Knackerlaken blickten schweigend erst ihn und dann einander an, mit Gesichtern, in denen sich Unruhe und Furcht und vielleicht nicht wenig Verwunderung und Bestürzung über Chids Abtrünnigkeit spiegelte. Einer der Jüngeren, Jim Bob Murrison, wandte schüchtern ein: »Aber wir werden alle auf Seiner rechten Hand leben, wenn wir verwestern ...«

»Was wird uns Seine rechte Hand nützen, wenn sie verwestert ist?« fragte Chid. Niemand antwortete auf diese rhetorische Frage, und er fuhr fort: »Leute, ich sage euch, wir machen uns besser darauf gefaßt, in den Parthenon zu ziehen!«

Ein Raunen ging durch die Menge: *»Parthenon!«*

»Jede Menge Platz da, und Essen haufenweise!« rief einer von ihnen.

»Genau!« sagte Chid. »Worauf warten wir also noch?«

»Wir warten darauf, daß der Regen aufhört, Hochwürden«, sagte Tolbert Duckworth. »Keine Chance, daß wir es bei diesem Regen bis zum Parthenon schaffen.«

Chid seufzte. »Allerdings, Tol. Aber ich wäre euch dankbar, wenn ihr die anderen Ältesten und Diakone zusammenrufen würdet, damit wir möglichst bald, heute nacht noch, eine außerordentliche Versammlung abhalten können.«

Die Versammlung der nahrungssuchenden Knackerlaken löste sich auf, und alle kehrten in ihr Zuhause in den anderen Zimmern des Heiligen Hauses zurück in den Frack oder in den Sack. Als sie mit leeren Fühlern, ohne jeden Krumen zurückkehrten, waren ihre Eheweiber und Kinder tief enttäuscht. Die Burschen erzählten ihren Frauen von Bruder Tichbornes schockierender Abkehr vom Glauben, aber als die Frauen von seinem Plan, in den Parthenon zu ziehen, hörten, begriffen sie, daß es nicht so sehr Abtrünnigkeit war, sondern eine neue Auslegung des Evangeliums, die notwendig geworden war angesichts einer großen bevorstehenden Hungersnot. Chid hoffte unterdessen, ihnen allen bald eine zündende Predigt halten zu können, in der er die Fehler und Unzulänglichkeiten des Herrn aufzeigen und erklären könnte, warum es nun notwendig war, statt Seiner die Frau zu verehren. Ja: Chid freute sich darauf, eine wirklich flammende Rede über das Thema auszuarbeiten, die sie allesamt umhauen würde.

## 24.

»Doc, Sie wissen, ich kann nicht hören, beantworten Sie mir also einfach ein paar Ja-oder-Nein-Fragen, okay? Nicken Sie oder schütteln Sie einfach mit dem Kopf. Erste Frage: Werde ich im Osten bleiben?« Ein Nicken, verspätet und zögernd. »Wie lange muß ich hier liegenbleiben? Nein, das ist keine Ja-oder-Nein-Frage. Muß ich wohl die ganze Nacht hierbleiben?« Ein Nicken. »Auch die ganze nächste Nacht?« Ein weiteres Nicken. »Und die ganze Nacht danach ebenfalls?« Ein Achselzucken, ein Schütteln des Kopfes, ein Nicken, ein weiteres Achselzucken. »Schön, habe ich irgendwelche bleibenden Verletzungen oder Beeinträchtigungen?« Ein Nicken. »Was? Wo?« Eine Berührung der Schwanzreifen mit den Schnüffelruten. »Oh. Meine Reifen. Die waren ja schon beschädigt. Sonst nichts?« Ein Kopfschütteln. »Doc, hab ich den Mann dazu gebracht, daß Er danebengeschossen hat? Hat Er meinen Vater getroffen?« Ein Kopfschütteln. »Hat Er Tish getroffen?« Ein Kopfschütteln. »Warum sitzt Er nicht mehr auf diesem Polstersitz? Warum bleibe ich hier, wo Er kommen und sich auf mich setzen und zerquetschen könnte? Dies ist keine Ja-oder-Nein-Frage, was?« Ein Kopfschütteln. »Hat Er das Heilige Haus verlassen?« Ein Kopfschütteln. »Ist Er draußen in der Kochstatt?« Ein Kopfschütteln. »Ist Er in Seinem Sinnierzimmer?« Ein Kopfschütteln.

»SAM ... «, brüllte Doc in seinen Schwanzreifen und stellte dann pantomimisch dar, was er von Sam wollte: mit den vorderen Krabblern wackeln. Okay. Mit den mittleren Krabblern wackeln. Okay. Mit den hinteren

Krabblern? Okay. Er konnte mit allen sechs Krabblern wackeln. »JETZT KOMM MAL MIT HIER RÜBER, GANZ SACHTE UND LANGSAM«, wies Doc ihn an und führte Sam sehr vorsichtig zum Rand des Polsters, eine Entfernung von mehreren Zentimetern, die ihn Mühe und Schmerzen kosteten. Dann deutete Doc mit seiner Schnüffelrute. Von diesem Punkt aus konnte Sam quer durchs Zimmer blicken und des Mannes Couch sehen, auf der der Mann der Länge nach lag, mit abgespreizten Armen und offenem Mund.

»Ist Er bloß sturzbetrunken?« fragte Sam. Doc schüttelte den Kopf. »Er ist doch nicht im *Westen*, oder?« fragte Sam. Doc schüttelte den Kopf, hielt dann seine Schnüffelruten dicht aneinander, um »ein bißchen« oder »nahe dran« oder »beinah« zu signalisieren. Doc zeigte auf seinen eigenen Krabbler, dann auf den Mann. Sam schaute hin. Der Krabbler, der von Seinem Schuh befreit war, war in Stoffstreifen eingewickelt, die mit Blut vollgesogen waren. Sam begriff. »Die letzte Kugel ...«, sagte er. »Die letzte Kugel hat nicht meinen Vater oder Tish, sondern Ihn in Seinen eigenen Krabbler getroffen?« Doc nickte, er nickte und nickte. Und lächelte ein bißchen. Sam konnte nicht anders, als selbst ein bißchen zu grinsen. »Ich verstehe«, sagte Sam.

Wie ein Blitz trat ihm die Szene der vorigen Nacht wieder vor Augen, sein impulsiver Entschluß zur Tat, die Ungewißheit, der qualvolle Augenblick: der schnelle hektische Aufstieg am Rücken des Mannes quer über Seinen Kragen, hinauf durch Sein Haar bis zum Scheitel Seines Kopfes, dann in Sein Stirnhaar gekrallt abwartend bis zum genau richtigen Moment, als er sich genau im richtigen Winkel fallen ließ, um die Wimpern und dann das Augenlid zu packen, in der Hoffnung, daß das rechte Auge das *richtige*, das Schützenauge war, nicht das linke, wie es manchmal bei beidäugigen Schützen der Fall ist, und dann der gräßliche betäubende Schmerz vom Handrücken des Mannes, der auf Sam niederschmetterte, ihn wegschlug durch die Luft bis in den Polstersitz, wo er seitdem gelegen hatte. Der Mann war sein Gegner gewesen und war es noch, und Sam sollte eigentlich kein Mitleid mit Ihm haben, aber trotzdem, da war sie: eine Woge von Mitgefühl.

»Ist es nicht gefährlich für Ihn, im Alkoholkoma zu liegen, wenn Er so schlimm verletzt ist?« fragte Sam Doc, und Doc nickte sehr energisch. »Können Sie *gar* nichts für Ihn tun?« Doc schüttelte traurig den Kopf. »Könnten Sie nicht losgehen und anderen erzählen, wie die Lage ist, und vielleicht Hilfe holen, damit wir versuchen, Ihn aufzuwecken?« Doc nickte langsam mit dem Kopf. »Wo ist mein Vater?« fragte Sam. »Finden Sie meinen Vater und bringen Sie ihn dazu, daß er auch hilft.« Doc nickte, dann legte er seine Schnüffelruten fest auf Sams Schnüffelruten, bedeutete ihm, jetzt zu ruhen und still zu sein, und machte sich auf.

Erst als Doc schon fort war, fiel Sam eine endlose Reihe weiterer Dinge ein, nach denen er hatte fragen wollen. Wußte sonst noch jemand, daß Sam hier oben zur Genesung lag? Wo war Tish? Was war nach dem Vorfall aus ihr geworden? Sie war mit Archy Tichborne zusammengewesen; war sie mit ihm geflohen? Was war aus Tichbornes Vater Chid geworden, der das Unheil heraufbeschworen hatte? Vielleicht war »heraufbeschworen« das falsche Wort; und doch hatte Sam, der des Predigers pathetische Kampfrede nur hatte sehen und nicht hören können, den Eindruck gehabt, daß Chid es auf die Schießerei *angelegt* hatte.

Sam fing an, sich selbst leid zu tun, nicht so sehr, weil

er zu schwach und unfähig war, um herauszufinden, was in der Welt vor sich ging, sondern weil er taub war und es ihm nicht anstand, irgend etwas herausfinden oder gar beeinflussen zu wollen. Er sollte Beobachter bleiben und nicht zum Akteur werden. Aber hätte er nicht gehandelt, wäre vielleicht sein Vater oder Tish in diesem Augenblick im Westen. Woher hatte er gewußt, daß die dritte Kugel auf einen von ihnen beiden gerichtet war? Woher hatte er den rechten Augenblick gewußt, in dem er den Mann beim Visieren stören mußte? Vielleicht, so sagte er sich, gab es wirklich ein Schicksal-Ding, und er hatte als Mittler des Schicksal-Dings gehandelt.

Wenn es so war, dann war es nicht sein Vater, sondern Tish, die vom Schicksal-Ding beschützt wurde. Das Schicksal-Ding hatte große Pläne mit ihr. Zumindest war sie dazu ausersehen, die Mutter der nächsten Generation von Ingledews zu werden, einer Generation von Ingledews vielleicht, die Stay More in der Zeit nach Der Bombe führen und den Weg in ein neues Goldenes Zeitalter ebnen würde. Vielleicht hatte seine Aufgabe, sein ganzer Daseinszweck einfach darin bestanden, diese Murmel in sie einzubetten. Vielleicht waren all die zahllosen Mahlzeiten, die er gefunden und gegessen hatte, eine bloße Zehrung gewesen, um ihn für diese Aufgabe der Fortpflanzung am Leben zu erhalten.

Jetzt, so wurde ihm bewußt, bestand der Sinn seines Lebens darin, Tish vor den Kugeln des Mannes und allen anderen Gefahren, die auf sie lauern mochten, zu beschützen. Er war der Leutnant und Adjutant des Schicksal-Dings. Aber wo war Tish? Warum hatte sie ihn und seine Uhr ohne jedes weitere Wort (oder Zeichen) an ihn verlassen? Vielleicht war ihre geschlechtliche Verbindung, so wundervoll sie auch gewesen war, zu rasch, zu plötzlich gekommen. Die Stunden, in denen sie sich in Zeichensprache »unterhalten« hatten, hatten sie so vertraut miteinander gemacht, aber trotzdem, war es nicht verkehrt, gleich beim ersten Treffen zu bumsen?

Während der endlosen Stunden, da Sam unbeweglich, genesend und hilflos daliegen mußte, kehrten seine Gedanken wieder und wieder zu all diesen Dingen zurück. In seinem Geist spielten sich von neuem die Stunden jenes einen Liebesaktes ab, als ihre Körper Ende an Ende vereinigt waren und sich das abwechselnd langsame und schnelle Aneinanderreiben an allen Berührungspunkten, in den verschiedensten Tempi, mit wechselnder Stimmführung und Synkope, langsam zu einer schier unerträglichen Spannung aufbaute... Bei diesen Gedanken wurde Sam eine wichtige Tatsache über Larry und Sharon klar. Larry hatte Sharon an irgendeinem fernen Ort gekannt, hatte eine oder mehrere geschlechtliche Vereinigungen mit Ihr erlebt, und als Sie nach Stay More, an den Ort Ihrer Jugend, zurückkehrte, war Er Ihr gefolgt, weil Er Sie liebte und noch einmal den Liebesakt mit Ihr erleben wollte, oder, wenn Ihm dies verwehrt blieb, einfach auf Sie aufpassen, Sie beschützen mußte. Larry, so wurde Sam klar, war der Leutnant und Adjutant von Sharons Schicksal-Ding.

Aber nun, da Er verletzt war, müßte Sie ihm helfen. *Von wem rede ich da?* fragte sich Sam. Er redete von ihnen allen vieren: Larry und Sam und Sharon und Tish, allen miteinander. Er wußte, daß Sharon Larry helfen mußte. Und er wußte, daß er mit Sicherheit ein bißchen Hilfe von Tish gebrauchen konnte, und sei es nur, daß sie ihm half zu verstehen, was in der Welt passierte, als seine Ersatzschwanzreifen sozusagen, ihm in Zeichensprache »übersetzte«, was andere sagten. Aber wo war Tish? Und wo war Sharon, die sich sonderbarerweise nicht in Ihrem Zimmer aufgehalten hatte, als er zum letztenmal dort gewesen war?

Sam hielt seine Schnüffelruten auf das Zimmer ausgerichtet, in dem er sich befand. Das Kommen und Gehen der Knackerlaken unter ihm wurde dumpf von seinem Geruchssinn wahrgenommen. Er verlor das Gefühl für Zeit. Er schlief, sogar nachts, was er noch nie zuvor getan hatte. Und er schlief natürlich den ganzen Tag über. Er hatte einen Traum – ob einen Tag- oder Nachttraum, wußte er nicht – von Tish, die Kapitän eines Schiffes war. Als er aufwachte, versuchte er ihn zu deuten: Sie hatte auf dem Achterdeck einer Brigantine oder dergleichen dem Bootsmann Befehle erteilt. Das Schiff wurde von den Wellen hin und her geworfen und war in Gefahr, gegen Felsen geschmettert zu werden. Vielleicht hieß das Schiff Schicksal-Ding, obwohl Sam den Namen am Bug in seinem Traum nicht deutlich lesen konnte. Das Schiff wimmelte von Matrosen, die sich bemühten, die Befehle des Bootsmanns auszuführen, die dieser von Kapitän Tish weitergab. War der Bootsmann Archy Tichborne? Nein, er war jünger. Sam schlief wieder ein und versuchte, dem Traum zu folgen, aber er trieb flußabwärts vor ihm davon.

Er erwachte wieder und sah eine Szene, die noch mehr in einen Traum zu gehören schien; wieder ein Gewimmel von Matrosen, aber sie flitzten nicht über das Deck eines Schiffes, sondern über einen Körper – den des Mannes. Der Kapitän war nicht Tish, sondern Junker Hank, und der Bootsmann war Doc Swain. Die Matrosen, so erkannte Sam, waren allesamt Nichtchrusten, so daß die Pietätlosigkeit ihres Gebarens sie nicht an ihrem Tun hinderte: Sie versuchten, den Mann aufzuwecken. Die krochen Ihm übers Gesicht, drängelten sich durch das Dickickt Seines Bartes, kitzelten Ihn an den Augenlidern, trampelten in Seinem aufgerissenen Mund aus und ein, krochen Ihm in die Nasenlöcher und zu den Ohren hinein und heraus. Sicherlich konnte Ihn solch unerträgliches Kitzeln nicht ungerührt lassen. Junker Hank brüllte Befehle und trieb sie an, obwohl seine Stimme nicht bis an Sams verwesterte Schwanzreifen reichte. Aber die Wirkung auf den Mann war gleich Null, bis auf ein ganz leises unwillkürliches Zucken der Gesichtsmuskeln. Der Mann war also noch nicht völlig im Westen. Um alle zu verstärkten Anstrengungen anzustacheln, stürzte sich Junker Hank selbst mitten in das wilde Treiben, erklomm Larrys Lippe und verschwand in Seinem Mund.

Sam entdeckte, daß er selbst jetzt aufgestanden war, obwohl er sich schwach auf seinen Krabblern fühlte. Er stand da und feuerte seinen Vater nach Leibeskräften an.

Urplötzlich klappten des Mannes Kiefer zu.

# Viertes Stadium: Die Folgen

## 25.

Doc war ratlos. Die Haut des Patienten war feucht, klebrig und kalt, und in dem bißchen Licht, das von der Leselampe darauf fiel, hatte sie eine ausgesprochen morbide gräuliche Färbung. Der Puls des Patienten war schwach, aber sehr schnell, so schnell, daß die Pausen zwischen den Schlägen kaum auszumachen waren: mehr ein Summen als ein Pulsschlag. Die Atmung des Patienten ließ sich kaum wahrnehmen. Es lagen alle Symptome eines Schocks vor, aber, so gestand Doc sich unumwunden ein, er hatte keine Erfahrung mit Schocks bei menschlichen Wesen, und der Schock hat bei Knackerlaken ganz andere Folgen. Gut möglich, daß dieses hier die Anzeichen eines durch Trunkenheit verschlimmerten Schocks waren, oder umgekehrt. Wie auch immer der genaue Zustand und seine Diagnose aussehen mochten, der Patient hatte jetzt, zusätzlich zu seinen anderen Traumata und pathologischen Symptomen, eine *Periplaneta* in der Mundhöhle eingeschlossen, irgendwo zwischen den Gaumenpapillen, oder der Raphe palati, und dem Sulcus terminalis linguae. Nach Docs Einschätzung bestand die akute Gefahr darin, daß der Patient unwillkürlich schlucken könnte, mit unvorteilhaften Folgen, sowohl für den Patienten als auch für die *Periplaneta*, die in der Speise- oder, schlimmer, der Luftröhre landen könnte... oder, noch schlimmer, jedenfalls für die *Periplaneta*, im Magen. Selbst wenn die *Periplaneta* in der vorderen Mundhöhle blieb, wurde die Prognose verkompliziert durch die Möglichkeit, daß *Bacillus tetani* in die Schußwunde des Patienten gedrungen war und binnen achtundvierzig Stunden tetanospasmische Toxine freisetzen könnte, die zu einer Verkrampfung der Kiefermuskulatur, der sogenannten Kieferklemme, führen könnten. Doc suchte nach Anzeichen des *risus sardonicus*, dem sardonischen Lachen, das manchmal in den frühen Stadien der Krankheit zu beobachten ist, aber die besondere Verzerrung des Mundes des Patienten konnte auch das Resultat eines natürlichen sardonischen Lachens sein und nicht der Beginn einer Kieferklemme.

Als Doc sich die Konstellation des Lächelns aus der Nähe ansah, kam ihm der Gedanke, »HEY, HANK, SIND SIE DA DRIN?« zu brüllen, aber Zähne und Lippen des Patienten waren so fest zusammengepreßt, daß kein Laut durchdringen konnte. Ebensowenig konnte Doc mit seinen Schnüffelruten den Geruch des Junkers ausmachen, denn der wurde von den Gerüchen nach Whisky, ungeputzten Zähnen, Nikotin und einem allgemeinen Fluidum aus Westlichkeit überlagert.

Sollte man die Anstrengungen, den Patienten aufzuwecken, fortsetzen? Bislang war alles fehlgeschlagen, einschließlich des Versuchs des Junkers selbst, das Innere des Mundes des Patienten zu reizen. »Jungs, wir können genausogut eine Pause machen«, rief Doc seinen Helfern zu, die immer noch auf dem Gesicht des Mannes herumkrabbelten. Wenn der Patient zu plötzlich aufwachte, würde er womöglich nach Luft schnappen und dabei einen Sog erzeugen, der Junker Hank mit sich in die Tiefe reißen würde. Besser, die Sache im Auge zu behalten und nachzudenken, sagte sich Doc.

Stunden vergingen. Doc fragte sich, was sein Freund, der Junker, wohl machte. Wenn ich an seiner Stelle wäre, sagte sich Doc, würde ich hampeln und strampeln und Saltos schlagen und womöglich Flickflacks machen. Aber so wie er Junker Hank kannte, bewahrte der wahrscheinlich die Ruhe, verhielt sich so still wie möglich, um nur ja den Mann nicht zum Schlucken zu veranlassen. Das – oder er befand sich bereits im Magen des Mannes und wurde langsam von den Säften dort zersetzt. Selbst wenn er nicht verschluckt worden war, mochte Junker Hanks Leib von Speichelsekretion überflutet worden sein und wurde womöglich sogar von dem Enzym Ptyalin zerlegt.

Eine Möglichkeit kam Doc schließlich in den Sinn: Vielleicht fehlten dem Mann ein oder zwei Zähne. Dann müßte man herausfinden, wo der Zahn fehlte, und könnte die Lippen an dieser Stelle mit den vereinten Kräften aller Helfer vielleicht weit genug auseinanderdrücken, daß Junker Hank sich hindurchzwängen konnte. Der Körperbau der Knackerlaken ist schließlich dafür geschaffen, sich so flach zu machen, daß sie sich durch schmalste Öffnungen hindurchzwängen können. Aber fehlte dem Mann ein Zahn?

Doc schickte seine Helfer aus; sie sollten die Nachricht überall im Heiligen Haus und in Carlott verbreiten und fragen, ob jemand das Gesicht des Herrn von nahe genug gesehen hatte, um sagen zu können, ob Ihm ein Zahn fehlte oder nicht. Mehrere Knackerlaken berichteten, ja, sie hätten erst neulich das Gesicht des Herrn gesehen, als Er im Gras von Carlott lag, doch seien Seine Zähne nicht sichtbar gewesen. Man fand einen Burschen, der behauptete, er sei eines Morgens noch wach gewesen, als sich der Herr in Seinem Badezimmer die Zähne putzte, aber er habe die Zähne nicht sehen können, weil sie alle von weißem Zahnpastaschaum bedeckt gewesen seien.

Jemand meldete, im Sinnierzimmer gebe es ein Bild des Herrn an der Wand, auf dem Er lächle und Seine Zähne zeige. Doc ging selbst nachschauen, nachdem er seine Helfer instruiert hatte, den Adamsapfel des Mannes gut im Auge zu behalten für den Fall, daß der Mann Anstalten machte, zu schlucken. Doc war nie zuvor im Sinnierzimmer gewesen, und er war beeindruckt. Die Wände waren voller Bücher, mehrere Aktenschränke reichten fast bis zur Decke, und von dem großen Eichenschreibtisch des Mannes starrte aus seinen fünfzig Augen das schwarze Geschöpf, das »Schreibmaschine« genannt wurde. Tatsächlich waren an einer Wand mehrere Bilder hinter Glas, Ikonen, Konterfeis des Mannes allein und des Mannes mit anderen Männern und Frauen, des Mannes inmitten von Reihen anderer Männer, des Mannes mit einem Kind im Arm, des Mannes bei einem Vortrag, den Er in einer Art Arena hielt. Nur auf diesem Bild stand der Mund des Mannes offen, Seine Zähne jedoch waren nicht zu sehen. Aber ein Porträt gab es, das einzige Bild, auf dem der Mann allein zu sehen war, auf dem der Mann lächelte und Seine Zähne sichtbar waren, Seine Vorderzähne jedenfalls. Es war nicht genau das sardonische Grinsen, das der Mann natürlicherweise hatte; es hatte mehr von einem gezwungenen, künstlichen, verbindlichen Lächeln an sich; die Ränder der ersten Mahlzähne waren sichtbar, alle Backenzähne, Eckzähne und Schneidezähne waren ganz zu sehen, und keiner fehlte. Doc seufzte.

Danach konnte Doc, da er nun schon einmal die Wand hinaufgeklettert war, um die Bilder näher zu betrachten, der Versuchung nicht widerstehen, weiter die Wand entlang zu den Bücherregalen zu klettern und die Bibliothek des Mannes zu begutachten, die, soweit Doc es bei seinen geringen Literaturkenntnissen beurteilen konnte, fast ausschließlich der Lyrik gewidmet war: vollständige Sammlungen der vollständigen Werke vollständiger Dichter, unvollständige Sammlungen der unvollständigen Werke unvollständiger Dichter; Dichter aller Jahrhunderte, bedeutende und unbedeutende Dichter, Biographien von Dichtern und kritische Studien und Interpretationen über und von Dichtern. Sogar die wenigen Prosaautoren waren solche, die lyrisch schrieben. Auf einer Art Ehrenplatz in der Nähe vom Schreibtisch des Mannes befanden sich zwei- oder dreifach die Ausgaben von vier Titeln: *Einladung zum Verriß: Leben und Werk des Christopher Smart* von Lawrence Brace; *Doch wer ich bin, wen schert's: Leben und Werk des John Clare* von Lawrence Brace; *Herz ohne Geschichte: Eine Art Leben und Werk des Richard Jefferies* von Lawrence Brace; und *Wessen Lied ist das Leben?: Das falsche Leben und richtige Werk des John Gould Fletcher* von Lawrence Brace. Vom letzten Titel waren sechs Exemplare vorhanden, und Doc schloß daraus, daß mehr wohl nicht gedruckt worden waren.

Auf dem Schreibtisch selbst herrschte ein heilloses Durcheinander, um die Schreibmaschine herum, das schwarze Geschöpf mit fünfzig Augen, die, wie Doc bei näherer Untersuchung feststellte, gar keine Augen waren, sondern eher kleine Beulen, auf denen die Buchstaben des Alphabets, Ziffern und komische Dingsdas standen. Ein seltsam stetes Schnurren kam von der Maschine. Doc bemerkte, daß eine der länglichen Beulen an ihren Enden zwei jeweils widersprüchliche Botschaften trug: »On« an dem niedergedrückten oberen Ende und an dem erhöhten unteren Ende »Off«. Neben der Schreibmaschine lagen haufenweise weiße Karteikarten, kleine Papierzettel, einige unbeschrieben, andere mit einer unleserlichen Handschrift vollgekritzelt, und ein Stapel Bücher: *The American Heritage Dictionary of the English Language*, *Roget's International Thesaurus* und Clement Woods *Complete Rhyming Dictionary*.

In die Walze der Schreibmaschine war ein Blatt Papier eingespannt, in dessen oberer Ecke »Stay More, Arkansas« geschrieben war; darunter stand »Lawrence Brace« und in der Mitte der Seite »Mythos, Meinung und Erzählung in den Gedichten von Daniel Lyam Montross« und dann der Anfang eines Satzes: »Wie ist es zu verstehen, daß –«. Der Rest des Satzes fehlte... oder zumindest konnte Doc, der den Halt auf dem Papier verlor und von der Walze hinunter in die Innereien der Schreibmaschine rutschte, sich später nicht entsinnen, mehr als das gelesen zu haben. Er kletterte aus der Maschine heraus und kehrte in den Mußeraum zurück, wo Lawrence Brace sich auf der Couch nicht bewegt und nicht geregt hatte und eindeutig den Ansatz eines sardonischen Lachens zur Schau trug, das zwei obere Backenzähne sehen ließ. Bedauerlicherweise fehlte keiner der Zähne, aber zwischen ihnen war ein winziger Spalt, und Doc konnte sich dicht an diesen Spalt drängen und rufen: »AHOI, JUNKER HANK, SIND SIE IRGENDWO DA DRIN?« Schnell hielt Doc seinen Schwanzreifen an den Spalt und hörte seine Worte in dem Gewölbe der Mundhöhle schauerlich widerhallen.

Dann war eine Stimme zu hören, gedämpft, wäßrig, irritiert, aber ruhig: »Ist draußen bei euch schon Tag? Kann ich schon schlafen gehen?«

»Nee, Junker, 's ist noch Nacht, aber es geht auf die Dämmerung zu«, rief der Doc im Plauderton zurück. »Geht's Ihnen gut?«

»Nu, es ist reichlich feucht und alles«, räumte Junker Hank ein. »Zu naß zum Pflügen, würde ich sagen.«

Doc lachte. »Haben Sie die Weiße Maus gesehen?« rief er.

»Es gibt hier was richtig Pelziges«, erwiderte Junker Hank, »aber ich glaube, das ist Seine Zunge.«

Doc lachte wieder, fragte aber nicht ohne Sorge: »Wie sieht Ihre Außenhaut aus? Irgendein Jucken oder Reizungen? Irgendwas, was sich so anfühlt, als könnte es ins Rutschen geraten?«

»Schwer zu sagen, Doc«, antwortete Junker Hank. »'s ist so verflucht feucht und diesig, ich kann kaum sagen, was meins ist und was Seins.«

»Bleiben Sie ganz ruhig«, rief Doc, »wir finden einen Weg, Sie da rauszuholen.« Dann fragte er: »Könnten Sie vielleicht mal rumfühlen, ob irgendwelche Zähne fehlen?«

Es folgte ein langes Schweigen, schließlich erwiderte Junker Hank: »Nun, meine Schneidezähne sind ein bißchen wacklig, aber sie sind alle da.«

»Nicht *Ihre* Zähne, Junker«, sagte Doc. »*Seine* Zähne. Sehen Sie nach, ob vielleicht einer fehlt, ein so großer, daß Sie durchkriechen können.«

Wieder ein langes Schweigen, dann antwortete Junker Hank: »Ja, einer fehlt hier, aber der ist ganz weit hinten.«

»Dritter unterer Mahlzahn«, sagte Doc zu sich selbst, »der Weisheitszahn.« Er rief seine Helfer herbei. »Okay,

Jungs, wir werden folgendes versuchen.« Er erklärte ihnen den Plan, dann erklärte er ihn Junker Hank. Ein Dutzend der stärksten Burschen sollten sich gleichzeitig gegen den Winkel der Unterlippe stemmen und sie so weit hinunterdrücken, daß die Zahnlücke freigelegt wurde und der Junker sich hindurchzwängen konnte. Die Aktion mußte gut klappen, weil sie so viel Kraft gerade für den Bruchteil einer Sekunde aufbringen konnten. Doc wählte aufgrund seines Wissens über ihren Gesundheitszustand die zwölf kräftigsten Burschen aus, brachte sie in Position und sagte: »Also, wenn ich das Zeichen gebe, schiebt so fest, wie ihr könnt!«

Doc gab das Zeichen, und alle schoben mit viel Ächzen und Gestöhn, und es gelang ihnen, die Unterlippe ein winziges Stückchen hinunterzubewegen, aber nicht einmal so weit, daß der Rand einer Zahnlücke sichtbar wurde.

»Hey!« war die Stimme von Junker Hank aus dem Inneren zu vernehmen. »Auf welcher Seite von dem Mund seid ihr zugange?«

»Auf der linken«; brüllte Doc Swain zurück.

»Welcher linken?« erwiderte Junker Hank. »Eurer linken oder Seiner linken?«

Doc brauchte mehr als einen Moment, um das klarzukriegen, schüttelte erst seinen linken und dann seinen rechten Fühler, und dann war ihm klar, daß er, natürlich wissenschaftlich korrekt, des Patienten linke Seite, also Larry Braces linke Seite meinte, die, da Doc sich ihm gegenüber befand, Docs rechte Seite war. Und das mußte, angenommen Junger Hank blickte ebenfalls in diese Richtung, Junker Hanks linke Seite sein.

»Nun, der Zahn, der fehlt, ist drüben auf der rechten Seite«, teilte Junker Hank ihm mit. »*Seiner* rechten Seite.«

Doc schickte die Stay Morons von der linken auf die rechte Seite, dann gab er noch einmal das Zeichen und rief: »SCHIEBEN«, und von neuem strengten sie sich unter Ächzen und Geschrei an, und sie schafften es, den rechten unteren Mundwinkel beinahe einen Millimeter hinunterzudrücken, gerade genug, um den fernen Ausblick auf eine Zahnlücke freizulegen, hinter der hervor Junker Hank sie mit erwartungsvoller Miene anblickte.

Aber es war nicht genug. Das Arbeitsteam brach keuchend und seufzend zusammen, und der Mundwinkel sprang in das ursprünglich sardonische Grinsen zurück. Doc sah ein, daß er kräftigere Knackerlaken brauchte. Wer war die kräftigste Knackerlake von Stay More? Ja, Junker Hank natürlich, aber er befand sich auf der falschen Seite. Wer war die zweitstärkste Knackerlake von Stay More? Das war zweifellos Junker Hanks einziger Sohn, Junker Sam, aber der...

Doc wurde sich mit einem heftigen Gewissensbiß bewußt, daß er so sehr mit *diesem* Patienten, Larry Brace, und mit dem Versuch, Junker Hank zu befreien, beschäftigt gewesen war, daß er darüber aufs schnödeste seinen eigentlichen Patienten, Junker Sam, vernachlässigt hatte. Er entschuldigte sich erneut bei der Gesellschaft, erinnerte sie daran, sorgfältig auf den Adamsapfel des Mannes zu achten, und machte sich auf den Weg hinunter von Larry Brace, hinüber zu dem Polstersitz und diesen hinauf bis zum Polster, wo Junker Sam wie zuvor nahe am Rand lag und das geschäftige Treiben auf der Couch gegenüber beobachtete.

»Wie geht's?« fragte Doc, erhielt aber keine Antwort, da Sam ihn nicht hören konnte. Er untersuchte Sam. Atmung normal. Puls normal. Er prüfte Sams Reflexe. Reflexe normal. Augen in Ordnung. Schwanzreifen taub. Schnüffelruten gerade aufgerichtet und aufmerksam. Er piekste Sam in Thorax und Abdomen, um eventuelle innere Verletzungen festzustellen, aber Sam zuckte nicht zusammen und verzog keine Miene. Er beugte sich dicht zu einem Schwanzreifen vor und fragte: »WIE FÜHLST DU DICH?«

»Hungrig«, gestand Sam.

Das war gut, aber Doc Swain hatte nichts mehr in petto, was er ihm geben konnte, und jeder im Heiligen Haus knurrte vor Hunger. Vielleicht konnte Doc ein paar Leute dazu überreden, ihren Leichenschmaus herzugeben für die ehrenwerte Aufgabe, den Rekonvaleszenten Sam zu ernähren. Doc überlegte, wie er dem tauben Jungen die schwierige Aktion, die von ihm erwartet wurde, erklären sollte. »GLAUBST DU, DU KANNST GEHEN?« fragte Doc laut in einen Schwanzreifen hinein.

Sam nickte und sagte: »Ich hab euch zugesehen. Sie wollen, daß ich rübergehe und helfe, stimmt's? Ich hab bloß auf die ärztliche Erlaubnis gewartet.«

»DIE IST HIERMIT ERTEILT«, sagte Doc. »KANNST DU AUFSTEHEN?«

Junker Sam stand auf. Seine sechs Krabbler waren wacklig und schwankten ein bißchen. Langsam ging Sam in Kreisen auf dem Polster herum, weitete dann auf sichereren Krabblern den Kreis aus. Er sollte sich wirklich nicht so anstrengen, meinte Doc, doch es ging für seinen Vater um Leben und Tod. Er machte Sam ein Zeichen und führte ihn die Seite des Sitzes hinunter.

Junker Sam vom Polstersitz auf den Boden hinunterzubekommen war ein zeitraubendes Unterfangen. Sie hätten fliegen können, aber die Landung wäre ein harter Aufprall geworden. Sam krallte sich krampfhaft im Stoff des Sitzes fest und ließ sich mit dem Schwanz zuerst hinunter, eine ungewöhnliche und plumpe Art des Abstiegs. Sie überquerten den Boden bis zur Couch und wollten gerade ein Bein von Larry Brace besteigen, als sie von einer Meute Chrustenlaken aufgehalten wurden, die sich ihnen in den Weg stellten, mit Prediger Chid an vorderster Front.

»Krümchen, Chid«, sagte Doc und musterte ihn argwöhnisch.

Chid erwiderte den Gruß nicht, sondern verkündete feierlich: »Der Herr ist im Westen.«

»Nein, noch nicht«, erwiderte Doc, fragte sich aber zugleich, ob Larry Braces Körperfunktionen während seiner Abwesenheit vielleicht ausgesetzt hatten. Er wollte weiter, um sich den Patienten näher anzusehen, aber Chid versperrte ihm den Weg.

»Ja, wahrlich, ich sage euch«, entgegnete Chid mit erhobener Stimme, und wandte sich nicht nur an Doc, sondern an die gesamte Menge von Chrusten und Nichtchrusten, »unser Herr ist dahingewestert und hat uns verlassen. Ich werde Ihm keine Grabpredigt halten, aber die Ältesten und Diakone meiner Kirche haben beschlossen, und ich stimme ihnen zu, daß wir aus dem Heiligen Haus ausziehen und unser Heil anderswo suchen müssen.« Vielstimmiger Beifall erhob sich von der Menge, und verschiedene Leute riefen: »Aber sicher!« und »Klare Sache!« und »Jawoll, Sir!« und »Hundert Pro!« und »Raus mit der Sprache, Prediger!« und »Amen« und »Lasset uns essen!« Chid brachte sie mit einem Wink seiner Schnüffelruten zum Schweigen und fuhr, den Blick fest auf Doc Swain gerichtet, fort: »Es gibt nur einen einzigen Ort, an dem wir unser Heil finden können, und das ist der *Parthenon*«.

»Ach ja?« sagte Doc Swain. »Und was geht mich das

an? Ich habe ein paar Patienten zu versorgen, darunter einen, dessen ganzer Körper vom Mund eines Mannes umfangen ist.«

»Nun, der ist auch im Westen, unserer Meinung nach«, sagte Chid. »Sie werden ihn da nicht rauskriegen.« Er zeigte auf Junker Sam. »Und ebensowenig wird uns der da allein davon abhalten, den Parthenon zu übernehmen.«

»Chid, Ihr könnt von Glück sagen, daß er Euch nicht hören kann«, sagte Doc. »Er würde Euch sonst jedes Wort einzeln in den Mund zurückstopfen. Und jetzt gebt den Weg frei, damit ich da rauf und mich um meine beiden anderen Patienten kümmern kann.«

»Er ist taub, was?« Chid blickte Sam neugierig an, und dann sagte er zu ihm. »Habt Ihr Euch Eure Schwanzreifen kaputtgemacht zur Strafe für das, was Ihr dem Herrn angetan habt?«

Junker Sam konnte diese Frage natürlich nicht hören, aber Doc antwortete für ihn: »Daran liegt es nicht. Und er mag zwar taub sein, aber er ist immer noch kräftig genug, um euch aus dem Parthenon rauszuhalten.«

»*Uns* aus dem *Parthenon* rauszuhalten?« sagte Chid und lachte höhnisch. »Zum Kuckuck, Doc, Sie haben's nicht begriffen. Andersrum wird ein Schuh draus. *Wir* werden *ihn* aus dem Parthenon raushalten, wenn er erst wieder hinkommt. Bis er da ist, haben wir den ganzen Laden bereits besetzt. Hab ich recht, Leute?« Chids hungrige Gefolgsleute riefen im Chor: »Jau, Bruder!« und »Mein ich aber auch!« und »Kannste drauf wetten!« und »Mein Wort drauf!« und »Laßt uns essen!« Chid machte dramatisch sechs oder zwölf Schritte in Richtung eines der Löcher, die aus dem Heiligen Haus hinausführten, und brüllte: »Worauf warten wir noch? Gehen wir!«

»Wartet, Prediger!« rief Tolbert Duckworth. »Das halbe Land zwischen hier und dem Parthenon steht unter Wasser!«

»Und es kommt noch mehr runter«, sagte jemand.

»Bindfäden, Katzen und Hunde geradezu«, setzte ein dritter hinzu.

»WIR KÖNNEN SCHWIMMEN, ODER ETWA NICHT?« schrie Chidiock Tichborne.

Als hätte der Herr Selbst in Seiner Ohnmacht ein letztes Wort gesprochen, ein Wort des Protestes dagegen, daß Sein Volk ihn verließ, so zuckte plötzlich ganz in der Nähe ein Blitz auf, dem augenblicklich das gewaltigste Donnern folgte, das man jemals gehört hatte. Es haute die versammelte Menge buchstäblich um. Das Licht der Leselampe, die einzige Beleuchtung in dem großen Mußeraum, erlosch. Die Stromversorgung im ganzen Haus brach zusammen. Uhren blieben stehen. Der Sagenhafte Kühlschrank verwesterte. Die Schreibmaschine ging aus.

Zusätzlich zu den drei Patienten, die er bereits hatte, mußte Doc mehrere Damen und ein oder zwei Burschen versorgen, die ohnmächtig geworden waren. Der Rest, diejenigen, die wieder auf die Krabbler kamen, liefen auseinander, entweder in ihr Lieblingsversteck oder an einen Ort, wo sie zu ihrem Herrn beten konnten, der, wie Doc zugleich erfreut und besorgt bemerkte, Anstalten machte, als wolle Er aus Seiner Ohnmacht erwachen, als hätte der Donnerschlag Ihn aufgeweckt. Sie hatten keine Sekunde zu verlieren: Doc packte Sam am Krabbler, und die beiden huschten den Körper von Lawrence Brace hinauf in Sein Gesicht, das bereits bedrohlich zuckte in Vorbereitung eines riesigen Schluckens. Sie bahnten sich hektisch einen Weg durch das Dickicht Seiner Barthaare.

Nachdem er sich von dem Schock des Donners erholt hatte, erklärte Chid tapfer: »Nun, ich kann auch alleine zum Parthenon schwimmen, wenn's sein muß. Kommt jemand mit?«

Nur ein halbes Dutzend chrustlicher Diakone erklärte sich bereit, ihren Geistlichen auf seiner kühnen Exkursion zu begleiten, und sie zogen durch ein Loch davon.

Doc stellte Sam mit Mienen- und Gebärdenspiel die Wucht dar, mit der er sich gegen Larrys Mundwinkel stemmen sollte, und Sam ging mit all seiner Kraft, die trotz seiner Schwäche als gerade Genesender immer noch beträchtlich war, zu Werke. Als nur noch Bruchteile einer Millisekunde Zeit blieben, warf Sam seinen Körper gegen den rechten Winkel von Larrys Lippen und drückte das Fleisch gerade weit genug auseinander, daß die Zahnlücke freigelegt wurde und ein Spalt entstand, durch den sich Junker Hank augenblicklich mit einem Ausruf der Erleichterung hindurchzwängte.

Der Mann schluckte.

Junker Hank tat etwas, was er noch nie getan hatte und vielleicht nie wieder tun würde: Er umarmte seinen Sohn.

## 26.

»Wenn du deinen Mund nicht zumachst, Mama«, sagte Jack warnend, »wird dir noch 'ne Mücke reinfliegen.« Seit sie den Parthenon betreten hatten, hatte Josie sogar im Schlaf den Mund aufgesperrt wie eine Nymphe, die einen Schwalbenschwanzschmetterling anstaunt. Es gab keine Schmetterlinge im Parthenon, aber die Dinge, die Josie fortwährend anglotzte, waren nicht weniger phantastisch, wenn auch reglos: Möbel aus Messing! Tische aus Teak! Gerätschaften aus Mahagoni! Und Regale, Simse, Bänke und Blöcke, Griffe zum Ziehen, Drücken und Hebeln, Knöpfe und Knäufe, Vorhänge und Teppiche, Falten, Spalten und Klamotten! Die Wände waren mit Bildern bedeckt! Muster, Maserungen, Malereien überall! Weder Jack noch Josie hatten sich in ihren Träumen von den Häusern der Menschen derartiges vorgestellt. Auch Jack, der Verstand genug hatte, nicht die ganze Zeit den Mund aufzusperren, wie sein Eheweib es tat, fragte sich immer noch, ob sie nicht vielleicht verwestert und jetzt im Himmel waren. Aber wenn das hier der Himmel war, dann saßen sie jedenfalls nicht auf der rechten Hand des Mannes... oder der Frau, die hier eindeutig das Sagen hatte und nicht den Eindruck machte, als hätte Sie die Absicht, sich herabzubeugen und Jack oder Josie oder sonst jemanden auf Ihre rechte Hand zu nehmen.

Ihr Instinkt riet Jack und Josie dazu, Ihr aus den Augen zu bleiben, und sie hielten sich daran. Sie warteten, bis Sie schlief, bevor sie das Haus erkundeten. Dann schienen sie es ganz für sich allein zu haben. Nichts war von ihrer Tochter Tish zu sehen oder zu riechen. Noch merkwürdiger aber: Auch von den Junkern Ingledew war nichts zu sehen oder zu riechen, und dabei waren sie doch, wie alle Welt wußte, die Herren des Hauses. Geraume Zeit hatte Jack befürchtet, ohne Josie von seinen Zweifeln zu erzählen, daß sie im falschen Haus sein könnten, daß dies hier nicht der Parthenon war, sondern daß es ein *drittes* bewohntes Haus in Stay More gab... aber es gab gewisse Hinweise, daß dies der richtige Ort war. In der Kochstatt zum Beispiel (einem phantastischen Wunderland, neben dem sich die Kochstatt des Heiligen Hauses bescheiden, nein, absolut schäbig ausnahm) entdeckten sie ein verborgenes Zimmer, das offensichtlich das persönliche Gemach von Junker Hank war, jedoch ohne Junker Hank darin.

Vielleicht, so dachte Jack, nachdem er stundenlang in der Küche auf Tish und die Junker gewartet hatte, vielleicht hatten die Junker Tish auf eine Besichtigungstour durch den Rest des fabelhaften Schlosses mitgenommen. Er beschloß, anderswo im Parthenon nach ihnen zu suchen, aber zuerst müßten er und Josie sich von dem langen Marsch – und dem anstrengenden Schwimmen – ausruhen, einer gefährlicheren Reise als ihr Abenteuer vor kurzem, vom Abfallhaufen des Herrn nach Hause. Jack mußte feststellen, daß er nicht gerade in Topform war – hatte Doc nicht etwas von Fettkörperchen gesagt, die seine Prüdischen Schläuche abquetschen würden? Zudem war er in den letzten drei Nächten mehr gereist als in seinem ganzen bisherigen Leben davor zusammengenommen.

Während ihrer ersten Nacht im Parthenon hatten Jack und Josie in der Kochstatt ein üppiges Mahl mit den verschiedensten Speisen abgehalten, die sie unter einem der Herde fanden (es gab derer zwei: einen alten

Holzofen und einen modernen Elektroherd), und sich für den Rest der Nacht darauf beschränkt, die Kochstatt zu erforschen. Da Junker Hank sie, abgesehen von gelegentlichem Furagieren durch den Juniorjunker, für sich allein zu haben schien und die beiden Junker unmöglich auch nur einen Bruchteil der Brocken und Brösel, die die ordnungsliebende Frau übersah, verzehren konnten, gab es noch ungehobene Schätze an Eßwaren hier und dort, in Ritzen und Spalten und unter diesem oder jenem Gegenstand. Nicht nur auf dem Boden unter den Herden, sondern auch auf den Arbeitsflächen führten ihre Schnüffelruten sie immer wieder zu neuen eßbaren Kleinigkeiten.

»Mach den Mund zu und iß«, wies Jack seine Frau an, aber sie war zu überwältigt, um zu sprechen, geschweige denn zu essen, und Jack konnte sich nicht erinnern, daß es Josie je zuvor die Sprache verschlagen hatte.

Spät in der zweiten Nacht passierte etwas, was Josie dazu veranlaßte, ihren Mund endlich zuzumachen und zu sprechen. In dieser Nacht, nachdem die Frau in Ihr großes famoses Messingbett gestiegen war und Ihr Schlafgeruch durchs Zimmer wehte, begannen Jack und Josie dieses Zimmer und einen kleinen Raum nebenan zu erkunden. Beim Anblick von Dingen wie einem großen ovalen, aus Streifen farbiger Wolle geflochtenen Bettvorleger, sperrte Josie ihren Mund noch weiter auf, und sie brachte eine Stunde damit zu, wie ein Rennpferd auf einer ovalen Rennbahn die Furchen zwischen den Streifen abzulaufen.

Der Nachbarraum, das Badezimmer der Frau, beherbergte eine fabelhafte Frisierkommode, die Jack und Josie hinaufkletterten, um Dinge zu entdecken wie die Haarbürste und den Kamm der Frau oder Flaschen, die exotische Düfte verströmten. Von einer Ecke der Frisierkommode aus konnten sie ein weißes Porzellanbecken voll Wasser mit einem ovalen Holzrahmen sehen, das sie in Staunen versetzte und zu mancherlei Spekulationen Anlaß gab. Es sah aus wie ein privater Swimming-pool, aber einer, der viel zu klein für die Frau war. Hatte Sie vielleicht einen Fisch als Haustier? Oder war es vielleicht ein Vogelbad – aber im Parthenon gab es keine Vögel. Aus Angst vor dem Wasser schloß Josie den Mund.

Sie setzten ihre Besichtigungstour fort, aber als die Uhr affektiert »TUTTIFRUTTI« meldete, fiel Josie von neuem der Unterkiefer herunter. Seit sie im Parthenon waren, hatten sie immer wieder das Schlagen der Uhr gehört, aber nicht deutlich genug, um »NOUGAT« von »ECLAIR« unterscheiden zu können. Jetzt aber wandte sich Josie empört an Jack: »Hast du gehört, wie mich dieses Ding da genannt hat?«

»Ach nein, Mama, sie hat nicht dich persönlich gemeint«, beruhigte sie Jack. »Wahrscheinlich sagt sie das zu jedem.«

Aber es half alles nichts, sie mußten das Kaminsims hochklettern und persönlich die Uhr erkunden, die sie kein bißchen weniger hinreißend fanden als ihre Tochter einige Nächte zuvor und in der sie sogar noch einen Hauch von Tishs Geruch vorfanden. Jack war clever genug, um zu dem Schluß zu kommen, daß das Innere der Uhr mit ihrer Bibliothek von Eßwaren und der kleinen Garderobe mit Sams abgelegten Häuten Sams Wohnung und, zumindest über Tag, auch von seiner Tochter bewohnt worden war. Aber wo war sie? Und wo war Sam?

Sie verließen Sams Wohnung und erkundeten den Rest des Parthenon. Neben dem Zimmer der Frau befand sich der große leere Raum, der früher einmal das Lebensmittelgeschäft und Postamt der Menschen von Stay More gewesen, jetzt aber unbenutzt, staubig, muffig und voller Spinnweben war. Nur einige wenige Möbelstücke zeugten von seiner früheren Verwendung: die antiken Brieffächer aus Holz und Glas und der Postschalter, leere Regale, ein paar Schaukästen aus Glas, Rollschränke und an den Wänden eine Anzahl alter Werbeplakate für Garrett's Schnupftabak, Brown Mule Kautabak, Carter's Kleine Leberpillen, Putnam-Färbemittel und Arzneien der Marke Lydia Pinkham. Dieser Raum, in dem die Zeit stillzustehen schien, war Sharon ebenso fremd wie Jack und Josie Dingletoon. Hier gab es kaum etwas zu essen. Die früheren Generationen von Ingledew-Knackerlaken und anderen abfallverwertenden Geschöpfen hatten nichts übersehen. Tatsächlich gab es nichts, was auf die Anwesenheit anderer Lebewesen in diesem Raum hinwies: Sogar die Spinnen hatten sich bereits vor langer Zeit davongemacht.

Während ihrer dritten Nacht im Parthenon gelangten Jack und Josie zu der Überzeugung, daß sie das Haus für sich allein hatten, abgesehen von der Frau und ihrem geregelten Tagesablauf. Jeden Abend, wenn Jack und Josie erwachten, war Sie mit Ihrem Abendessen und dem Abwasch fertig, und, während sie beide frühstückten, saß Sie bis zum Dunkelwerden in Ihrem Schaukelstuhl auf der Veranda und sah den Glühwürmchen zu, brachte dann die Zeit bis zum Schlafengehen damit zu, mit einem Buch in Ihrem Polstersitz zu ruhen und Musik zu hören, die ganz anders war als die Purpursinfonie, Musik, die von vielen Instrumenten und Stimmen stammte und aus zwei großen Kästen kam, die in Ihrer Lauschecke auf dem Boden standen.

In der dritten Nacht ließ Jack Josie allein in der Kochstatt zurück und machte sich auf ins Zimmer der Frau, während die Frau noch wach war und der Musik lauschte. Er schlich sich die Wand entlang, wo Sie ihn nicht sehen konnte, und kroch dann unter Ihren Polstersitz, wo es ihm herauszufinden gelang, weshalb es *zwei* Kästen gab, aus denen Musik kam. Wenn er seinen Körper so plazierte, daß jeder seiner Schwanzreifen aus jedem der beiden Kästen gleich viele Geräusche empfing, umspielte ihn die Musik. Das war seine Entdeckung: Sie schien nicht einfach aus den Kästen, sondern aus den vier Wänden und der Decke des Raumes zu kommen, und seine Schwanzreifen waren wie verzaubert. Lange Zeit lauschte er der Musik, die die Frau, wann immer eine lange Pause eintrat, von neuem in Gang setzte, indem Sie große runde schwarze Scheiben umdrehte.

Aber einmal hielt die Frau die Musik an, bevor eine Pause eintrat: Sie brachte sie zum Verstummen, weil die riesige schwarze Ameise, die auf dem riesigen schwarzen Käfer hockte und bei Tish solches Staunen erregt hatte, jetzt eine dissonante Musik von sich gab, die lauter war als die Musik aus den Kästen. Aber Jack, oder Junker John, wie er eigentlich genannt werden sollte, wenn er nüchtern war (und er hatte jetzt fast vier Nächte ohne einen Tropfen durchgehalten), begriff, daß es sich hier nicht um Insekten handelte, sondern um irgendein mechanisches metallisches Dingsbums.

Seit drei Nächten hatte er die Frau laut vor sich hin murmeln hören, unverständlich, ganze Absätze lang, aber jetzt sprach Sie laut und deutlich in ein Ende des Dingsbums hinein.

»Hallo, Omi. Bestens, danke. Nein, noch nicht. Ja, ich weiß. Äh-hum. Sollte man das nicht denken? Ja. Na, ich könnte das nicht. Da hast du recht. *Falls* ich's täte. Manchmal. Genau. Natürlich. Bald, hoffe ich. Du machst Witze. Nun, vielleicht. Oh, hör auf. Nein, Omi. Niemals. Sag nicht so was. Äh? Ach, ich. Und was hast du gesagt? So schlimm? Tatsächlich? Und was hat sie gesagt? Oh, nein. Na, ich werd da sein. Äh-hum. Uh-hom. Ohm-häh. Vielleicht. Wer weiß. Morgen früh. Aber letzte Nacht nicht. Wenn wir noch einen Tropfen mehr kriegen, raste ich aus. Wirklich? Nun, man kann nie wissen. Wenn ich's nicht tue, tut er's. Genau. Wie ich's dir sage. Könnte sein. Jederzeit. Okay. Bye-bye. Schlaf gut.«

Junker John saß einen langen Moment da und rätselte, was diese Worte bedeuten mochten. Ratlos kehrte er in die Kochstatt zurück, wo Josie sich noch immer mit einem Brocken Erdbeerkuchen, der beim Dessert des Abendessens der Frau abgefallen war, verlustierte, und wiederholte Wort für Wort, was die Frau gesagt hatte. Dann fragte er: »Wie erklärst du dir das?«

»Wart einen Augenblick, damit ich nichts falsch verstehe«, sagte Josie. »Was hat Sie direkt nach ›Aber letzte Nacht nicht‹ gesagt?«

»Sie sagte: ›Wenn wir noch einen Tropfen mehr kriegen, raste ich aus.‹«

»Hab ich's also richtig verstanden«, sagte Josie und wandte sich wieder ihrem Erdbeerkuchen zu.

Junker John wartete. Schließlich sagte er: »Nun? Was denkst du?«

»Ich denke, dieser Erdbeerkuchen ist das Beste, was ich je gegessen habe«, erklärte Josie.

»Ich *meine*«, sagte Junker John, »wie erklärst du dir Ihre Worte? Du bist ein Weibsbild wie Sie. Was hat dieser ganze Weibertratsch zu bedeuten?«

»Nun«, sagte Josie endlich, indem sie den letzten Krümel gegessen hatte und sich die Lippen leckte, »es ist so klar wie eine Sommernacht, daß Sie mit Ihrer Großmutter gesprochen hat. Wie hat die andere Dame ausgesehen?«

Junker John versuchte ihr zu erklären, daß das Dingsbums nur Worte, keine Bilder von sich gab. Josie war skeptisch, aber sie erklärte Junker John: »Die Omi-Frau fragte Sie, wie es Ihr ginge, und Sie sagte, es ginge Ihr bestens. Dann sagt die Oma: ›Du bist doch noch nicht im Bett, oder?‹, und die Frau sagt: ›Nein, noch nicht.‹ Die Oma sagt: ›In den Zehn-Uhr-Nachrichten haben sie gesagt, daß Sheriff Tate bei der Stichwahl durchgefallen ist‹, und die Frau sagt: ›Ja, ich weiß.‹ Und Oma sagt: ›Hast du für ihn gestimmt?‹, und die Frau sagt: ›Äh-hum.‹ Dann fragt Oma ... «

Junker John stand der Mund weit offen; er hörte verblüfft zu, wie sein Eheweib mit einer weiblichen Intuition, die über seinen Verstand ging, ihm Wort für Wort die Unterhaltung zwischen der Frau namens Sharon und der Großmutter namens Latha wiedergab. Die zusätzlich zu den bereits erwähnten Landkreiswahlen behandelten Themen waren: die Verwendung von Rotenon als Spritzmittel für Gemüsepflanzen, das Gedeihen von Sharons Erdbeeren, der bevorstehende Besuch von Sharons Schwester, die aus einem Ort namens Kalifornien herüberkam, die Scheidung der Schwester von ihrem Ehemann, ein früheres Telefongespräch zwischen der Großmutter und der Frau von Sharons Bruder Vernon, die Dauer, Menge und mögliche Zukunft der momentanen Regenfälle und schließlich der aktuelle Stand der Beziehung respektive Entfremdung zwischen Sharon und dem Mann, unserem Herrn, des Heiligen Hauses.

Seine Frau, so entschied Junker John, besaß einiges an Intelligenz, das er ihr nicht zugetraut hätte.

Josie machte eine besorgte Miene. »Es sieht nicht so aus, als hätte eine der Frauen eine Ahnung, daß der Mann sich in Seinen Krabbler geschossen hat.«

Aber in diesem Moment machten Junker Johns Schnüffelruten den Geruch von Knackerlaken aus, und er wirbelte herum in der Erwartung, die beiden Junker Ingledew und Tish zu sehen.

Statt dessen sah er, wie, angeführt von dem Prediger Bruder Chidiock Tichborne, drei Diakone aus dem Heiligen Haus in die Kochstatt kamen, als gehörte sie ihnen.

»Krümchen, Hochwürden«, sagte Junker John und setzte dann hinzu: »Krümchen, Jungs«, und spuckte aus, um sein Revier zu markieren.

»Auch Euch ein gutes Krümchen, Junker John«, sagte der Priester und spuckte seinerseits aus. Jeder seiner Verbündeten spuckte ebenso aus.

## 27.

Würden diese Regenfluten wohl jemals aufhören? Ihr Leben lang, oder zumindest seit dem ersten kalten Regen, an den sie sich aus ihrer Kindheit letzten November erinnern konnte, hatte Tish den Regen geliebt, seine Macht, alle Gerüche der Welt zu verstärken, seine Fähigkeit, den Durst zu löschen allein durch die Feuchtigkeit, die er in der Luft zurückließ und aus den Schnüffelruten gepreßt werden konnte. Ohne diese

Feuchtigkeit wäre sie nicht gewachsen, ebensowenig wie die zig Millionen Pflanzen, die sich beständig von dem Wasser ernährten. Aber genug war genug: Ununterbrochen und fortwährend war der Regen jetzt seit fünf Tagen gefallen, seitdem Tishs Wohnklotz, ihre kleine Arche, auf einer Sandbank namens Ararat, viele Achtelmeilen von Stay More entfernt den Swan's Creek hinunter, zum Stillstand gekommen war.

Würde sie wohl jemals den Weg zurück nach Hause finden? *Wollte* sie es überhaupt – um aller Welt dieses Osterei zu offenbaren, das sich immer weiter aus ihrem Abdomen herausdrängte? Vielleicht hatte das Schicksal-Ding den Regen geschickt, damit er sie und ihr Heim fortspülte, bis das Osterei vom Ende ihres Abdomens fiel und irgendwo versteckt oder liegengelassen werden konnte oder zumindest ihren Körper ungezeichnet und ungebeugt von seiner Last zurückließ.

Jubal hatte es als erster bemerkt; während der Fahrt flußabwärts, als klar war, daß er nichts Besseres zu tun hatte, als seine Aufmerksamkeit von der tobenden Strömung abzuwenden, um die anderen Passagiere in ihrem Gefährt in Augenschein zu nehmen, hatte er nüchtern zu ihr gesagt: »Sieht so aus, als wär jemand hin und hätte dich angebufft.« Sie war zusammengezuckt und hatte nichts zu sagen vermocht, ihre Aufmerksamkeit von der Strömung, die den Klotz den jetzt reißenden Bach hinuntertrug, nicht abwenden können. Ihre Brüder und Schwestern hatten bemerkt: »Tish ist guter Hoffnung« oder »Tish ist schwanger« oder »Tish hat einen Braten im Rohr« oder »Tish hat einen Rübenkern verschluckt«, oder sie sagten, bei ihr wäre was unterwegs, bei ihr wäre Zuwachs im Anmarsch, sie hätte einen Storch getroffen oder sie wäre angepumpt oder angepoppt, aber hauptsächlich sagten sie, sie wäre

»in Umständen«, und Tish glaubte verrückt zu werden, so oft mußte sie sich die Frage gefallen lassen: »Bist du in Umständen, Tish?« und »Wie kommst du in die Umstände, Tish?« und »In was für Umständen bist du, Tish?« oder einfach: »In Umständen, Tish?«

Aber wären ihre Geschwister nicht so sehr an ihrem Osterei interessiert gewesen, sie hätten womöglich mehr Furcht empfunden, als die Arche ziellos schlingernd den Fluß hinunterraste. Im Verlauf der Reise waren sie fast allesamt seekrank geworden und hatten sich trotz allem, was ihre Mutter ihnen beigebracht hatte, nämlich nur im stillen Kämmerlein zu kotzen, öffentlich und schamlos voreinander erbrochen, und jetzt konnte es *niemand* mehr ertragen, sich den Resten des Leichenschmauses zu nähern. Keiner hatte mehr Appetit.

Trotz ihres redlichen Bemühens, sich als Kapitän des Schiffes zu bewähren und alle sicher durchzubringen, hatte Tish mehrere Passagiere verloren. Es war nicht ihre Schuld. Sie hatte sie alle gewarnt, vom Dach des Klotzes fern und drinnen zu bleiben, und das hatten sie auch getan, aber der Klotz stieß immer wieder gegen Steine oder gegen das Ufer oder gegen Äste oder Wurzeln, und jedesmal, wenn das passiert war, zählte Tisch hinterher durch und stellte fest, daß ein oder mehrere Passagiere über Bord gegangen und in die Fluten gestürzt waren, um nie wieder aufzutauchen. Die Anzahl ihrer Brüder und Schwestern war jetzt von zweiundvierzig auf einunddreißig gesunken, und Tish fragte sich, ob Bruder Tichborne bei der nächsten Trauerfeier überhaupt all ihre Namen würde behalten können.

Tish überlegte, daß die nächste Trauerfeier die ganze Nacht hindurch und womöglich noch in den Vormittag hinein würde dauern müssen. Nicht nur für Knackerlaken, sondern für alle möglichen Kreaturen: Der Fluß war voll mit den Leichen aller erdenklichen Insekten. Nicht nur Insekten mit aufgeweichten Schnüffelruten und vollgesogenen Flügeln, sondern auch pelzige und gefiederte Geschöpfe. Wenn die Brüder und Schwestern nicht gerade damit beschäftigt waren, Bemerkungen über Tishs Schwangerschaft zu machen, beobachteten und kommentierten sie die verwesterte Fauna, die vorübertrieb. Sie sahen ertrunkene Vögel, ertrunkene Nagetiere, ein ertrunkenes Schwein, ein ertrunkenes Opossum, sogar einen ertrunkenen Fisch. Es gab ertrunkene Frösche, ertrunkene Schlangen und ertrunkene Schildkröten, und dann, als die Arche auf Grund lief und auf der Sandbank hängenblieb, kam eine ertrunkene Maus daher.

Es war nicht einfach irgend*eine* Maus, die neben ihrem Klotz angespült wurde. Es war die Große Weiße Maus selbst... oder vielleicht der Große Weiße Mäuserich, niemand wagte sich nahe genug hin, um nachzusehen, auch wenn sie eindeutig ertrunken war. Das Ufer der Sandbank war übersät mit anderen Leichnamen, ertrunkenen Wanzen, Käfern und Spinnen, ertrunkenen Nacktschnecken, Schnecken und Blutegeln, ertrunkenen Ameisen und Motten und Fliegen, aber das einzige ertrunkene Säugetier auf diesem Uferstück war die Große Weiße Maus. Obwohl sie sie nie zuvor gesehen hatte, erkannte Tish sie sofort, weil sie so viele Geschichten über sie gehört und ihren Brüdern und Schwestern erzählt hatte, sodaß bei dem Anblick ihr gedämpfter Ausruf »Die Große Weiße Maus« dreißig von ihnen in die hintersten Winkel ihrer Arche scheuchte.

»Sieht mir ziemlich verwestert aus«, erklärte Jubal, der sich als einziger außer Tish nicht versteckt hatte.

»Du willst doch nicht etwa rüber und es rausfinden, oder?« fragte sie.

»Ich? Ich bin doch nicht verrückt. Warten wir einfach ab und sehen, ob er sich bewegt.«

Lange Zeit beobachteten Tish und Jubal den Großen Weißen Mäuserich (sie hatten immer mehr den Eindruck, daß es sich um ein Männchen handelte). Er lag auf der Seite, einen Krabbler in sonderbarem Winkel von sich gekrümmt, die Augen fest geschlossen, den Albinopelz völlig vollgesogen und schmierig und verfilzt.

»Kannst du irgendwas Westwärtiges an ihm riechen?« fragte Tish Jubal.

Er schwenkte langsam seine Schnüffelruten herum, stellte ihren Empfang auf den Mäuserich ein. »Bloß all die anderen verwesterten Viecher. Puh.«

Sie selbst konnte die Westwärtigkeit eines Säugetieres mit ihren Schnüffelruten nicht ausmachen, aber vielleicht war es noch zu früh; vielleicht hatte das Herz des Großen Weißen Mäuserichs erst während der letzten Stunde zu schlagen aufgehört und der Leichnam noch nicht angefangen zu verwesen. Tish trat vom Eingang der Arche hinunter auf den Sand und machte ein paar Schritte auf den Mäuserich zu

»Was *machst* du da?!« rief Jubal. »Geh nicht näher an das Ding ran!«

»Er sieht schlimm verletzt aus«, bemerkte Tish.

»Hoffst du denn nicht, daß er *westlich* verletzt ist?« sagte Jubal. »*Ich* jedenfalls hoffe, er ist so westlich verletzt, wie's nur geht! Jetzt komm hierher zurück!«

Doch bis ein erneuter Regenfall sie in den Klotz zurücktrieb, blieb Tish stehen und starrte den Großen Weißen Mäuserich an, und sogar von der Geborgenheit des Klotzes aus beobachtete sie ihn weiter, denn dem

Regen zuzusehen, hatte sie seit langem satt. Schließlich wurde ihre Wachsamkeit belohnt.

Neben ihr fuhr Jubal heftig zusammen und rief aus: »Hast du *das* gesehen?! Seine Zunge ist ein Stückchen rausgekommen!«

Tatsächlich hatte die Zunge des Mäuserichs, so rosa wie das Innere seiner Ohren und die Ränder seiner geschlossenen Augen, kurz aus seinem Mundwinkel hervorgelugt. Dann zuckte, noch unverkennbarer, ganz leicht die Spitze des langen schuppigen Schwanzes.

»Er ist noch im Osten!« sagte Tish und bemerkte, daß sie flüsterte, als könnte der Mäuserich sie hören.

Dann hörten sie ein Geräusch, das von dem Mäuserich kam: ein hohes nasales Winseln, eine Art quiekendes Summen, das gleichzeitig aus der Kehle, dem Kehlkopf und der Nasenhöhle kam. Der eine Laut dieses Summens wurde eine Tonlage höher und ging dann in eine leierige unmelodische Melodie über, die durch all das Wasser, das das Tier in sich aufgesogen hatte, etwas flüssig und gurgelnd klang.

Der Große Weiße Mäuserich öffnete ein Auge einen Spalt weit und versuchte offenbar, seinen Blick auf Tish und Jubal zu konzentrieren. Das Auge war ganz rosa und am Rand boshaft nach oben gebogen wie das einer Schlange. Der Mäuserich summte schwach ein Wort, das sich anhörte wie »Mo-ries?« Tish und Jubal sahen sich an, murmelten das Wort vor sich hin und warfen sich wieder einen fragenden Blick zu.

Dann brummte die Maus: »Mo-ries, hassen Ast gesehn?«

»Was?« fragte Tish laut, obwohl Jubal hektisch versuchte, sie zum Schweigen zu bringen. »*Was* hast du gesagt?«

Das Auge versuchte, sie anzusehen. Der große Kopf versuchte, aus dem Sand hochzukommen. Die Stimme summte leierig: »Hassen Ast gesehn, wo mich gekloppt hat?« Dann stammelte die Stimme noch einmal »Mo-ries?«, und der Kopf hob sich, fiel dann wieder herunter, und die Stimme stöhnte: »Du bis nich Mo-ries. Wer bisse?«

Tish verstand diese Frage, und sie antwortete: »Laetitia Dingletoon.«

»Noch sone dösige Kakerlake«, brummte der Mäuserich. »Wos Mo-ries?«

»Mo-ries *wer*?«

»Mein Bruda«, brummte der Mäuserich. Dann hörte der Regen auf. Die Maus brummte: »Komma Stückchen näha, du kleen Pissel. Ich kann dich nich sehn.«

Obwohl Jubal sie zurückhalten wollte, schüttelte Tish ihn ab und näherte sich dem Mäuserich, aber nicht so nahe, daß er sie erreichen konnte, vorausgesetzt, er war wirklich verletzt. »Bist du verletzt?« fragte sie ihn.

»En Ast is mir uffn Kopp geknallt«, sagte er. »Hasses gesehn?«

»Nein«, sagte sie. »Kann ich irgendwas für dich tun?«

»Wies mit watzessen?« brummte der Mäuserich.

Tish verstand ihn nicht. Es war eine sehr sonderbare fremde Sprache, die er da sprach. Sie mußte ihn bitten, es zu wiederholen, dann wiederholte sie es selbst Jubal gegenüber: »Wies mit watzessen?«, und Jubal dachte zunächst, die Maus meinte eine Warze, wie Säugetiere sie haben. Aber das war es nicht.

Schließlich fragte Tish: »Fragst du vielleicht nach etwas zu essen?«

»Meine Rede«, brummte der Mäuserich. »Wat hassen? Komma Stückchen näha, Winzling.«

Hinter ihrem Rücken flüsterte Jubal: »Er will *dich* essen, Tish. Geh ja nicht näher ran!«

Tish kehrte in den Klotz zurück, aber nur um aus den

Resten des Leichenschmauses einen Happen auszusuchen, den sie tapfer zwischen ihren Fühlern bis in Schnappweite des Mäuserichs trug. Der hätte sie auf einen Rutsch verschlucken können, tat es aber nicht. Statt dessen nahm er die milde Gabe zwischen die Zähne. »Käse kenn ick«, sagte er. »Velveta?« Er schlang hinunter. »Also, echt lecker, Schätzchen. Wennch so saachen daaf.«

Sie holte ihm einen weiteren Bissen, ein Bröckchen Napfkuchen. Und dann noch einen. Sie brachte ihm sogar einen Leckerbissen, den sie für sich selbst aufgehoben hatte: das letzte bißchen Erdnußkrockwand.

»Datta kenn ich nich«, sagte er anerkennend brummend. »Abba et is der Gipfel. Wennch so saachen daaf.«

Sie brachte dem Mäuserich alles, bis zum letzten Krümchen, was von dem Leichenschmaus noch übrig war, und dann verkündete sie: »Das ist alles. Mehr hab ich nicht.«

»Dankooch, Engelchen. Wo has alldat Zeuch her?«

Tish versuchte, dem Mäuserich den alten Brauch des Leichenschmauses zu erklären und daß ihnen der Leichenschmaus zwar zur Verwesterung ihrer Eltern geschenkt worden sei, daß diese aber gar nicht im Westen, sondern nur verschollen gewesen seien und daß sie und ihre zweiundvierzig – nein, jetzt waren es nur noch einunddreißig – Brüder und Schwestern nächtelang mit ihrem Wohnklotz herumgetrieben seien, bis jetzt, und alle zu seekrank seien, um noch etwas davon zu essen, deshalb könne der Mäuserich ruhig alles haben, und sie hoffe nur, daß er jetzt genug gegessen habe und keine Lust verspüre, einen von *ihnen* zu essen.

»Abba wattan, Püppeken«, meinte der Mäuserich dazu. »Ich werd doch nich sone spendablen *Wohltäter* essen, wennch so saachen daaf.« Es gelang ihm, sich aufzurichten und sich hinzusetzen.

Tish wußte nicht, was »spendabel« ist, aber sie nahm an, daß es ein weiteres seltsames Wort dieses Fremden war. »Du hast echt eine komische Art zu reden«, bemerkte sie.

»Abba wattan, Mädel, wattu da von dir gibs is auch nich nommaal«, erwiderte er.

»Nommaal«, wiederholte sie, und dann verstand sie es und sagte auf ihre Weise: »Normal.« Und sie wiederholte es noch einmal: »Normal.«

»Okay, okay, normal«, sagte er. »Wat sachse war noch dein Name?«

»Laetitia, aber alle nennen mich Tish. Und wie heißt du?«

»Hämmann. Sehr erfreut.« Er streckte ihr eine seiner Klauen hin, aber natürlich konnten sie sich nicht die Hände schütteln.

»Wie buchstabierst du ›Hämmann‹?« fragte sie.

»Frollein, ich buchstabier mich nich, basta.«

Der Regen setzte von neuem ein, Tish wollte den Großen Mäuserich in den Klotz einladen, wo es trockener war, aber sie hatte Bedenken. »Ißt du normalerweise nicht Knackerlaken?«

»Abba wattan. Nee. Ich eß Flöhe und Wanzen und Läuse und all son Zeuch. Kakerlaken mach ich nich. Krich Blähungen von, wennch so saachen daaf.«

Sie war sich immer noch nicht sicher, lud ihn aber ein, damit er aus dem strömenden Regen herauskam. Es wurde eng in ihrem Klotz; er nahm fast den ganzen Mußeraum ein, so daß kein Platz für ihre Brüder und Schwestern blieb, die ohnehin nicht aus ihrem Versteck hervorkommen wollten. Nur Jubal hüpfte die ganze Zeit nervös von einem Krabbler auf den anderen, als müßte er dringend wohin.

Hämmann redete wirklich gern und viel. Während er

trocken und behaglich im Salon des Klotzes lag, erzählte er Tish und dem umherhopsenden Jubal seine Geschichte. Er redete fast die ganze Nacht lang. Jubal schlich zu seinen Brüdern und Schwestern und drängte sie, aus ihren Verstecken hervorzukommen. »Sein Name ist Hämmann, weil er nicht zu hemmen ist, wenn er mal erzählt«, erklärte Jubal ihnen aufgeregt, »und jetzt erzählt er gerade die verrückteste Geschichte, die ihr je gehört habt!« Einer nach dem anderen schlichen sich die Geschwister in Hörweite des Großen Weißen Mäuserichs und lauschten seiner Geschichte.

Geboren und aufgewachsen war er in einer großen Stadt, weit weg im Osten – und »Osten« bedeutete für ihn nicht »am Leben«, sondern bloß eine Richtung, die er »Dalang« nannte. Dalang im Osten war eine Stadt mit zig Millionen Menschen, die in Häusern lebten, die aufeinandergestapelt waren, bis sie in den Himmel reichten. Hämmann war in einem Käfig hoch oben in einem dieser fabelhaften Türme von Dalang im Osten geboren worden, und zusammen mit seinen Brüdern und Schwestern hatte er unter dem Namen Riley wohlgenährt und gut versorgt dahingelebt, aber nachdem Hämmann zu seiner vollen Größe herangewachsen war, wurde er täglich bestimmten Erniedrigungen unterworfen, die er seinen Zuhörern eine nach der anderen auflistete, um jede seiner Schilderungen mit der Frage »Wie finzat?« abzuschließen. Er wurde mit Nadeln gestochen; Menschen nahmen ihn, steckten ihm Nadeln in den Hintern und spritzten irgendwelche Flüssigkeiten in ihn hinein. »Wie finzat?« Er wurde in Kästen mit Labyrinthen gesteckt, und dann mußte er den Weg hinaus finden. »Wie finzat?«

Tish war sich nicht sicher, was sie auf diese immer wiederkehrende Frage antworten sollte. Sie fand es gut, daß und wie Hämmann seine Geschichte erzählte, aber daß ihm alle diese sonderbaren Dinge angetan worden waren, fand sie nicht gut. Also antwortete sie jedesmal, wenn er fragte: »Wie finzat?«, mit: »Schlimm find ich das.«

Schließlich heckte Hämmann seine Flucht vor den Menschen aus, die solche verrückten Sachen mit ihm anstellten. Es gab da einen Mann, der jeden Tag eine flache Schachtel, die »Aktenkoffer« genannt wurde, in Hämmanns Raum mitbrachte. Dieser Mann, dessen Name Hämmann zufolge So N. Fuzzi war, ließ den Aktenkoffer manchmal offenstehen, und eines Tages sah Hämmann seine Chance gekommen, als So N. Fuzzi ihm den Rücken zuwandte: Er fand den Weg aus dem Labyrinth, in das er gesperrt war, und kroch in einen Stapel Papier in So N. Fuzzis Aktenkoffer. Später machte So N. Fuzzi den Aktenkoffer zu, der dann mehrere Tage lang geschlossen blieb. Hämmann spürte, wie er getragen wurde und dann geflogen und von neuem getragen und dann weiter geflogen, beinahe schwerelos im betäubenden Lärm großer Maschinen, um dann aufs neue getragen zu werden, bis der Aktenkoffer schließlich auf einer Tischplatte geöffnet wurde und Hämmann zum Vorschein kam und sich von vielen Menschen umringt sah, darunter So N. Fuzzi, der ausrief: »Was zum Teufel?!«

Die Menschen versuchten, Hämmann zu packen, aber er sprang vom Tisch herunter auf den Boden und flüchtete durch eine Tür auf einen langen Korridor, dann ein paar Stufen hinunter bis zu einer Straße, wo viele vierrädrige Fahrzeuge vorbeiflitzten. Eines von ihnen hielt am Bordstein an. Seine Hintertür öffnete sich, und ein Mensch stieg aus, und Hämmann sprang hinein. Er versteckte sich unter einem Sitz und fuhr zwei Nächte und einen Tag lang, bis das Fahrzeug stehenblieb, und er sprang hinaus und fand sich auf der unbefestigten Straße wieder, die nach Stay More führte, dem merkwürdigsten Land, das er sich nicht ausdenken könnte.

Seit über einem Jahr hatte Hämmann jetzt versucht, sich an das Leben in den Wäldern und Feldern von Stay More anzupassen; er war jeder Art von Kreaturen begegnet, zahllose Male haarscharf dem Westen entronnen und hatte genug Abenteuer erlebt, um seinen Zuhörern einen ganzen Monat voller Sonntagnächte lang zu erzählen. Aber der Himmel hellte sich jetzt im Osten, Dalang, und bald würde die Sonne aufgehen, und Hämmann beabsichtigte, ein bißchen Schlaf nachzuholen.

Tish gähnte und spürte, daß es auch für sie und ihre Geschwister Zeit zum Schlafengehen war; und noch etwas wurde ihr bewußt – der Regen hatte aufgehört, für immer oder zumindest für lange, lange Zeit. Aber bevor sie daran denken konnte, mit einem Nagetier, das Insekten aß, im selben Klotz zu schlafen, mußte sie ihm eine Frage stellen. Sie erinnerte sich an all die Geschichten über Doc Swains feindselige Begegnungen mit der Großen Weißen Maus, und sie nahm an, daß es sich dabei um Hämmann gehandelt hatte.

»Hast du denn nie probiert, eine Knackerlake zu essen?« fragte sie Hämmann.

»Jee, einmal vielleicht«, gestand er ein. »So 'n Fuzzi, wo versucht hat, mir die Spitze von mein Schwanz abzubeißen.«

»Das war nicht So N. Fuzzi!« sagte Tish. »Das war Doc Swain.«

»Häh? Hömma, Süße, et war en Fuzzi, wo mir innen Schwanz gebissen hat! Wie finzat? Abba ich wollt dat Viech nich essen, ich wollt ihm nur orntlich Schiß einjagen, wennch so saachen daaf.«

Tish gähnte von neuem und sagte: »Na schön.« Sie scheuchte alle ihre Brüder und Schwestern ins Bett. »Heut nacht haben wir einen langen Weg vor uns. Wir können mit diesem Klotz nicht zurück flußaufwärts schwimmen, deshalb werden wir laufen müssen.« Sie sagte diese Worte zu ihren Geschwistern, aber laut genug, daß Hämmann sie hören konnte, und dann sagte sie zu Hämmann: »Wenn wir nicht mehr hier sind, wenn du aufwachst, kannst du unser Haus haben. Wir werden's nicht mehr brauchen.«

»Wattis *los*, Pisselken? Kannze meine Visage v'leich nich ab? Lammich mitkommen, äh? Lammich vorher bloß ne Runde poofen, okay? Dann könn wat bequatschen. Gimmir ne Schangs, äh? Ich bin vielleicht kein Typ, wo gleich Kumpel is mit alle Welt, abba gimmir ne Schangs, okay, kleen Dröppken ... ?«

Immer noch vor sich hin brabbelnd dämmerte der Mäuserich ins Reich der Träume hinüber.

## 28.

Der Parthenon übertraf seine wildesten Phantasien, dachte Chid, und dabei hatte er bisher bloß die Kochstatt gesehen. (Wann würde Josie ihm endlich etwas von diesem Erdbeerkuchen anbieten? Wenn sie ihn nicht bald zu einer Kostprobe einlud, müßte er womöglich deutlich werden und sie darum bitten.) Der Parthenon war ein Himmel auf Erden; nein, er war nicht einmal irdisch, er war das Reich der Seligen, das gelobte Land, die Überwelt. Er übertraf seine enthusiastischsten Predigten. Er war ein Palast im Himmel, das Hiernach im Diesseits.

Chid wurde sich bewußt, daß er sabberte. Er warf seinen Diakonen einen Blick zu, und auch sie sabberten. Der lange Marsch vom Heiligen Haus zum Parthenon, bei dem sie unterwegs auch noch schwimmen mußten, hätte jedem genug Appetit gemacht, einen ganzen Laib Brot zu essen. Und der Parthenon war, verglichen mit dem Heiligen Haus, ein Muster an Reinlichkeit; es gab keinen Schmutz, keinen Kram, der rumlag, keinen Fettfleck, keinen Staub oder Dreck, der einen zwang, sich öfter als nötig zu waschen. Chid dachte, wenn er hier lebte, käme er wahrscheinlich mit zwei Bädern pro Tag aus.

Die drei sabbernden Diakone, die Brüder Sizemore, Ledbetter und Stapleton, repräsentierten nur die Hälfte des Trupps, der vom Heiligen Haus zu der Expedition zum Parthenon aufgebrochen war; die drei anderen Diakone waren auf der gefahrvollen Reise ertrunken. Es hatte Momente gegeben, in denen selbst Chid gezweifelt hatte, daß er sich würde über Wasser halten können, Momente, in denen er gebetet hatte, nicht zu dem nutzlosen Mann und auch nicht zu der Frau, zu der er auf dem Weg war, sondern zu Gott, Chids privatem Tröster und Erlöser. Die Tatsache, daß er überlebt hatte und jetzt heil und östlich im Paradies des Parthenon stand, schien ihm ein Hinweis darauf, daß es wirklich einen Gott gab, der sich um sein Wohlergehen kümmerte.

»Josie«, sagte er in demselben verführerischen Tonfall, mit dem er sie vor fast einem Jahr dazu überredet hatte, sein Affy-Dizzy zu kosten, »meinst du, es bestünde vielleicht die Möglichkeit, daß wir einen oder zwei Happen von diesem Erdbeerkuchen da angeboten kriegen könnten?«

»Hach, wie konnte ich nur?!« rief Josie aus, indem sie

sich mit ihrer Schnüffelrute selbst ins Gesicht schlug. »Bin ich nicht unmöglich? Jetzt bin ich doch und hab glatt meine Manieren vergessen! Bedient Euch, Hochwürden, und nehmt, soviel Ihr wollt.«

Chid nahm den Erdbeerkuchen in Angriff und machte ihm mit Hilfe der drei Diakone augenblicklich den Garaus. Sein Magen hörte auf, zu rumoren und Protestgeschrei von sich zu geben. Chid war Josie so dankbar, daß er beschloß, sie zu verschonen, wenn er ihren Gatten exekutierte.

An diesen wandte er sich jetzt und bemerkte: »Nun, Junker John, wie es scheint, seid Ihr doch nicht hin und verwestert, was? Wie kommt das denn? Ich habe Eure Seele bereits unserm Herrn und Heiland empfohlen.«

»Nu, tausend Dank auch, Hochwürden, ich weiß es zu schätzen«, erwiderte Junker John, »aber was passiert ist, ist, daß alles ganz anders gekommen ist! Ich bin überhaupt nicht ertrunken in dieser Bierdose, und sie hat mich auch nicht gewestert, als sie auf den Boden schlug, wie alle Welt dachte.«

»Schön, das zu hören«, log Chid, dann wollte er wissen: »Weiß sonst jemand, daß Ihr noch im Osten seid?«

»Bloß Josie«, sagte Junker John.

Chid berichtete Jack und Josie von den jüngsten Ereignissen im Heiligen Haus bis hin zum Tod von Junker Hank, der vom Mann verschluckt wurde.

»Na, ich will nicht mehr Junker John heißen, wenn das nicht das Verrückteste ist, was ich je gehört hab!« erklärte Jack, als Chid mit seiner Geschichte zu Ende war. »Da bleibt einem doch wirklich die Spucke weg!«

»Wie es scheint, sind die Ingledews also nicht länger die Herren des Parthenon, vielmehr seid Ihr, Junker John, jetzt Herr des Hauses.«

»Nee, echt?« fragte Junker John verdutzt und blickte erhaben und gebieterisch seine Frau an, die ihrem Gatten gegenüber ganz Ehrerbietigkeit war.

»Und unser gütiger Heiland und Erlöser ist nicht länger der Mann, dessen Krabbler aus Erde und Staub gemacht, der auf einer Waage gewogen und zu leicht befunden wurde und der außerdem trunk'ner als ein Kesselflicker war, sondern statt dessen die Frau, Schönste der Schönen, Mächtigste der Mächtigen, Graziöseste der Grazien, Gütigste der Gütigen und Vollkommenste der Vollkommenen!« Chid genoß diese neuen Töne, die aus seinem Mund kamen. Er wandte sich Junker John zu und fragte: »Wo ist Sie?«

»Ich schätze, Sie schläft tief und fest drüben in Ihrem Schlafzimmer«, sagte Junker John.

»Zeigt mir den Weg, daß ich zu Ihr bete«, bat Chid. Junker John ging ihm voraus zum Schlafzimmer. Die anderen wollten ihm folgen, aber Chid drehte sich um und sagte: »Josie, warum machst du mit unseren Brüdern nicht einen Rundgang durch die Kochstatt?« Er wollte mit Junker John allein sein.

Chid war sich noch nicht klar, welches die beste Methode sei, um den Mord an Junker John zu begehen. Er könnte ihn womöglich in den Thorax beißen und seine edlen Teile zerfleischen, aber das würde Dreck und Unordnung machen. Und es würde womöglich nicht nach einem Unfall aussehen. Nein, es war besser, er faßte sich in Geduld, wartete den rechten Augenblick ab und ging mit Vorsicht zu Werke.

Wie sie feststellten, schlief die Frau nicht. Eine Kerosinlampe brannte auf Ihrem Nachttischchen, und Sie saß aufrecht an Ihre Kissen gelehnt und hielt Papiere in den Händen, die Chid als die Blätter erkannte, auf denen der Mann Briefe an Sie zu verfassen pflegte. Junker John schlug Chid vor, das Kaminsims zu erklimmen, wo sie die Frau gut im Blick hatten, und sie beobachteten Sie: Sie las ein paar Blätter, faltete sie dann wieder zusammen, steckte sie in einen Umschlag und legte sie in eine Schachtel zurück, dann nahm Sie einen anderen Umschlag aus der Schachtel und faltete die neuen Blätter auseinander. Häufig lächelte Sie. Gelegentlich lachte Sie so laut auf, daß Chid heftig zusammenfuhr. Er merkte, daß Sie keinen neuen Brief von dem Mann erhalten hatte, sondern bloß Seine alten las. Chid hatte nie zuvor ein menschliches Lachen gehört. Der Mann hatte niemals gelacht und kaum jemals auch nur gelächelt.

Wenn ihm das kurze helle Lachen der Frau schon einen kleinen Schreck einjagte, so sollte ihm ein noch größerer bevorstehen. Direkt hinter ihm erklang mit gewaltiger Stimme »ECLAIR!« Chid machte einen Satz von mehreren Zentimetern in die Luft und fiel dann vom Kaminsims hinunter auf den Boden. Den ganzen Weg hinunter kreischte er aus Leibeskräften »HHILLFEEE!«, aber sein Schrei war nicht laut genug, um die Frau zu erreichen, die ihn nicht einmal bemerkt hätte, wenn Sie nicht gerade in diese Richtung geblickt hätte, um die Übereinstimmung der Uhrzeiger mit dem Schlagen der Stunde zu prüfen.

Ihr Auge, das zur Uhr hinblickte, sah die schwarze Knackerlake hinunterfallen, und Ihr Lachen über das, was Sie gelesen hatte, wurde von Lauten der Angst und des Abscheus abgelöst. Sie sprang aus dem Bett, schlüpfte mit Ihren Krabblern in Hüllen und versuchte dann, Bruder Chidiock Tichborne mit diesen Hüllen zu zerstampfen. Der Sturz vom Kaminsims hatte ihn nicht im mindesten verletzt, sondern nur für einen Augenblick betäubt, aber jetzt war er gezwungen, einen Fluchtweg vor Ihren stampfenden Krabblern zu suchen. Er fühlte sich an die letzte Entrückung durch den Mann erinnert, dessen beschuhte Krabbler furchterregender gewesen waren als Ihre Pantoffelhüllen. Vielleicht hätte es mehr von einer Entrückung an sich, vom Pantoffel der Frau statt vom Schuh des Mannes zertreten zu werden. Er war fast versucht, aufzugeben, sich der Erfahrung der Entrückung zu überlassen, um zu sehen, wie es war. Aber Chid wollte und konnte sich keiner Entrückung hingeben, nachdem er gerade erst in den Parthenon eingezogen war und noch keine der Freuden, die das große Haus zu bieten hatte, erfahren konnte.

Dann sah er seine Chance, machte Schluß mit dem wilden Hin- und Hergeflitze und flüchtete sich auf direktem Wege unter das Bett der Frau. Dort konnte Sie ihn nicht zertreten. Sie ließ sich auf die Knie herab und versuchte, ihn zu erspähen, wie er schnaufend und pfeifend dasaß, aber es war zu dunkel für Sie, obwohl er deutlich Zorn und Abscheu auf Ihrem lieblichen Gesicht erkennen konnte, und er war gekränkt. Ihre Haltung beleidigte ihn bitterlich. Er hatte vorgehabt, zu Ihr zu beten, Sie zu verehren, Ihr unaufhörlich seine Ergebenheit zu bekunden, aber jetzt blickte er Sie finster an und sagte: »Frau, du bist verdammt noch mal kein bißchen besser als ich. Deine Scheiße stinkt genau wie meine. Gott wird *dich* eines Tages western.«

Als hätte Sie ihn gehört, stand Sie auf. Sie verschwand aus der Reichweite seiner Schnüffelruten. Sie war nicht mehr im Zimmer. Chid blieb noch eine Weile in seinem Versteck unter dem Bett, dann kroch er hervor, krallte sich an der Tagesdecke fest, kletterte aufs Bett und lief auf dem Laken und den Blättern der Briefe umher; er war nahe genug, um die Blätter lesen zu können, die blumigen Gefühlsergüsse, mit denen der betrunkene Mann Sie überschwemmt hatte, die wortreichen Bekundungen Seiner Sehnsucht, Seiner Hoffnung auf ein gemeinsames Leben mit Ihr, Seine extravaganten Gleichnisse, in denen Er Sie mit dem ländlichen Frühling verglich, der sich um Sie beide herum entfaltete. Chid spuckte auf die mit Seinen Ergüssen vollgeschriebenen Blätter, und dann spuckte er auf das Laken.

Er kletterte das Kopfkissen der Frau hinauf, hockte sich hin, kniff sein Hinterteil zusammen und deponierte ein schwarzes Kügelchen Fäkalien auf Ihrem Kopfkissen. Er wollte sich gerade ein zweites abpressen, als Sie mit einer Blechdose in der Hand ins Zimmer zurückkehrte. Chid huschte unter das Kopfkissen und beobachtete Sie. Es schien eine Dose wie die Bierdose des Mannes zu sein, aber oben hatte sie eine knopfähnliche Vorrichtung, auf die Sie jetzt mit Ihrem Daumen drückte, wodurch sie einen giftigen Sprühnebel verbreitete. Die Frau ließ sich von neuem auf Hände und Knie hinunter und sprühte die Unterseite des Bettes ein. Die giftigen Dämpfe stiegen empor und fielen über Chids Schnüffelruten her, und er kroch tiefer unter das Kopfkissen und blieb dort, wo er vor dem schlimmsten Ansturm des Gases geschützt war, aber immer noch roch es, und er wußte, daß es tödlich war.

Schließlich hörte die Frau mit Ihrem Sprühen auf, setzte sich auf die Bettkante und sagte laut: »Da, du Geschmeiß, ich hoffe, das hat dich aufgelöst.«

Chid war nicht aufgelöst, aber die Dämpfe des Sprays waren so stark, daß einige Moleküle davon bis in sein Versteck drangen und ihm das Bewußtsein raubten. Als er, viel später, wieder zu sich kam, wußte er nicht, wo er war. Er fühlte einen ungeheuren Druck auf sich lasten, der ihn fast, aber nicht ganz erdrückte, beinahe so, aber nicht ganz, wie er sich die Erdrückung der Entrückung vorgestellt hatte. Er zwängte sich darunter hervor und entfernte sich aus dem Bereich des Kopfkissens. Der Druck, so stellte er fest, stammte vom Kopf der Frau, der auf dem Kissen lag. Immer noch schwindlig und verwirrt von den giftigen Dämpfen und gequält von einem gräßlichen Kater, war er sich zuerst nicht ganz schlüssig, was für eine Haltung er Ihr gegenüber einnehmen sollte: Sollte er Sie hassen, weil Sie versucht hatte, ihn zu vergasen? Oder war er von dem Gas verwestert worden und befand sich jetzt in den verheißenen Gefilden der Seligen? Er kletterte auf Ihre rechte Hand. Die Muskeln der Hand zuckten, aber Sie wachte nicht auf. Chid blieb lange Zeit dort sitzen, wartete, daß sein Verstand wieder klar wurde, wartete, daß sein Kater verschwand, wartete ab, ob wirklich etwas Genußvolles daran wäre, auf der rechten Hand der Frau zu sitzen, aber er kam schließlich zu dem Schluß, daß es nicht genußvoll war; tatsächlich war es schrecklich langweilig. Er konnte sich nicht vorstellen, die Ewigkeit auf der rechten Hand der Frau zu verbringen.

Die Sonne ging auf. Chid sah die gefürchteten Strahlen ins Zimmer strömen. Er blickte zum Kaminsims hinüber, wo die Maschine, die ihn so erschreckt hatte, daß er heruntergefallen war, jetzt ein Rumpeln von sich gab, sich dann räusperte und ausrief: »ROSINENBRÖTCHEN!«

»Steck dir dein Rosinenbrötchen sonstwohin«, entgegnete Chid der Uhr. Er ließ den Blick über das Kaminsims schweifen, auf der Suche nach Junker John. Höchstwahrscheinlich war er den mörderischen Dämpfen des Sprays der Frau zum Opfer gefallen, aber wo war sein Leichnam?

Später tönte die Uhr »BONBON!«, aber Chid war nicht beeindruckt. Er ignorierte sie. Die Frau jedoch regte sich und wurde langsam wach. Chid sprang von Ihrer rechten Hand hinunter und huschte unter das Laken. Die Frau stieg nicht aus dem Bett, Sie saß bloß da, die Knie bis ans Kinn gezogen, und blickte gedankenverloren in eine Ecke des Zimmers. Dann wurde Ihre Träumerei – und Chids Beobachtung – plötzlich durch das gellende Schreien des schwarzen Riesenkäfers mit der schwarzen Riesenameise obendrauf gestört. Chid sah von Ehrfurcht ergriffen zu, wie Sie die Ameise hochhob und nahe an Ihr Gesicht hielt.

»Guten Morgen, Omi«, hörte er Sie zu der Ameise sagen.

Aber diese Großmutterameise war stumm, oder aber sie verständigte sich auf übersinnliche Weise. »Nein, kein Problem«, sagte die Frau. Dann sagte Sie, als antwortete Sie auf eine Frage: »Heute morgen erst.« Chid hörte mit wachsender Faszination zu, während Sie fortfuhr: »Ich bin zu dem Schluß gekommen, daß mein Brief ihn wahrscheinlich verärgert hat; er will nicht, daß ich an ihm herumnörgle, und er hat es nicht nötig, daß ihn jemand wegen seiner Trinkgewohnheiten rügt. Wahrscheinlich denkt er, es hört sich wie Bestechung an: Ich werde mit ihm reden, *wenn* er aufhört zu trinken. Ich schätze, es *ist* Bestechung, wenn du's recht bedenkst. Und natürlich hat er nicht die geringste Absicht, damit aufzuhören. Anstatt also meinen Brief zu beantworten, straft er mich mit Schweigen. Nun, soll er ruhig. Ich bin länger hier als er, und ich werde noch hier sein, wenn er wieder weg ist, falls er jemals von hier weggeht. Manchmal wünschte ich, er würde es tun. Aber vielleicht will er vorher das Buch über Montross schreiben. Ja, ich glaube, vielleicht hat er meinen

Brief unter anderem deshalb nicht beantwortet, weil er wieder an dieser Abhandlung über Montross arbeitet, die er für den *Southern Review* schreiben wollte. Könnte sein, daß er sich hinreichend ausgenüchtert hat, um sie zu schreiben. Wenigstens habe ich ihn jetzt seit mehreren Tagen nicht mehr mit seiner Pistole schießen hören. Das *muß* einfach bedeuten, daß er nicht mehr zuviel trinkt. Was? Äh-hum. Uh-hoh. Nun, ja. Vielleicht hast du recht, aber so hab ich die Sache noch nicht betrachtet. Könnte sein. Nun, ich sag dir was, Omi. Ich glaube, ich warte bis Ende dieser Woche, bloß um zu sehen, ob er nicht *vielleicht* doch meinen Brief beantwortet, okay? Ich will nicht, daß es so aussieht, als wollte ich ihn drängen oder als läge mir allzuviel daran. Ich warte bis Ende dieser Woche, und wenn er dann meinen Brief immer noch nicht beantwortet hat, schreibe ich ihm noch einen. Na, wie hört sich das an? Ich werde ihm noch mal schreiben und mich gewissermaßen entschuldigen, falls ich ihn gekränkt haben sollte. Ja. Äh-hum. Da hast du recht. Danke vielmals, Omi, das ist wirklich nett von dir.

Ach, und hör mal, noch was. Ich glaube, ich habe wirklich ein Kakerlakenproblem. Ich hab wieder eine gesehn. Sie ist auf meinem Kamin rumgeklettert und runtergefallen oder runtergesprungen. Ich hab versucht, sie zu zertreten, aber die Dinger können echt flitzen, weißt du? Sie ist unter mein Bett gerannt. Ich hab versucht, irgendein Insektenspray zu finden, aber ich hab keins. Ich hab nur Haarspray gefunden. Ob's gewirkt hat, weiß ich nicht, aber ich hab sie nicht wieder gesehn.

Lach nicht. Jedenfalls, nachdem ich das Haarspray versprüht hatte, hab ich mir einen Drink eingegossen, um meine Nerven zu beruhigen. Einen *harten* Drink. Der erste, den ich getrunken hab, seit er das letztemal hier war. Ich wollte auch sehen, aber wehe du lachst, ob ich nicht rausfinden kann, was er am Trinken so toll findet. Nein, ich hab keine Antwort gefunden. Aber ich versuch's vielleicht noch mal. Hast du nicht Lust, heut nachmittag rüberzukommen und einen Gin Tonic mit mir zu trinken? Ach ja? Schön, morgen vielleicht? ... «

## 29.

*Wenn du doch bei mir wärst, Tish, um mein Dolmetscher zu sein. Wenn ich dich nur hier hätte, um mir zu erklären, was diese Kerle hier sagen. Sie reden alle gleichzeitig, und das schon seit Nächten. Ein großes Problem für uns taube Seelen, Tish, besteht darin, daß wir das selektive Gehör verlieren: Wir können kein bestimmtes Geräusch, keine einzelne Stimme unterscheiden, auf die wir uns konzentrieren könnten, sondern hören nur ein allgemeines Durcheinander von Geräuschen, die sich zu einem einzigen verwirrenden Lärm vermischen. Deine reizenden, süßen Schwanzreifen haben die Fähigkeit, sich auf die Stimme deiner Wahl zu konzentrieren und alle anderen in den Hintergrund zu verbannen, aber meine armen Reifen können nicht unterscheiden zwischen den Stimmen von: Doc Swain, meinem Vater, Archy und anderen Jugendlichen, aufdringlichen Chrusten und geschäftigen Wichtigtuern. Alle reden sie gleichzeitig. Wo bist du, Tish, meine Liebe?*

*Alle debattieren sie darüber, was getan werden kann, um dem hilflosen Mann zu helfen. Denn Er ist in der Tat hilflos, und es ist fraglich, ob Ihm überhaupt noch zu helfen ist, nicht bloß von uns, sondern von Seinen Mitmenschen auf dieser Welt, wenn es sie denn gibt, und ich bin sicher, es muß noch andere außer Sharon geben. Immerhin ist Er noch im Osten. Manchmal macht Er sogar die Augen auf. Sein Mund, dieses Verlies, aus dem mein Vater mit meiner Hilfe entkam, ist trocken, ausgedörrt und rissig. Aber Er ist bewegungsunfähig, an Seine Couch gefesselt, mal bei Bewußtsein, meistens aber ohnmächtig, schrecklich durstig, und Doc Swain schüttelt immer wieder still den Kopf, wenn er Ihn ansieht.*

*Die Atmosphäre hier ist ausgesprochen unangenehm: Die Luft im Mußeraum ist muffig vom Verwesterungsgestank, dem Gestank nach Fäulnis, Wundbrand und Krankheit und den üblen Dünsten, die wegen der Inkontinenz des Mannes von der durchnäßten Couch aufsteigen. Wenn Er jemals Verehrer hatte, so finden sie jetzt nichts Verehrungswürdiges mehr an Ihm. Niemand betet zu Ihm, niemand lobpreist Ihn oder bekundet Ihm Ehrerbietung. Der Prediger, Seine Heiligkeit Tichborne, hatte Ihn bereits verlassen und ist aus dem Parthenon, wie ich annehme, nicht zurückgekehrt, wo er wer weiß welches Unheil ausbrütet – fast hätte ich gesagt »Herr weiß welches Unheil«, aber der »Herr« weiß gar nichts. Der Herr wird seit neuestem von Wanzen heimgesucht, blutdürstigen kleinen Kreaturen, einfältig und entschlossen. Wir räumen nach Kräften unter ihnen auf, aber nicht schnell genug. Sie schlagen sich mit dem Blut des hilflosen Mannes voll.*

*Weil ich nicht hören kann, kann ich nur reden. Eine weitere Stimme, und zwar eine laute, in dem allgemeinen Getöse. Aber alle hören mir zu. Sie hören mir zu, als wüßte ich allein einen Ausweg aus dieser mißlichen Lage, und vielleicht stimmt das, allerdings ist es mir selbst noch nicht ganz bewußt. Ich habe eine Reihe von Vorschlägen gemacht. Sie wurden erwogen und geprüft, diskutiert und besprochen, aber keiner ist bislang ausprobiert worden ...*

*... außer meinem Vorschlag, wir sollten, bevor wir anfingen, uns gegenseitig aufzuessen, versuchen, in die Kartons in den Küchenschränken einzubrechen. In unserer Not hatten wir bereits die Seife gegessen, die wir in den Seifenschalen über der Spüle in der Kochstatt und in der Dusche im Badezimmer fanden. Hast du schon mal Seife gegessen, Tish? Je nach Marke ist sie eßbar und sogar schmackhaft, und natürlich enthält sie wesentliche Nährstoffe und Mineralien: Fette, Alkali, Potassium, Kalium, Glyceride und so weiter, und es gibt Legenden in Stay More über Knackerlaken, die die einstige Entvölkerung des Dorfes dadurch überlebten, daß sie ein paar alte Stücke Kernseife fanden, eine schrecklich scharfe Speise, aber schmackhafter als das parfümierte moderne Zeug.*

*Doc Swain und ich sind stolz auf unsere Eßwarensammlung, aber ich bin sicher, weder er noch ich hätten Lust, unsere Speisekammern mit sämtlichen unserer Nachbarn zu teilen – nur als allerletzten Ausweg. Doc war letzte Nacht mit dabei, als wir uns in der Küche um die Seifenschale versammelten zu einer Art Abendessen, bei dem uns auf lächerliche Weise der Seifenschaum aus den Mündern quoll und sie alle Witze (die ich nicht hören konnte) über den Geschmack des Essens und unser Aussehen oder worüber auch immer machten.*

*Ich erzählte den anderen von meinem Plan, in die Schränke in der Kochstatt zu klettern und zu versuchen, ob wir uns nicht den Weg in ein paar Behälter aus Papier, Pappe, Karton oder wer weiß was freibeißen könnten, um etwas Eßbares und Schmackhafteres als Seife zu finden.*

*Das taten wir und stellten fest, daß genug Schachteln mit Keksen, Crackern, Waffeln, Chips, Brezeln, Knäckebrot, Salzstangen etc. pp. vorhanden sind, um die Bevölkerung des Heiligen Hauses und auch die von ganz Carlott bis zum Jüngsten Gericht und womöglich noch darüber hinaus zu ernähren. Diese Leute werden nie in den Parthenon eindringen müssen, um dort ihr Magen- oder Seelenheil zu suchen. Doc Swain brüllte mir die Neuigkeit in die Schwanzreifen, daß die Knackerlaken von Stay More – so außer sich vor Freude über die Entdeckung, die sie meinem Vorschlag verdanken – den Ort dieses enormen Schatzes an Lebensmitteln »Chez Sam« getauft haben. Meine eigene Befriedigung über meinen Einfallsreichtum und mein Stolz werden nur durch den Gedanken getrübt, daß du nicht bei uns bist, Tish, um an diesem endlosen Bankett teilzuhaben. Wo bist du, mein Liebling? Deine Nachbarn aus Carlott, die samt und sonders ins Heilige Haus gezogen sind, berichten, daß von dir oder jemandem aus deiner Familie nichts mehr gesehen worden ist. Dein neuer »Freund«, Archibald Tichborne, sehnt sich fast so sehr nach dir wie ich; jede Nacht geht er hinaus und sucht Stay More nach dir ab. Wenn er heimkommt, schüttelt er langsam den Kopf und läßt mit sorgenvoller, schmachtender Miene die Schnüffelruten hängen. Ich bin fast versucht, ihn zu bemitleiden, aber schließlich sind wir Rivalen.*

*Der allgemeine Jubel über die Entdeckung der Überfülle »Chez Sam« droht uns selbstzufrieden, saturiert und gleichgültig gegenüber dem Elend von Lawrence Brace zu machen, der langsam dahinwestert; zumindest Doc Swain, mein Vater und ich und noch ein paar andere, sogar Archy, wenn er nicht gerade draußen nach dir herumschnüffelt, sind weiter dabei, Mittel und Wege zu ersinnen und zu diskutieren, wie wir dem Mann Hilfe besorgen können.*

*Ich schlug vor, daß wir versuchen, die Frau, Sharon, zu benachrichtigen. Ich regte an, daß wir Ihr zu schreiben versuchen. Mein ganzes Leben lang wollte ich Sharon einen Liebesbrief schreiben, aber es gab keine Möglichkeit, die Worte festzuhalten. Selbst mit Hilfe sämtlicher kräftigsten Knackerlaken, meinen herkulischen Vater eingeschlossen, könnten wir das gewaltige Gewicht eines Bleistiftes nicht heben, geschweige denn nach Belieben lenken.*

*»Tinte vielleicht«, meinte Doc. »Dieses altmodische Zeug in kleinen Fläschchen, in das die Menschen früher einen Gänsekiel reinzutunken pflegten.«*

*Während wir in und auf Lawrence Braces Schreibtisch nach der nicht vorhandenen Tinte suchten, entdeckten wir – nein, ich sollte Archy die gebührende Anerkennung nicht verwehren, denn er war es, der als erster die Maschine erklomm und uns herbeirief, um sie zu begutachten – entdeckte Archy also die IBM Selectric, die noch eingeschaltet war und mit summenden Eingeweiden dastand. Doc erzählte den anderen etwas, was ich nicht verstehen konnte, über seine frühere Erkundung der Maschine und seine Theorien, was ihren Sinn und Zweck angeht. Wir paar Leute kletterten auf der Maschine herum, sprangen von Taste zu Taste und lasen die Buchstaben und Ziffern, die darauf standen. Es war Archy, der erkannte, daß die Maschine bei ausreichendem Druck auf die Tasten einen Buchstaben auf das Blatt Papier druckte, auf dem bis jetzt nur die Worte standen: »Stay More, Arkansas«, »Lawrence Brace« und »Mythos, Meinung und Erzählung in den Gedichten von Daniel Lyam Montross« und dann das Bruchstück eines Satzes: »Wie ist es zu verstehen, daß«.*

*Archy fing an, auf der »I«-Taste herumzuspringen und brüllte: »DAS HIER MÜSSTE KLAPPEN!« Aber so sehr er sich auch anstrengte, nichts geschah. Die Maschine summte nach wie vor, blieb ansonsten aber untätig. Dein junger Freund Archy ist kräftig, athletisch und behende, Tish, aber trotz all seiner Akrobatik – mit Sprüngen, Saltos und Flickflacks – reichte sein Gewicht nicht aus, die »I«-Taste von der Stelle zu bewegen. Ich selbst versuchte es, und ich bin, bei aller Bescheidenheit, der stärkste von uns allen. Auch ich sprang hoch in die Luft und setzte hart auf, und obwohl ich nicht Flickflacks und Saltos schlagen konnte wie Archy, konnte ich doch mehr Druck auf die Taste ausüben. Aber vergeblich. Mein Vater, die zweitstärkste Knackerlake von ganz Stay More, versuchte, zu mir heraufzuklettern, aber auf der Taste war kaum Platz für uns beide, und einer von uns rutschte immer wieder herunter. Wir konnten uns jedoch auf die Ränder der Taste stemmen, und zusammen mit Archy, der oben auf und nieder sprang, und Doc, der an einer Seite zog, gelang es uns mit zähneknirschender Entschlossenheit und superkörperlicher Anstrengung, die Taste herunterzudrücken.*

*Die Typenkugel machte einen Ruck, klapperte und schlug heftig gegen das Blatt Papier. Wir sanken zu Boden, keuchend und seufzend, aber triumphierend. Da stand es, unser Werk, auf der Seite:*

Wie ist es zu verstehen, daß I

*»Jetzt ein ›C‹, schnell!« rief ich frohlockend.*

*»WO IST DENN DAS VERDAMMTE ›C‹?« fragte Archy.*

*»Da unten!« Ich zeigte es ihm, und er sprang, gefolgt von uns drei anderen, zur »C«-Taste hinüber, und langsam, langsam bekamen wir sie hinuntergedrückt.*

*»Wo ist das ›H‹?« fragte ich und sah mich um, und wir alle suchten danach.*

*»HIER, GANZ IN DER NÄHE!« rief mein Vater, und wir stießen eine Reihe weiter oben zu ihm und setzten all unsere Kraft ein, um das erste Wort zu vollenden:*

Wie ist es zu verstehen, daß ICH

*Dieses »H« hinunterzudrücken brachte mich an den Rand des Zusammenbruchs, und wir sanken auf die lange Taste ganz unten nieder, die keine Aufschrift trug, sondern die Leertaste war, ganz leicht herunterzudrücken, für die Leserlichkeit allerdings unverzichtbar.*

*Keiner von ihnen hatte mehr die Energie, meiner Aufforderung »Und jetzt die ›S‹-Taste!« Folge zu leisten. Sie hockten erschöpft auf der Leertaste und ruhten sich aus, und dann meinte mein Vater, daß wir wohl etwas zu essen bräuchten, um wieder zu Kräften zu kommen. Nach einem Besuch in der Kochstatt, wo wir einen kräftigen Imbiß zu uns nahmen, kehrten wir zu der Schreibmaschine zurück und setzten unsere Arbeit eine weitere Stunde lang fort, bis wir alle wieder erschöpft waren. Ich begann mich zu fragen, ob das hier vielleicht das Leben nach dem Westen war, die prophezeite Hölle, in der wir Nichtchrusten der Verheißung gemäß arbeiten müssen. Wir arbeiteten zum ersten und einzigen Mal in unserem Leben, und es war kein Vergnügen.*

*Ein größeres Problem tauchte auf, als unsere Buchstaben den äußersten rechten Rand der Seite erreichten und wir nicht wußten, auf welche Weise wir die Typenkugel zurückschaffen sollten. Wir konnten sie nicht von der Stelle rühren. Wieder war es der clevere Archy, der auf den Gedanken kam, daß die große Taste mit der Aufschrift RETURN etwas mit dem Zurückbewegen der Kugel zu tun haben könnte. Aber selbst als sechs von uns sich darauf zusammendrängten und im gleichen Takt auf und nieder sprangen, konnten wir sie nicht herunterdrücken. Archy zwängte sich zwischen den Tasten durch und entdeckte, daß die Unterseite der RETURN-Taste mit einem Hebel verbunden war, der, wenn ein Dutzend kräftiger Knackerlaken ihn herunterzog und zugleich ein Dutzend anderer sich oben auf die Taste quetschte, sich weit genug senken lassen müßte, daß der vehemente Rücklauf der Typenkugel in Gang gesetzt wurde.*

*Nach Stunden dieser höllischen Plackerei betrachteten wir unser Werk und sahen, daß es gut war.*

Wie ist es zu verstehen, daß ICH SCHWER VERLETZT BIN IN MEINEN EIGENEN KRABBLER GESCHOSSEN BEWEGUNG UNMÖGLICH HILFE BITTE SCHICK SOFORT HILFE

*Ich studierte unsere Botschaft und fragte mich, ob wir, grammatikalisch betrachtet, nicht ein bißchen mehr Zeichensetzung hätten einfügen sollen, beschloß aber, daß es nicht notwendig sei. Nach einer weiteren kräftigen Mahlzeit und einer Pause – und nachdem wir zusätzliche Hilfe durch andere Knackerlaken vom Heiligen Haus und aus Carlott rekrutiert hatten (wir mußten damit drohen, sie nicht mehr an »Chez Sam« zu lassen, wenn sie nicht helfen würden) – ging unser Trupp dann an die mühevolle Arbeit, das Papier durchzubeißen, den Rest des Blattes abzutrennen und den beschriebenen Teil aus der Schreibmaschine zu zerren.*

*Dann kam der knifflige Teil. Wir mußten die Botschaft, die jetzt aus der Maschine gelöst war, wie ein riesiges Laken tragen. Vierzig oder fünfzig von uns hielten sie an den Rändern, beförderten sie von der Maschinem hinab, dann vom Schreibtisch zum Boden, weiter über*

*den Boden, aus dem Sinnierzimmer hinaus und durch den Mußeraum zur Vordertür, die verschlossen war. Aber wie alle Türen hatte sie einen schmalen Spalt zwischen dem Rand und der Schwelle. Durch vorsichtiges Manövrieren – ein paar Dutzend gingen durch ein Einschußloch hinaus und zogen von der anderen Seite – schafften wir es, das Blatt unter der Tür hindurch auf die Veranda zu befördern.*

*In einer Mischung aus Erleichterung und Müdigkeit brach ich zusammen. Ich hatte mich immer noch nicht erholt von der Strapaze ein paar Nächte zuvor, als ich vom Mann niedergeschlagen worden war, demselben Mann, den zu retten ich nun so fest entschlossen war. Doc Swain kam zu mir herübergehumpelt und sagte, ich solle für eine Weile ruhig liegenbleiben. Ich hatte mich bei der Niederschrift der Botschaft und der Beaufsichtigung ihres Abtransports aus dem Heiligen Haus überanstrengt. Nun, so sagte Doc, würden er und mein Vater den Weitertransport der Botschaft zum Parthenon überwachen und sie dort deponieren, wo die Frau sie sehen würde, vorausgesetzt natürlich, sie stießen nicht auf zuviel Widerstand von Chid und seinen Diakonen, die, so nahmen wir an, den Parthenon jetzt für sich beanspruchten. Doc sagte, ich solle dableiben und mich ausruhen. Es war nur noch etwa eine Stunde bis zum Morgengrauen, und die Botschafter, fünfzig an der Zahl, mußten die Botschaft vor Tagesanbruch zum Parthenon schaffen. Der Regen hatte aufgehört, die Roamin Road war jetzt einigermaßen trocken, und fünfzig wackere Knackerlaken trugen das Blatt Papier auf die Straße und machten sich auf den Weg zum Parthenon.*

*Ich konnte nur zusehen. Ich wollte helfen oder zumindest mit ihnen gehen, aber ich war wirklich bis zum Westen erschöpft. Also blieb ich auf der Veranda und sah der Prozession mit unserer Botschaft zu. Das weiße Blatt Papier glänzte im Mondlicht, als der Zug sich langsam die Roamin Road hinunterbewegte.*

*Dann kam ein Morgenwind auf, und ich spürte seine Kraft an meinen Schnüffelruten, die mir auch sagten, daß es ein trockener Wind war, kein Regenwind. Gutes Wetter war im Anzug… aber für unsere Zwecke schlechtes Wetter, denn der Wind selbst, eine seichte, aber beständige Brise, fuhr unter das Blatt mit unserer Botschaft und entriß sie ihren Trägern – oder den meisten; ein paar, ein Dutzend oder so, klammerten sich verzweifelt daran fest und wurden mit in die Höhe getragen. Die meisten ließen sich fallen und landeten wohlbehalten auf dem Boden, aber einige, darunter mein Vater, klammerten sich weiter an das Blatt, als der Wind es wie einen Drachen hoch in den Nachthimmel entführte, westwärts über den sogenannten »Kompost- und Abfallhaufen des Herrn«, über ein Brachfeld zu einer Baumreihe an Swain's Creek, dann hinunter den Bach entlang und fort in die Nacht, bis es außer Sicht war. Ob das kostbare Blatt Papier im Bach gelandet oder darüber hinweggesegelt war, konnte ich nicht sagen. Als Autor der Botschaft blieb mir nur die Enttäuschung darüber, am Ende keinen Leser gefunden zu haben.*

*Schließlich kehrten die Botschafter niedergeschlagen ins Heilige Haus zurück. Doc Swain kam wieder zu mir gehumpelt und sank mit einem Kopfschütteln und einem fast hörbaren Seufzer müde nieder. Lange Zeit konnte ich vor Enttäuschung nichts zu ihm sagen, und auch er konnte nicht sprechen.*

*Die Morgendämmerung brach an. Doc ging, um nach seinem »Patienten« zu sehen, für den, davon waren wir überzeugt, jetzt der letzte Tag gekommen war. Ich schlief. Ich träumte, gegen Mittag und danach, von dir, Tish, und von meinem Vater und von Wolkenkratzern und sagenhaftem Essen und von allen Dingen, von denen ich je geträumt habe, aber vor allem von dir: Du und mein Vater, ihr traft euch am Ufer eines Baches, und du hast ihn gerettet oder er hat dich gerettet. Ich träumte von einem engelhaften schneeweißen Nagetier. Schließlich träumte ich von der Frau, Sharon, und von einer Person, die sowohl ich als auch Lawrence Brace war.*

*Die Lebhaftigkeit des Traumes weckte mich auf. Es war noch heller Tag, aber ich stellte fest, daß auch Doc und Archy schon wach waren, unfähig, Schlaf zu finden, oder verstört von ihren Träumen. Trotz des vollen Tageslichts machten wir uns daran, die anderen aufzuwecken, und versammelten uns in einem Gewirr klagender und diskutierender Stimmen. Archy kam auf die kluge Idee, das Haus in Brand zu setzen, in der Hoffnung, das Feuer würde Ihre Aufmerksamkeit erregen. Als Doc höhnisch bemerkte, womöglich würden der Mann und die meisten von uns verbrennen, bevor das Feuer bemerkt würde, schlug Archy vor, wir könnten statt dessen das alte Plumpsklo draußen hinter Carlott in Brand setzen. Okay, aber wie? Streichhölzer waren vorhanden, und diese könnten von zwei Knackerlaken an jedem Ende mühselig bis zum Klosett getragen werden. Dort könnten wir versuchen, an einem von ihnen genug Reibung zu erzeugen, um es zu entzünden, wobei unter Umständen derjenige, der den Versuch machte, gleich mit entzündet wurde. Aber was, wenn es uns nicht gelang, das Klosett zum Brennen zu bringen?*

*Ich wurde es leid, mir all das mühsam anzuhören. »Okay, Leute, das reicht«, sagte ich bestimmt. »Jetzt hört mir mal zu. Ich möchte, daß jede Knackerlake von Stay More, die dazu in der Lage ist – mit Ausnahme derer natürlich, die bereits im Parthenon sind –, sich unver-*

*züglich hier im Mußeraum einfindet. Ist das klar? Weckt alle auf, die noch schlafen.«*

*Meine Anordnung wurde prompt ausgeführt. Binnen Minuten hatten sich an die tausend Zuhörer versammelt.*

*»Nachbarn, Freunde, ihr braven Leute von Stay More, alle miteinander«, begann ich, »Chrusten und Nichtchrusten, Frackerlaken, Sackerlaken und Carlotter! Die Zukunft von Stay More liegt in euren Händen, oder eher in euren Krabblern, die heute gebraucht werden, wie sie noch nie gebraucht worden sind, nicht zum Fliehen und Verstecken, sondern um zielstrebig und entschlossen zu marschieren, um das Leben des Mannes zu retten, der dieses unser Heim errichtet und der die meisten von euch von Kindheit an ernährt hat. Ihr Chrusten habt Ihn einst angebetet und verehrt und um Seine Gunst gebeten, und ihr Nichtchrusten, die ihr Ihm gleichgültig gegenüberstandet, habt euch doch von den Krumen, die von Seinem Tisch fielen, ernährt. Keiner von euch wäre im Osten, wenn Er nicht gewesen wäre.«*

*Ich hielt inne, sowohl um die Spannung zu steigern als auch um ihre Reaktionen abzuschätzen. Viele von ihnen nickten zustimmend, aber sie alle warteten begierig auf den Kern meiner Botschaft. Ich fuhr fort: »Wir haben verschiedene Überzeugungen, verschiedene Religionen, verschiedene Bräuche und verschiedene Ansichten, aber eins haben wir alle gemeinsam: Wir alle ernähren uns von der Tafel des Mannes! Seine Angewohnheiten sind so, daß immer etwas von Seinen Speisen übrigbleibt, und wir tun uns an diesen Resten gütlich. Sogar ihr Leute aus Carlott, ihr Elenden dieser Erde, die ihr bis vor kurzem nicht am Essen des Mannes teilhattet, sondern in Seinem Hinterhof euer Auskommen suchen mußtet, auch ihr habt Seine Nähe gesucht! Warum habt ihr nicht fern im Wald, weit weg vom Mann gelebt? Weil alles in euch sich danach sehnt, Ihm nahe zu sein, Ihn hin und wieder zu erblicken, trotz der Tätlichkeiten, die Er gelegentlich gegen euch verübt hat.*

*Machen wir uns nichts vor, wir* lieben *Ihn! Fast gegen unseren Willen, und mit Sicherheit gegen Seinen Willen, lieben wir Ihn. Und doch liegt Er jetzt verwesternd darnieder, und wir tun gar nichts. Oh, die Tapfersten von uns haben zu helfen versucht und sind gescheitert, aber etwas bleibt, etwas, was wir alle gemeinsam tun können.*

*Es handelt sich um folgendes: Die Frau des Parthenon, die allein Hilfe rufen und Ihm den Beistand gewähren kann, zu dem wir nicht fähig sind, weiß nicht, daß Er dem Westen nahe ist. Wir müssen Sie informieren. Wie? Hört meinen Vorschlag: Wir alle sollten augenblicklich die Roamin Road hinunter zum Parthenon gehen, wo Sie zur Stunde der Dämmerung immer auf Ihrer Veranda sitzt, und zwar bevor es so dunkel wird, daß Sie uns nicht mehr sehen kann. Wir werden uns, alle die wir da sind, zu einem Pfeil formieren, der in Richtung des Heiligen Hauses zeigt, uns dann langsam, aber stetig zurück in diese Richtung bewegen und so Ihre Aufmerksamkeit erregen.«*

*Meine Rede wurde von Gemurre und Protesten unterbrochen. Ich konnte nichts davon hören, aber ich konnte sehen, daß sie alle gleichzeitig redeten, zueinander und in meine Richtung. Einige von ihnen schrien mir Fragen zu, von denen ich ein paar hören konnte. Wie könnten wir es wagen, noch bei Tageslicht zum Parthenon zu marschieren? Die Kreaturen des Tages – Vögel, Reptilien und Säugetiere – würden uns allesamt verschlingen! Wir würden alle gefressen werden!*

*Ich winkte mit meinen Schnüffelruten ab. »Nicht, wenn wir so viele sind!« rief ich. »In unserer Menge liegt unsere Stärke! Unsere Anzahl gibt uns Sicherheit!« Meine*

*Augen suchten die Menge ab nach einem Anzeichen von Tapferkeit, und mein Blick fiel auf eine Gruppe junger Mädchen. Unter anderen Umständen wäre ich in ihrer Gegenwart vor Schüchternheit wie versteinert gewesen, aber dies hier war eine Ausnahmesituation. »Ihr Mädchen«, sagte ich, »erinnert ihr euch nicht an euren Umzug am Abend der Spielparty, erst vor ein paar Nächten? Die Cerealien? Erinnert ihr euch nicht, wie der Anblick von so vielen von euch alle anderen Geschöpfe aus dem Weg scheuchte? Und bei einer Kröte einen Herzanfall auslöste?«*

*Die Mädchen von Stay More hoben in Erinnerung daran stolz die Köpfe und streckten dann die Schnüffelruten empor, um als erste ihre Hilfe anzubieten. Über ihren erhobenen Schnüffelruten sah ich durch die Fenster des Mußeraumes die untergehende Sonne.*

*»Wir haben keine Zeit zu verlieren!« rief ich. Meine Adjutanten begannen auf ein Zeichen von mir damit, Kekse mit Schokoladensplittern – hochwertige Energiespender – zu verteilen. Alle nahmen ein zeitiges Frühstück zu sich, während ich mit den Worten schloß: »Die Burschen an der Spitze, die Damen im Troß, die Kinder zuletzt! Unser Ruf soll sein: ›RETTET IHN!‹ Okay, gehen wir!«*

*»RETTET IHN!« rief die Menge und beendete das Frühstück, dann machten sich alle zu den Ausgangslöchern des Heiligen Hauses auf.*

*Auf der Roamin Road bildeten wir noch keine Figur oder Reihe, sondern marschierten in loser Formation unter meiner Führung die Viertelmeile bis zum Parthenon. Vögel kreisten über uns, und einige von ihnen stießen herab, um uns aus der Nähe zu inspizieren, wagten aber keinen Angriff. Schlangen glitten rasch aus unserem Weg. Ein Opossum konnte sein Glück zuerst kaum fassen, bekam es dann aber mit der Angst zu tun und huschte davon. Eine Tarantel machte hektisch einen großen Satz, um uns Platz zu machen. Eine Mannesanbeterin betete, aber nicht, um Beute zu machen. Wir gelangten ohne den Verlust einer einzigen Knackerlake zum Parthenon.*

*Wie erwartet, saß Sharon in Ihrem Schaukelstuhl auf Ihrer Veranda, in der einen Hand einen Drink, den Sie gerade an die Lippen hob. Sie hörte Musik, die aus Ihrem Haus kam, und Ihr Blick schweifte hinüber zum Heiligen Haus.*

*Rasch gab ich meinen Adjutanten, Archy als erster unter ihnen, Befehl, alle zu einer Figur zu gruppieren:*

*Ich selbst nahm in der vordersten Spitze des Pfeils Aufstellung, mit Archy etwas weiter unten an meiner rechten Flanke, während Doc Swain oben zu meiner Linken einherhumpelte. Ich gab den Marschtritt an: »Hopp. Zwo, sechs, zwölf! Hopp. Zwo, sechs, zwölf!« Die Menge skandierte: »RETTET IHN!« Wir bewegten uns stetig, aber nicht langsam in Richtung aufs Heilige Haus, bis ich sicher war, daß wir außer Sichtweite waren, dann lösten wir die Formation auf und eilten zurück zum Vorgarten des Parthenon, gruppierten uns neu und wiederholten den ganzen Vorgang. Als der Pfeil zum drittenmal gebildet war, gab ich meine Position an Archy ab und lief zur Veranda des Parthenon, um den Pfeil von Sharons Blickwinkel aus zu begutachten und, was noch wichtiger war, Sharon zu beobachten, um zu sehen, was Sie tat.*

*Sie tat nichts. Ob Sie den Pfeil überhaupt sah, konnte ich nicht sagen. Ihr Blick war nicht nach unten auf den Vorgarten, auf die Straße und die riesige Menge der Marschierenden gerichtet, sondern eher in die Ferne zum Heiligen Haus hinüber. Ich dachte daran, mich in Ihren Schoß zu stürzen, um Ihre Aufmerksamkeit zu erregen und Ihren starren Blick vom Heiligen Haus nach unten zu lenken, entschied aber, daß das nicht funktionieren würde; es würde Ihr vielleicht nur angst machen und Sie dazu bringen, ins Haus zu stürzen.*

*Die Dunkelheit brach rasch herein. Bald würde es so dunkel sein, daß Sie, auch wenn Sie in diese Richtung blickte, den Pfeil nicht mehr würde sehen können. Ich war ratlos, und mich überkam deprimierende Hoffnungslosigkeit.*

*Mit einemmal kam die gesamte Menge, die den Pfeil bildete, zurück zum Parthenon gerannt. Ich dachte zuerst, sie kämen zurück, um sich noch einmal neu zu formieren. Aber sie rannten aus Angst vor einem*

*Geschöpf, das nicht von ihrer Anzahl oder ihrer Pfeilform eingeschüchtert wurde. Einer großen weißen Maus.* Der *Großen Weißen Maus. Und hinter der Maus her kam eine weibliche Knackerlake, und die, so teilten mir meine Augen und dann meine Schnüffelruten mit, warst du.*

## 30.

Doc folgte ihnen nicht. Er verließ seinen Posten als Führer der linken Flanke, löste sich aus der Formation und stand abseits auf seinen drei müden Krabblern, um dem hektischen Rückzug zuzusehen. Er empfand Wut und ein Gefühl der Ohnmacht, der Vergeblichkeit. Diese Leute hatten keine Angst gehabt vor der Schlange, der Tarantel, der Mantis, den Vögeln oder dem Opossum, die ihnen auf dem Weg zum Parthenon begegnet waren, und doch rannten sie jetzt vor der Großen Weißen Maus davon. Er machte ihnen keinen Vorwurf, aber Doc hatte sich geschworen, nie wieder vor ihr davonzulaufen. In all seinen Mußestunden hatte er geplant und sich ausgemalt, was er tun würde, wenn er ihr noch einmal begegnen sollte, und jetzt war er bereit. »Auge in Auge trete ich dir gegenüber, dieses dritte Mal, Weiße Maus!« rief er ihr zu und stellte sich ihr entgegen, wenn auch nur auf drei Krabblern, da er die andern drei an die besagte Maus bei der besagten Gelegenheit verloren hatte.

»Hör doch auf, all diese Leute zu erschrecken, Hämmann!« rief eine weibliche Stimme, und Doc sah, daß direkt *hinter* der Weißen Maus ein Mädchen stand. Das Mädchen war Tish Dingletoon, die seit Tagen als ertrunken galt; Tochter von Jack und Josie (die den Berichten zufolge vor einigen Tagen bei einem Bierdosenabsturz umgekommen waren); dem Vernehmen nach die Liebste von Junker Sam, der jetzt, gleichfalls ohne Angst vor der Weißen Maus, von Norden her auf sie zugerannt kam; dieselbe Tish, die, wie sich Doc erinnerte, dem Vernehmen nach auch die Liebste von Archy Tichborne war, der jetzt, gleichfalls ohne Angst vor der Weißen Maus, von Süden her auf sie zustürzte.

»Tish!« riefen Junker Sam und Archy wie aus einem Munde und rannten zu ihr, um sie zu umarmen.

Das arme Mädchen konnte nicht gleichzeitig in beide Richtungen schauen, aber sie richtete die eine Schnüffelrute auf Sam und die andere auf Archy. Doc hielt beide Schnüffelruten auf die Weiße Maus gerichtet, die ihn jedoch überhaupt nicht beachtete.

Dann tat Tish etwas sehr Sonderbares. Sie stellte die Maus Doc vor. »Hämmann«, sagte sie zu ihr, »ich möchte dir Doc Swain vorstellen. Du schuldest ihm drei Entschuldigungen.«

Die Maus sprach zu Doc: »Wie gettet?« sagte sie. »Wennch so saachen daaf. Echt erfreut, Sie kennenzulernen. Dat klein Täubchen da meint, ich sollt mich entschulligen bei Ihnen, von wegen weil ich Ihre Beine angebissen hab. Et waan Mißverständnis, glaubense mir. Ich dachte, Sie wärn *eßbares* Tier, verstehnse?«

Tish und Junker Sam vollführten mit ihren Schnüffelruten eine Art Tanz. Der Mäuserich redete weiter auf Doc ein. Doc dachte, er träumte. Plötzlich kam Junker

Hank die Roamin Road entlanggeschlendert. Doc *wußte*, daß er träumte.

»Da wären Ihnen vor Schreck fast noch die anderen drei Krabbler abgefallen, was?« sagte Junker Hank zu Doc. »Ist er nicht ein verrücktes Geschöpf? Hämmann nennt er sich, seine Art, wie er Hermann ausspricht. Hat eine Geschichte auf Lager, so lang wie meine rechte Schnüffelrute, aber ordentlich reden kann er nicht. Hören Sie sich ihn mal an!«

Die Aufforderung war kaum nötig, da Doc es nicht vermeiden konnte, ihn anzuhören; der Mäuserich redete ununterbrochen. Jede zweite Äußerung war ein »odda nicht?« oder »wennch so saachen daaf«, und andauernd fragte er den Doc: »Wie finzat?«

»Wo haben Sie das Viech denn bloß gefunden?« fragte Doc Junker Hank und berührte vorsichtig den weißen Pelz.

»Tish hat ihn gefunden, ein gutes Stück den Bach runter«, sagte Junker Hank. »Doc, ich hab selbst eine lange Geschichte zu erzählen. Aber was geht hier vor sich? Was tun all die Leute hier? Wollt ihr eine neue Botschaft abliefern?«

Als Junker Hank auf den neuesten Stand der Ereignisse gebracht worden war, meinte er dazu: »Also, das ist doch wahrhaftig die dümmste Idee, die ich je gehört hab!« Dann wandte er sich an seinen Sohn und sagte: »Sam, Junge, warum zum Kuckuck hast du nicht einfach versucht, eine zweite Botschaft auf der Schreibmaschine zu tippen?«

Junker Sam, der seinen Vater nicht hörte, blickte ihn verständnislos an. Dann wandte sich der jüngere Junker an sein Mädchen und fragte: »Was hat er gesagt, Tish?«, und Tish wedelte und winkte auf sonderbare Weise mit ihren Schnüffelruten, und Sam sagte: »Oh«, dann sagte er zu seinem Vater: »Dazu war keine Zeit, Dad. Und wir konnten auch nicht sicher sein, daß der Wind die zweite Botschaft nicht auch weggeweht hätte. Wir müssen Ihre Aufmerksamkeit auf uns lenken, bevor es dunkel wird!«

»Nun, warum läufst du nicht einfach hin und springst Ihr in den Schoß?« fragte Junker Hank.

Tish schien die Worte des älteren Junkers für den jüngeren in eine Art Zeichensprache zu übersetzen.

»Was würde das nützen?« fragte Sam seinen Vater. »Du hast mir beigebracht, mich Ihr niemals zu zeigen, und wenn ich's täte, würde Ihr das bloß Angst einjagen.«

Tish ergriff das Wort, schüchtern, aber voller Überzeugung. »Meine Herren, ich habe eine Idee. Wie wär's, wenn Hämmann vorne an der Spitze des Pfeils marschieren würde? Die Frau würde Hämmann bestimmt sehen, weil er *weiß* ist.« Während sie sprach, drückte sie ihre Worte gleichzeitig für Sam in ihrer Zeichensprache aus.

Die beiden Junker sahen erst einander an und dann Doc, und Doc sah erst sie an und dann Tish und Archy und Hämmann, der nacheinander alle anderen ansah und sagte: »Hey, soll ich euch wat saachen? Dat kleine Schnuckelchen hatten Nagel kapaaftich auffen Kopp getroffen. Echt klasse, Baby!«

Wenn er denn träumte, so wollte Doc nicht aufwachen. Der Grund, weshalb er wußte, daß er träumte, war dieser: Jemand, der all das durchgemacht hatte, was ihm während der letzten paar Tage widerfahren war, konnte einfach unmöglich noch wach geblieben sein. Er mußte eingeschlafen sein. Er hatte seit dem Tag vor der Nacht, als Lawrence Brace sich selbst in seinen Krabbler geschossen hatte, nicht mehr richtig geschlafen. Doc war zwar einigermaßen beschämt, weil er mitten in der dramatischsten und wichtigsten Phase der

Rettungsaktion einschlief, aber es ließ sich nicht ändern. Er schlief, und jetzt hatte er diesen absurden Alptraum von seiner großen Nemesis, der Weißen Maus, die plötzlich wie eine Laborratte aus Brooklyn redete und sich anschickte, zum Helden der ganzen Geschichte zu werden.

Das Schöne am Träumen ist, daß dich niemand zwingt, dich wirklich anzustrengen und Aktivität zu entwickeln. Du kannst dich zurücklehnen und zuschauen, was dir und anderen alles widerfährt, und brauchst nicht zu reagieren, wenn du keine Lust hast. Doc mußte nicht einmal seine Position an der linken Flanke des Pfeils wieder einnehmen. Junker Hank übernahm seinen Posten, und Doc trat bloß zur Seite – oder wenn er träumte, drehte er sich bloß auf die andere Seite – und sah zu.

Unter der Führung von Junker Hank, Junker Sam und Tish, die praktisch auf Hämmanns langem rosafarbenem schuppigem Schwanz saß, formierte sich noch einmal der Pfeil aus Hunderten von Stay-More-Knackerlaken im Vorgarten des Parthenon, direkt unter der Veranda, auf der die Frau saß und zum Heiligen Haus blickte. Der Pfeil setzte sich, mit Hämmann an der Spitze, durch den Garten in Marsch. »Hey, kuck ma her!« summte Hämmann. Der Pfeil folgte Hämmann. »Komm schon, Frollein, kuck ma zu mir rüber!« Dann schrie Hämmann schrill über seine Schulter zurück. »Keerl nomma, Frollein, willze mich jetzt v'leicht ma ankucken?!?!«

Und das Frollein kuckte ihn an. Als Ihr Blick, angezogen von einem hüpfenden, hopsenden, tanzenden Ball aus Pelz, auf den Boden fiel, ließ sich jemand – Junker Sam, wie sich herausstellte – zurückfallen und richtete die letzten paar hunder Knackerlaken zu einer neuen Formation aus:

Ein bedeutendes philosophisches Problem, das Doc oft beschäftigt hatte, wenn er seinen Gedanken freien Lauf ließ, war die Möglichkeit, daß in einem Traum nicht nur der Träumende träumt, sondern auch jeder, der im Traum vorkommt. Wenn ich träume, daß du dort bist, träumst du deinerseits, daß ich hier bin. *Folglich*, überlegte Doc, während er dieser Prozession zusah, *träumt jeder einzelne dieser Knackerlaken nur, daß er (oder sie) dies alles tut, und natürlich träumt die Große Weiße Maus ebenfalls.*

... und natürlich träumte auch die Frau. Sicherlich mußte Sie selbst glauben, daß Sie träumte, als Sie dieses seltsamen Anblicks gewahr wurde. (Ich denke, ich träume, folglich träume ich, ich denke, ich bin. Et cetera. Philosophie war kompliziert, fand Doc.)

Und so dachte die Frau weiterhin, Sie träumte, als sich die Prozession langsam die Roamin Road hinunter zum Heiligen Haus bewegte. Aber dann stand die Frau mit einem leichten Schwanken auf und stellte das Glas ab, dessen Inhalt für das Träumen verantwortlich sein mußte. Anstatt nun hinaus in Ihren Garten zu gehen, um dem Pfeil zum Heiligen Haus zu folgen, drehte Sie sich um und ging in den Parthenon. Sie blieb einen Moment lang verschwunden und kehrte dann zurück, laut vor sich hin murmelnd: »Verdammte Newton-County-Telefongesellschaft!« Sie legte eine Hand über die Augen und spähte über die Roamin Road hinweg in die zunehmende Dämmerung, wo der Pfeil sich langsam in Richtung Heiliges Haus verlor. Sie machte einen Schritt die Treppe hinunter. »Omi, ich hab bloß vier Gin Tonics getrunken«, sagte Sie zur Luft. »Gut, vielleicht waren's auch fünf, aber ich bin nicht betrunken, das schwöre ich. Ich weiß, was ich sehe. Es sei denn, ich träume.«

Sie ging die restlichen Stufen in Ihren Garten hinunter und setzte sich in Richtung des Pfeils in Bewegung. »Also, wenigstens mal *nachsehn* kann ja nicht schaden, oder?« fragte Sie.

»Nein, das kann es nicht, Madam«, sagte Doc. »Sie werden mächtig überrascht sein, was Sie dort entdecken. Beeilen Sie sich!«

Die Frau ging schneller, so schnell Sie konnte. Doc folgte Ihr. Obwohl er Ihr nach Leibeskräften hinterherhumpelte, konnte er doch nicht mit Ihr Schritt halten. Der marschierende Pfeil war fast am Heiligen Haus angekommen. Als die Frau ihn einholte, war er bereits an der Treppe des Heiligen Hauses, wo die Knackerlaken, als die Frau eintraf, auseinanderströmten und verschwanden. Die Frau ging die Veranda des Heiligen Hauses hinauf, klopfte an eine der drei Vordertüren, klopfte noch einmal und verschwand dann im Haus. Doc hatte kaum seine eigene Klinik, auf halbem Weg zwischen Parthenon und dem Heiligen Haus, erreicht, als er die Frau letzteres betreten sah.

Er ging weiter, war aber noch immer hundert Meter vom Heiligen Haus entfernt, als die Frau wieder herauskam. Sie blickte die Roamin Road hinauf und hinunter, als hielte Sie nach jemand Ausschau, sah aber niemanden. Dann fing Sie an zu laufen. Nicht zum Parthenon, sondern in die andere Richtung, zum Briefkasten des Mannes. Aber Sie blieb nicht am Briefkasten stehen. Sie rannte weiter auf die Landstraße hinaus und über die Niedrigwasserbrücke.

Sie verschwand in Richtung der alten Konservenfabrik. Doc hatte keine Ahnung, aus welchem Grund Sie zu der verlassenen Konservenfabrik lief. Aber vielleicht lief Sie noch weiter. Was lag dahinter? Fern dahinter, auf dem Berg, lebten andere Menschen, jedenfalls behaupteten das die alten Sagen. Aber die waren weit, weit weg. Nein, dichter hinter der Konservenfabrik lag das alte Schulhaus. Aber warum sollte Sie zum alten Schulhaus gehen?

Bevor ihm das klar wurde, hörte Doc das Geräusch. Er hatte es noch nie zuvor gehört, aber alte Leute, die es ihrerseits von ihren Vorfahren erfahren hatten, hatten ihm davon erzählt. »BOMM!« erscholl es. Das Geräusch hallte über alles hinweg und schien von den Bäumen zu tropfen. Dann trat eine Pause ein, während der das Geräusch über das ganze Tal von Stay More hinweg grollte und polterte, und dann erklang ein etwas anderes Geräusch: »BÄHHH!« Doc bemerkte, daß nicht nur er allein, sondern alle Knackerlaken in Sichtweite wie erstarrt dastanden, die Schwanzreifen aufgerichtet und vom Schall vibrierend.

»BOMM!!« dröhnte es von neuem, und: »BÄÄHHH!« Doc begriff, woher das Geräusch stammte und wer es erzeugte, und sogar, auf welche Weise.

»BOMM!« – »BÄHH!« Doc kam zu dem Schluß, daß er doch nicht träumte, denn solche Geräusche hört man nicht in Träumen. In Träumen hörst du keine Geräusche, die du noch nie zuvor gehört hast.

»BOMM!« »BÄHH!«

Es steckte, fand Doc, eine Art Ironie in der Botschaft, die die Glocke von sich gab. Das Wort »Bombe« war tatsächlich eine Ankündigung, daß Die Bombe jetzt bald auf sie zukam oder daß, wie Doc vermutet hatte, Die Bombe der Schuß gewesen war, den der Mann auf Seinen eigenen Krabbler abgegeben hatte. Und »BÄHH« deutete auf das Schicksal-Ding, das sich freute, weil das Verhängnis jetzt seinen Lauf nehmen würde. Aber das Bombengedröhn bedeutete auch Hilfe und Hoffnung und eine Lösung für das Problem des Mannes. Doc begriff, warum die Frau die Glocke läutete.

»BOMM!« – »BÄHH!«

Wurde der Arm der Frau denn nicht müde von der Anstrengung, am Glockenstrang zu ziehen? Es dröhnte und dröhnte immerfort. Dann registrierten Docs Schwanzreifen ein anderes Geräusch: die Motoren von Autos und Kleinlastern, die aus allen Richtungen nach Stay More strömten.

# **Fünftes Stadium:** Die Frau bezahlt

## 31.

Junker John Dingletoon/Ingledew, *pro tempore* Hausherr im Parthenon, begann zu argwöhnen, daß sein Gast, Hochwürden Chidiock Tichborne, Mord im Schilde führte. Das Benehmen des Geistlichen war solcherart, daß Junker John glaubte, er plane ein Insektozid möglicherweise gegen Junker Johns eigene Person. Junker John hatte seinen Verdacht an diesem Morgen sogar der Hausherrin Josie gegenüber geäußert, aber Josie hatte erwidert: »Häh? Na, warum in aller Welt sollte Bruder Chid so was wohl tun?«

»Um mich loszuwerden«, erklärte Junker John geduldig. »Damit er der Oberjunker vom Parthenon werden kann und all die Leckereien hier für sich alleine hat.«

»Aber wir haben mehr als genug, Liebling«, wandte Josie ein. »Er braucht niemanden zu western, um soviel zu kriegen, wie er essen kann. Er braucht nicht mal zu fragen. Ich sag immer zu ihm: ›Bedient Euch einfach.‹« Josie gähnte. »Und jetzt ist wirklich Zeit zum Schlafengehen, Junker John.«

Junker John glaubte nicht, daß er schlafen könnte. Lange nachdem die Sonne aufgegangen war und Josie in Morpheus' Armen ruhte, hockte er noch wach da und schwenkte seine erhobenen Schnüffelruten beständig hin und her. Er fragte sich, ob Chid und die Diakone schliefen (bezweifelte es aber). Als er ihn das letztemal kurz vor Mitternacht, der Tuttifrutti-Stunde, gesehen und gerochen hatte, war Chid gerade dabei gewesen, sich auf dem Kopfkissen der Frau zu entleeren. Junker John war empört und wütend über Chids ordinäres und unverschämtes Verhalten gewesen, und er hatte sich vom Kaminsims zum Bett aufgemacht, um zuerst das Kotkügelchen vom Kopfkissen der Frau und dann Chid vom Bett und, falls nötig, aus dem Parthenon selbst zu entfernen. Aber dann war die Frau ins Zimmer zurückgekehrt und hatte etwas mit der Luft gemacht. Die Bierdose in Ihrer Hand hatte gezischt und gesprüht, aber es hatte nichts von dem Biergeruch gehabt, den Junker John kannte. Ein schwerer klebriger Nebel hing nun in der Luft, und Junker John wußte, er würde daran ersticken. Er war geflohen, so schnell ihn seine Krabbler trugen, aber nicht schnell genug. Zwar war er aus dem Zimmer getürmt, aber die versprühten Dünste hatten ihn, wenn auch nicht erstickt, so doch berauscht. Er war betrunkener gewesen als ein Engländer, was immer das auch sein mochte. Den Rest der Nacht hatte er in den verlassenen Geschäftsräumen des Parthenon, dem alten Postamt, verbracht, wo er umherirrte und sich in einer Art Halluzination einbildete, Chid pirsche sich mit den verschiedensten Mordwaffen an ihn heran: einem Kerzenständer, einem Messer, einem Bleirohr, einem Schraubenschlüssel, einem Revolver, einem Seil und Gift. Als die Wirkung der Dünste schließlich nachgelassen hatte und die Halluzinationen verschwunden waren, war Junker John zu Josie in die Wohnung zurückgekehrt, die sie sich in einem Schränkchen unter der Küchenspüle eingerichtet hatten. Die Frau war gekommen und hatte sich Ihr Frühstück gemacht, ein paar Spuren davon zurückgelassen, dann hatte Sie die Kochstatt verlassen.

Wie die meisten Carlotter konnte Junker John nicht lesen und deshalb die Etiketten auf den Behältern nicht entziffern, mit denen er und Josie das Küchenschränkchen unter der Spüle teilten: Ajax, Lysol, Oxydol, Glasolin, Ata, Tipptopp, Pril, Domestos, Sodasan, K2R und Meister Proper. Nichts davon, so stellte Junker John allein mit Hilfe seiner Schnüffelruten fest, war eß- oder trinkbar. Instinktiv versteckte er sich jetzt in seiner Schlaflosigkeit hinter einem Kanister Lysol, um das Boudoir, in dem Josie zusammengerollt schlief, zu belauern.

Bald darauf betrat Chid Tichborne durch einen Spalt das Schränkchen und näherte sich verstohlen der Bettstatt. Er hatte einen Schraubenschlüssel bei sich. Nein, Junker John berichtigte sich, ein Bleirohr, jedenfalls irgendeinen Gegenstand, mit dem er den schlafenden Junker John zu ermorden beabsichtigte. Aber Junker John schlief nicht, und er trat hinter dem Lysol hervor und sagte: »Krümchen, Hochwürden, habt Ihr Euch verlaufen?«

Was immer die Mordwaffe sein mochte, sie verschwand. Chid wirbelte herum und sah sich Junker John gegenüber, hustete, schluckte und stammelte dann: »Tjach, Hallöchen, Junker John, ich dachte, Ihr schlaft.«

»Durchaus nicht«, bemerkte Junker John.

»Nun, ich wollte nur nach Euch sehen!« erklärte Chid. »Wollte mich nur vergewissern, daß Ihr beide es auch schön gemütlich habt und Euch nichts fehlt. Ein heißer Tag, nicht wahr?«

»Echt heiß«, pflichtete Junker John bei.

»Ich hab auch kein Auge zugekriegt. Fing mich an zu fragen, ob Ihr und Josie es auch schön gemütlich habt und so weiter, bei dieser Hitze, Ihr wißt schon. Scheint so, als wär's zu heiß für Knackerlaken oder Tiere.«

»Ganz meine Meinung«, bestätigte Junker John.

»Schätze, Ihr habt gesehen, wie ich fast zertrampelt worden wäre von der Frau da drüben«, sagte Chid. »Und seither konnte ich nicht mehr schlafen.«

»Habt Ihr Ihr deshalb aufs Kopfkissen geschissen?« fragte Junker John forsch. Er dachte daran, daß der Lärm seiner Stimme Josie aufwecken könnte, die im Schlaf zu murmeln anfing. »Gehn wir doch nach draußen«, schlug Junker John vor.

Sie setzten ihre Unterhaltung auf dem Küchenboden fort. Sie waren für Josie außer Hörweite, aber immer noch sprach Chid mit leiser, verschwörerischer Stimme: »Junker John, ich habe schreckliche Neuigkeiten für uns alle. Die Frau ist doch nicht heilig und göttlich. Sie ist nicht der Herr, nicht einmal die Herrin. Vielleicht ist Sie eine Hexe. Jedenfalls ist Sie mit einer Riesenameise im Bunde, die wahrscheinlich Ihre Großmutter ist, und Sie spricht mit Ihr.«

»Ach, tatsächlich?« sagte Junker John. »Seid Ihr sicher, daß es eine Ameise ist?«

»Ich würd sie Euch zeigen«, erbot sich Chid, »aber ich geh da nicht wieder rein. Ich sag Euch, das reicht beinahe, um einem die Religion für immer zu verleiden. Zuerst entpuppt sich unser Mann als unzuverlässig und wertlos, und nun ist die Frau eine Hexe.«

»Sieht so aus, als würdet Ihr bald arbeitslos, Hochwürden, wenn Ihr niemanden mehr habt zum Verehren oder drüber Predigen«, überlegte Junker John laut. Dann fragte er: »Habt Ihr bemerkt, ob diese ›Ameise‹ mit irgendwas verbunden war?«

»Verbunden? Ja, jetzt wo Ihr's sagt, die Ameise hatte einen unheimlich langen Schwanz, der bis runter zu dem Käfer reichte, und der Schwanz des Käfers reichte bis auf den Boden und verschwand durch ein Loch.«

»Das waren keine Schwänze, Hochwürden. Die Dinger nennen sich ›Kabel‹. Wie die Stromkabel im Heiligen Haus, nur sind sie nicht ganz so elektrisch.«

Junker John wollte dem Geistlichen gerade die Technik der Dingsbumse erklären, als ihre Unterhaltung unterbrochen wurde durch das Erbeben ihres Substratums, das das Näherkommen der Frau Selbst ankündigte. Die beiden Knackerlaken hatten gerade noch Zeit, unter die Leiste des Schränkchens zu huschen, bevor die Frau in die Kochstatt kam. Sie sahen zu, wie Sie zwei Flaschen und eine kleine grüne Frucht aus Ihrem Kühlschrank nahm und dann eine Schale mit Eiswürfeln aus dem Gefrierfach. Sie begann sich auf der Arbeitsfläche den ersten Drink, den Sie an diesem Tag zu sich nehmen würde, zu mixen. Sie trug Ihr Glas, mit einem Schnitz der grünen Frucht zurück in Ihr Zimmer und von dort hinaus auf die Veranda des Parthenon.

Beide Knackerlaken schwenkten die Schnüffelruten und erhaschten das ferne Aroma der Flüssigkeiten, die Sie gemischt hatte. »Wie wär's mit einer Kostprobe, Junker?« fragte Bruder Tichborne, und die beiden flitzten das Schränkchen zur Arbeitsfläche hoch. Eine einzelne Stubenfliege war bereits da. Keine der beiden Knackerlaken hatte viel Erfahrung mit der tagsüber jagenden Stubenfliege oder konnte ihren fremden Dialekt verstehen. Eins der vielen Dinge, die Knackerlaken und Menschen gemeinsam haben, ist beider Verachtung für Stubenfliegen, die keinen Sinn für persönliche Hygiene haben, wie andere Insekten, und achtlos verderbliche Mikroben verstreuen – ganz zu schweigen von ihrer schieren Häßlichkeit: der schweinshaften Schnauze, den riesigen Glupschaugen, dem gedrungenen borstigen Körper. »Ksch, Fliege«, sagte Junker John zu ihr und machte einen Satz auf sie zu. Wohl alarmiert über die Begegnung mit einem unbekannten nachtaktiven Geschöpf, machte die Fliege die Fliege.

Junker John und Chid kosteten den Saft der grünen Frucht, die aufgeschnitten auf einem Hackbrett lag, und fanden ihren herben, durchdringenden Zitrusgeschmack interessant, aber nicht aufregend. Sie kosteten ein Tröpfchen von einer der beiden klaren Flüssigkeiten, die der Geistliche dank seiner Erfahrungen aus der Kochstatt vom Heiligen Haus als Chinin identifizierte, dem Vernehmen nach ein gutes Heilmittel gegen Moskitobisse, obwohl er selbst noch nie von einem Moskito gebissen worden war. Schließlich näherten sie sich einem verschütteten Tröpfchen der anderen klaren Flüssigkeit.

»Das hier nennt sich ›Gin‹«, erklärte Chid. »Da ich selbst nicht trinke, werter Junker, oder für gewöhnlich jedenfalls nicht, muß ich hier wohl passen und überlasse alles Euch.«

Junker John probierte es und sprang drei Zentimeter in die Höhe. Es war ein starker Tropfen. Es schoß ihm ins Blut wie nichts, was Junker John je probiert hatte. Chism-Tau war wie Fanta light im Vergleich dazu, obwohl er Fanta light noch nie probiert hatte. Schon das bißchen Gin auf den Lippen ließ Schauer durch sein Hirn rieseln. »Grundgütiger Herr Joshua!« rief er aus. »Ein ganzer Tropfen von dem Zeug würde einen geradewegs verwestern.«

»Oh, ich weiß nicht«, sagte Chid. »Probiert es doch aus.«

Junker John kam der Verdacht, daß Chid ihn zu vergiften versuchte, aber er konnte dem Getränk und seiner umwerfenden Wirkung nicht widerstehen. Bevor er sich versah, hatte er auf magische Weise den Prediger zur Größe einer Knackerlake im dritten Stadium schrumpfen lassen. »*Ex*-Prediger«, verbesserte er sich selbst, denn es war offensichtlich, daß Chid Tichborne keine anständige Gottheit zum Verehren mehr hatte. Wenn Chid das Predigen aufgäbe und ein ganz normaler Typ würde, wäre er vielleicht gar kein so schlechter Kerl. Er wäre dann nichts Besseres als Junker John. Schon jetzt war er nur noch halb so groß wie Junker John. Junker John und er konnten gute Freunde sein, wenn sie es versuchten.

»Kommt doch mal her«, drängte Junker John, die Worte schon etwas lallend, den schrumpfenden Exprediger, »und versucht selbst mal ein Schlückchen von diesem Gin hier.«

»Laßt nur«, lehnte Chid ab. »Trinkt ruhig den ganzen Tropfen.«

»Mir soll's recht sein«, bemerkte Junker John und machte sich daran, den ganzen Tropfen Gin aufzulecken. Der Prediger schrumpfte zu einem Nichts.

Die Nacht brach mitten am lichten Tage an. Wie schrecklich für jemanden, der den Schlaf bitter nötig hat und glaubt, es sei der Westen der Tagesmitte, und dann mit einemmal feststellt, daß es Nacht ist. Aber Junker John war das egal. Er trieb einfach ins Reich der Träume hinüber. Tiefe Dunkelheit umgab ihn. Trotz seines hervorragenden Nachtsehvermögens konnte Junker John nichts von dem Exprediger sehen. Jack Orville Dingletoon war der Boß-Junker vom Parthenon und hatte ihn ganz für sich allein und konnte sein ganzes Leben lang dort träumen, eine Knackerlake im

Schlaraffenland, in dem die Böden mit Biskuit asphaltiert und die Wände aus Malzzucker und Kuchen und Torten waren.

Als er erwachte und feststellte, daß sich sein guter alter Schädel anfühlte, als hätte ihm jemand seine Schnüffelruten ins Hirn gestopft und verkehrt herum wieder herausgezogen, war es in der Tat Nacht oder zumindest vollständig dunkel um ihn. Seine hochempfindlichen Nachtaugen konnten nichts sehen, nicht einmal die Schnüffelruten vor seinem Gesicht. Er konnte nur versuchen, sich seinen Weg zu ertasten, und es war ein langsames, beschwerliches Vorankommen. Er hatte eine vage Erinnerung daran, daß er sich auf einer Arbeitsfläche in der Kochstatt des Parthenon befunden hatte, aber dort war er jetzt nicht mehr. Ekliges, klebriges Zeug und hartes rauhes Zeug, Schleim und Schmutz und Fett und Fiesigkeiten: Müll, jawohl, es war ein Mischmasch des übelsten Mülls, der Junker John umgab. Man sollte denken, eine Knackerlake könnte im Müll ihr Paradies finden, aber Junker John hatte das Gefühl, in der Hölle gelandet zu sein. Nichts von diesem Zeug war wirklich eßbar: Kaffeesatz, schwarz und feucht, stickig und stinkig. Schalen von Hühnereiern. Das ausgequetschte Fleisch und die Rinde einer Frucht, die er als das grüne Zeug identifizierte, das die Frau in Ihren Drink getan hatte. Mehrere Haarsträhnen der Frau. Aufgefegter Staub und Dreck und Schmiere, und nur das eine oder andere eßbare Teilchen. Mit Fühlern und Schnüffelruten forschte Junker John weiter und fand unidentifizierbare eklige Substanzen und Flüssigkeiten, und außerdem fand er die Leiche der Stubenfliege, der er früher begegnet war. Sie war von einer Fliegenklatsche zerschmettert worden und stank zum Himmel. Anderswo in diesem Gefängnis befanden sich leere Schachteln, Behälter und zerknülltes Papier. Die Wände dieses Gefängnisses bestanden aus elastischem glattem pechschwarzem Material, das Junker John nicht durchbeißen konnte. Er stemmte sich dagegen, und es gab unter seinem Gewicht nach, aber nur leicht, dann federte es wieder zurück, wie um ihn zu verhöhnen. Er forschte in jede Richtung, aber das glänzende glatte schwarze Material hatte keinen Ausgang. Die eine Stelle, wo es faltig wurde und sich offensichtlich zu einem Ausgang verengte, war von außen dicht verschlossen.

»Josie?!« rief Junker John erbärmlich und vergebens. »Chid?!« heulte er. »Irgend jemand?!« versuchte er sein Glück. Er war allein und hatte den schlimmsten Kater, den er sich nur vorstellen konnte, und obwohl er nicht im Westen war, machte das kaum einen Unterschied, weil es keinen Ausweg gab, kein Entkommen, keine Möglichkeit, in die Welt der Leute und der Liebe zurückzukehren.

»Womit habe ich das verdient?« rief er laut. Es kam keine Antwort. Noch nicht. Und dann kam eine. Während er in tiefster Verzweiflung dahockte, überzeugt davon, in der Hölle zu sein, ertönte ein Geräusch, das ihn in seiner Überzeugung bestärkte. »BOM – BÄH«, sagte es zu ihm. Es sagte dasselbe noch einmal, und noch mal und noch mal und immer noch mal.

## 32.

Sie wußte, daß Archy sie mitnehmen wollte, weit fort. Sein Glaube, daß es auf der Welt fabelhafte Häuser gab, die weit besser als das Heilige Haus oder der Parthenon waren, wurde durch die plötzliche Anwesenheit so vieler Menschen im Heiligen Haus und seiner Umgebung bestätigt. Es waren ein Dutzend oder mehr, sie konnte sie gar nicht alle zählen. Große und kleine, männliche und weibliche, dicke und dünne, junge und alte. Tish war in dem Glauben erzogen worden, daß es einen Mann, und nur diesen einen, gab, der über alle anderen Geschöpfe erhaben war. Sie hatte diesen Mann als ihren Herrn geliebt, zu Ihm gebetet und erwartet, daß sie, wenn sie in den Westen ging, für immer und ewig auf Seiner rechten Hand leben würde. Dann hatte sie erfahren, daß der Mann nur ein Mensch war, groß und betrunken und flach hingestreckt im Gras von Carlott, einsam und verletzlich und auf eine andere Weise irgendwie liebenswert. Aber jetzt war der Mann im Westen und wurde von anderen Männern aus dem Heiligen Haus getragen, die stattlicher und herrschaftlicher aussahen als unser Mann, und sie hoben Ihn hoch, entfernten Seinen Körper aus dem Heiligen Haus und trugen Ihn zu einem Fahrzeug, das Ihn aus Stay More abtransportierte, so wie Sein eigenes Fahrzeug es dann und wann, aber mit Ihm als Fahrer, getan hatte. Jetzt fuhr Er nicht, sondern lag auf den Rücksitz des Fahrzeugs eines anderen Mannes gestreckt, und die Tür wurde geschlossen, und Er wurde fortgeschafft. Die Frau stieg in eins der anderen Fahrzeuge, das ein anderer Mann fuhr, und auch dieses erreichte die Landstraße und verschwand. Einer nach dem anderen kehrten auch die anderen Menschen, die im Heiligen Haus geblieben waren, um es zu erkunden und dann zuzusperren, zu ihren Fahrzeugen zurück und fuhren fort. Die Knackerlaken von Stay More und das eine Nagetier von Stay More beobachteten all dies von Anfang bis Ende.

In der Schnüffelruten-Zeichensprache ist »Westen« dasselbe wie »Bauch nach oben«: ein Umdrehen der beiden Schnüffelruten, um das Umdrehen des Körpers in die Bauch-nach-oben-Stellung zu signalisieren. Tish ging zu Junker Sam, der mit Doc Swain und seinem Vater sprach, und in der Zeichensprache fragte sie Sam: »Ist Er im Westen?«

Sam antwortete ihr, indem er mit seinen Schnüffelruten gestikulierte: »Wir wissen es nicht. Doc hatte keine Gelegenheit mehr, Ihm den Puls zu fühlen, bevor sie ihn wegbrachten. Doc war zu sehr damit beschäftigt, uns dabei zu helfen, Hilfe für Ihn zu beschaffen.«

»Worüber redet ihr beide auf diese komische Weise?« fragte Doc sie.

»Ich hab ihn gefragt, ob der Mann im Westen ist«, sagte Tish zu Doc, »und er hat mir gesagt, daß Sie es nicht mehr herausfinden konnten, bevor die Ihn wegbrachten.«

»Aber habt ihr bemerkt«, sagte Doc zu den anderen Umstehenden und Tish, »daß einer der Männer, die Ihn rausschafften, so ein Ding um den Hals hatte, ich glaube, es nennt sich Stereoskop oder so ähnlich, mit dem man den Herzschlag abhört. In meiner Klinik hängt eins an der Wand, aber es ist völlig verstaubt. Wie auch immer, er hielt das eine Ende dieses Stereoskops dem Mann an die Brust, und er nickte mit dem Kopf, als wollte er sagen: Ja, er könnte hören, daß das Herz des Mannes noch schlug.«

Diese Information wurde von Mund zu Schwanzreifen durch die ganze Menge weitergegeben, bis jeder in Stay More sie verstanden hatte.

»Was, meinen Sie, werden die mit Ihm machen?« fragte Junker Hank Doc.

»Wo bringen sie Ihn hin?« fragte Tish. Sie war immer noch damit beschäftigt, Docs Worte in Zeichen zu übersetzen, die Sam verstehen konnte, und sie buchstabierte langsam S-T-E-R-E-O-S-K-O-P.

»Nun«, antwortete Doc, »ich sag euch was. Ich hab gehört, daß es weit, weit weg, hinter den Bergen, ein großes altes Haus gibt, kein Haus, wo Menschen leben, sondern ein großes Haus, wo die Menschen sich um ihre Kranken, Lahmen und Siechen kümmern, und dieses Haus wird Haus Pital genannt. Ich schätze, sie haben den Mann in dieses Haus Pital gebracht, um Ihn dort zu behalten, bis es Ihm bessergeht.«

Tish war sich bewußt, daß Archy etwas abseits dabeistand und sie aufmerksam, neugierig und etwas eifersüchtig ansah.

Auch Sam war sich Archys Gegenwart bewußt, und er signalisierte ihr: »Ich bin sicher, du hast mit ihm auch einiges zu besprechen« – er zeigte unmerklich mit der Spitze einer Schnüffelrute auf Archy – »warum treffen wir uns also nicht später unter vier Augen? Es gibt so viel, worüber wir reden müssen.«

»Ja«, pflichtete Tish bei. »Ich muß dir erzählen, wie Hämmann mir geholfen hat, mein Osterei zu verstecken.«

*»Dein Osterei zu verstecken???«* Sam wiederholte die Zeichen mit Nachdruck, setzte aber mit einem rhythmischen Wedeln seiner Schnüffelruten drei Fragezeichen hinzu.

In der Zeichensprache besteht »Wir sehen uns später«

aus einer Kombination des herkömmlichen »wir« mit »sehen« und einem raschen Vorschnellen des einen Fühlers über dem anderen, um »später« anzuzeigen. Tish machte Junker Sam dieses Zeichen.

Dann ging sie zu Archy hinüber und fragte: »Willst du mit mir reden?« Das letzte Licht des Tages war jetzt verschwunden; die Nacht, das Element der Knackerlaken, hatte wieder Einzug gehalten, und sie waren mittendrin.

»Ich kann nicht so gut mit den Schnüffelruten wackeln wie er«, sagte Archy.

»Das mußt du auch nicht«, erwiderte sie. »Dein Gehör funktioniert doch einwandfrei, nehme ich an.«

»Aber ich bin hier seit neuestem ein Niemand«, bemerkte er. »Dein Junker hat den ganzen Laden geschmissen.«

»Mit deiner Hilfe, Archy«, korrigierte sie ihn, um ihm Mut zu machen. »Er hätte es ohne deine Hilfe nicht geschafft.«

»Und ohne dich und die große Maus auch nicht«, ergänzte Archy. Er lächelte. »Weißt du, daß du jetzt das berühmteste Mädchen in der ganzen Stadt bist? Fast so was wie ein Star. All die andern Mädchen sind grünäugig vor Neid.«

Tish errötete und protestierte: »Ach, Archy, sie sind doch sowieso alle grünäugig.« Womit sie recht hatte, denn die Augen aller Knackerlaken haben diese Farbe. Aber sie mußte zugeben, daß es ihr gefiel, im Mittelpunkt des Interesses zu stehen; sie genoß es auch, daß diese beiden Burschen um ihre Gunst wetteiferten. Überall standen die anderen Mädchen von Stay More in Grüppchen zusammen, tuschelten miteinander und warfen Tish begehrliche Blicke zu. Würden ihre Eltern nicht stolz auf sie sein?! Aber wo waren die Eltern? »Hast du meine Familie gesehen?« fragte sie Archy.

»Nein, und meine auch nicht«, sagte er mit einem leichten Vorwurf in der Stimme, denn er erinnerte sich schmerzlich, daß sie diejenige gewesen war, die ihn über das Verwestern seiner Mutter aufgeklärt hatte, und sie erinnerte sich, daß sie ihm bei ihrer letzten Begegnung erzählt hatte, sie selbst sei auch mutterlos.

»Ich hab gehört, sie seien zum Parthenon gegangen, um mich zu suchen«, sagte sie.

»Na, so ein Zufall«, erklärte Archy. »Mein Dad ist auch zum Parthenon gegangen. Warum laufen wir nicht mal eben rüber und sehen nach, was los ist?«

Also brachen Tish und Archy zu einer kleinen Reise zum Parthenon auf, und auf dieser Reise erzählte er Tish, daß er sie nicht bloß zum Parthenon, sondern weit, weit mit sich fortnehmen wollte.

»Ich glaube nicht, daß der Mann jemals zurückkommt«, sagte Archy. »Selbst wenn er nicht im Westen ist, werden sie Ihn für den Rest seines Ostens in diesem Haus Pital behalten. Selbst wenn Sie Ihn gehen lassen, wird er nicht hierher zurückkommen. Das Heilige Haus wird verlassen sein wie die anderen Häuser von Stay More, und was soll dann aus uns werden? Nein, ich denke, es wird heißen: Rette sich wer kann und den Letzten schnappt die Mackerlake, und ich habe nicht vor, hier rumzuhängen und abzuwarten, ob der Mann je zurückkommt.«

»Aber wo genau willst du denn hin?« fragte Tish.

»Darüber hab ich nachgedacht.« Er zeigte mit einer seiner Schnüffelruten zum Berg im Westen hinüber, den manche Leute Mount Staymore genannt hatten. »Ich würde gerne mal dort drüben hin. Ich hab gehört, dort gibt es Menschen, die in schönen Häusern leben.«

»Ich hab gehört«, sagte sie, »das nächste Haus in dieser Richtung ist ein Dutzend Achtelmeilen entfernt, und dazwischen sind mehrere Bäche zu überqueren.«

»Na und?« entgegnete er. »Niemand hat auf dieser Welt jemals etwas erreicht ohne ein bißchen Mühe. Wir würden vielleicht eine Woche oder länger bis dorthin brauchen, aber es wäre eine schöne Reise für uns.«

»Uns?« fragte sie.

»Mich und dich«, sagte er sanft. Er blieb stehen. Er umschlang ihre Schnüffelruten fast spielerisch mit den seinen. »Tish, Liebling, ich würde niemals auf den Gedanken kommen, alleine zu gehen, ohne dich. Lieber würde ich in Stay More bleiben, wenn du nicht mit mir gehen willst.« Er sah ihr von ganz nahm in die Augen und fügte hinzu: »Du *wirst* doch mit mir gehn, oder?«

»Wieso, Archibald Tichborne, du hast mir ja bisher nicht einmal einen Heiratsantrag gemacht«, sagte sie.

»Was meinst du, was ich gerade in diesem Moment tue?« fragte er.

»Davon hab ich nichts gehört«, sagte sie.

»Zwing mich nicht, es in Worte zu fassen«, protestierte er. »Ich kann mich nicht einfach hinstellen und von Heirat *reden*.«

»Warum nicht?«

»Nun ... es ist nicht ... nicht männlich.«

*»Männlich?«* Sie fragte sich, ob er männlich auf die Art und Weise meinte, wie Lawrence Brace es war.

»Ah, zum Kuckuck noch mal«, beklagte er sich und kickte mit dem einen Vorderkrabbler ein paar Kieselsteine weg. »Du weißt, was ich meine«, sagte er trotzig. »Es paßt nicht, wenn ich vor dir auf die Knie falle und dir einen Antrag mache, wie es die Leute früher getan haben.«

»Wie machen's die Leute denn heutzutage?« fragte sie sich laut.

»Sie werden einfach ein Paar«, sagte er.

»Und wie machen sie *das*?« fragte sie unschuldig.

»Nun, sie suchen sich einen Priester, und der führt die Zeremonie durch.«

»Der einzige Priester ist dein Vater«, wandte sie ein.

»Genau«, sagte er. »Und da drüben ist er!«

Ihr Weg hatte sie schließlich zum Vorgarten des Parthenon geführt, genau an den Punkt zurück, wo die Prozession des Pfeils ihren Anfang genommen hatte, doch nun: Statt daß die Frau in Ihrem Schaukelstuhl auf der Veranda saß, wurde die Veranda jetzt von Bruder Tichborne beherrscht, der an ihrem Rand hockte, als gehörte sie ihm ganz allein, und neben ihm hockte Tishs eigene Mutter! Hinter ihnen im Schatten waren drei Diakone der Kirche, die Brüder Sizemore, Ledbetter und Stapleton, zu sehen.

»Mama!« rief Tish freudig aus und rannte die Stufen hoch, um sie zu begrüßen.

»Papa!« rief Archy und rannte direkt hinter Tish los, überholte sie und war der erste, der seinen Elternteil umarmte. »Ich wußte nicht, ob du ertrunken bist oder was!« sagte Archy zu seinem Vater.

»Ich wußte nicht, ob du ertrunken bist oder was!« sagte Tish zu ihrer Mutter.

»Und ich hatte ja keine Ahnung, wo und ob du nicht selbst ertrunken bist«, sagte Josie zu ihrer Tochter. Dann fragte sie: »Wo sind deine Geschwister?«

Tish ließ den Kopf hängen. »Jubal und die sind unten im Heiligen Haus«, berichtete sie. »*Einige* von ihnen. Es sind nicht mehr als einunddreißig übrig, Mama. Unser Haus ist bei der Flut weggespült worden, und wir haben Julie verloren und Japhet, Jenny, Jick, June, Jay, Jill, Jock, Jarvis, Jewel, Jayne, Junior ... «

»Schon gut«, unterbrach Josie sie und verkündete feierlich: »Es gibt schlimmere Neuigkeiten. Wir alle haben deinen Vater verloren.«

»Nein!« rief Tish und blickte ihrer Mutter ins Gesicht, um diese bittere Wahrheit bestätigt zu sehen, aber ihre Mutter schlug die Augen nieder. Tish sah den Prediger an, der mit ernster Miene nickte.

»Die Frau hat ihn vernichtet«, erklärte Bruder Tichborne. »Sie hat ihn gewestert und ihn zusammen mit dem Müll weggeworfen. Ich hab's mit meinen eigenen Augen gesehn. Lasset uns beten«, setzte er automatisch hinzu und senkte seinen Kopf zum Gebet, hob ihn aber augenblicklich wieder. »Moment mal. Wir haben niemanden, zu dem wir beten können. Der Mann ist im Westen, oder?« Er blickte seinen Sohn an.

»Sie wissen es nicht«, sagte Archy und berichtete seinem Vater von den jüngsten Ereignissen im Heiligen Haus. »Habt ihr denn den Pfeil nicht gesehen? Habt ihr nicht die Große Weiße Maus gesehn?« fragte er seinen Vater, die Diakone und Josie.

»Pfeil?« sagten sie. »Maus?« sagten sie. Archy erklärte es ihnen. Archys Vater schien über die Neuigkeit, daß Junker Hank noch im Osten war, beunruhigt zu sein.

»Dad, hast du nicht die Glocke läuten hören?« schloß Archy seinen Bericht. »Als die Glocke läutete, kamen von überall aus den Bergen Menschen herunter ins Heilige Haus, um den Mann zu holen und Ihn in das Haus Pital zu bringen. Es ist genauso, wie ich's dir gesagt hab, Dad, es gibt nicht nur einen Mann, sondern unheimlich viele. Die Welt ist voll von ihnen.«

»Ich weiß, ich weiß«, sagte Bruder Tichborne feierlich. »Und von Frauen auch. Und diese Frau hier ist die schlimmste von allen. Bevor Er sich um den Verstand gesoffen und sich in Seinen eigenen Krabbler geschossen hatte, war der Mann groß und gut, war der

Mann unser König. Aber die Frau ...« Die Augen des Predigers glänzten boshaft, und in seiner Kehle grollte es mordgierig. »Die Frau ist gemein und böse und unmännlich; Sie ist keine Königin, sondern eine Hexe. Niemals werde ich Sie anbeten.«

»Dann bist du kein Priester mehr?« wollte Archy von seinem Vater wissen.

»Ich fürchte nein«, sagte Chid. »Ich beabsichtige, hier im Parthenon zu bleiben, aber ich werde niemals in Demut vor der Frau das Knie beugen! Ich werde niemals ins Heilige Haus zurückgehen! Ich bin jetzt der Boßjunker vom Parthenon, und die Ingledews werden ihn niemals zurückbekommen. Ich werde ...«

Der Prediger geiferte noch weiter, aber Tish konnte ihm nicht zuhören. Alles, woran sie denken konnte, war ihr verwesterter Vater. Sie merkte, daß sie weinte.

Als der Exprediger eine Atempause machte, warf Archy ein: »Dad, wenn du kein Priester mehr bist, dann kannst du wohl mich und Tish auch nicht trauen. Wenn du kein Priester bist, wer dann? Wie sollen wir jetzt heiraten?«

## 33.

Chid war sprachlos. Nicht wegen der Frage, ob er noch länger der Geistlichkeit angehöre, und auch nicht wegen der Frage, wer sonst noch ein Geistlicher sein könnte – Chid nahm an, daß es anderswo auf der Welt

Geistliche gab, wenn auch andere Religionen, Hindus und dergleichen, keine Chrusten. In Stay More war Chid der einzige Geistliche gewesen, der einzige direkte geistliche Nachkomme von Joshua Chrustus selbst. Wenn er den Mann verleugnete, verleugnete er dann nicht auch Chrustus? Es war eine knifflige Frage, aber nicht die, die Chid die Sprache verschlug. Die Frage, die Chid sprachlos machte, war, wie sein Sohn Tish Dingletoon heiraten könnte, die doch, ohne daß er etwas davon ahnte, seine Schwester, oder zumindest seine Halbschwester war, die Frucht jenes vor langer Zeit vollzogenen Beilagers zwischen Chid und Josie.

Aber was war daran so schlimm? Irgendwie fand Chid Inzest nicht mehr so verwerflich wie zu der Zeit, als er noch Priester und Diener des Mannes gewesen war. Jetzt, da er keine Pflichten als Evangelist mehr hatte, fand Chid Inzest eigentlich ganz in Ordnung. Schwestern mit Brüdern, Väter mit Töchtern, Sex war Sex und ein Heidenspaß. Jetzt, wo er daran dachte, wurde er ungeduldig, endlich in den Genuß seiner Rechte und Privilegien als Oberjunker des Parthenon zu kommen, einschließlich des Rechtes, in Josies Boudoir einzuziehen und das sexuelle Paradies zu verwirklichen, das er sich ständig in seinen lüsternen Phantasien ausmalte. Er hatte wirklich Lust, Josie eine Murmel zu verpassen. Außerdem hätte er, da zu seinen anderen Rechten als Hausherr auch *le droit du seigneur* oder *jus primae noctis* gehörte, nichts dagegen, auch Tish, die wesentlich jünger und frischer und hübscher war als Josie, eine Murmel zu verpassen. Chid leckte sich die Lippen, während er sie begutachtete.

Und dann sagte er zu seinem Sohn: »Nun, Archy, ich schätze, ich habe nicht vergessen, wie eine Trauung geht. Immerhin habe ich jeden getraut, der im letzten

Jahr oder so in Stay More geheiratet hat. Wenn ihr beide den Bund fürs Leben schließen wollt, kann ich euch jetzt auf der Stelle in den Stand der Ehe versetzen. Nur ist es kein heiliger Stand. Vielleicht sogar ein unheiliger Stand der Ehe, könnte man sagen.«

»Hauptsache, es ist rechtsgültig«, sagte Archy.

»Mein Sohn, alles, was *ich* von jetzt an tue, ist rechtsgültig«, erklärte Chid feierlich. »Okay. Liebe Gemeinde, wir haben uns heute nacht hier versammelt, nicht vor dem Mann, der im Westen oder zumindest irgendwohin verschwunden ist, und auch nicht vor der Frau, die –«

»Augenblick mal!« sagte Tish. »Ich habe noch nicht zugestimmt.«

»Das kommt später«, erklärte Chid geduldig. »Zuerst muß ich *ihn* fragen. Willst du, Archibald, dieses Mädel, Tish, zu deinem dir rechtmäßig angetrauten Eheweib nehmen, sie achten und ehren, in guten wie in schlechten Tagen, bis daß der Westen euch scheidet?«

»Ja, ich will«, sagte Archy.

»Okay. Jetzt, Tish, willst du, Laetitia, diesen prächtigen Burschen, Archy, zu deinem dir rechtmäßig angetrauten Ehemann nehmen, ihn lieben und ehren, ihm dienen und folgen, in guten wie in schlechten Tagen, bis daß der Westen euch scheidet?«

»Nein, ich will nicht«, sagte Tish.

Chid fragte sich, ob seine Schwanzreifen geputzt werden mußten. Bei all den Trauungen, die er vollzogen hatte – vierhundert oder mehr, er hatte zu zählen aufgehört –, hatte die Braut an dieser Stelle der Zeremonie nicht ein einziges Mal etwas anderes von sich gegeben als ein schüchtern hingehauchtes »Ja, ich will«. Er blickte Tish neugierig an. Möglicherweise, dachte er sich, litt sie unter dem Verlust ihres Vaters und war in

Trauer und nicht ganz bei sich. »Du willst nicht?« fragte er.

Sie nickte. Aber dann schüttelte sie den Kopf. Sie war offensichtlich verwirrt, und er versuchte, sie auf den richtigen Weg zu bringen: »Wenn ich diese Frage stelle, mußt du als Braut den Kopf senken und ganz süß lächeln und sagen: ›Ja, ich will.‹ Okay? Versuchen wir's noch mal. Willst du, Laetitia, diesen Burschen, Archibald, als –«

»Nein«, sagte Tish. »Nein. Aufhören! Ich mach nicht mit bei dieser Trauung.«

Hilfesuchend blickte Chid Josie an, als könnte Josie dem armen Mädchen vielleicht ein bißchen Vernunft beibringen.

»Kindchen«, sagte Josie zu ihrer Tochter, »wo sind denn deine Manieren? Du bringst mich in Verlegenheit.«

»Mutter, ich will heute nacht nicht getraut werden«, protestierte Tish. »Wie soll ich überhaupt heiraten, wenn wir eigentlich Daddys Trauerfeier halten müßten.«

»Dein Vater hat seine Trauerfeier vor einer Woche gekriegt«, entgegnete Josie.

»Aber da war er nicht im Westen«, sagte Tish.

Das Mädchen hatte nicht ganz unrecht, gestand Chid sich ein, aber es war eine rein akademische Unterscheidung, und außerdem hatte er keine Lust mehr, irgendwelche Trauerfeiern durchzuführen. Was das betraf, hatte er auch keine Lust, den Rest dieser Hochzeitszeremonie durchzuführen. Er war nicht darauf angewiesen, daß dieses Mädchen »Ja, ich will« sagte. Als Oberjunker und Hausherr hatte Chid neben seinen sonstigen Privilegien das Recht, die Heirat einfach zu verfügen, ohne daß eine der beiden Parteien ihre Zustimmung erklärte. »Nun, liebe Gemeinde«, verkündete er, »nachdem uns hier anscheinend die Zusammenarbeit verweigert wird, sieht es so aus, als müßte ich die Sache in die Hand nehmen und zum Abschluß bringen. Hiermit erkläre ich euch zu Ehemann und Eheweib.« Und an Archy gewandt setzte er hinzu: »Du darfst die Braut küssen.«

Archy versuchte, seine Pflicht zu tun, aber Tish schob ihn von sich. »Das geht nicht!« protestierte sie. »Ich bin nicht verheiratet! Ich will nicht ›Tish Tichborne‹ heißen. Das hört sich an wie jemand mit 'nem Sprachfehler!«

Das Mädchen mußte wahrscheinlich mal anständig bemurmelt werden, dachte sich Chid, aber das hatte Zeit bis *noctis*. Inzwischen konnte Tish wahrscheinlich eine anständige Mahlzeit gebrauchen. Traditionell ist in den Ozark-Bergen die Familie des Bräutigams dafür zuständig, den Empfang, das Hochzeitsmahl, auszurichten, das am Abend *nach* der Hochzeitsnacht stattfindet, während die Familie der Braut für die Erfrischungen direkt nach der Trauung verantwortlich ist. Chid stellte im Geiste ein paar Berechnungen an und kam zu dem Schluß, daß *er* die Familie sowohl des Bräutigams als auch der Braut war, da er der wirkliche Vater der Braut war, deshalb war es wohl angezeigt, daß er sämtliche Festessen ausrichtete. »Leute, laßt uns nun zum Hochzeitsmahl schreiten«, verkündete Chid und ging voran in den Parthenon Richtung Kochstatt.

Das Problem war nur, daß die Frau – zum Henker mit Ihren Hexenknochen! – das Abendessen ausgelassen hatte. Vielleicht hatte Sie nach all den Gin Tonics, die Sie den ganzen Nachmittag über gesüffelt hatte, keinen Appetit mehr gehabt. Wie auch immer, Sie hatte nicht das kleinste bißchen zu Abend gegessen, und auf dem Boden in der Küche war nicht die leiseste Spur von Krusten oder Krumen zu finden, und auch die Arbeitsflächen hatten nichts zu bieten als die tödlichen

Tropfen Gin und ein paar Spritzer des gehaltlosen Tonic-Wassers und Limonensaftes. Wann würde die Frau zurückkommen? Heute nacht noch? Wohl kaum.

Chids Schnüffelruten sagten ihm, daß es *irgendwo* im Parthenon ein geheimes Lager voller Krusten und Krumen gab, aber wann immer er die Herkunft des Signals genau auszumachen versuchte, schien es aus der Nähe desselben Kaminsimses zu kommen, von dem er heruntergestürzt war, als die Maschine so rüde »ECLAIR!« zu ihm gesagt hatte. Vielleicht aß die Maschine Krusten und Krumen und hatte einen Vorrat davon, aber Chid hatte nicht vor, noch einmal dort hinaufzuklettern und sich mit ihr anzulegen.

»Bruder Sizemore«, sagte er zu einem seiner Diakone, »ich schlage vor, Sie huschen schnell mal das Kaminsims drüben im Schlafzimmer der Frau rauf und sehen zu, ob Sie nicht rausfinden können, woher der Geruch von all den guten Sachen kommt.« Chid überlegte, daß er eine bessere Anrede für den alten Leroy Sizemore als »Bruder« würde finden müssen, denn ohne Religion waren sie auch keine Brüder und Schwestern mehr.

Leroy Sizemore erklomm das Kaminsims, wedelte mit seinen Schnüffelruten in alle Richtungen und steuerte dann auf die Quelle des Geruchs der Leckereien zu. Als er sich der Uhr näherte, grüßte sie ihn laut mit dem Ausruf »NOUGAT!«, und er stürzte auf genau dieselbe Weise wie Chid in der Nacht zuvor von dem Sims hinunter auf den Boden. Nachdem er sich aufgerappelt hatte, meinte er belemmert: »Hab's Gleichgewicht verloren«, und dann sagte er: »Allerdings, da oben in dieser Maschine gibt's einen Haufen eßbares Zeugs.«

Sie warteten, bis die Maschine ihre neun Schläge von

sich gegeben hatte, dann schickte Chid die Brüder Ledbetter und Stapleton zu weiteren Nachforschungen los, und sie kehrten zurück, die Münder und Fühler voll mit allerlei exotischen Köstlichkeiten.

»Halt!« rief Tish zornig. »Das ist Sams Mousse au chocolat!« Und sie versuchte, Bruder Stapleton das, was er im Mund hatte, zu entreißen. »Und das da ist Sams beste Rumkugel!« empörte sie sich. Jede Knackerlake, die von einem anderen Insekt beim Essen gestört wird, schluckt schleunigst alles hinunter, was sie im Mund hat, und Bruder Ledbetter wäre beinahe daran erstickt, seine Beute in Sicherheit zu bringen. »O nein!« rief Tish. »Sie haben Sams Karameltrüffel aufgegessen!«

Chid fragte sich, warum sich das Mädchen so aufregte, aber bevor er sich danach erkundigen konnte, ergriff sein Sohn das Wort. »Tish!« rief Archy aus. »Woher weißt du so gut über Sams Vorräte Bescheid?« Die Frage schien dem Mädchen abrupt klarzumachen, daß sie ein Geheimnis preisgegeben hatte; sie ließ den Kopf hängen und konnte nicht antworten. »Bist du schon mal oben in der Uhr gewesen?« wollte Archy wissen. Sie schwieg weiter, nickte aber schwach. *»Wann?!«* fragte er, aber sie wollte nichts sagen. »Vielleicht«, sagte er, »sollten wir beide uns mal ein bißchen unterhalten.« Er nahm sie bei einem ihrer Krabbler und sagte: »Entschuldigt uns, Leute.« Dann führte er sie fort in ein anderes Zimmer.

»Das also«, bemerkte Chid mit einem Blick hinauf, »ist Junker Sams berühmte Uhr?«

»Jau, und sie is bis oben voll mit Leckereien!« erklärte Bruder Stapleton.

»Nun, ich glaube, wir können das Hochzeitsmahl auch ohne das Brautpaar beginnen«, erklärte Chid. »Gene und Stan« – denn er hatte beschlossen, Stapleton und Ledbetter von nun an so zu nennen – »ihr beide flitzt noch mal rauf, holt alles Essen raus und werft es vom Kaminsims, und wir stapeln es gleich hier unten auf.«

Bald darauf hatte sich auf dem Boden unter dem Kaminsims ein ansehnlicher kleiner Haufen erlesener Happen gebildet, und Chid machte sich daran, von allem zu probieren, natürlich nicht ohne seine guten Manieren zu zeigen und auch Josie von allem eine Kostprobe anzubieten.

»Ei, ei«, kommentierte Josie mit vollem Mund. »Ist es denn? Wenn das nicht die. Da bin ich wirklich. Wie delikat! Gelobt sei! Mmmmmm. Welch Köstlichkeit. Oh, Himmelreich.«

Chid war ein wenig in Sorge, daß die Verlagerung des Speiselagers aus der Uhr auf den Boden des Schlafzimmers der Frau das Risiko erhöhen könnte, daß die Frau bei ihrer Rückkehr alles wegfegen würde. Aber er verbannte den Gedanken aus mehreren Gründen: Erstens sah es nicht so aus, als hätte die Frau vor, heute nacht noch zurückzukommen; zweitens würde die Hochzeitsgesellschaft den ganzen Haufen wahrscheinlich bis zum Morgengrauen verzehrt haben; und drittens war ihm überhaupt nicht bange vor der Frau. Die jagte ihm kein bißchen Angst ein. Als reine Vorsichtsmaßnahme sagte er jedoch zu Bruder Sizemore: »Leroy, iß dich satt und dann geh raus auf die Veranda und halt die Augen offen für den Fall, daß die Frau zurückkommt.« Leroy schlang gierig seinen Anteil hinunter und tat, wie ihm geheißen.

Die anderen machten sich daran, mit aller Ruhe und Ausdauer zu schmausen, und rückten dem Hochzeitsmahl beherzt zu Leibe. Archy und Tish sollten besser bald zurückkommen, kicherte Chid in sich hinein, sonst würden sie kein Fitzelchen mehr vorfinden! Chid war entschlossen, einmal in seinem Leben richtig zu prassen. Gott, der ihn geschaffen hatte, hatte ihm auch seinen unbändigen Appetit geschenkt. Gott hatte der Knackerlake nur deshalb einen schlanken, stromlinienförmigen, kompakten Körper gegeben, damit sie sich auf der Flucht durch schmale und enge Stellen zwängen kann. Chid hatte nicht die Absicht, jemals wieder vor irgendwas oder irgendwem davonzurennen; er hatte es nicht nötig, dünn zu sein; er konnte es sich zumindest leisten, seinen vollen Umfang zu erreichen.

Und Josie, seine neue Gefährtin, die schon immer angenehm drall gewesen war, konnte es sich jetzt erlauben, die Ausmaße einer Königin der Kolonien anzunehmen. Ebenso wie die Königin der Termiten, ihre entfernten Vettern, im Vergleich mit ihren Untertanen eine korpulente Riesin war, war es nur angemessen, daß Chids Königin alle anderen weiblichen Knackerlaken in Stay More an Leibesumfang übertraf. Sie mußte nicht gerade wie eine Raupe aussehen, von der grotesk aufgeblähten Termitenkönigin ganz zu schweigen, aber es würde ihr in den Augen anderer Stay Morons ein gewisses Format verleihen, wenn ihr Umfang dem – ja, Chid erlaubte sich, das Wort zu gebrauchen – dem des Königs gleichkam. »König«, sagte er laut, um zu sehen, wie es sich anhörte.

»Was hast du gesagt, Schatz?« erkundigte sich Josie.

Chid gefiel das kleine Kosewort, das sie ans Ende ihrer Frage anfügte. Sie würden ganz prächtig miteinander auskommen. »Mmmmph, hum«, erwiderte er und reichte ihr noch ein Stückchen von dem Cremetrüffel oder wie Tish es genannt hatte.

Nichtsdestotrotz, überlegte Chid, als er tiefer und tiefer in die Gefilde der Monarchie eindrang, würde er gewisse Aspekte des Priesteramtes vermissen. Wie sollte er als König je Zeit finden, sein Hobby, die lokale Geschichts- und Ahnenforschung, weiterzubetreiben? Nein, er würde es aufgeben müssen, nette alte Damen zu befragen und die Stammbäume aller Leute von Stay More auszukundschaften. Das langweilige Gepredige bei Trauerfeiern und Hochzeiten und Taufen und mittwochabendlichen Gebetsversammlungen würde ihm nicht fehlen, und mit Sicherheit würde er es nicht vermissen, an den Teekränzchen der Damen des Wohlfahrtsverbands teilzunehmen und vor der Gemeinschaft junger Chrustenlaken mahnende Reden und Moralpredigten zu halten.

Aber er würde – ja, das mußte er sich eingestehen – er würde seine besondere Beziehung zum Herrn vermissen. Daß der Herr sich als ein ungöttlicher Trunkenbold und Taugenichts herausgestellt hatte, der nicht einmal simpler Liebe, geschweige denn der Anbetung würdig war, tat wenig zur Sache. Sein ganzes Leben lang hatte Chid seine Zeit, seine Energie und seine Gedanken dem Dienst dieses Mannes gewidmet, und schließlich hatte er sich mit dem Mann identifiziert; er hatte geglaubt, daß dieser Mann ihn, wenn schon nicht nach Seinem Bilde geschaffen hatte, so doch nach dem Bilde dessen, was Er, der Mann, für das intelligenteste und wohlgestaltetste Insekt hielt. Trotz all Seiner Fehler und Schwächen und Unzulänglichkeiten war es traurig, Ihn zu verlieren.

»GÖTTERSPEISE!« rief die Uhr, und Chid wußte jetzt, daß die Uhr oder welche Kosmische Kraft sie auch lenken mochte, zu ihm sprach. Er spuckte das Mousse au chocolat aus, das er im Mund hatte.

»Was ist los, Liebling?« fragte Josie. »Ne Gräte in deinem Essen gefunden, he-he-he?«

»Götterspeise«, sagte Chid mit viel Gefühl.

»Nee, das ist das nicht«, bemerkte Josie. »Tish sagte, es wär ›Musoschokolade‹ oder so ähnlich. Das da drüben ist Götterspeise.« Sie langte hinüber, nahm einen grünlichen, wabbeligen Klumpen von dem Haufen und hielt ihn ihm hin.

Chid lehnte ab. »Götterspeise«, sagte er noch einmal. »Die Uhr hat ›Götterspeise‹ zu mir gesagt. Die Götter wollen mich verzehren und vernichten.«

»Ach, sie hat dich doch nicht persönlich gemeint«, sagte Josie. »Das sagt sie zu jedem.«

Doch Chid warf sich zu Boden und betete. Sein Gebet wurde durch die Rückkehr seines Sohnes unterbrochen. Archy hatte Tish nicht bei sich, und er sah zum Fürchten aus. Er grummelte und brummelte eine Latte von Flüchen und Obszönitäten vor sich hin. Josie bot ihm das grünliche Gewabbel an, aber er lehnte fluchend ab.

Chid war betroffen, daß sein Sohn sich so unanständig ausdrückte. »Was quält dich, Junge?« fragte er.

Archy hob seinen mißmutig hängenden Kopf und sah seinen Vater aus großen gramerfüllten Augen an. »Tish ist keine Jungfrau mehr«, erklärte er.

»Woher willst du das wissen?« erkundigte sich Josie.

»Sie hat's mir erzählt. Sie hat alles gebeichtet. Sie und Junker Sam sind los und haben's getan. Direkt da drüben in dieser Uhr. Ich schätze, du mußt unsere Ehe lösen, Dad.«

»So leicht geht das nicht mit einer Scheidung, mein Junge«, sagte Chid. »Du mußt den Fall vor Gericht bringen und die Genehmigung eines Friedensrichters einholen.«

»Wer ist der Friedensrichter?« fragte Archy.

»Das müßte der alte Doc Swain sein«, meinte Chid.

Archy ließ von neuem den Kopf hängen und murmelte: »Dann werd ich wohl mal zu ihm runtergehen.«

»Wo ist Tish?« fragte Josie.

»Mir egal«, sagte Archy. »Mir ehrlich egal. Meinetwegen könnte sie in der Hölle sein.«

»Nimm's nicht so schwer, Junge«, versuchte Chid seinen Sohn zu trösten. »Vielleicht hilft es dir, wenn du weißt, daß Tish deine Halbschwester war, deshalb wäre es ohnehin Inzest gewesen.«

*»Was?!«* rief Archy.

»Stimmt's nicht, Josie?« fragte Chid.

*»Was?!«* rief Josie.

»Na, Josie, erinnerst du dich denn nicht?« fragte Chid sanft und nostalgisch. »Erinnerst du dich nicht an jene Nacht, wie wir beide, du und ich, draußen im Gras, nach meiner Versammlung zum Tag des Baumes, letzten Herbst?«

»Häh?« machte Josie, offensichtlich bemüht, sich zu erinnern. »Warst *du* das? Wer es auch war, ich konnte ihn nicht sehen, weil wir Ende an Ende zusammensteckten, so wie's sich gehört, nicht wahr? Wart *Ihr* das, Hochwürden?«

Es war das erste Mal, daß jemand ihn »Hochwürden« nannte, seit der jüngst entschlafene Jack Dingletoon den Titel benutzt hatte, und Chid wurde sich bewußt, daß er es vermißte. »Na, aber natürlich war ich das, Josie, und ich hab dir die Murmel gegeben, aus der Tish entstanden ist.«

»Das kann nicht sein, Hochwürden«, erwiderte Josie, »weil ich nämlich den hübschen Jack Dingletoon getroffen hatte, und er hatte mich so betört, daß ich mir eine Murmel von ihm hab geben lassen, und, wie jeder weiß, wenn eine Dame einmal eine Murmel genommen hat, kann sie keine andere mehr nehmen.«

*»Was?!«* rief Chid.

Diese interessante Diskussion wurde durch das plötzliche Auftauchen von Leroy Sizemore, dem Wachtposten, unterbrochen, der ins Zimmer gestürzt kam und aufgeregt verkündete: »Chid! Chid! Er kommt!«

*»Er?«* sagte Chid. *»Sie* ist es, nach der du Ausschau halten solltest.«

Leroy war ganz außer Atem und mußte geräuschvoll durch all seine Tracheen Luft holen, bevor er weitersprechen konnte: »Nein, ich mein nicht Ihn. Ich meine *ihn.«*

*»Wen?«* fragte Chid.

»Junker Hank! Er kommt die Roamin Road rauf, genau hierher. Er kommt *nach Hause*!«

»Wer ist bei ihm?« wollte Chid wissen. »Ist Sam bei ihm?«

»Nein, nein, er ist allein.«

»Was regst du dich dann so auf?« fragte Chid.

## 34.

Sam machte sich zu einem Spaziergang auf. Es war nach Mitternacht, die Luft war klar und rein, der Himmel schwarz und mit Myriaden von Sternen übersät. *Ich bin vielleicht der eine von nur zwei Junkern in Stay More*, dachte Sam, *aber es gibt Myriaden von anderen Junkern in Arkansas allein, und das ist nur ein kleiner Teil der Welt, die nur eine von Myriaden von Welten ist, die durchs Universum kreisen. Ist es nicht genug, den eigenen Garten zu kennen?* Sam bemerkte, daß die schweren Regenfälle die Pflanzen zum Sprießen gebracht hatten, vor allem das Unkraut, die Knackerlaken des Pflanzenreiches, die jetzt jedes noch so karge Fleckchen Erde, das nicht von den kultivierten Pflanzen bedeckt wurde, in Besitz nahmen. Löwenzahn, Wegerich, Ampfer, Nachtschatten, Leinkraut, Gänsedisteln: ihre Namen gemahnten Sam an unerwünschte, kriechende und kletternde, angefeindete, aber heftig gedeihende Wesen, wie Knackerlaken, vom Menschen verabscheut und doch nützlich, ein jedes mit seiner Funktion im großen Gefüge. Als Kind war Sam oft das hoch aufragende Geißblatt hinaufgeklettert, eine wunderschöne, großblättrige, ausladende, üppige und fleischige Pflanze, die sich drei Meter oder noch höher über den Boden erhob; er hatte eine Seelenverwandtschaft mit ihr verspürt, noch bevor er erfahren hatte, daß sie eine Plage war, sie wie er selbst.

Sam wußte, daß ihnen eine Trockenperiode bevorstand. Das einzig Sichere an zuviel Regen war, daß zu wenig oder gar keiner folgen würde. Inzwischen setzte sich Unkraut fest und gedieh und parfümierte die Nachtluft mit pflanzlichen Stimmen. Sam hoffte, er würde lange genug leben, um die eigentliche Sprache zu verstehen, mit der sich die Pflanzen der Nacht allein durch ihren Duft verständigten. Um die Sprache der Pflanzen zu studieren, brauchte er keine Schwanzreifen. Aber der Gedanke an Schwanzreifen brachte ihn auf einen Gedanken, den er unter allen Umständen hatte vermeiden wollen, daher seine Meditation über Sterne und Unkraut: den Gedanken an Tish und ihre Fähigkeit, auf sanfte, stille Weise in Zeichen mit ihm zu reden. Es gab jetzt nur noch zwei Personen, die er

»hören« konnte: Hämmann mit seinem dröhnenden Brummbaß und Tish mit ihren zarten Gesten. Wie konnte er hoffen, seine Pflichten als Junker von Stay More zu erfüllen, wenn er sein Volk nicht hören konnte? Selbst mit Hämmanns Hilfe, mit Tishs Hilfe noch dazu, konnte er die Leute in seiner Umgebung nicht verstehen... oder ihnen geistlichen Beistand leisten, und ihm wurde klar, daß jetzt, da Chid Tichborne vom Glauben abgefallen war, er ihn ersetzen müßte, nicht als Verkünder der chrustlichen Religion, sondern als Seelsorger einer seelisch verwirrten Bevölkerung. Und wenn nicht als Seelsorger, dann vielleicht als eine Art Schulmeister...

Sein Blick fiel auf den kleinen Turm des Schulhauses in der Ferne. Unwillkürlich fand Sam sich mitten auf der Roamin Road wieder, wo jetzt zwei Richtungen möglich waren, also eine Wahlmöglichkeit bestand: die Richtung nach Norden zum Parthenon einzuschlagen, um seine Uhr und sein Mädchen zurückzuerobern, oder nach Süden zum Schulhaus zu gehen, um sein Gehör wiederzuerlangen. Wenn er sich für letzteres entschied, würde er vor Morgengrauen nicht zurück sein. Und er hatte keine Garantie, daß die Expedition erfolgreich verlaufen würde, hatte nicht viel Vertrauen in die Wirksamkeit des Heilmittels.

Er konnte sich nicht entscheiden. Während er bewegungslos auf der Roamin Road stand, den Blick erst nach Norden wandte und sehnsuchtsvoll das Dach des Parthenon anschaute, sich dann nach Süden wandte und versuchte, den Glockenturm des alten Schulhauses auszumachen, kam eine andere Knackerlake näher, und seine Schnüffelruten sagten ihm, daß es sein Vater war. »Krümchen, Dad«, sagte er.

Sein Vater sagte etwas, was er nicht hören konnte; er

nahm an, daß es sich einfach um eine Erwiderung seines Grußes handelte. Aber dann fing sein Vater zu reden an, und Sam erkannte am Mienenspiel seines Vaters und an den Gesten seiner Schnüffelruten, daß er nicht bloß Konversation machte; er sprach ernsthaft zu seinem Sohn. Vergeblich strengte Sam seine Schwanzreifen an.

Der Tonfall deutete an, daß sein Vater ihm jetzt eine Frage stellte, und Sam mußte ihn erinnern: »Dad, du weißt doch, daß ich nicht sehr gut höre.«

Sein Vater wirkte irritiert, und dann beging er einen Fehler, den viele Leute mit normalem Gehör Schwerhörigen gegenüber machen: Er sprach jedes Wort langsam, tonlos, in einem künstlichen Rhythmus aus, so daß Sam unmöglich aus den Lauten einen zusammenhängenden Satz rekonstruieren konnte. »Wie«, glaubte er seinen Vater sagen zu hören, dann schien das Wort »kommt's« zu folgen, »daß« wurde unvollkommen ausgesprochen, »sie« schien das nächste Wort zu sein, gefolgt von der steigenden Betonung eines Fragezeichens nach dem Wort »daß«.

»Tut mir leid, Dad, ich verstehe einfach nicht, was du sagen willst«, erklärte Sam.

Die Miene seines Vaters wurde widerwillig, und dann versuchte er sich an einer unbeholfenen eigenen Zeichensprache: Junker Hank zeigte auf sich selbst, er zeigte auf die Straße, er zeigte Richtung Parthenon, er machte Laufbewegungen, und er sagte zwei Wörter, die Sam deutlich hören konnte: »nach Hause«.

Sam konnte daraus folgern, daß sein Vater seine Absicht, in den Parthenon zurückzukehren, kundtat. Die Entscheidung, die zu fällen Sam solche Schwierigkeiten bereitete, wurde ihm abgenommen: Er würde seinen Vater begleiten müssen, um ihm gegen Chid und die Diakone zu helfen. Aber Sam mußte auch mit seinem eigenen Widerwillen fertig werden, nicht mit dem Widerwillen gegen eine Rauferei mit Chid, sondern dagegen, womöglich feststellen zu müssen, daß Archy Tish einen Heiratsantrag gemacht hatte. Ihm wurde klar, daß er Tish erst wiedersehen wollte, wenn sie sich, falls sie es denn wollte, von Archy getrennt hatte und zu ihm zurückkehrte.

Sein Vater gab noch eine weitere unverständliche Bemerkung von sich und wandte sich dann zum Gehen. »Ich gehe mit dir, Dad«, bot Sam an und ging neben ihm her. Aber sein Vater blieb stehen, schüttelte den Kopf, sagte noch etwas und forderte Sam mit einer Geste auf, ins Heilige Haus zurückzukehren. »Nein, Dad, du könntest Ärger mit Chid kriegen, und du wirst mich brauchen«, wandte Sam ein. Sein Vater schüttelte von neuem den Kopf, stampfte mit seinem Krabbler auf und deutete zum Heiligen Haus, dann ließ er seinen Sohn stehen und machte sich mit raschen Schritten zum Parthenon auf.

Sam schämte sich, sowohl wegen seiner eigenen Unentschlossenheit als auch, weil er seinen Vater nicht hören konnte. »Wenn wir uns das nächste Mal sehen, werde ich dich hören«, murmelte er dem sich entfernenden Rücken seines Vaters hinterher.

Dann wandte er sich um und marschierte entschlossen in Richtung Schulhaus.

Der Anmarsch zum Schulhaus nahm den Rest der Nacht in Anspruch. Keine Knackerlake hatte in letzter Zeit diese Reise unternommen, und es gab keine Spur von irgend jemandes Speichel auf dem Weg... oder der Weglosigkeit, denn es gab keinen Weg. Die Schritte der Frau hatten stellenweise das Gras und Unkraut niedergetreten, aber nicht genug, um Sam einen Pfad zu ebnen; so mußte er sich durch das dichte Grasgestrüpp schlagen oder drunter durchkriechen. Er traf auf feindselige Grillen und mußte einige von ihnen aus dem Weg boxen. Er begegnete einem furchterregenden Santa Fe und mußte über ihn hinwegfliegen. Er geriet in das trichterförmige Netz einer Spinne und mußte kämpfen und die Spinne töten, bevor er sich mühselig aus den klebrigen Fäden befreien konnte. Dann, schon in Hörweite des Schulhauses, wenn denn jemand dagewesen wäre, seinen Schrei zu hören, wurde er von einer Tarantel überfallen, die ihn mit Sicherheit in ihren Fängen zermalmt hätte, hätte er nicht eine wilde Tarantella getanzt und sich so aus der Reichweite des Ungeheuers gewirbelt.

Er war erschöpft, und der erste Streifen Morgengrauen breitete sich über dem fernen Höhenzug aus, als er die Treppe des Schulhauses erreichte und auf den Stufen niedersank, um sich auszuruhen. Er blieb nicht lange dort liegen. Bald betrat er das Gebäude und fand seinen Weg zum Glockenstrang, der vor so kurzem erst von Sharons Händen umklammert worden war und noch deutlich nach Ihr roch. Er kletterte so hoch hinauf, daß Ihr Geruch nachließ.

Der Glockenstrang war aus rauhem, derbem Material und leicht zu erklettern, aber er schien sich endlos in die Höhe zu erstrecken. Sam hatte erst die halbe Strecke hinter sich, zu hoch bereits, um sich fallen zu lassen, aber noch zu weit vom Ziel, als er spürte, wie ein schrilles Echo von seinen Schwanzreifen und sogar von seiner Kutikula zurückprallte, das die bösartige *Vespertilionidus*, die große braune Fledermaus, ausstößt, wenn sie mit Echolotung auf Beutefang geht. Sam sah die Fledermaus im selben Augenblick, da die Fledermaus Sam erspähte – nicht nur mit Echosignalen, sondern Aug in Aug – und sich zum Zuschlagen bereitmachte. Sams Reflexe waren viel zu langsam, um dem fliegenden Säuger zu entgehen. Die messerscharfen Zähne der Fledermaus öffneten sich zum Zuschnappen, und die bösen Augen und Ohren hatten ihn fest im Visier. Sam hatte nicht einmal Zeit, sein Leben noch einmal blitzschnell vor seinem geistigen Auge ablaufen zu lassen.

In dem Moment, da Sam sich darauf gefaßt machte, von den Zähnen der Fledermaus durchbohrt zu werden, schritt ein großes Insekt zu seinen Gunsten ein! Eine breitgeflügelte Knackerlake flog, einen schrillen Fluch brüllend, der das Echosignal der Fledermaus übertönte, in die Lücke zwischen den Zähnen der Fledermaus und biß der Fledermaus in die Lippen! Dann biß sie die Fledermaus noch einmal! Und noch einmal! Die Flügel der Fledermaus kamen völlig durcheinander, als sie versuchte, ihren Flug zu stoppen und auf Gegenkurs zu gehen, und die großgeflügelte Knackerlake griff immer weiter an. Die Turbulenzen der wild dreschenden Flügel bliesen Sam fast vom Glockenstrang herunter, an den er sich verzweifelt klammerte. Die böse Fledermaus war jedoch völlig verängstigt und trat geduckt einen hektischen Rückzug an, aber noch während sie davonzufliegen versuchte, biß und schlug die Knackerlake immer weiter auf sie ein, bis die Fledermaus schließlich entkam. Dann flog die Knackerlake zu Sam zurück und schwebte wie ein Kolibri vor ihm in der Luft.

Die Knackerlake war ein Fremder, um es gelinde auszudrücken; zumindest hatte Sam ihn noch nie zuvor in der Gegend von Stay More gesehen, jedenfalls nicht in der bewußten »Realität«; vielleicht war Sam ihm in Träumen oder Geschichten begegnet. Er war die kräftigste und größte, um nicht zu sagen die majestätischste

Knackerlake, die Sam jemals gesehen, geträumt oder sich vorgestellt hatte, aber der Blick, mit dem er Sam bedachte, reichte, den Eiter in seinen Adern gefrieren zu lassen. Er sprach: »Du kannst deinen Weg fortsetzen.« Er forderte Sam mit einer Bewegung auf, weiter den Glockenstrang hinaufzuklettern. Sam wurde sich verblüfft der Tatsache bewußt, daß er diese Worte deutlich hatte hören können, obwohl der Fremde seine Stimme nicht erhoben hatte. Es dauerte einen Augenblick, bis Sam einen Krabbler über den anderen setzen und seinen Weg den Glockenstrang hinauf fortsetzen konnte, und die Knackerlake flog neben ihm her, in völliger Nichtachtung der Tatsache, daß der Flug einer Knackerlake nie länger als ein paar Sekunden dauern kann.

Sam war nicht überzeugt, daß der Fremde wirklich eine Knackerlake *war*, er kletterte jedoch weiter, bis er die Glocke erreichte und unsicher auf dem Eisenträger stand, wo das Seil endete. Der Fremde landete ihm gegenüber. Mit den Flügeln in Ruhestellung wirkte der Fremde nicht mehr ganz so riesig, aber immer noch war er viel größer als Sam.

»Wer bist du?« fragte Sam.

Der Fremde lachte. Es war das erste Lachen, das Sam seit langer Zeit mit seinen geschwächten Schwanzreifen wahrgenommen hatte; wieder Lachen zu hören wirkte fast wie ein Tonikum. Dann stellte sich der Fremde vor, indem er sagte: »Die meisten deinesgleichen nennen mich die Mackerlake, aber das ist nicht mein Name.«

»Bist du ... bist du Satan?« fragte Sam.

Wieder das Lachen. »Der alte Pferdefuß. Der Gehörnte. Der Leibhaftige. Ich habe viele Namen.«

»Wie der Teufel siehst du nicht aus«, bemerkte Sam.

Von neuem das herzhafte laute Lachen, das Sam begreiflich machte, warum dieses Geschöpf die Mackerlake genannt wurde. War das Lachen eine Macke? »Wie sieht der Teufel denn aus?« fragte die Mackerlake.

»Nun ... diabolisch«, meinte Sam. »Finster. Dämonisch. Dich könnte man fast für einen netten Kerl halten.«

Der Fremde hörte kaum zu lachen auf. »Ich möchte meinen, daß meine Absichten wohlwollend sind, nicht böse.«

»Immerhin hast du mich gerettet«, sagte Sam.

»Eine Zeitlang hast du dich prächtig geschlagen, bist mit allem fertig geworden, was dir in den Weg kam. Aber diese Fledermaus war ein anderes Kaliber.«

»Dann hast du also auf mich gewartet?« Sam kehrte die Feststellung im letzten Augenblick in eine Frage um. »Weißt du alles, was vor sich geht?«

Die Mackerlake machte eine Verbeugung und lächelte, sagte aber nichts.

»Ich kann einfach nicht glauben, daß du wirklich bist«, erklärte Sam. »Aber du stehst hier vor mir, stimmt's? Als ich klein war, habe ich die wildesten Geschichten über dich gehört. Wahrscheinlich sind alle wahr. Ich hab sie nicht geglaubt, aber mir würde auch keiner glauben, wenn ich ihnen erzählte, wie du diese Fledermaus verjagt hast.« Die Mackerlake lächelte weiter auf diese fast mackerhafte Weise. »Kannst du mir sagen«, fragte Sam, »ob der Mann noch lebt?«

»Die Menschheit lebt noch«, antwortete die Mackerlake.

»Aber Lawrence Brace ... lebt *Er* noch?«

Die Mackerlake wollte nicht antworten. Statt dessen sagte er: »Schau dir die Glocke an«, und zeigte auf den riesigen schwarzen Bronzekörper neben ihnen, dessen

Form nur mit bestimmten Blumen vergleichbar war, die Sam in ihrer Blüte gesehen hatte, Glockenblumen und Lilien, aber diese war hart und starr und unendlich viel größer als jede Blume. »Lies«, befahl ihm die Mackerlake.

An einer Stelle am Rand der Glocke waren Buchstaben in das Metall geschlagen, und Sam las sie laut vor: »Gießerei Samuels, St. Louis.«

»Nicht das«, sagte die Mackerlake, »weiter oben.«

Weiter oben am Rand war eine Inschrift in Lateinisch, deren Worte Sam nicht einmal aussprechen, geschweige denn verstehen konnte:

*Nunquam aedepol temere tinnit tintinnabulum*
*Nisi quis illud tractat aut moret, mutum est*

»Was bedeutet das denn?« fragte Sam.

»Das wirst du herausfinden, bevor diese Geschichte zu Ende ist.«

»Geschichte? Ist das hier nur eine Geschichte?«

»Alles, woran ich beteiligt bin«, sagte die Mackerlake, »ist nur eine Geschichte. Wenn du hörst, was die Leute erzählen.« Er lachte von neuem, diesmal über seinen eigenen Witz, und dann mahnte er Sam: »Vergiß nicht, wozu du hier raufgekommen bist«, und in dem Augenblick, als Sam sich erinnerte, flog die Mackerlake davon, so schnell, wie sie gekommen war.

Lange bevor er das Vorhaben, das ihn hierhergeführt hatte, weiterverfolgen konnte, grübelte Sam darüber nach, ob die Mackerlake »wirklich« gewesen war. Aber diese Fledermaus war mit Sicherheit wirklich gewesen, und Sam selbst wäre nicht mehr »wirklich«, wenn die Fledermaus ihn gefressen hätte.

Der Bau der Glocke und ihres Gerüsts war viel weniger kompliziert als der seiner Uhr: In die Oberseite war ein großer Bolzen eingelassen, der auf zwei Mulden in der Aufhängung frei beweglich ruhte; an einer Seite der Glocke ragte ein Metallarm hervor, der mit dem Ende des Glockenstrangs verbunden war. Wenn man ihn zog, schwang die Glocke hin und her. Ihre Beweglichkeit kam durch das Schmierfett in der Mulde. Dieses Schmierfett war sehr alt, ausgetrocknet und zusammengeklumpt, aber die Reibung während der Betätigung neulich hatte es genügend verdünnt und aufgelöst, so daß Sam ein bißchen davon auf seine Fühler streichen und kosten konnte: Es mußte aus Schweinefett gewonnen worden sein und schmeckte ranzig und bitter. Aber er biß genug davon ab, um seine Schwanzreifen der Länge nach damit einzuschmieren. Er rieb seine Reifen gründlich ein. Nichts geschah. Er kam sich albern vor. Eins von Docs Ammenmärchen über ein Hausmittel, das seine Schwanzreifen wahrscheinlich eher auflösen als heilen würde. Sam fragte sich, wie lange er wohl warten sollte oder ob wiederholte Anwendungen in bestimmten Abständen nötig waren; er wurde ungeduldig und nervös. Das Tageslicht brach jetzt mit aller Wucht herein; irgendwo krähten Hähne eine Bekanntmachung hinaus, die er nicht hören konnte: TREIBT DIE HERDE DER TÜCKISCHEN LUMPENVÖGEL!

Die großen Strapazen seiner Reise zum Schulhaus und den Glockenturm hinauf, seine Begegnung mit der Mackerlake und jetzt die Ungewißheit forderten ihren Tribut, und ihm wurde bewußt, wie viele Stunden vergangen waren, seit er etwas zu essen gehabt hatte, aber jetzt war nichts zu essen da außer uraltem Schweinefett. Er war hungrig und müde, ungeduldig und nervös, und er kam sich albern vor.

Schließlich schlief er auf dem Glockengerüst ein, und eine Taube flog herunter, begutachtete ihn und sagte zu ihm: »Du! Du! Du!«, aber Sam hörte sie nicht und wachte nicht auf. Die Taube entschied, daß er nicht eßbar wäre, und ließ ihn in Ruhe... oder vielleicht stand er noch immer unter dem Schutz der Mackerlake.

Er schlief den ganzen Tag, und als er am Abend erwachte, war er geweckt worden von der Musik der Heuschrecken und den Melodien der Zikaden und, ja, den süßen Klängen der Grillen und, ja ja, dem lieblichen Gesang der Frösche und, ja ja ja, sogar von der weit entfernten Arie seiner eigenen Uhr, die eben »POPCO –« verkündete – das letzte Lied, das sie jemals sang.

## 35.

Acht Uhr, denkt Doc Swain träge, oder sogar unbewußt, oder bewußt nur wegen der Tatsache, daß sich um diese Zeit gewöhnlich die Müßiggänger auf seiner Veranda zu versammeln beginnen, aber jetzt hat er die Veranda für sich allein. *Hat?* »Müßte das nicht ›hatte‹ heißen?« fragt er sich laut und versucht, das richtige Tempus zu finden. Nein, er hat die Veranda für sich allein, und wir befinden uns in der Gegenwart. In der achten Stunde und in der Nacht nach dem Fortgang des Mannes und der Frau. Keiner von beiden ist zurückgekehrt, und die Frau ist nicht zu Hause gewesen, um im Parthenon für Ordnung zu sorgen und die Uhr aufzuziehen, die über ein Acht-Tage-Werk verfügt, das zum letztenmal vor neun Tagen aufgezogen worden ist und nun, mit dem Ausruf »POPCO –«, seinen letzten Seufzer getan hat.

Es gibt keine Zeit – jedenfalls meßbare – mehr, für Uhren oder Knackerlaken, und Doc Swain sitzt oder hockt auf der Veranda seiner Klinik, der Zeit entrückt, in dem Bewußtsein, daß die Müßiggänger nicht zur üblichen Stunde zusammenkommen oder – Augenblick mal, die Tage sind länger und die Nächte kürzer geworden, und es ist noch immer hell an diesem Abend im frühen Juni um acht Uhr, und vielleicht kommen die Müßiggänger später noch vorbei. Fent Chism wird nicht unter ihnen sein, denn er ist im Westen, und Junker Hank womöglich auch nicht, denn Junker Hank, der Narr, ist nach Hause in den Parthenon gegangen und wahrscheinlich vom Prediger und seiner Bande gewestert worden.

*Niemand außer mir und den Spinnen*, stellt Doc fest, und obwohl es um acht Uhr noch heller Tag ist, sind die Spinnen bereits schlafen gegangen. So sollte es eigentlich auch sein, überlegt er. So sollte es die ganze Zeit über in Stay More sein: keine Aufregung, keine besonderen Vorkommnisse, ein voller Bauch und die Kühle des Abends (obwohl es ein bißchen zu trocken ist und so aussieht, als sollte es für eine ganze Weile nicht wieder regnen) und die alten vertrauten Geräusche draußen im Hof und auf der Straße und im Gras, die sich zur Purpursinfonie zusammenfinden. Doc Swain könnte hier für immer sitzen bleiben und einfach nur atmen. Vielleicht hin und wieder ausspucken, nicht um sein Revier zu markieren oder weil er Tabak oder sonstwas kaut, sondern spucken einfach um des lieben verdammten Ausspuckens willen.

Nun, da die Uhr stehengeblieben ist, steht die Zeit still. Es ist nicht die Schuld der Frau, weil Sie nicht daran gedacht hat, vor Ihrem Weggehen die Uhr aufzuziehen, oder weil Sie nicht zurückgekommen ist, um sie wieder in Gang zu setzen. In der Stille überlegt Doc, daß die Frau heute eigentlich hätte zurückkommen müssen, wenn nicht schon spät in der letzten Nacht, nachdem Sie dafür gesorgt hat, daß der Mann sicher im Haus Pital ist. Muß Sie vielleicht ebenfalls im Haus Pital bleiben? Steht Sie für Bluttransfusionen zur Verfügung? Ist das Herz des Mannes an das Ihre gekoppelt? Oder, betrüblicher Gedanke, wenn der Mann verwestert ist oder schon im Westen war, bevor Sie ihn aus Stay More wegbrachten: Ist die Frau damit beschäftigt, die Beerdigung oder die Überführung des Leichnams dorthin, woher der Mann gekommen sein mag, zu organisieren? Doc kann nicht verstehen, weshalb die Frau nicht zurückkommt. Drüben im Parthenon kann er kein Lebenszeichen entdecken... obwohl er weiß, daß es dort Knackerlaken gibt. Chid und seine Bande, die sich dort breitmachen und Unheil aushecken.

Eine weitere Möglichkeit kommt Doc in den Sinn, um das Fernbleiben der Frau zu erklären: Sie ist dem Mann so zugetan, daß Sie an Seiner Seite bleibt. *Ja, wahrscheinlich ist es das*, sagt sich Doc und wünscht, es wären andere zugegen, jemand von den alten Müßiggängern, zu denen er es sagen könnte.

Wie als Antwort auf seinen Wunsch taucht einer der alten Müßiggänger auf, aber er ist eindeutig mehr Patient als Müßiggänger. Leroy Sizemore fehlen zwei Krabbler, und er schleppt zwei weitere hinter den beiden her, die noch tauglich sind; eine seiner Schnüffelruten ist auch zerbrochen, die eine Hälfte baumelt ihm vor dem Gesicht herum. Die Überbleibsel seiner Flügel sind zerfetzt. Er kann nicht einmal die Veranda hinaufsteigen, wo Doc hockt, sondern bleibt draußen im Hof stehen und bringt es kaum fertig, den Kopf zu heben und zu stöhnen: »Doc, ich habe einige Beschwerden.«

»Sieht ganz danach aus, Bruder Sizemore«, bemerkt Doc.

»Ich bin kein ›Bruder‹ Sizemore mehr«, erklärt Leroy. »Ich bin kein Bruder gar nichts.« Er macht noch drei Schritte auf Doc zu und sinkt dann in den Staub nieder, und es fehlt eigentlich nur noch die Bauch-nach-oben-Position, um völlig verwestert zu wirken.

Doc humpelt von seiner Veranda herunter und fühlt Leroy den Puls, der noch schwach schlägt. »Was ist passiert, mein Sohn?« fragt Doc.

Ohne den Kopf aus dem Staub zu heben, berichtet Leroy: »Junker Hank ist über uns hergefallen. Er ist in den Parthenon gekommen und hat uns alle verjagt.«

»Euch alle sieben?« fragt Doc.

»Wir waren bloß zu viert«, widerspricht Leroy, als würde die verminderte Zahl die Geschichte wahrscheinlicher machen. »Chids Jungen Archy nicht mitgerechnet, meine ich. Bloß wir drei gewesenen Diakone und Chid. Die andern drei gewesenen Diakone sind völlig Gewesene, Punkt. Ich schätze, sie sind in den Fluten verwestert. Bloß ich und Stan und Gene, die wir Diakone von nichts mehr sind, weil Chid los ist und die Religion abgelegt hat, und wir wollten gerade von allen Ämtern, die Chid vielleicht für uns im Sinn hatte, zurücktreten, als Junker Hank zurückgekommen ist in den Parthenon und uns alle rausgeworfen hat.«

»Euch *rausgeworfen* hat?« fragt Doc.

»Ja, sozusagen. Den ollen Gene hat er geradewegs zur Tür rausgeschmissen, und den ollen Stan hat er gepackt und die Veranda runtergeworfen, und dann ist er auf mich los, und ich war dumm genug, mich zu wehren, und sehen Sie sich an, was er mit mir gemacht hat!«

»Und was hat er mit Chid gemacht?« fragt Doc.

»Weiß der Herr«, sagt Leroy. »Nee, der Herr weiß nichts, oder? Wo immer Er ist. Archy sagt, ein paar menschliche Gewalten wären gekommen und hätten Ihn weggebracht. Er ist nicht mehr im Heiligen Haus, oder?« Doc schüttelt den Kopf, und Leroy fragt: »Glauben Sie, daß ich lange genug im Osten bleibe, um das Heilige Haus und meine Frau und meine Kinder noch mal wiederzusehen?«

»Du gehörst ins Haus Pital«, erklärt Doc.

»Wie bitte?«

»Mal sehen, ob wir dich nicht reinschaffen können, damit du dich hinlegen und anständig ausruhen kannst«, sagt Doc und hilft Leroy, sich die Veranda hinauf und in die Klinik zu schleppen. Ein Baldachin aus Spinnweben hängt über Leroys Bett, aber die Spinnen schlafen bereits und werden Leroy nicht belästigen. Tatsächlich sind diese gemeinen Hausspinnen hilfreich, denn die klebrigen Fäden ihrer Netze sind hervorragend dafür geeignet, Leroys Wunden zu verbinden.

Bevor die Nacht vorbei ist, hat Doc zwei weitere Patienten in seinem Haus Pital, die Exdiakone Gene Stapleton und Stan Ledbetter. Der erstere versinkt in Bewußtlosigkeit und liegt möglicherweise im Koma, aber der letztere vermag Leroys Bericht zu bestätigen über die Vertreibung der drei aus dem Parthenon durch Junker Hank und auch, obwohl er kein Zeuge war, die Spekulationen über Chids Verbannung.

»Was ist mit Archy und Tish?« fragt Doc.

»Er und sie haben geheiratet«, erklärt Stan, »deshalb hat der Junker gesagt, sie könnten ihre Flitterwochen über im Parthenon bleiben.«

Doc bemüht sich nach Kräften um seine Patienten, obwohl es so aussieht, als wäre Gene Stapleton nicht mehr zu retten. Doc wünscht, er hätte ein, zwei Krankenschwestern zur Unterstützung. Was ist ein Haus Pital ohne eine Krankenschwester? Doc hat nicht einmal eine Arzthelferin. Vor seinem geistigen Auge sieht er das Haus Pital, in dem Lawrence Brace liegt und betreut und versorgt wird von einer Sekretärin, einer medizinisch-technischen Assistentin, einer Krankenschwester, einer Lernschwester, einer Schwesternhelferin, einem Atmungstherapeuten, einer Diätassistentin und dem Angestellten der Krankenversicherung, ganz zu schweigen von einem Dutzend verschiedener Ärzte und einem Krankenpfleger. Das Menschengeschlecht ist ein gutes Stück weiterentwickelt als das Knackerlakengeschlecht, denkt sich Doc und gestattet sich einen flüchtigen Moment des Selbstmitleids.

Aber soviel gibt es gar nicht zu tun in seinem Haus Pital, und er weiß es. Nachdem die Ansätze der Krabbler einmal saubergetupft und gereinigt und mit Spinnweben umwickelt worden sind, damit sie nachwachsen (oder, wie Docs eigene nicht regenerierte Krabbler, gut verheilte Stummel bilden) und nachdem der Patient ein bequemes Lager bekommen hat und ihm gelegentlich die Temperatur gemessen und der Puls gefühlt worden ist, bleibt eigentlich nicht mehr viel zu tun. Doc kann auf seine Veranda zurückkehren und dem Lauf der Welt zusehen, zumindest dem wenigen, was in dieser lauen, stillen, typisch saumseligen Nacht abläuft. Ein junger Bursche, Freddy Coe, kommt den Weg entlanggeschlendert, und er hält gerade lange genug inne, um mit den Schnüffelruten zu winken und zu sagen: »Krümchen, Doc.«

»Krümchen, Freddy«, erwidert Doc.

Der Junge bleibt stehen und zuckt mit den Schnüffelruten: »Riecht so, als hätten Sie ein paar Kranke drin, was?«

»Jawohl, ich hab ein regelrechtes Haus Pital«, sagt Doc mit nicht geringem Stolz. Dann kommt ihm ein Gedanke. »Wie fändest du es, wenn ich dir einen Job gäbe, als Pfleger?«

»Einen Job?« sagt Freddy. »Als Pfleger?«

»Dazu gehört nicht viel«, versichert ihm Doc. »Ich hab drei Burschen, die ziemlich übel zugerichtet sind, und brauche jemanden, der mir hilft, sie zu versorgen.«

»Meine Ma meint immer, ich wär so ungepflegt«, bekennt Freddy.

»Würdest du nicht gerne Arzt werden, wenn du mal groß bist?« fragt Doc. »Ich könnte dir alles beibringen.«

»Wenn ich mal groß bin?« erwidert Freddy beleidigt. »Doc, ich bin letzte Woche Imago geworden, sehen Sie das nicht?«

Tatsächlich, der Junge ist voll entwickelt, ein Imago, aber Doc kommt nur schwer mit dem Gedanken zurecht, daß Kinder wie Freddy, die seit ihrem ersten Stadium bei ihm zur Untersuchung und Behandlung gewesen sind, die Gewohnheit haben, groß und erwachsen zu werden. »Ein Grund mehr, daß ich dich brauchen kann«, sagt der Doc.

»Nun, ich schätze, es gibt schlimmere Jobs«, räumt Freddy ein und steigt die Treppe hinauf.

Und Freddy hat recht. Es gibt schlimmere Jobs. Und so kommt Doc Swain, der selbst keine Söhne hat, die in seine Fußstapfen treten könnten, zu einem Schützling, Schüler und Assistenten. In der ersten Nacht seiner neuen Tätigkeit ist Freddy noch unerfahren und lernt nur langsam. Er fragt sich, ob er die Spinnweben aus dem Haus Pital entfernen soll, und muß in ihren Gebrauch eingewiesen werden. Er bekommt die Namen der schlafenden Spinnen mitgeteilt, ist aber nicht erpicht darauf, ihnen vorgestellt zu werden, wenn sie wach sind. Er bekommt das Speiselager gezeigt und erhält einen Ernährungsplan für die drei Patienten, oder eher die zwei, die essen können, aber er kann nicht widerstehen, einen Teil des Essens selbst zu genießen. Aber die Patienten mögen ihn und bitten ihn, Besorgungen für sie zu erledigen: ins Heilige Haus zu gehen und ihre Frauen und Kinder zu benachrichtigen, daß sie während der Besuchszeiten ins Haus Pital kommen sollen.

»Wie, sagten Sie noch, ist der Name von diesem Laden hier?« fragt Freddy Doc.

»Haus Pital«, belehrt ihn der Doc zum dritten oder vierten Mal.

»Okay. Wann sind die Besuchszeiten?«

Doc hat sich noch nicht entschieden, und er versucht, jetzt zu entscheiden, erinnert sich aber, daß die Zeit stillsteht, wir uns im Präsens befinden und im Hier und Jetzt festsitzen, ohne irgendwelche Stunden. »Oh, wann auch immer«, sagt er zu Freddy, und Freddy erhält die Erlaubnis, seine Besorgung zu erledigen.

Almeda Sizemore kommt mit ihren dreiundzwanzig Kindern aus dem Heiligen Haus, um Leroy zu besuchen, Claudine Ledbetter erscheint mit ihren siebzehn Kindern zu einem Besuch bei Stan; nur der arme Gene Stapleton, der hoffnungslose Fall, ist dazu noch Junggeselle und hat keine Besucher außer seiner alten Mutter

Hester. »Sogar Schurken haben Mütter, ganz zu schweigen von Frauen und Kindern. Hast du daran gedacht?«

»Was?« meint Freddy.

»In jeder Geschichte«, erklärt Doc seinem Schüler, »hat der Böse, egal, wie böse er ist, immer noch eine Mutter und eine Liebste und ein Eheweib wie wir andern alle auch, genauso wie der Gute, wenn nicht sogar noch mehr.«

Freddy denkt über diesen philosophischen Gedanken nach. Jetzt, da das Haus Pital voller Besucher ist, kann er gut hier draußen auf der Veranda mit Doc sitzen, dem Lauf der Welt zusehen und philosophischen Gedanken nachhängen. »Vielleicht haben Sie recht«, sagt er zu seinem Lehrer.

Der Lauf der Welt nimmt seinen Lauf. Eine stattliche Knackerlake kommt mit hoch erhobenem Kopf die Straße herauf.

»Krümchen, Doc«, sagt er und steigt die Veranda hinauf.

»Krümchen, Sam«, sagt Doc so laut, daß Freddy zusammenzuckt. An seinen Schüler gewandt erklärt er: »Junker Sam ist taub wie ein Pflock.«

»Was ist ein Pflock?« will Freddy wissen.

»So eine Redensart«, sagt Doc. An Junker Sam stellt er die Frage: »WIE SIEHT'S DRÜBEN IM HEILIGEN HAUS AUS?«

»Ich bin seit gestern nacht nicht mehr dort gewesen«, sagt Sam. »Ich dachte, Sie könnten's mir vielleicht sagen, aber wie ich sehe, haben Sie sich in Ihre Klinik zurückgezogen.«

»ES IST JETZT EIN HAUS PITAL«, erklärt Doc und versucht, pantomimisch die Versorgung und Behandlung und Fütterung der Patienten darzustellen. Freddy unterstützt ihn in seiner Pantomime, vor allem dem Teil über die Fütterung, aber er übertreibt die Pantomime bis zur Clownerie. »Er ist bloß taub, Freddy«, ermahnt ihn Doc, »nicht blöd.« Dann lädt er Sam ein: »KOMM, SCHAU DIR AN, WER ALLES DA IST.« Er führt Sam ins Haus Pital und zeigt ihm die drei Bösewichter.

»Was ist mit ihnen passiert?« flüstert Sam.

Der Doc flüstert nicht. »DEIN DADDY HAT IHNEN DIE SUPPE AUS DEM LEIB GEPRÜGELT.«

»Oh«, sagt Sam und erfaßt die Lage ohne weitere Schreiereien oder Pantomimen von Doc. Die Damen blicken Sam vorwurfsvoll an, als wäre er der Schläger, der ihre Lieben so übel zugerichtet hat. Sam kehrt auf die Veranda zurück und hockt sich hin. Er starrt zum Parthenon hinüber.

»Seine Liebste ist drüben im Parthenon«, erklärt Doc Freddy. »Junker Sam weiß es nicht, aber seine Liebste ist los und hat einen anderen geheiratet, Archy Tichborne, den Sohn des Predigers, und sie verbringen jetzt drüben in dem Haus ihre Flitterwochen.« Mit lauter Stimme fragt er dann Sam: »HAST DU VOR, NACH HAUSE ZU GEHEN?« Sam gibt lange keine Antwort. Doc sagt zu Freddy: »Ich weiß nicht, ob ich ihn warnen soll oder nicht.« Freddy schüttelt den Kopf.

»Vielleicht nicht«, sagt Sam schließlich. »Vielleicht sollte ich besser ins Heilige Haus übersiedeln und mich in diesem Winkel von Stay More um Recht und Ordnung kümmern.«

»GUTE IDEE«, sagt Doc. »DEINE UHR IST SOWIESO STEHENGEBLIEBEN.«

»Ja«, sagt Sam, »ich weiß.« Doc fragt sich, woher er es weiß. Hat es ihm jemand erzählt? Er kann das Schlagen der Uhr doch nicht hören, oder vielmehr kann er das Nichtschlagen der Uhr nicht hören, was noch viel schwerer zu hören ist als das Schlagen der Uhr. »Wir sitzen im Präsens fest«, setzt Sam hinzu.

»Das denke ich auch«, pflichtet Doc ihm bei. »Aber vielleicht nicht für immer. Vielleicht werden der Mann und die Frau zurückkommen.« Er bemerkt, daß er seine Stimme nicht gehoben hat, daß er seine Worte verschwendet hat. Er setzt an, seine Worte zu wiederholen: »DAS DENKE ICH –«, aber Sam unterbricht ihn.

»Dem Präsens ist nicht dadurch abzuhelfen, daß die Uhr wieder in Gang gesetzt oder zurückgeholt wird, was verloren ist. Das Präsens ruft immer eine erwartungsvolle Stimmung hervor. Aber vielleicht dauert die Erwartung manchmal für immer.«

»Freddy, hörst du gut zu?« fragt Doc seinen Schüler. »Das ist lupenreine, wahre Philosophie, und Junker Sam wird unser Philosoph werden. Wir haben genug von Predigern und Religion gehabt. Jetzt werden wir uns ein bißchen der Philosophie widmen!«

Doc wünscht, er könnte sich als Diakon melden, welche Kirche auch immer Sam zu gründen beabsichtigt.

»Werden der Mann und die Frau zurückkommen?« möchte Freddy von dem neuen Philosophen wissen.

»Du mußt lauter fragen«, sagt Doc zu Freddy. »Sprich laut, damit er dich hören kann.«

»Ja, Mann und Frau werden immer zurückkommen«, sagt Sam, ohne abzuwarten, daß Freddy seine Worte wiederholt. »Aber das ist im Futur gesprochen.« Dann, als er bemerkt, daß Doc erstaunt aussieht, weil er hören kann, setzt er hinzu: »Wissen Sie, Doc, dieses Schmierfett von der Aufhängung einer Glocke, die vor kurzem geläutet wurde, wirkt tatsächlich.«

# Sechstes Stadium: Der Bekehrte

## 36.

Obwohl sie nicht richtig zusammen schlafen, ziehen sich Tish und Archy für die Tagesstunden gemeinsam in den Frisiertisch in Sharons Badezimmer zurück, wo sie sich vor dem Zorn Junker Hanks verbergen, der die drei Diakone aus dem Parthenon vertrieben, Chidiock Tichborne vom einen Ende des Hauses zum anderen gejagt hat, ohne ihn zu erwischen, und Archy mitgeteilt hat, daß er und seine »Braut« gerne den Tag über bleiben dürften, bei Sonnenuntergang das Grundstück aber zu verlassen hätten. Tish hat versucht, dem Junker klarzumachen, daß sie und Archy nicht wirklich verheiratet sind und sie ins Heilige Haus zurückkehren will, um Sam und ihren guten Freund Hämmann zu suchen, aber Junker Hank hat in seiner üblen Laune kein Wort von dem gehört, was sie gesagt hat. Jetzt, nicht ohne daß sie zuerst einen Jungvermählten-Streit hatten, der sie praktisch einander entfremdet und Tish in Tränen aufgelöst zurückgelassen hat, versuchen sie und Archy, in dieser Frisierkommode zu schlafen, und wenigstens Archy ist schließlich in einen unruhigen Schlaf gesunken. Archy hat seine Absicht kundgetan, ihre Heirat für ungültig erklären zu lassen, sobald er den Fall dem Friedensrichter, das heißt Doc Swain, vortragen kann. Sobald ihre Ehe gelöst ist, beabsichtigt Archy, allein zum Mount Staymore oder in die Welt dahinter aufzubrechen. Tish mitzunehmen war sein innigster Wunsch, aber ein Mädchen, das keine Jungfrau mehr ist, will er nicht einmal als Reisebegleiterin. Jetzt empfindet er keine Liebe mehr für sie. »Ich würde dir keine Murmel geben, und wenn du darum betteln würdest!« hat er erklärt.

War es ein Fehler gewesen, ihm von ihrer kurzen Affäre mit Junker Sam zu erzählen? Er hatte die ganze Wahrheit zu wissen verlangt; sie hatte keine Wahl gehabt, aber nicht gewagt, ihm von ihrem Osterei zu erzählen. Sie hatte erklären müssen, woher sie die Namen all der Schätze in Sams Speisekammer kannte. Archy hatte bereits geahnt, daß zwischen Sam und Tish etwas vor sich ging, der Art nach zu schließen, wie Sam ihr das Leben gerettet, und den Mann beim Abfeuern einer Kugel auf sie gestört hatte, woraus dann schließlich dieser ganze Aufruhr in Stay More entstanden war. Archy hatte sich während der Nächte, da sie etwas für den Mann zu tun versuchten, sogar mit Sam angefreundet, und obwohl Sam Archy nichts von seinen Gefühlen für Tish erzählt hatte, hatte Archy doch geahnt, daß zwischen ihnen etwas »Amouröses« bestand. Tish mußte nur gestehen, was Archy bereits vermutete, und Tish hatte noch nie in ihrem Leben gelogen.

Sie kann Archys Verbitterung verstehen, und es tut ihr weh, denn sie hat Archy wirklich gern. Wäre Sam nicht in ihr Leben getreten, sie wäre von der Aussicht, Archy zu heiraten, hingerissen gewesen. Jedes Mädchen in Stay More würde ihre rechte Schnüffelrute dafür geben, Archys Eheweib zu werden. Verglichen mit Sam ist Archy so nüchtern, praktisch und vernünftig, ganz zu schweigen davon, daß er viel besser aussieht. Sam ist alles andere als häßlich, aber er hat einfach nicht Archys große Augen, seine festen Mandibeln und schnittigen Flügel. Und irgendwie fühlt sich Tish in Archys Gesellschaft viel behaglicher. Sam wirkt, ganz abgesehen von seiner Taubheit, irgendwie distanziert, unnatürlich, nicht von dieser Welt. Er ist nicht »einer von uns«, so wie Archy. Er ist einfach so anders, auch wenn es unwahrscheinlich ist, daß er jetzt, da die Uhr stehengeblieben ist, jemals wieder in dieser sonderbaren Wohnung in der Uhr wird leben wollen.

Wird Sharon jemals nach Hause kommen und die Uhr aufziehen? Wie würde Tishs Leben wohl aussehen, wenn sie nach Sharons Rückkehr hier im Parthenon bliebe? Selbst für den Fall, daß Sharon zurückkehrt, und Tish bezweifelt das ebensosehr wie Archy, ist Tish sich nicht sicher, daß sie mit Sam im Parthenon würde leben wollen (vorausgesetzt natürlich, er würde sie jemals darum bitten). Sie würde sich einsam fühlen und Sehnsucht bekommen nach den Leuten aus Carlott und dem Heiligen Haus, nach ihren Brüdern und Schwestern, nach ihrer Mutter und ihrem V–. Von neuem denkt Tish an ihren verwesterten Vater, und von neuem vergießt sie Tränen.

Weil sie keinen Schlaf findet, klettert sie die Frisierkommode hinauf und sieht sich, halb blind vom Tageslicht und taumelnd, zwischen den Utensilien um, mit denen die Frau sich schön zu machen pflegt. Tish kann zuerst nicht erkennen, welche Funktion die einzelnen Gegenstände haben: Die Bürste und der Kamm sind offensichtlich für die Haare, aber wozu dienen all die Plastikrollen? Und das Brettchen, an dem Tausende von Sandkörnern kleben? Ist das dazu da, um sich die Zähne zu putzen? Die verschiedenen Flaschen und

Töpfchen, Tuben und Metallröhren, Phiolen und Puderdosen faszinieren sie, und obwohl sie lesen kann, kann sie ihren Inhalt und Zweck doch nur erraten.

Sie ist nicht allein. Sie dreht sich um und sieht Archy auf sich zukommen; seine Krabbler bewegen sich steif und sonderbar die Frisierkommode entlang, und, noch sonderbarer, ihre Schnüffelruten machen eindeutig seinen Schlafgeruch aus. Er schläft und wandelt doch umher! Seine Augen sind ausdruckslos. Während er sich ihr nähert, murmelt er mit trauriger, verzweifelter Stimme: »Im Westen! Im Westen! Im Westen!«

Sie ist so überrascht, daß sie nichts sagen kann, hat aber keine Angst vor ihm. Sie wartet. Er kommt zu ihr und hebt sie mit Hilfe seiner vorderen Krabbler in seinen starken Fühlern hoch. Er trägt sie.

»Mein Weib – im Westen, im Westen!« sagt er.

Er trägt sie zum Rand der Frisierkommode. Hat er vor, sie hinunterzuwerfen? Oder träumt er, er könnte mit ihr davonfliegen? Ist der »Westen«, von dem er immer wieder spricht, der Westen, in den er fortzugehen gedenkt, oder ist es der Westen der Nichtexistenz? Was tut er mit ihr? Am Rand der Frisierkommode bleibt er stehen, hält sie einen Moment lang noch höher über seinen Kopf, und sie hat einen Überblick über das ovale Wasserbecken auf einer Anhöhe über dem Boden, das von einer glänzenden weißen Porzellanschüssel umschlossen ist, ein Teich aus kristallklarem Wasser, von einem hölzernen Ufer umrahmt.

Sie versucht zu sprechen, doch er bringt sie mit einem Kuß zum Schweigen, einem innigen, leidenschaftlichen und doch schmerzerfüllten Kuß. Dann stößt er sie von sich ins Leere! Und sie fällt unerbittlich hinunter, den wartenden Wassern entgegen. Sie schlägt vergeblich mit ihren nicht vorhandenen Flügeln, tritt mit ihren Krabblern um sich und bringt es noch fertig, zu rufen: »Oh, Archy, wie *konntest* du nur?!«, doch die letzte Silbe und das Fragezeichen werden vom Wasser erstickt.

Tish gerät nicht in Panik und geht nicht unter. Sie tritt mit ihren Krabblern Wasser und hält ihre Schnüffelruten trocken. Das Ufer ist zu hoch, aber die Wand der Porzellanschüssel, die in der Nachmittagssonne glitzert, ist nicht weit entfernt, und sie schwimmt langsam darauf zu, erreicht sie und sucht sich mit den Spitzen ihrer Krabbler festzuhalten. Die Wand ist zu glatt und unzugänglich; sie findet nirgendwo Halt. Sie krabbelt und sie kratzt, sie reckt sich und sie springt, aber sie bekommt die Wand nicht zu fassen. Überall um sie herum der gleiche Anblick, ein durchgehender Wall aus höhnisch weißem und reinem Porzellan. »Archy!« ruft sie hinauf in der Hoffnung, ihn aufzuwecken, obwohl sie sich nicht vorstellen kann, wie er ihr helfen sollte. Aber er ist verschwunden, er ist dorthin zurückgegangen, wo er seinen Traum begonnen hat, um ihn zu beenden, oder er ist schlafwandelnd in einen anderen Teil des Parthenon geirrt.

Sie läßt sich treiben. Ihre Kräfte haben sie nicht verlassen, noch nicht, und sie verhält sich so ruhig wie möglich, denn sie weiß, daß die leiseste Andeutung von Verzweiflung sie schwächen und so aus der Fassung bringen kann, daß sie ertrinken müßte. Die Zeit vergeht, oder, da es keine Zeit mehr gibt und nur die Gegenwart existiert, dehnt sich die Gegenwart, endgültig, zermürbend, ins Endlose. Das Tageslicht vergeht, Tish bekommt Hunger und weiß, daß jetzt Frühstückszeit ist. Wenn die Uhr noch ginge, würde sie »POPCORN« sagen, aber die Uhr ist im Westen. Irgendwie bringt der Gedanke an Popcorn Tish auf den Gedanken an ihr Osterei, und sie fragt sich, wie es ihren sechzehn Babys gehen mag, die an der Stelle, wo sie und Hämmann sie versteckt haben, stetig in ihrer Kapsel weiterwachsen. Noch ein guter Monat wird vergehen, bevor die Kapsel ausgebrütet ist, aufspringt und die sechzehn in diese grausame Welt entläßt. Wird einer von ihnen den Weg zurück nach Stay More finden, und wird irgend jemand in Stay More ihnen von ihrer Mutter erzählen, die ertrunken ist in einer –, in einer –? Tish ist so lange in diesem Wasser gewesen, daß sie sich nach und nach über seine Bestimmung klargeworden ist: Es ist kein Reservoir an Trinkwasser oder Waschwasser, sondern Wasser, das aus irgendeiner unterirdischen Quelle wie ein Springbrunnen nach oben befördert worden ist und unter die Erde zurückkehren wird, um die Ausscheidungen der Frau fortzuschaffen. Deshalb ist es ein Wasserklosett. Wird irgend jemand den sechzehn armen Kleinen erzählen, daß ihre arme Mutter in einem Wasserklosett verwestert ist?

Wann wird Sharon zurückkehren, feststellen, daß ein schwarzes Schabentier, vielleicht noch lebendig, in ihrem Wasserklosett schwimmt, und es dann mit dem Wasser wegspülen? Denn das allein scheint Tishs Schicksal zu sein. Als sie an Schicksal denkt, fällt Tish ihre gute Fee und Patin, das Schicksal-Ding, ein, und sie fragt sich, warum diese gütige Beschützerin sie auf diese Weise in den Westen schicken will. Vielleicht, so überlegt Tish, während die Nacht hereinbricht, weiß das Schicksal-Ding, daß jeder schließlich verwestern muß, und das Schicksal-Ding, hat für Tish diese dramatische, besondere, außergewöhnliche Form des Westens gewählt.

Von Zeit zu Zeit, oder, da es keine Zeit mehr gibt, sondern nur eine Art Notwendigkeit, etwas zu wiederholen, ruft Tish »HILFE!« Sie kann nicht wissen, daß ihr Vater, angeblich selbst im Westen, gelegentlich, wenn er nicht gerade an Zitronen- oder Eierschalen kaut, gleichfalls seine Kräfte zusammennimmt, um »HILFE!« zu brüllen. In demselben Haus verhallen ihre Rufe ungehört, die des Vaters, weil sie von einer dicken Plastiktüte abgefangen und gedämpft werden, die der Tochter, weil sie in den festen Wänden der Porzellanschüssel eingeschlossen ist, die tatsächlich wie ein Megaphon wirkt und die Hilferufe nach oben lenkt, wenn nur jemand da wäre, um sie zu hören ...

Es *ist* jemand da, um sie zu hören. Er thront wie ein Schutzengel auf dem Rand des runden Holzsitzes und schaut auf sie herunter. Es ist nicht Archy. Tish versucht, mit Hilfe von Gesten »Hilf mir« zu signalisieren, aber sie bringt im Wasser ihre Gesten nicht zustande. Sie versucht, mit ihren Schnüffelruten »H-I-L-F-E« zu buchstabieren, aber ihre Schnüffelruten sind zu naß zum Buchstabieren. Sie kann nur, verzweifelt und erleichtert, stöhnen: »Oh, Sam!«

»Tish«, sagt er. »Mrs. Tish Tichborne. Weißt du, es hört sich an wie jemand mit nem Sprachfehler.«

»ICH WEISS! ICH WEISS!« ruft sie in der Hoffnung, er könnte sie hören. »ABER DAS BIN ICH NICHT! EHRLICH NICHT!« Sie schluchzt, und da all die Kraft ihrer Stimme aufgebraucht ist, kann sie nur seufzen: »Wenn du mich hier rausholen könntest, könnte ich dir alles erklären.« Sie redet mit sich selbst.

»Erklär's mir jetzt«, sagt er, als hätte er sie gehört.

»Du kannst mich doch nicht hören«, erklärt sie, »und ich bin zu müde, um zu schreien oder mit meinen Schnüffelruten zu buchstabieren.«

»Ich kann dich hören«, entgegnet er.

»Wirklich?«

»Ja. Doc hat mir was für meine Schwanzreifen verschrieben, was anscheinend wirkt. Ich kann alles hören, was du zu sagen hast.«

»Oh, das ist ja wunderbar!« ruft sie aus. »Dann hör mir gut zu.« Und sie beginnt so schnell sie kann zu reden. Sie erzählt Sam alles, was sich zwischen ihr und Archy in jüngster Zeit ereignet hat und wie Archy schlafwandelnd und unbewußt versucht hat, sie zu western, indem er sie in das Klosett geworfen hat.

Sie achtet darauf, ihm genau zu erklären, daß die Hochzeit ohne ihre Zustimmung oder aktive Beteiligung stattgefunden hat, daß die Ehe vom Vater des Bräutigams praktisch *verfügt* worden ist. Ebenso ist sie darauf bedacht, zu erzählen, daß Archy sie nicht vorsätzlich western wollte, sondern unbewußt aus einer tiefsitzenden Frustration oder Enttäuschung heraus gehandelt hat. Sie schließt ihre ganze Geschichte mit der Bemerkung: »Ich glaube nicht, daß wir richtig verheiratet sind. Was meinst du?«

»Nicht, wenn der Geistliche eine vom Talar entbundene Frackerlake war, wie es der Fall ist«, sagt Sam. »Chid war nicht befugt, diese Trauung zu vollziehen.« Sam erzählt Tish, daß sein Vater, Junker Hank, in diesem Moment in ganz Stay More nach Chid sucht. Chid sollte es nicht wagen, ins Heilige Haus zurückzukehren, denn die Knackerlaken dort haben das Gefühl, daß Chid sie im Stich gelassen hat, und sie sind in der Stimmung, ihn zu lynchen, sollte er dort jemals wieder auftauchen. »Aber was Archy angeht ... «

»Ich glaube, Archy ist in den Westen gegangen«, erklärt Tish. »Ich meine, *westwärts* in den Westen, ich meine da lang.« Sie versucht, eine Geste zu machen. »Wie auch immer, es ist mir egal, wenn ich ihn nur niemals wiedersehe.«

Und nun, nachdem sie dies erklärt hat, stellt Tish

überrascht fest, daß Junker Gregor Samsa Ingledew ihr einen Heiratsantrag macht. »Tish, willst du mich heiraten?« hat er gefragt. Hat sie richtig gehört?

Wie kann er ihr an einem derart unromantischen Ort wie einer Toilette einen Heiratsantrag machen? »Du müßtest mich hier rausholen«, erwidert sie, »und das kannst du nicht.«

»Ich hol dich da raus«, sagt er, und für einen Moment verschwindet er vom Rand des Holzsitzes, aber dann taucht er unter dem Sitz wieder auf, am Rand der Porzellanschüssel, die er mit seinen Krabblern entlangkraxelt.

»Versuch nicht, runterzuklettern!« warnt sie ihn. »Du wirst selbst nicht mehr rauskönnen, und dann ertrinken wir beide.«

»Dann ertrinke ich eben mit dir, denn ohne dich will ich nicht leben«, sagt er. »Hör zu. Ich werde etwas versuchen. Ich weiß nicht, ob es klappen wird, aber wir können es versuchen. Ich werde zu dir runter*fliegen*, verstehst du, und dann kannst du dich an meinen hinteren Krabblern festhalten, und ich flieg dich da raus!«

»Aber du kannst nicht so lange fliegen!« protestiert sie. »Keine Knackerlake ist jemals länger als drei volle Sekunden geflogen.«

»Die Zeit steht still«, sagt er. »Es gibt keine Sekunden mehr. Aber angenommen, es gäbe welche: eine Sekunde runter, eine Sekunde für dich zum Zugreifen, eine Sekunde, um dich rauszuholen. Okay. Versuchen wir's. Auf geht's!«

Und bevor sie noch Einwände erheben kann, springt Sam lieber vom Rand der Schüssel, seine Flügel flattern hektisch auf die unbeholfene Weise, auf die Knackerlaken bei seltenen Gelegenheiten ihre nutzlosen Flügel zu benutzen pflegen, und er kommt zielstrebig durch die Luft zu ihr herunter, ruft: »Greif zu«, und sie beißt in einen seiner hinteren Krabbler, fest genug, um Halt zu haben, aber nicht so hart, daß sie seinen Krabbler abbeißt, und dann kann sie richtig das Schlagen seiner Flügel hören! Er drischt mit seinen Flügeln auf und nieder, und sie spürt, wie sie langsam aus dem Wasser gehoben wird! Aber wie langsam! Sicherlich sind schon drei Sekunden vergangen. Er steigt empor, unaufhörlich mit seinen Flügeln schlagend, bis es scheint, sein Herz müßte aussetzen, und sie fühlt deutlich, daß die drei Sekunden verstrichen sind. Die Zeit ist um, zu Ende, vorbei, und wenn sie sich weiter an ihn klammert, wird sie ihn umbringen. Und einen knappen Moment, bevor sein Herz versagt, läßt sie seinen Krabbler los und fällt zurück ins Wasser, und er hat gerade noch die Kraft für einen letzten kräftigen Flügelschlag, der ihn auf den Rand des Holzsitzes zurückbringt.

Dort bricht er zusammen. Sie bricht im Wasser zusammen, entmutigt und ihrer Sinne gerade noch so mächtig, daß sie sich über Wasser hält. Sie hört Sam keuchen und schnaufen, und er scheint ewig zu brauchen, bis er seine Stimme wiedergefunden hat und sie fragt: »Warum hast du losgelassen?«

»Wenn ich's nicht getan hätte, hättest du's nicht geschafft«, sagt sie. »Das weißt du.«

Er scheint es zu wissen. »Nun, versuchen wir's noch mal«, schlägt er vor.

»Nein«, sagt sie bestimmt. »Du hast schon all deine Kraft verbraucht. Du könntest es unmöglich beim zweiten Versuch schaffen.«

»Nun«, sagt er, »ich schätze, ich kann zumindest hier sitzen bleiben und versuchen, Sharon davon abzuhalten, dich wegzuspülen, wenn sie zurückkommt.«

Tish braucht eine Weile, bis sie begreift, daß Sams Worte halb im Scherz gemeint sind. Sie lacht nicht darüber. »Wann, glaubst du, wird Sie zurückkommen?« fragt sie.

»Die Frage ist nicht wann, sondern *ob*«, sagt Sam. »Es gibt einigen Grund zu bezweifeln, daß Sie überhaupt zurückkommen wird. Aber ich für mein Teil *weiß*, daß Sie am Ende doch zurückkommen wird.«

»Und wenn Sie wieder da ist, wird Sie mich wegspülen.«

»Nicht, wenn ich es verhindern kann.«

»Sam, Sam, hör zu. Falls Sie mich wegspült, will ich dir sagen, wo mein Osterei versteckt ist – *unser* Osterei, denn es ist auch deins –, und ich möchte, daß du es findest und dafür sorgst, daß unsere Babys heil nach Stay More zurückfinden, und dann kannst du ihnen eines Tages von mir erzählen.« Das Pathos dieser Erklärung geht Tish so zu Herzen, daß sie zu weinen anfängt.

»Hämmann hat mir bereits gesagt, wo es ist«, sagt Sam. »Wir werden es finden, du und ich, wir werden es finden, und wenn unsere Babys schlüpfen, geben wir eine Party.«

Die Aussicht darauf tröstet Tish beinahe; sie schnieft und versucht, das Schicksal-Ding anzurufen, damit es ihr während der kommenden Stunden beisteht.

## 37.

Sam wird sich immer an den Toilettensitz als den Ort erinnern, wo er die Religion für sich entdeckte. Der Sitz ist aus goldfarbener Eiche und mit Chromscharnieren am hinteren Rand der Schüssel befestigt, und Sam hat Stunden um Stunden darauf verbracht, entweder am Rand hockend und mit Tish redend, oder ungeduldig, unruhig und nervös immer und immer wieder im Kreis darauf herumlaufend wie auf einer Rennbahn. Er muß fortwährend mit Tish reden, damit sie nicht einschläft, denn wenn sie einschläft, wird sie ertrinken.

»Komisch«, hat sie zu ihm gesagt und dabei versucht, unbekümmert zu klingen, »die ganze Zeit, als mein Haus den Bach hinuntertrieb und so viele meiner Geschwister ertranken, ist mir nie der Gedanke gekommen, ich könnte jemals im Wasser verwestern, und jetzt ...«

Er ist außer sich vor Sorge, und es ist genau solch ein Zustand, der manche Leute auf die Religion bringt, obwohl das nicht heißen soll, daß es nicht viele tief und wahrhaft religiöse Leute gibt, die niemals verängstigt oder verzweifelt gewesen sind oder sich so völlig hilflos gefühlt haben. Nicht ein einziges Mal kommt es Sam in den Sinn zu beten – bestimmt nicht zum Mann oder zur Frau und auch nicht zu Gott, obwohl er sich der Spekulationen über die Existenz Gottes wohl bewußt ist. Spekulationen, die alle Generationen von Ingledews beharrlich abgelehnt haben. Und Sam wird nicht in dem Sinne religiös werden, daß er diese Spekulationen für zutreffend hält, geschweige denn Gott anbetet. Nein, Sam wird religiös in dem Sinne, daß er glaubt, es gibt nicht nur *einen* Mann oder *eine* Frau, sondern viele, und Sie sind nicht von der Erde verschwunden und werden nie von ihr verschwinden, und wenn wir fortfahren, Sie zu achten, zu ehren und zu lieben, haben Sie die Macht, uns allesamt zu erhalten und zu bewahren, jetzt und in alle Ewigkeit, Amen. Nennen wir es ruhig Polytheismus oder Myriotheismus; nennen wir es sogar säkularen Humanismus: Sam steht kurz davor, sich mit Leib und Seele dazu zu bekehren, und er wird es schließlich predigen und sich immer daran erinnern (und es seinen Zuhörern berichten), daß seine Bekehrung auf dem Sitz einer Toilette stattgefunden hat, in der seine Liebste trieb und Gefahr lief, zu ertrinken oder weggespült zu werden.

Um sich die Zeit zu vertreiben, während sie auf einen unbekannten Ausgang, ein ungeahntes Schicksal warten, erzählt Sam Tish von seiner Bekehrung, seinem neuen Glauben und seinen Plänen, ihn zu predigen. Tish lacht, vielleicht bei der Vorstellung, ihn predigen zu sehen. Immerhin tut es gut, sie lachen zu hören.

Aber jetzt registrieren seine Schwanzreifen ein Geräusch, das er nicht mehr gehört hat, seit er sein Gehör verloren hat: den Motor eines Automobils. Er rennt auf die vordere Veranda hinaus und sieht, wie ein Wagen vorfährt. Die Beifahrertür geht auf, und Sharon steigt aus, und bevor Sie die Tür schließt, spricht Sie noch längere Zeit mit dem Fahrer, aber Ihre Stimme ist zu weit entfernt, als daß Sam sie hören könnte. Ebensowenig kann er den Fahrer sehen. Sharon macht die Tür zu. Das Automobil fährt davon. Sharon dreht sich um und geht auf Ihr Haus zu. Sie betritt die Treppe. Junker Sam stürzt zurück in Ihr Schlafzimmer, während er sich ermahnt, um jeden Preis Ruhe zu bewahren. *Werd nicht panisch*, sagt er mehr als einmal zu sich selbst.

*Denk lieber nach*, sagt er sich. *Denk nach! Denk nach!* Es muß irgendeinen Weg geben, die Frau von Ihrem Badezimmer fernzuhalten oder Sie davon abzuhalten, die Toilettenspülung zu betätigen.

Die Frau betritt Ihr Schlafzimmer. Sie wirft sich auf Ihr Bett und bleibt dort einfach mit dem Gesicht nach unten liegen. Aus seiner ungünstigen Perspektive kann Sam Ihr Gesicht nicht sehen. Sind Ihre Augen geschlossen? Lange Zeit schwenkt er seine Schnüffelruten hin und her und versucht, Ihren Schlafgeruch auszumachen. Es ist keiner wahrzunehmen. Weint die Frau still vor sich hin? Ist der Mann schließlich doch verwestert? Ist Sharon allein auf dieser Welt? Geraume Zeit, oder eher nicht, da die Zeit stillsteht und die Uhr schweigend und verwestert auf dem Kaminsims hockt, kommt keine Bewegung und kein Laut von der Frau.

Sam macht sich daran, die Überdecke zu erklimmen. Er wird nicht zulassen, daß Sie ihn sieht, aber er will so nahe wie möglich an Sie herankommen. Er will Ihr wunderschönes Gesicht sehen, herausfinden, ob Sie betrübt ist, ob Sie den Westen des Mannes betrauert. Ja, Ihre Augen sind offen, aber Sie blickt nicht ihn oder irgend etwas an, sondern schaut einfach nur in die Richtung des Kamins, sieht den Kamin jedoch nicht an, sondern durch ihn hindurch. Sam kann nicht sagen, ob sich Kummer oder gar Traurigkeit in ihrem Gesicht ausdrückt. Sie sieht nur müde, sehr müde aus. »Schlaf doch«, sagt er zu Ihr. »Warum schläfst du nicht?«

Wenn Sie nur einschlafen würde, hätte er eine Gnadenfrist, um einen letzten Rettungsversuch für Tish zu unternehmen. Sam hat beschlossen, mit ihr zu gehen, wenn er Tish nicht davor bewahren kann, fortgespült zu werden. Selbst wenn diese Reise sie zum Westen und

Verderben in einen unterirdischen Abwassertank führt, wird er sie auf dieses letzte Mal begleiten. Falls es die Chance gibt, daß das Rohr nicht zu einem geschlossenen Abwassertank, sondern zu einer offenen Senkgrube oder sogar einen Bach führt, könnte es sein, daß Tish überlebt, falls er bei ihr ist, um ihr zu helfen und sie zu führen. Aber während seiner vielen Spaziergänge und Wanderungen in der Nähe des Parthenon hat er nie irgendein Loch gesehen, das der Abfluß des Abwasserrohrs sein könnte, also führt der Abfluß wahrscheinlich in einen Tank. Wahrscheinlich würden er und Tish beide ertrinken, bevor sie den Tank erreichten. Aber was immer Tishs Schicksal sein wird, es soll auch das seine sein.

Die Frau liegt ausgestreckt auf dem Bett und starrt, ohne etwas wahrzunehmen, ins Leere. Wenn Sie noch etwas länger bleibt, wird Sie unweigerlich irgendwann aufstehen und ins Badezimmer gehen müssen. Während er diesen Gedanken denkt, bewegt sich Sharon. Sie dreht sich um, richtet Ihren Oberkörper auf und setzt sich hin. Aber Sie steht nicht auf. Auf dem Bettrand sitzend greift Sie nach dem Telefon, hält sich den Hörer ans Ohr und lauscht einen langen Moment, dann steckt Sie Ihren Finger in die Wählscheibe und dreht sie, dann wieder, mehrere Male.

»Omi«, sagt Sharon, »ich bin wieder zu Hause. Ja. Vernon hat mich vom Flugplatz abgeholt. Geht's dir gut? Wie lange bin ich weg gewesen? Ich hätte dich von Little Rock aus angerufen, aber Vernon sagte, er würde mit dir sprechen. Das stimmt. Ja. Eh-hmm. Ja. Uh-häh. Nein, das hat er nicht. Das war vorher. Freitag nachmittag wahrscheinlich, sagen sie. Das hoffe ich. Welcher Tag ist heute? *Was?* Himmel, Omi, bist du sicher? Es scheint, als wäre die Zeit stehengeblieben. Einfach völlig stehengeblieben. Ich schau mal. Ja, sie zeigt acht Uhr an, lächerlich, nicht? Ich werde sie aufziehen. Ich dachte mir schon, daß irgendwas nicht stimmt, weil sie noch keinmal geschlagen hat, seit ich zu Hause bin. Ich weiß nicht. Bist du sicher, daß ich nicht... Ja, danke, ich nehme es an. Natürlich habe ich all seine Ausgaben bezahlt, auch die Arztrechnung und alles. Das mindeste, was ich tun konnte. Nun, ich werde dir Bescheid geben. Danke noch mal. Gute Nacht, Omi, schlaf gut.«

Sharon legt den Hörer wieder dorthin, wo er herkommt. Jetzt steht Sie auf. Sam springt vom Bett und macht sich zum Badezimmer auf, in der Absicht, Ihr den Weg zur Badezimmertür mit seinem eigenen Leib zu verstellen. Sie aber geht nicht zum Badezimmer. Sie geht zum Kaminsims. Sie öffnet das Türchen vor dem Zifferblatt der Uhr, nimmt den Schlüssel, steckt ihn in die Uhr und fängt an, sie aufzuziehen. Sam kann das alte vertraute Kratzen und Knirschen der Innereien der Uhr hören. Sharon dreht den Schlüssel weiter. Bald wird die Uhr wieder im Osten sein. Bald wird die Uhr wieder gehen. Bald wird die Zeit...

## 38.

... völlig ins Futur übergehen, denn Sharon zieht die Uhr zu stramm, zu weit, zu heftig, zu sehr östlich auf: Die Hauptfeder wird kaputtgehen, der Trieb der zweiten Reihe wird vom Trieb der dritten Reihe abgleiten, etwas wird zerspringen, und die Uhr wird anfangen, Sonderzeit anzuzeigen, zu schnelle Zeit, zukünftige Zeit: Es wird Zeit sein, die sich noch nicht ereignet haben wird, in der jedoch immer die Möglichkeit steckt, daß sie sich ereignet.

Sharon wird, ausgesprochen undamenhaft, ausrufen: »Oh, Scheiße!« Dann wird sie seufzen und sagen: »Na gut, ich werd mir eine neue besorgen, eine elektrische, die nicht aufgezogen werden muß. Vielleicht kauf ich mir auch einfach ein Uhrenradio für den Nachttisch.«

Dann wird sie sich schließlich zum Badezimmer aufmachen. Sie wird eine Knackerlake in ihrem Weg stehen sehen. Sie wird nach Luft schnappen, und dann wird sie mit dem Fuß aufstampfen, aber die Kakerlake wird einfach dort stehen bleiben, als hätte sie keine Angst vor ihr, als versuchte sie, ihr den Weg zum Badezimmer zu versperren.

»Aus dem Weg, Alfonse«, wird sie sagen, »oder wie du heißen magst.«

Wird es nur an ihrer Abgespanntheit liegen, daß sie glauben wird, die Kakerlake würde ihr etwas darauf erwidern? Wird sie sich nur einbilden, daß das Insekt versuchen wird, mit ihr zu sprechen?

Da es keine Anstalten machen wird, das Feld zu räumen, wird sie darüber hinwegsteigen, ohne dem Impuls nachzugeben, *darauf* zu treten, und in ihrem Badezimmer wird sie eine zweite Kakerlake entdecken, die gesund und munter in ihrer Klosettschüssel schwimmt. »Ihr kleinen Mistkerle denkt wohl wirklich, ihr könntet mein Haus in Besitz nehmen, während ich weg bin, was?« wird sie sagen. »Was soll das hier werden?« Sie wird die Schabe im Wasser anstarren, und die Schabe wird zurückstarren. Sie wird spontan die Hand nach dem Hebel ausstrecken, der die Toilettenspülung auslöst. Die erste Kakerlake, diejenige, die sie Alfonse genannt haben wird, wird hochfliegen und über ihrer Hand flattern, ohne sie ganz zu berühren, und sie wird ihre Hand zurückziehen und ausrufen: »Jesus! Ich wußte nicht, daß Kakerlaken *fliegen* können!« Sie wird Alfonse hinunterfliegen und neben der anderen Kakerlake im Wasser der Schüssel landen sehen. Jetzt werden sich *zwei* Schaben in ihrer Klosettschüssel befinden.

»Versucht ihr alle, Selbstmord zu begehen, oder was?« wird sie fragen. »Oder glaubst du vielleicht, mein Klo wäre ein FKK-Bad, äh, Gaston?« Sie wird beschlossen haben, die andere, die kleinere von beiden, die keine Flügel wie Alfonse hat, mit Gaston anzureden. Aber dann wird sie sagen: »Oh, ich verstehe. Du bist ein Weibchen, was, Gaston? Dann... nenne ich dich Laetitia, das bedeutet Glückseligkeit.« Sharon wird vor sich hinlächeln und sich im Spiegel über der Frisierkommode betrachten, die dunklen Ringe unter ihren Augen, weil sie nicht genug geschlafen hat, das ungekämmte Haar. Sie wird zu ihrem Spiegelbild sagen: »Gott, was bin ich albern.«

Einen ganz kurzen Moment lang wird sie noch einmal die Hand nach dem Hebel ausstrecken, der das Wasser wirbeln und hinunterschießen und in dem Rohr unten in der Klosettschüssel verschwinden läßt. Aber sie wird ihn nicht betätigen. Statt dessen wird sie eine Handvoll Toilettenpapier zusammenknüllen, und sie wird das Papierknäuel dicht übers Wasser halten, nahe genug, um die Schaben zu berühren oder von ihnen berührt zu werden, und sie wird sie auffordern: »Okay, Alfonse und Laetitia, klettert an Bord.« Die beiden Kakerlaken werden es nicht tun; sie werden, so wird es aussehen, miteinander beraten, was diese Geste zu bedeuten hat; es wird so aussehen, als versuchen sie, vor dem hingehaltenen Toilettenpapierknäuel zurückzuweichen.

Aber schließlich wird diejenige, die sie Alfonse nennen wird, Laetitia einen Stups geben und sie zu dem Papierknäuel schieben, und diejenige, die Sharon Laetitia nennen wird, wird auf das Papierknäuel klettern, und Sharon wird das Knäuel hochheben und es dann dicht über den Fußboden halten und ein bißchen schütteln, und Laetitia wird auf dem Boden landen. Dann wird Sharon das Papierknäuel wieder in die Schüssel tun und es der anderen Schabe hinhalten, und sie wird sagen: »Und jetzt, Alfonse, kletter du auch rauf.« Und er wird es tun. Und dann wird sie ihn hinunter auf den Boden neben Laetitia setzen.

Die beiden Schaben werden aussehen, als führten sie fast eine Diskussion darüber, ob sie sich entfernen sollen oder nicht.

Aber dann werden sie zusammen, Seite an Seite, durch die Tür hinauswandern, und Sharon wird allein sein.

Bevor sie zu Bett geht, wird sie eine Untertasse mit etwas Milch und einen Keks am Rand auf den Boden stellen. Sie wird die Untertasse eine Weile beobachten, als wollte sie sehen, ob ihre Kakerlaken dort hinkommen werden. Sie werden nicht kommen.

Am Morgen wird sie nachschauen, ob etwas von der Milch verschwunden ist. Es wird nicht so sein. Auch der Keks wird nicht so aussehen, als ob jemand davon geknabbert hat. Sie wird die Milch in den Ausguß gießen und die Mülltüte aufmachen, um den Keks in den Müll zu werfen. Wenn sie die Mülltüte aufbinden wird, wird eine Kakerlake herausspringen und sie erschrecken. »Alfonse?!« wird sie rufen. Aber die Kakerlake, die sie Alfonse genannt haben wird, wird unmöglich in die zugebundene Mülltüte gelangt sein können.

Die Kakerlake die aus der Mülltüte befreit ist, wird schnurstracks auf die Vordertür zuhalten und auf die Veranda hinaus verschwinden, und sie wird ihr folgen und zusehen, wie die Kakerlake von der Veranda hinunterklettert und sich eilig in Richtung von Larrys Haus davonmacht. In dieselbe Richtung, in die die ganze Kakerlakenschar zu zeigen schien an jenem Abend, oh, so viele Abende zuvor.

Sie wird versucht sein zu folgen, denn sie wird vorhaben, ohnehin bald diesen Gang zu machen. Aber zuerst wird sie ihr Frühstück zu sich nehmen, und eine Extratasse Kaffee dazu, um die letzte Spur von Möglichkeit, daß sie sich alles einbilden wird, zu vertreiben.

Trotzdem wird sie aufgeregt und nervös sein, wenn sie schließlich zu Larrys Haus hinübergehen wird, und beim Anblick seines hinter dem Haus geparkten Wagens wird sie stolpern und an einem Baum Halt suchen, bis sie sich daran erinnern wird, daß der Wagen überhaupt nie bewegt worden sein wird. Oder doch?

Es wird ein schöner Morgen in Stay More sein, ein prächtiger Morgen, einer dieser sonnigen Frühlings- (oder Frühsommer-)tage, die seltener sind, als es der Juni ist, und es wird ihr fast widerstreben, ins Haus zu gehen. Sie wird hier draußen im Sonnenschein bleiben wollen und die milde Luft einatmen. Drinnen im Haus wird es unerfreulich sein.

Unerfreulich im Haus, unerfreulich auf der Veranda, wenn sie sie betreten wird. Während sie die Treppe hinaufsteigen wird, wird sie eine sonderbare Sache sehen: Mitten im Weg, oben auf der Treppe, wird eine Kakerlake auf eine Stecknadel aufgespießt im Holzfußboden der Veranda stecken. Es wird eine fette Kakerlake sein, viel dicker als ihr Alfonse. Die Art und Weise, wie die Nadel durch den Körper der Kakerlake gesteckt und in den Boden gespießt ist, wird sie an die Insektensammlung erinnern, die ihr Bruder Vernon in einer Zigarrenkiste aufbewahrte. Aber Vernon wird das hier nicht getan haben. Larry wird es unmöglich getan haben können ... es sei denn ...

Die Kakerlake, fett und dumm aussehend, wird flüchtig irgendwie Sharons Mitleid erregen, ein Mitleid, das sie nicht empfinden würde, hätte sie nicht aus Mitleid Alfonse und Laetitia verschont und gerettet. Diese tote und aufgespießte Kakerlake, über die sie hinwegsteigen wird, wie am Tag zuvor über Alfonse, wird sie dazu veranlassen, laut einen Vers aus einer alten Elegie zu rezitieren, die sie in der Schule gelesen hat: *»And now I live, and now my life is done.«*

Sharon wird nicht wissen, warum sie diese Zeile aufsagt, aber da sie an Gedichte denkt, wird sie nicht völlig unvorbereitet sein auf das, was sie im Haus, in Larrys Arbeitszimmer, in seiner Schreibmaschine finden wird: ein Gedicht. Sie wird natürlich gewußt haben, daß er sich manchmal selbst an Gedichten versuchte, wenn er nicht gerade welche analysierte, und sie wird, noch bevor sie es gelesen haben wird, annehmen, daß dieses Gedicht hier von ihm selber stammt. Seine schwarze IBM Selectric wird noch eingeschaltet sein und leise vor sich hin brummen. Sie wird sie mit der Hand berühren, und diese Bewegung wird zur Folge haben, daß eine gewaltige Kakerlake auffliegen wird. Dies wird nicht, kann nicht Alfonse sein; auch nicht diejenige, die sie aus der Mülltüte befreit haben wird, oder irgendeine andre Schabe, die sie jemals gesehen haben wird; sie wird viel zu groß sein, und obwohl sie gestern erst festgestellt haben wird, daß Kakerlaken wirklich fliegen können, wird diese hier überall herumfliegen wie ein Vogel, wie eine Fledermaus, und sie wird viel mehr Angst vor ihr haben als vor irgendeinem Insekt, das sie je zuvor gesehen hat. Aber schließlich wird es durch die Tür wegfliegen, und sie wird das Tier nie wiedersehen.

Sie wird sich noch ein weiteres Mal erschrecken, bevor sie das Gedicht wird lesen können. Sie wird eine Maus sehen. Wäre es eine schwarze oder eine graue Maus, würde sie das auffahren und zusammenzucken lassen, aber es wird eine weiße Maus sein, und sie wird kein gänzlich Unbekannter für sie sein, denn es wird dieselbe Maus sein, die die Horde von Kakerlaken bei ihrem Hinweispfeil und Hilferuf angeführt hat.

Die weiße Maus wird in der Nähe von Larrys Schreibtisch auf dem Boden sitzen und sie mit zuckenden Barthaaren und schnuppernder Nase anblicken. Und dann wird auch sie, wie zuvor die riesige Schabe, ihrer Wege ziehen.

Sharon wird ihren Blick wieder auf das Gedicht richten, den Titel betrachten und dann zu lesen beginnen.

Wir werden sie lesend an Larrys Schreibtisch stehen sehen. Fast wird es wie ein Gemälde von Vermeer sein. Die reizende Dame, das wundervolle Licht der Morgensonne, das ihr Gesicht und ihre Hände und das strahlend weiße Blatt Papier zu liebkosen scheint. Sie wird lesen. Sie wird lächeln.

Und wenn sie zu Ende gelesen haben wird, wird sie den Blick von dem Gedicht in der Schreibmaschine heben und zu dem Haus sagen: »Larry?«

# **Imago:** Das Lied der Mackerlake

Wenn Mann Kakerlak wär und Kakerlak Mann,
so wären ihre Themen dann:
Überleben, Treue, Liebesglück.
Wir hoffen, kehrst du mal zurück,
liest du dies Märchen umgekehrt
und machst die Welt minder verderbt.
Wir sind der Abschaum deiner widrig-
en Verachtung – häßlich, niedrig,
doch nichts, das ausgemerzt gehört.
Du hast dir fast den Fuß zerstört,
wärst ohne uns im Westen längst.
Bevor du dir den Arsch wegsprengst,
bleib, nimm uns an, werde verständig.
Wir kennen dich in- und auswendig.
Wir speisen deinen Nektar, deinen Kot,
und das nicht nur aus schnöder Not.
Du denkst, du schmachtest vor Liebe und Gram?
Bedenke doch, wie klein und arm
wir sind, deine ungeliebten Genossen:
Unser Herz ist dein. Bleibt deins verschlossen?
Es heißt, deine Welt wird untergehn
und unsere dauern. Nein, nie wird's geschehn,
keine Hymne ohne Menschen.
Du brauchst uns, wir brauchen dich.
Lerne zu lieben, wie wir dich zu bekehren
zu einem Gott zum Glauben und Verehren.
Läute Bomm und Bäh zu Schall und Rauch.
Du lebst, wir sind, du stirbst, wir auch.
Verdamm die Tabus in stumme Höllenregionen.
In Purpursympathie wollen wir beide dann wohnen.